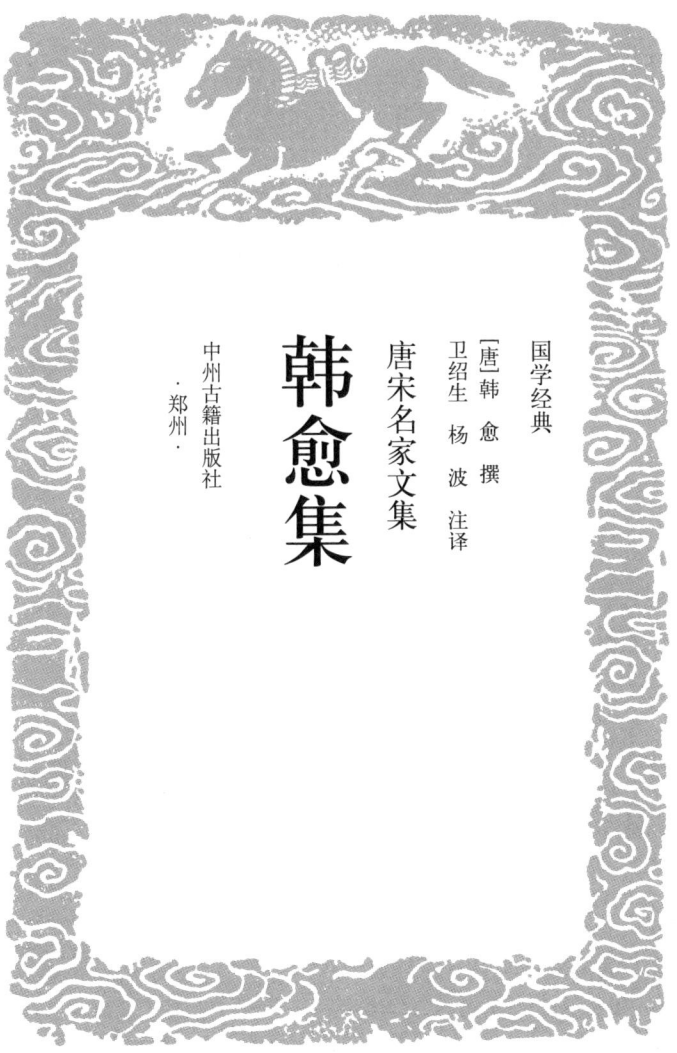

国学经典

[唐]韩愈 撰
卫绍生 杨波 注译

唐宋名家文集

韩愈集

中州古籍出版社
·郑州·

图书在版编目（CIP）数据

唐宋名家文集．韩愈集／（唐）韩愈撰；卫绍生，杨波注译．—郑州：中州古籍出版社，2010.6（2024.8重印）
（国学经典）
ISBN 978-7-5348-3356-4

Ⅰ.①唐… Ⅱ.①韩…②卫…③杨… Ⅲ.①古典文学－作品集－中国－唐代②古典文学－作品集－中国－宋代③古典散文－作品集－中国－唐代 Ⅳ.①I214.01②I214.232

中国版本图书馆CIP数据核字（2010）第108102号

TANG–SONG MINGJIA WENJI·HANYU JI
唐宋名家文集·韩愈集

责任编辑	杨天荣
责任校对	赵　丽
美术编辑	曾晶晶
出版社	中州古籍出版社（地址：郑州市郑东新区祥盛街27号6层 邮编：450016　电话：0371-65788693）
发行单位	河南省新华书店发行集团有限公司
承印单位	河南博星印务有限公司
开　本	640 mm×960 mm　1/16
印　张	19.75
字　数	230千字
印　数	41 001—44 000册
版　次	2010年6月第1版
印　次	2024年8月第12次印刷
定　价	28.00元

本书如有印装质量问题，请联系出版社调换。

前　言

韩愈（768—824），字退之，河内河阳（今河南孟州市）人。唐代著名文学家，古文运动的领袖。自谓郡望昌黎，世称韩昌黎。韩愈3岁而孤，幼年流离困顿，饱尝辛酸。25岁中进士，29岁才进入仕途。但自进入仕途之时起，就屡屡受挫。唐德宗贞元十九年（803），时任监察御史的韩愈因上《论天旱人饥状》触怒权臣，被贬为阳山（今广东阳山县）令。唐宪宗时入朝为官，累官至刑部侍郎，却又因谏阻迎取佛骨而惹唐宪宗震怒，被贬为潮州刺史。唐穆宗即位，韩愈再次入朝，历任兵部侍郎、吏部侍郎、京兆尹等。唐穆宗长庆四年（824）病逝于长安，时年57岁。

作为唐代最著名的散文家，韩愈不仅身体力行创作古文，为后人留下了诸如《祭十二郎文》、《送穷文》、《送孟东野序》、《送李愿归盘谷序》、《师说》、《进学解》、《毛颖传》、《张中丞传后叙》等脍炙人口的佳作名篇，而且主张师法先秦两汉古文，提出了一系列以崇尚古文为标志的文学创作主张。在创作动机上，他提出了"不平则鸣"的主张，认为作家对社会现实的不平情绪，是诱发作家进行创作的重要动因；在内容与形式的关系上，他尊崇儒家思想，主张文以载道，文道合一，以道为主，把表现儒家思想作为文学创作的重要内容；在创作方法上，他主张在学习古人的基础上进行创新，提出了"惟陈言之务去"和"词必己出"等著名主张；在作家的个人修养上，他继承了自曹丕而来的"文以气为主"的观点，提出了著名的"养气说"，认为"气盛则言之短长与声之高下者皆宜"（《答李翊书》）。正是在这样的文学思想的主导下，韩愈散文在思想内容上以尊儒复古为主，以张扬儒家思想、践行儒家主张为旨归。其议论时政的散文，指斥时弊，抨击丑恶，言辞犀利，大胆直白，嬉笑怒骂皆成文章；在创作艺术上，宜雅则雅，宜俗则俗，雅俗共赏，奇正相生，诡谲莫测，变化多端；在行文上，气势磅礴，纵横捭阖，首尾相应，感情丰沛，给人以一空依傍之感；古文创作的实绩，文学主张的惊世骇俗，以及韩愈在中唐文坛上的独特地位，使韩愈自然而然地成为唐代古文运动的领袖。在韩愈、柳宗元等人的倡导和推动下，唐代古文运动进行得有声有色，六朝以来以骈体文为主导的散文创作在强大的古文运动冲击下很快失去了既有优势，浮华绮丽之风逐渐为古朴淳厚的文风所代替，散句单行与骈俪相间的散文很快成为众多文人所接受的文学样式。可以说，以韩愈、柳宗元为领袖的古文运动不仅改变了自六朝而来的散文创作之风，而且彻底扭转了古代散文创作的基本方向，使古代散文创作走向了正途。

　　韩愈好为人师，虽然因此而颇遭时人诟病，但门下弟子众多，从其学古文者亦多，李翱、皇甫湜、孙樵等韩门弟子，在古文创作上都取得了不俗的成就。所以，自中唐开始，韩愈散文就产生了广泛影响，到了宋代，欧阳修、苏轼等人更是极力推崇韩愈，高举古文大旗。苏轼曾这样评价韩愈："匹夫而为百世师，一言而为天下法，是皆有以参天地之化，关盛衰之运。其生也有自来，其逝也有所为矣。……自东汉以来，道丧文弊，异端并起，历唐贞观、开元之盛，辅以房、杜、姚、宋而不能救。独韩文公起布衣，谈笑而麾之，天下靡然从公，复归于正，盖三百年于此矣。文起八代之衰，而道济天下之溺；忠犯人主之怒，而勇夺三军之帅。此岂非参天地，关盛衰，浩然而独存者乎。"(《潮州韩文公庙碑》)明代散文家茅坤亦言:"魏晋以后,宋、齐、梁、陈,迄于隋、唐之际,孔子六艺之遗,不绝如带矣。昌黎韩退之崛起德、宪之间,泝孟轲、荀卿、贾谊、晁错、董仲舒、司马迁、刘向、扬雄及班掾父子之旨而揣摩之。于是时,誉者半,毁者半。独柳宗元、李翱、皇甫湜、孟郊二三辈相与游从,深知而笃好之耳。何则?于举世聋聩中,而欲独以黄钟大吕铿锽其间,甚矣其难也。又三百年,而欧阳公修、苏公轼辈相继出,始表章之,而天下之文复趋于古。嗟乎!隋唐之文,其患在靡而弱。而退之之出而振之,固已难矣。"(《唐宋八大家文钞·昌黎文钞引》)韩愈力倡古文,扭转唐代散文沿袭六朝积弊,在中国散文发展史上居功至伟,影响至巨。茅坤将其列为唐宋八大家之首,可以说韩愈是当之无愧,名至实归。

据南宋魏仲举刊刻的《五百家注昌黎文集》统计,韩愈有文近300篇,涉及书、启、序、祭文、碑文、墓志、铭文、表状、记传、杂文等各体。明代散文家茅坤编纂的《唐宋八大家文钞·昌黎文钞》,收录表状9篇,书启状46篇,序33篇,记传12篇,原论议10篇,辩、解、说、颂、杂著等22篇,碑文及墓志铭52篇,哀词、祭文、行状8篇,总计192篇,约占韩愈散文的2/3。此次整理,以文渊阁四库全书所收《五百家注昌黎文集》为底本,参考《唐宋八大家文钞·昌黎文钞》和韩愈《顺宗实录》,精选出韩愈散文70余篇,借鉴当代韩愈研究的有关成果,按照中州古籍出版社"国学经典"丛书的要求,对精选出的篇章进行题解、注释和翻译。限于注译者的学识,加之时间仓促,不妥或失当之处在所难免,敬祈方家教正。

卫绍生　杨波

目 录

表状
进撰平淮西碑文表 ... 1
论佛骨表 ... 5
潮州刺史谢上表 ... 13
御史台上论天旱人饥状 ... 19
复仇状 ... 22
赠太傅董公行状 ... 26

书启
与孟尚书书 ... 46
为人求荐书 ... 53
与孟东野书 ... 54
与李翱书 ... 57
与崔群书 ... 61
与冯宿论文书 ... 67
答刘正夫书 ... 71
答李翊书 ... 74
答刘秀才论史书 ... 78
答吕毉山人书 ... 83

答元侍御书 ... 86
为河南令上留守郑相公启 ... 89

序

赠崔复州序 ... 93
送幽州李端公序 ... 95
送殷员外序 ... 98
赠张童子序 ... 100
送石处士序 ... 104
送温处士赴河阳军序 ... 108
送孟东野序 ... 111
送董邵南序 ... 117
送王秀才序 ... 119
送李愿归盘谷序 ... 121
送廖道士序 ... 125
送陈秀才彤序 ... 127
送区册序 ... 129
送高闲上人序 ... 131

记传

新修滕王阁记 ... 135
蓝田县丞厅壁记 ... 139
燕喜亭记 ... 142
太学生何蕃传 ... 147
圬者王承福传 ... 150
毛颖传 ... 155
五坊小儿 ... 162
李实 ... 163
阳城 ... 165

论说

- 原道 ... 173
- 原性 ... 183
- 原毁 ... 187
- 讳辩 ... 192
- 进学解 ... 196
- 通解 ... 201
- 师说 ... 206
- 杂说 ... 210

碑铭

- 柳州罗池庙碑 ... 217
- 唐故监察御史卫府君墓志铭 ... 221
- 试大理评事王君墓志铭 ... 225
- 南阳樊绍述墓志铭 ... 230
- 贞曜先生墓志铭 ... 234
- 柳子厚墓志铭 ... 238
- 唐故殿中少监马君墓志 ... 246
- 瘗砚铭 ... 249

祭文

- 欧阳生哀辞 ... 251
- 祭田横墓文 ... 256
- 祭鳄鱼文 ... 257
- 祭柳子厚文 ... 261
- 祭河南张员外文 ... 263
- 祭十二郎文 ... 268

杂著

- 五箴并序 ... 276

子产不毁乡校颂 ———————————— 280
张中丞传后叙 ————————————— 282
读《荀子》 ——————————————— 289
送穷文 ————————————————— 292
对禹问 ————————————————— 297
爱直赠李君房别 ———————————— 300
宦市 —————————————————— 302

表 状

进撰平淮西碑文表①

[题解]

元和九年（814），彰义军节度使吴少阳病死，其子吴元济擅自继承父亲职位，并进犯洛阳附近。元和十年，唐宪宗命宣武等十六道出兵讨伐，以宣武节度使韩弘为都统，未果。元和十二年，宪宗命宰相裴度为淮西宣慰招讨处置使，带兵讨伐吴元济。韩愈以太子右庶子身份充当行军司马兼御史中丞。经过四个多月的战事，元和十二年十月，李愬雪夜入蔡州（今河南汝南），生擒吴元济，最终平定淮西叛乱。经过群臣之请和皇帝之命，韩愈撰写《平淮西碑》文，记述平淮西的经过，歌颂唐王朝平定淮西之乱的业绩，并将此碑文上奏朝廷。

臣某言：伏奉正月十四日敕牒②，以收复淮西。群臣请刻石纪功，明示天下，为将来法式。陛下推劳臣下，允其志愿，使臣撰平淮西碑文者。闻命震骇，心识颠倒，非其所任，为愧为恐，经涉旬月不敢措手③。

[注释]

①进表：进呈表章，封建时代称臣子给君主的奏章。②正月十四日：指唐宪宗元和十三年，即公元818年。勅牒：诏书的一种。《新唐书·百官志二》："凡王言之制有七：一曰册书，立皇后、皇太子，封诸王，临轩册命则用之……七曰敕牒，随事承制，不易于旧则用之。"③旬月：指一个月。措手：着手安排，应付。

[译文]

微臣恭呈圣上：正月十四日恭奉圣上诏书，因为朝廷收复淮西，众大臣奏请刻石以纪念功德，明确昭示天下臣民，作为将来此类事件的标准。皇帝陛下推恩及臣下，答应群臣的奏请，命令微臣撰写平淮西碑文。我接到命令大受震动，神智错乱，恐怕不能承担此重任，心中既惭愧又惶恐，经过了一个月还不敢轻易动手撰写碑文。

窃惟自古神圣之君，既立殊功异德，卓绝之迹，必有奇能博辩之士为时而生，持简操笔，从而写之，各有品章条贯①，然后帝王之美巍巍煌煌，充满天地。其载于《书》则尧舜二典②，夏之《禹贡》③，殷之《盘庚》④，周之《五诰》⑤，于《诗》则《玄鸟》、《长发》⑥，归美殷宗⑦；清庙臣工⑧，小大二雅⑨，周王是歌。辞事相称，善并美具，号以为经，列之学官⑩。置师弟子，读而讲之。从始至今，莫敢指斥。向使撰次不得其人，文字暧昧，虽有美实，其谁观之？辞迹俱亡，善恶惟一。然则兹事至大，不可轻以属人。

[注释]

①品章：谓规格章法。条贯：指事情的内部结构、条理。②《书》：古书名，《尚书》的简称。尧舜二典：指《尧典》和《舜典》，《尚书》中的篇目，记叙尧舜的事迹，是研究上古帝王唐尧和虞舜的重要资料。③夏：中国史

书记载的第一个世袭王朝,都城位于安邑,即现在的山西省运城市夏县。《禹贡》:《尚书》中的一篇,首次把中国分为九州,是先秦最富于科学性的地理记载。以文中有"任土作贡"之语,有学者认为该篇是禹制九州贡赋之法。④殷:即商朝后期的专有代称,因商王盘庚迁都于殷(今河南省安阳市西北小屯村),故有殷商之说。《盘庚》:《商书》中史料价值较高的作品,共分上、中、下三篇,是殷王盘庚迁都前后对贵戚、臣民所发布的谈话和命令,质朴无华,是历代帝王治政者借鉴和学习的典范。⑤周:周王朝的简称,分为西周和东周两个时期。《五诰》:指《尚书》中《大诰》、《康诰》、《酒诰》、《召诰》、《洛诰》。⑥《玄鸟》:《诗经·商颂》中的一篇,写商之始祖诞生以及成汤、武丁建国、拓疆的情况,富有神话色彩和历史意义。《长发》:《诗经·商颂》中的一篇,歌颂商的祖先契、相土和成汤,宣称从契开始即有受天命的祯祥。⑦殷宗:殷人的宗祀,指殷朝。⑧清庙:《诗经·周颂》的篇名。《诗·周颂·清庙序》:"《清庙》,祀文王也。"臣工:群臣百官。⑨小大二雅:即《诗经》中的《大雅》和《小雅》。旧训雅为正,谓诗歌之正声。《诗大序》:"雅者,正也,言王政之所废兴也。政有小大,故有《小雅》焉,有《大雅》焉。"《雅》为周王畿内乐调。《大雅》多为西周王室贵族的作品,主要歌颂周王室祖先乃至武王、宣王等的功绩,有些诗篇也反映了厉王、幽王的暴虐昏乱及其统治危机。《小雅》中一部分诗歌与《国风》类似,其中最突出的是关于战争和劳役的作品,从普通士兵的角度来表现他们对战争的厌倦和对家乡的思念。⑩学官:指学校。

[译文]

我私下里认为,自古以来的圣君帝王,既然建立了异于常人的特殊功勋,表现出千古卓绝的丰功伟绩,必然会有一些拥有特殊才能和雄辩口才的人应时而生,手持纸笔,下笔千言,从容地书写文章,文章又各有其章法和条理,使得帝王的丰功伟绩充盈于天地之间。各种史籍均有记载,如载于《尚书》中的《尧典》、《舜典》,载于《夏书》中的《禹贡》,载于《商书》中的《盘庚》,载于《周书》中的《五诰》,都是歌颂帝王的丰功伟绩的;载于《诗经》

中的《玄鸟》、《长发》诸篇，重在赞美殷朝；《诗经·周颂》中的《清庙》篇，以及《大雅》和《小雅》的相关篇目，则是歌颂周王室的。这些文章文辞与记事相符合，具有善和美的内容，号称经典，被列入学校教育的范畴。学官内又设置有老师和弟子，经常诵读并讲解这些经典的内容与涵义。自从这些作为规章制度设立以后，没有人敢对此稍加指责。假如从前负责撰写的人不称其职，写作的内容模糊不清，即使这些先圣明君做出伟大的功绩，又有谁愿意看这些文章呢？即使歌颂先圣的文章和事迹均已消亡，唯一能够留存至今的只有人们对善恶的看法。这样看来撰书立碑事关重大，不能够轻易嘱咐人们去做。

伏惟唐至陛下，再登太平，划刮群奸①，扫洒疆土。天之所覆，莫不宾顺②。然而淮西之功尤为俊伟。碑石所刻，动流亿年，必得作者，然后可尽能事。今词学之英，所在麻列③，儒宗文师④，磊落相望，外之则宰相公卿郎官博士⑤，内之则翰林禁密游谈侍从之臣⑥，不可一二，遽数召而使之，无有不可。至于臣者，自知最为浅陋，顾贪恩待，趋以就事，丛杂乖戾，律吕失次⑦。乾坤之容，日月之光，知其不可绘画，强颜为之，以塞诏旨，罪当诛死⑧。其碑文今已撰成，谨录封进，无任惭羞战怖之至。

[注释]

①划（chǎn）刮：铲除，消除。②宾顺：宾服，归顺。③麻列：如麻之排列，比喻众多。④儒宗：儒者的宗师，汉以后亦泛指为读书人所宗仰的学者。文师：文章宗师。⑤郎官：谓侍郎、郎中等职。秦代始置郎中令，为皇帝左右亲近的高级官员。汉称中郎、侍郎、郎中为郎官。隋分郎官为侍郎与郎。唐六部郎官，郎中之外，更置员外郎。博士：古代学官名。六国时有博士，秦因之。唐有太学博士、算学博士等，皆教授官。⑥翰林：皇帝的文学侍从官，

唐朝以后始设，明、清改从进士中选拔。禁密：犹禁近，指宫中官署或文学近侍之臣。游谈：游说。⑦律吕：古代校正乐律的器具。用竹管或金属管制成，共十二管，管径相等，以管的长短来确定音的不同高度。从低音管算起，成奇数的六个管叫做"律"；成偶数的六个管叫做"吕"，合称"律吕"，后亦用以指乐律或音律。比喻准则，标准。⑧诛死：杀戮。

[译文]

大唐江山传到陛下手中，国家再次走上太平盛世，铲除了那些阴险狡诈的小人，平定全国的疆域。全天下的疆土上，没有人不归顺朝廷。但是相比较而言，还是要数平定淮西的功劳最为伟大。石碑上所刻的文字，随着岁月的流逝能够存在数亿年，一定能实现作者的愿望，使其流芳百世。现在国家饱学之士众多，儒者之师和文章宗师蔚为壮观，宫廷之外有宰相、公卿、郎官、学官等众多官员，宫廷之内则有翰林院、禁宫、游说等侍从内臣，不论职务大小，全部召唤而来加以使用，没有不同意的。对于微臣来说，臣自知自己最是见识贫乏，但因贪图皇上的恩典，急急忙忙跑来供皇上驱使，以至于手忙脚乱，触犯皇上，经常扰乱圣上治国的标准。至于天地之仪容、日月之光辉，明明知道自己不能绘画出来，还要勉强去做，以此来搪塞圣上的恩诏，实在是罪该万死。现在这篇碑文已经撰写完毕，谨慎地抄录下来并封口奏进，心中万分羞惭，恐惧不安，深怕不能达到圣上的要求。

论佛骨表

[题解]

本篇作于元和十四年（819），韩愈时任刑部侍郎。据《旧唐书·韩愈传》记载，凤翔府法门寺有护国真身塔，塔内有佛祖释迦文佛指骨一节，相传三十年一开,开时岁丰人泰。元和十四年正月乃开塔之期,唐宪宗命中使杜英奇等迎佛骨到长安,"自光顺门入大内,留禁中三日,乃送诸寺。王公士庶,奔走舍施,唯恐在后"。韩愈反对此事,写了这篇文章,据理力争,辩驳有力,表现出卓尔不群的胆识。尽管韩愈在文中表明了对宪宗的赤胆忠心,称"佛如有灵,能作祸祟,凡有殃咎,宜加臣身",但还是触怒了宪宗,幸得宰相裴度、崔群等人竭力相救,韩愈最终仍被贬为潮州刺史。

臣某言①:伏以佛者②,夷狄之一法耳③。自后汉时流入中国④,上古未尝有也。昔者黄帝在位百年⑤,年百一十岁;少昊在位八十年,年百岁;颛顼在位七十九年,年九十八岁;帝喾在位七十年,年百五岁;帝尧在位九十八年,年百一十八岁;帝舜及禹,年皆百岁。此时天下太平,百姓安乐寿考⑥,然而中国未有佛也。其后殷汤亦年百岁⑦,汤孙太戊在位七十五年⑧,武丁在位五十九年⑨,书史不言其年寿所极,推其年数,盖亦俱不减百岁。周文王年九十七岁,武王年九十三岁,穆王在位百年⑩,此时佛法亦未入中国,非因事佛而致然也。

[注释]

①某:本应是"愈"字,或为韩愈门人编辑文集时讳为"某"字。②伏:俯伏,俯首。古人在奏表、书信中对尊长表示自己意见的谦词。③夷狄:古代对少数民族或域外民族的蔑称,这里泛指外国。因佛教是从古天竺国(今印度)传至中土,故云。法:法术,学说。④后汉:即光武帝刘秀所建立的东汉政权。流入中国:东汉明帝刘庄派遣蔡愔到天竺求法,得到《四十二章经》和佛像,与僧人摄摩腾、竺法兰同归,用白马驮佛经回洛阳,次年在洛阳建白马寺。⑤黄帝:与下文的少昊、颛顼(zhuān xū)、帝喾(kù)、帝尧、帝舜,都是我国上古传说中的帝王名。⑥寿考:寿命长。许慎《说文解字》:"考,老也。"又说:"老,考也,七十曰老。"⑦殷汤:即商汤,指商朝的开国帝王成汤,后盘庚迁都于殷,故称。⑧太戊:商朝帝王,太庚之子,成汤的第四代孙。⑨武丁:商朝帝王,成汤的第十代孙。⑩穆王:周朝帝王姬

满,周文王姬昌的五世孙,传说到过昆仑山的西王母国。

[译文]

微臣韩愈恭呈圣上:俯首陈述,佛教本是外国传来的一种学说。东汉时期佛教才开始传入中国,上古时期中国没有佛教之说。过去,汉族始祖轩辕黄帝在位百年之久,年龄有110岁;穷桑氏少昊在位80年,年龄有100岁;高阳氏颛顼在位79年,年龄有98岁;高辛氏帝喾在位70年,年龄有105岁;陶唐氏帝尧在位98年,年龄有118岁;有虞氏帝舜和夏禹,年龄都达到100岁。这一时期天下太平,百姓安居乐业、健康长寿,可是中国当时并没有佛教存在。此后商汤也年过百岁,成汤的第四代孙太戊享国75年,成汤的第十代孙武丁享国59年,史书上没有记载太戊和武丁活到多大岁数,根据他们在位的时间推断他们的年龄,应该都不少于100岁。周文王姬昌享年97岁,周武王姬发享年93岁,周穆王享国也有100年,这一时期佛法也没有传入中国,这些帝王能够长寿,并不是因为信奉佛教才达到的啊。

汉明帝时始有佛法,明帝在位才十八年耳。其后乱亡相继,运祚不长①。宋、齐、梁、陈、元魏以下②,事佛渐谨,年代尤促。惟梁武帝在位四十八年③,前后三度舍身施佛,宗庙之祭不用牲牢④,昼日一食,止于菜果,其后竟为侯景所逼⑤,饿死台城⑥,国亦寻灭。事佛求福,乃更得祸。由此观之,佛不足事,亦可知矣。

[注释]

①运祚:指国家盛衰治乱的气运。祚,福禄。②宋、齐、梁、陈、元魏:指南北朝时期。南朝的刘宋有国59年,八帝四人被杀;萧齐有国24年,七帝三人被杀;萧梁有国56年,四帝一人饿死三人被杀;陈氏有国33年,五帝一人被废。北朝自鲜卑人拓跋珪在黄河流域建立元魏(即北魏)政权,直至西

魏灭亡，160年间，历经十七帝，八人被杀。③梁武帝：即萧衍，字叔达，南朝梁的开国皇帝，极度迷信佛教，曾先后于大通元年（527）、中大通元年（529）、太清元年（547）三次到同泰寺舍身做佛徒，由其子和大臣出重金赎回。后来侯景作乱，梁武帝被围困在台城饿死。④牲牢：古代祭祀时最隆重的礼品。牲，供祭祀用的家畜，牛、羊、猪为三牲。牢，古时称牛为太牢，羊、猪作少牢。⑤侯景：原为魏将，后降梁，被封为河南王。因梁与东魏讲和，侯景恐于己不利，便率兵反梁，围困梁武帝于台城。⑥台城：即禁城，梁朝的宫禁所在，遗址在今南京市北玄武湖畔。

[译文]

汉明帝在位期间，中国才开始有佛法，可是明帝在位仅18年而已。自汉明帝死后，到汉献帝让位给曹丕的140多年间，宦官、外戚和强臣之间斗争激烈，相互残杀，社会动荡不安，民不聊生，国家盛衰治乱的气数不能长久。宋、齐、梁、陈、北魏时期，皇帝信奉佛教的态度日渐恭敬和郑重，但国家的气数更加短促。只有梁武帝在位48年，他曾先后三次把自己舍给佛寺，祭祀宗庙不用牲口作祭品，每天午前只吃一顿饭，饭食仅限于蔬菜和水果，最后竟然被侯景围困逼迫，在台城被活活饿死，国家不久也灭亡了。信奉佛教的本意是要得到福佑，结果却得到祸患。从这一点来看，佛教不值得信奉也是可以知道的了。

高祖始受隋禅①，则议除之②。当时群臣材识不远③，不能深知先王之道，古今之宜，推阐圣明④，以救斯弊，其事遂止。臣常恨焉。

[注释]

①高祖始受隋禅：指公元618年，李渊逼隋恭帝让位，建立唐帝国，年号武德，韩愈美其名曰"受隋禅"。禅（shàn），帝王让位给别人。②议除之：唐高祖武德九年（626），太史令傅奕上书请除佛法，高祖李渊下诏命有司裁汰天下"诸僧、尼、道士、女冠等"（《旧唐书》本纪第一）。③材识不远：指

没有远见。当时太史令上书,唐高祖与群臣计议除佛法事,中书令萧瑀极力反对,最后事竟不行。④推阐:推行,阐发。圣明:圣主明君的英明意图,此处指高祖打算裁汰僧道的正确打算。

[译文]

唐高祖最初接受隋的禅让建国时,就与群臣商议废除佛教。当时众大臣大多没有远见卓识,不能深入了解先王治理国家的大道理和古今适宜的事理,以宣扬贯彻圣主裁汰僧道的英明决策来疗救国人迷信佛教所造成的流弊,这件事于是就中止了。微臣常常对裁汰僧道一事没有实行而深表遗憾。

伏惟睿圣文武皇帝陛下①,神圣英武,数千百年已来,未有伦比。即位之初,即不许度人为僧、尼、道士②,又不许创立寺观。臣常以为,高祖之志,必行于陛下之手。今纵未能即行,岂可恣之转令盛也③?

[注释]

①伏惟:古时臣对君陈述事情时所用的恭敬之辞。睿圣文武皇帝陛下:元和三年(808),朝臣上给唐宪宗李纯的尊号,称颂宪宗聪明贤圣、能文能武。②度:僧尼出家的一种仪式,凡人到僧寺出家,寺僧为之剃除须发,给以文牒,方能取得僧侣的资格。③恣:放纵,放任。

[译文]

您是睿智、圣明、能文能武的皇帝陛下,圣明勇武,千百年以来,没有人可以同您相比。您在最初即位之时,就不允许度百姓做僧人、尼姑、道士,也不允许创立寺庙和道观。微臣常常以为,高祖武德九年计议除去僧道的旨意,一定会在陛下手中实现。如今即便没能立即实行,怎么能放任僧道反而让其兴盛呢?

今闻陛下令群僧迎佛骨于凤翔①,御楼以观,舁入大内②,

论佛骨表 9

又令诸寺递迎供养。臣虽至愚，必知陛下不惑于佛，作此崇奉以祈福祥也。直以年丰人乐，徇人之心，为京都士庶设诡异之观、戏玩之具耳。安有圣明若此，而肯信此等事哉！然百姓愚冥，易惑难晓。苟见陛下如此，将谓真心事佛。皆云："天子大圣，犹一心敬信，百姓何人，岂合更惜身命③？"焚顶烧指④，百十为群，解衣散钱，自朝至暮，转相仿效，惟恐后时，老少奔波，弃其业次⑤。若不即加禁遏，更历诸寺，必有断臂脔身以为供养者⑥。伤风败俗，传笑四方，非细事也。

[注释]

①凤翔：府名，即今陕西省凤翔县。②舁（yú）：抬。大内：皇帝所居宫殿的总称。③岂合：怎该。④焚顶烧指：灼烧头顶和手臂，是一种用忍受肉体的折磨来表示虔诚事佛的愚昧行为。⑤业次：指谋生之业。⑥脔（luán）身：割自己身上的肉。供养：佛教称供奉神佛或设饭食招待僧人为"供养"。

[译文]

现在我听说陛下命令有关官员赴凤翔府临皋驿迎取佛骨，亲自登楼观看佛骨，还要将其抬到皇宫内，又让各个寺庙依次迎接供养。微臣虽然非常愚笨，也知道陛下您并没有被佛教所迷惑，做出这种尊崇和信奉佛教的举动，目的在于祈求福佑祥瑞。（您这样做）只不过是为了收成好，百姓能够安乐，而顺从百姓的心愿，要为京城百姓设置奇怪而可供观赏的场景，以及供人戏耍玩赏的器具罢了。哪有像您这样圣明的君主，却甘愿信奉佛法的道理呢？但是，寻常百姓愚昧无知，容易被迷惑，且难以明白这些事情的真相。如果看到陛下这样做，他们将会以为您是真心信奉佛教。（百姓）都会说："天子是通晓万物之道的大圣大贤，尚且诚心敬拜信奉佛教，老百姓是何等低下之人，怎么能（比帝王）更珍惜自己的身家性命呢？"于是就会用香灼烧头顶和手指，百十人成群结队地聚集在一起，施舍衣服和钱物，从早到晚，相互效仿，唯恐比别人落后，男女老少东奔西走,忙个不停,放弃了他们赖以生存的谋生之业。如果不赶紧加以禁止和遏制,各个寺庙之中必将会有砍断自己的手臂、割掉自己身上的肉来供奉佛祖的人和事。这种因为佞佛而败坏社会道德风气的事情,一旦传扬出去,定会招致四方之人讥笑,可不是小事情啊。

夫佛本夷狄之人,与中国言语不通,衣服殊制,口不言先王之法言①,身不服先王之法服②,不知君臣之义、父子之情。假如其身至今尚在,奉其国命来朝京师,陛下容而接之,不过宣政一见③,礼宾一设④,赐衣一袭,卫而出之于境,不令惑众也。况其身死已久,枯朽之骨,凶秽之余⑤,岂宜令入宫禁?

[注释]

①先王:指儒家所称颂的古代帝王,如前文提及的尧、舜、禹、汤、文王、武王等人。法言:与下句中的"法服"均语出《孝经·卿大夫》:"非先王之法服不敢服,非先王之法言不敢道,非先王之德行不敢行。"法言,谓合乎儒家礼法的言论。②法服:指古代礼法规定的服饰。③宣政:即宣政殿,在大明宫含元殿后。唐代外国使节入京朝贡,皆引见于宣政殿。④礼宾:即礼宾院,唐代招待"胡客"的官署。⑤凶秽:古人认为死人的尸骨是不吉祥不洁净的东西,此处韩愈用以蔑称佛骨。

[译文]

佛祖本是化外之人,和中国言语不通,衣服的制作样式也不一样,口中讲的不是合乎古代圣王礼法的语言,身上穿的不是合乎古代礼法规定的服饰,不懂得君臣之间的关系准则,不讲究父母与子女之间的亲情。假如佛祖本人至今还活在人世间,奉着他国君的命令到大唐京都来拜访朝见,陛下能够容纳并接待他,也不过就是在宣政殿接见一次,在礼宾院设宴招待一次,赐给他一套衣服,派人护送他安全离开国境,而不会让他迷惑百姓啊。何况他已经死去很久了,枯烂腐朽的指骨不过是污秽不祥的尸体的残余物,怎能让它进入宫廷禁地?

孔子曰:"敬鬼神而远之①。"古之诸侯行吊于其国,尚令巫祝先以桃茢祓除不祥②,然后进吊。今无故取朽秽之物,亲临观之,巫祝不先、桃茢不用,群臣不言其非,御史不举其失③,臣实耻之。乞以此骨付之有司,投诸水火,永绝根本,断天下之疑,绝后代之惑,使天下之人知大圣人之所作为,出于寻常万万也,岂不盛哉,岂不快哉!佛如有灵,能作祸祟④,凡有殃咎⑤,宜加臣身。上天鉴临,臣不怨悔。无任感激恳悃之至⑥,谨奉表以闻。臣某诚惶诚恐⑦。

[注释]

①敬鬼神而远之:语出《论语·雍也》。孔子认为鬼神之事渺茫而不可知,故而对其应该恭敬,但不可过于亲昵。②巫祝:官名。巫以跳舞娱神,祝则负责向神致词求福或免灾。桃茢(liè):桃木和苕帚。古代迷信习俗,用桃木、苕帚扫除不祥之物。祓(fú):除。③御史:官名。唐代设御史台,置侍御史、殿中侍御史、监察御史等职,负责谏议朝廷及纠察百官过失。④祸祟:灾祸,旧指鬼神所兴作的灾祸。⑤殃咎:祸害,灾殃。⑥无任:不胜。恳悃(kǔn):诚恳,诚心诚意。⑦诚惶诚恐:惶恐不安,封建时代奏章中的套语。

[译文]

孔子说:"敬畏鬼神,但是和它们保持较远的距离。"古代的诸侯对邻国发生的凶丧或灾难之事表示同情和慰问,还要叫巫祝先用桃木和苕帚拂除去不祥之气,然后再进行吊唁。现在,您无缘无故地取来这污秽的东西,亲自去观看它,没有巫祝先行,也不用桃木、苕帚去清扫。群臣不讲这种做法的不对,御史不指出这种做法的失误,我实在对此感到羞耻。请求您把这指骨交给有关部门的官吏,将它投入水火中去,永远消灭其根本,断绝天下人的疑虑,免除后代人的疑惑,使天下的人都知道皇上大圣人的所作所为远远超出普通人万万倍,这难道不是大大的盛事吗?这难道不大快人心吗?佛祖如果有灵验,能够制造灾祸,凡是灾祸过失,都应该加到我的身上来。苍天在上,明察秋毫,我绝不会悔恨抱怨。我实在不胜感激恳切,恭谨地上表讲给您听。微臣韩愈内心惶恐不安。

潮州刺史谢上表①

[题解]

元和十四年(819),韩愈因谏阻宪宗迎佛骨被贬,任潮州刺史八个月。他在任期间,为民除害,释放奴隶,率领百姓兴修水利,排涝灌溉,使潮州成为礼仪之邦和文化名城。本文就是他任潮州刺史时所上表章,表达了忠君爱国的儒家思想。

昌黎遭患忧谗,情哀词迫。臣以狂妄憨愚,不识礼度,上表陈佛骨事,言涉不敬,正名定罪②,万死犹轻。陛下哀臣愚忠,恕臣狂直,谓臣言虽可罪,心亦无他,特屈刑章③,以臣为潮州刺史。既免刑诛,又获禄食,圣恩弘大,天地莫量。破脑刳心④,岂足为谢!臣某诚惶诚恐,顿首顿首。

[注释]

①潮州:州名,隋开皇十一年(591)始置,治所在海阳(今潮安),辖境相当于今广东平远、梅县、丰顺、普宁、惠来以东地区。刺史:古代官名,自汉代设立,本为监察郡县的官员,宋元以后沿用为一州长官的别称。②正名:辨正名称、名分,使名实相符。③刑章:犹刑法。④刳(kū)心:挖出心脏,表示忠心。

[译文]

韩昌黎身遭灾祸并受到谗言的诋毁,感情哀伤而言辞恳切。臣因为极端自高自大且愚钝傻憨，不懂得礼仪法度，上呈表章陈述圣上派人迎佛骨之事，表章的言语对陛下不够恭敬，所定罪状名实相符，即使处死微臣一万次也不过分。陛下怜悯臣有一颗愚憨的忠心，宽恕臣的疏狂率直，说微臣虽然言语不敬应当降罪责罚，但内心并无私念，特意法外施恩，将臣贬为潮州刺史。臣已经免遭刑杀，又能够继续供职官府而享有俸禄，圣上对臣恩德浩荡，天高地厚，无法估量。微臣即使肝脑涂地，剖出心脏，又怎能表达出对陛下的万分感激？臣韩愈内心无比惶恐，对圣上叩首再叩首。

  臣以正月十四日，蒙恩除潮州刺史①。即日奔驰上道，经涉岭海，水陆万里，以今月二十五日到州上讫②，与官吏百姓等相见。具言朝廷治平③，天子神圣，威武慈仁，子养亿兆人庶④，无有亲疏远迩，虽在万里之外，岭海之陬⑤，待之一如畿甸之间⑥，辇毂之下⑦。有善必闻，有恶必见，早朝晚罢，兢兢业业，惟恐四海之内，天地之中，一物不得其所。故遣刺史面问百姓疾苦，苟有不便，得以上陈国家。宪章完具⑧，为治日久。守令承奉诏条，违犯者鲜。虽在蛮荒，无不安泰。闻臣所称圣德，惟知鼓舞欢呼，不劳施为，坐以无事。臣某诚惶诚恐，顿首顿首。

[注释]

①除：任命官职。②今月：指元和十四年三月。③具言：备言，详细告诉。治平：谓政治清明，社会安定。④亿兆人庶：犹言众庶万民。亿兆，极言其数之多。人庶，即庶人，指庶民百姓。⑤岭海：指两广地区，其地北倚五岭，南临南海，故名岭海。陬（zōu）：隅，角落。⑥畿（jī）甸：指京城地区。⑦辇毂（niǎn gǔ）：皇帝的车舆，代指京城。⑧宪章完具：指典章制度比较完备。

[译文]

臣在正月十四日蒙圣上恩典，被任命为潮州刺史。即日起就走马上任,跋山涉水,水道陆路行程万里,至三月二十五日才赶到潮州任上,始与当地的官吏和百姓见面。臣详细地告诉他们,朝廷政治清明,社会安定,陛下圣明,威严而有气势,并且慈善仁爱,养育着天下的众庶万民,没有亲疏远近之分,即使我们身处天涯海角,圣上对待我们就如京城地区的百姓一样,我们也觉得像是生活在天子脚下。百姓的善举圣上一定能听到,有人为非作歹的恶迹圣上也会了解,无论是早晨朝会或是晚上退朝,圣上都谨慎勤奋,兢兢业业,唯恐全国上下出现任何安排不当的事情。圣上特意派遣我担任潮州刺史,来当面询问百姓生活上的困苦,如果有什么不能解决的问题,可以上奏国家和朝廷。国家现有的典章制度比较完备,天下安定已久。当地官吏遵守法令,承命奉行皇帝颁发的官吏考察条令,违犯国家法纪的事情非常少见。百姓即使身在野蛮荒凉的偏远地区,也都平安康泰。他们听到微臣所讲圣上的恩德,只知道欢欣鼓舞,高呼万岁,并不需要微臣采取什么治理措施,因此潮州地区太平无事。臣韩愈内心非常惶恐,叩首再叩首。

臣所领州在广府极东界①,上去广府虽云才二千里,然来往动皆经月,过海口,下恶水,涛泷壮猛②,难计程期。飓风鳄鱼,患祸不测。州南近界,涨海连天③。毒雾瘴氛,日夕发作。臣少多病,年才五十,发白齿落,理不久长。加以罪犯至重,所处又极远恶,忧惶惭悸,死亡无日。单立一身,朝无亲党④。居蛮夷之地,与魑魅为群⑤。苟非陛下哀而念之,谁肯为臣言者?

[注释]

①广府:即广东,唐代属于岭南道。②涛泷:急流大波。③涨海:南海的古称。④亲党:亲信党羽。⑤魑魅(chī mèi):古谓能害人的山泽之神怪,亦泛指鬼怪。

[译文]

　　微臣所治理管辖的潮州地处广东最东边,西距广府治所虽说只有两千里,然而来往一趟动辄就是一个月,经过海湾内的港口,穿越过凶险的河流,急流大波汹涌澎湃,难以估计行程的期限。随时会遭遇卷地而起的狂风和凶猛食人的鳄鱼,祸患吉凶难以预料。潮州南边就是边界,南海辽阔无边,看上去好像与天际相连。当地(因为湿热随处都是)有毒的雾气和瘴气,不论白天黑夜人们都可能发病。罪臣年少时就体弱多病,现在年龄只有50岁,却已经头发花白、牙齿脱落,应该活不太久了。再加上所犯罪状比较严重,又地处边远恶劣之地,难免忧愁惶恐,时常心惊肉跳,担心离死亡不远了。我孤身一人,朝野中没有亲信党羽。地处偏远的少数民族聚居地区,整日只能与山神鬼怪群居。如果不是陛下因哀悯而怜念我,又有谁愿意为罪臣向朝廷进言以求宽恕呢?

　　臣受性愚陋①,人事多所不通,惟酷好学问文章,未尝一日暂废,实为时辈所见推许。臣于当时之文,亦未有过人者。至于论述陛下功德,与诗书相表里。作为歌诗,荐之郊庙②,纪泰山之封③,镂白玉之牒④,铺张对天之闳休⑤,扬厉无前之伟迹⑥。编之乎诗书之策而无愧,措之乎天地之间而无亏。虽使古人复生,臣亦未肯多让。

[注释]

①受性:赋性,生性。愚陋:愚钝浅陋。②郊庙:古代帝王祭天地的郊宫和祭祖先的宗庙,借指国家政权。③泰山之封:秦始皇统一中国后,于二十八年东巡,登泰山,在泰山之顶行登封礼。为歌颂秦朝的丰功伟绩,并刻石于此,史称泰山刻石或封泰山碑。后世封建帝王亦常在泰山举行封禅大典。④白玉之牒:即玉牒,古代帝王封禅、郊祀的玉简文书。⑤闳休:指大业美德。⑥扬厉:意气风发,引申为发扬光大。伟迹:伟大的业绩或事迹。

[译文]

臣生性愚钝浅陋，对人情世故所知甚少，唯独非常爱好读书作文，不曾有一天暂时停止，确实受到当前一些人的推重和赞许。微臣当时所作的文章，并没有什么过人之处。至于那些论证阐述陛下功业与德行的文章，与臣所写的诗文互为表里。那些可供咏唱的诗篇，推举给朝廷，记载在泰山举行的封禅大典，镂刻在帝王封禅、郊祀的玉简文书上，对圣上的大业美德和伟大功绩极力进行铺张渲染，力求发扬光大。将陛下的丰功伟绩编入书籍史册而毫无愧色，将其置于天地之间而不会有所亏缺。即使古人能够死而复生，微臣的文章也不一定比他们的作品逊色。

伏以大唐受命有天下，四海之内，莫不臣妾，南北东西，地各万里。自天宝之后，政治少懈，文致未优①，武克不刚②，孽臣奸隶③，蠹居棊处④，摇毒自防，外顺内悖，父死子代，以祖以孙。如古诸侯，自擅其地，不贡不朝，六七十年。四圣传序⑤，以至陛下。陛下即位以来，躬亲听断，旋乾转坤，关机阖开⑥，雷厉风飞⑦，日月清照，天戈所麾⑧，莫不宁顺。大宇之下⑨，生息理极。

[注释]

①文致：指礼乐。②武克：谓以武力制敌。③孽臣：奸邪嬖幸之臣。④棊处：同"棋处"，谓如棋子一样散处。⑤四圣：四位圣明的统治者，指唐肃宗、代宗、德宗、顺宗。⑥关机：关键，枢纽。⑦雷厉风飞：同"雷厉风行"，谓像雷那样猛烈，像风那样快，比喻执行政策法令严厉迅速。也形容办事声势猛烈，行动迅速。⑧天戈：帝王的军队。麾（huī）：指挥。⑨大宇：天地之间。

[译文]

臣俯首陈述：自从大唐受天之命而享有天下，只要是国境范围之内，所有的人都是圣上的臣民，无论地处东南西北，还是远在万里之外。从唐玄宗天宝年间以后，政治上稍有懈怠，礼乐制度不够完善，国家的军事力量不够强硬，那些奸邪嬖幸之臣像蠹虫和棋子一样散布在各个角落。他们到处散布谣言却能自我防护，外表恭顺而内心悖逆，父辈死后子孙继承，祖祖孙孙，盘根错节。他们就像古代的诸侯一样，在自己的封地内专横擅权，不供奉朝廷，不朝见天子，已经持续六七十年了。圣朝的皇位经由四位圣明的君主世代相传，传位于陛下。陛下自从继承皇位以来，事必躬亲，经常听取朝臣的陈述而做出裁断，很快就扭转乾坤，使国家的政权枢纽开阖有度，执行政策法令严厉迅速，全国上下政治清明，军队一呼百应，外邦臣民无不安定归顺。天地之间充满生气，一派祥和的景象。

高祖创制天下，其功大矣，而治未太平也。太宗太平矣，而大功所立，咸在高祖之代。非如陛下，承天宝之后，接因循之余，六七十年之外，赫然兴起，南面指麾，而致此巍巍之治功也。宜定乐章，以告神明。东巡泰山，奏功皇天，具著显庸①，明示得意，使永年代，服我成烈②。当此之际，所谓千载一时不可逢之嘉会。而臣负罪婴衅③，自拘海岛，戚戚嗟嗟，日与死迫，曾不得奏薄伎于从官之内④，隶御之间⑤，穷思毕精，以赎前过。怀痛穷天，死不闭目。瞻望宸极⑥，魂神飞去。伏惟皇帝陛下，天地父母，哀而怜之，无任感恩恋阙⑦，惭惶恳迫之至。谨附表陈谢以闻⑧。

[注释]

①显庸：明显的功劳。②成烈：成就的功业。③婴衅：获罪。④从官：属官，此处指君王的随从、近臣。⑤隶御：指奴仆。⑥宸极：即北极星，借指帝王。⑦恋阙：留恋宫阙，旧时用以比喻心不忘君。⑧陈谢：表示谢意。

[译文]

　　高祖皇帝创建了大唐天下，他的功勋卓著，可是当时的社会并不安定。太宗皇帝在位期间，社会非常安定，可是他所建立的功勋都是高祖在位时期创下的。陛下的功德与他们不同，您继位于玄宗天宝之乱以后，承袭的是因循守旧、不思革新的政权余绪，能在六七十年间，使朝廷的力量显赫盛大，蓬勃兴起，面南而坐，指挥天下军队，进而在治理国家方面取得伟大壮观的政绩。理应制定出辉煌的乐章，来敬告神灵。圣上应东巡泰山，（把这些喜讯）奏告上天，毫无保留地突出显著功劳，明明白白地彰显快乐心情，让人们用诗词等来歌颂圣明的时代，臣服于我皇成就的功业。适逢此时，真可以称得上是千载难逢的好机遇。然而微臣却身担罪名，获罪在身，将自身束缚在这海岛之上，终日忧伤嗟叹，离死不远，却无法施展自己的微薄技艺，充任圣上的随从属官，只能生活在奴仆群中，费尽心思来补偿自己以前的过失。臣为之痛心毕生，即使死了也不能瞑目。满怀崇敬之情遥望朝廷，神魂早已飞到圣上身边。臣跪伏在地叩请皇帝陛下，圣上犹如罪臣的天地父母，愿陛下能怜悯罪臣（并宽恕臣以前的过错），罪臣当不胜感激，永远不会忘记圣上的大恩大德，羞愧惶恐之情，无比恳切。臣恭谨地呈上奏表，愿圣上能听到臣表达的诚挚谢意。

御史台上论天旱人饥状①

[题解]

　　据《资治通鉴》记载，唐德宗贞元十九年（803），"自正月不雨至于秋七月"，当时的京兆尹李实不仅隐瞒灾情不报，而且谎称"今年虽旱，而谷甚好"（《顺宗实录·李实》），照样横征暴敛，租税不减，造成天旱人饥的悲惨景象。当时供职京城的官员们对此讳莫如深,不敢奏明朝廷。韩愈时任监察御史,仗义执言,将京畿民不聊生的状况如实地上奏给朝廷,触怒了宗室权贵李实,被贬为连州阳山(今属广东)令。全篇文字简短而意深,表现出忧国忧民的情怀。

右②。臣伏以今年已来,京畿诸县夏逢亢旱③,秋又早霜,田种所收,十不存一。陛下恩逾慈母,仁过春阳,租赋之间例皆蠲免④,所征至少,所放至多。上恩虽弘,下困犹甚,至闻有弃子逐妻以求口食,拆屋伐树以纳税钱,寒馁道途⑤,毙踣沟壑⑥,有者皆已输纳,无者徒被追征⑦。臣愚以为,此皆群臣之所未言,陛下之所未知者也。

[注释]

①御史台:官署名,唐代御史台分为台院、殿院和察院。御史是专司谏疏皇帝、纠弹朝臣过失的官员。状:一种向上级陈述事实的公文体式。②右:古时自右向左书写,即指右方所陈述的事由内容。③京畿(jī):国都所在地及周围附近地区。亢旱:气候高热不雨,此处指久旱。④蠲(juān)免:免除。⑤馁:饥饿。⑥踣(bó):跌倒,倒毙。⑦征:指征收租税。

[译文]

陈述事由如右。微臣韩愈俯首上奏,自今年以来,京师地区所辖各县夏季遭遇了罕见的高热大旱,秋天又过早地遭到霜冻,田间的庄稼损失惨重,存活下来的不足十分一。陛下对待百姓的恩德超过慈爱的母亲,您的仁慈有过于孕育万物的春日,曾经多次根据朝廷的旧例,斟酌灾情的轻重,来减免田租赋税。所征收的赋税极少,而发放的赈济却非常多。圣上的恩德虽然很大,可是下层老百姓的困苦还是很严重,以致听说有人为了吃饱肚子而抛弃子女、赶走妻子,有人为了交纳租税而拆卖房屋、砍伐树木,有人饥寒交迫地饿死在道路上,有些冻死、饿死的人倒毙在沟沟坎坎中。有产业的人家早已倾家荡产，没有产业的人家徒然被追索征收租税。微臣愚昧地以为，这些情况都是因为群臣们没有向圣上报告，所以圣上才不知道真实情况啊。

臣窃见陛下怜念黎元①，同于赤子②。或犯法当戮，犹且宽而宥之③，况此无辜之人，岂有知而不救？又京师者，四方之腹心，国家之根本，其百姓实宜倍加忧恤。今瑞雪频降，来年必丰，急之则得少而人伤，缓之则事存而利远。伏乞特敕京兆府④，应今年税钱及草粟等在百姓腹内征未得者⑤，并且停征，容至来年蚕麦，庶得少有存立⑥。

臣至陋至愚，无所知识，受恩思效，有见辄言，无任恳款惭惧之至。谨录奏闻，谨奏。

[注释]

①黎元：老百姓。②赤子：初生的婴儿。③宥（yòu）：宽赦。④敕：皇帝的命令，此处用作动词，即命令。京兆府：主管京城及所属诸县的行政机构，当时的京兆尹是李实。⑤腹内：当时的公文用语，犹言"名下"。⑥庶：副词，表示希望和可能。

[译文]

微臣私下里了解到陛下爱惜顾念老百姓，如同父母对待婴孩一般尽心尽力。甚至有人犯了法应该被诛杀，您尚且能宽恕和赦免他们，更何况这些无罪之人，怎会明知他们的困苦而不去救济他们呢？再加上京师地区是全国各地的中心，是国家的根本，对这里的百姓理应加倍地关切和体恤。今年上天多次降落吉祥的冬雪，估计来年一定是个丰收年。如果现在急于征收租税，国家得到的少可是对老百姓的伤害却很大；如果暂缓征收租税，那么国家政事可以不受影响而又能获得长远的利益。臣俯伏在地，请求圣上颁发特殊的命令给京兆尹，凡是今年百姓名下应交纳的税钱及粮草谷米等，请一律暂停征收尚未交纳的赋税，宽容他们到明年收获蚕丝和麦子的时候，希望通过这些百姓能够勉强地过活吧。

微臣见识浅陋，天资愚钝，没有什么高深的见解，只知道深受圣上的恩宠，时刻想着报效朝廷，有所闻见，总是直言不讳，心中不胜诚恳敬惧。恭恭敬敬地把自己所了解的情况写成奏本，并且郑重地呈送给朝廷。

复仇状①

[题解]

本篇文章主要讨论如何处置孝子复仇的问题。韩愈认为，对待复仇者要从礼与法两个方面来衡量，具体案例具体分析，不能一概而论。

元和六年九月七日②，富平县人梁悦③，为父报仇杀人，自投于县请罪。敕云：复仇杀人，固有彝典④。以其伸冤请罪，视死如归，自诣公门⑤，发于天性，志在徇节，本无求生，宁失不经，特从减死，宜决杖一百⑥，配流循州⑦。由是有此议。右，伏奉今月五日敕："复仇，据《礼经》则义不同天，征法令则杀人者死。礼法二事，皆王教之端，有此异同，必资论辩，宜令都省集议闻奏者⑧。"

[注释]

①状：旧时叙述事件的文辞。②元和：唐宪宗李纯年号，元和六年即公元811年。③富平：县名，北朝魏置，治所在今甘肃庆阳西南。④彝典：指旧典。⑤公门：官署，衙门。⑥决杖：处以杖刑，用大荆条或棍棒抽击人的背、臀或腿部。⑦循州：州名，隋开皇十年（590）置，因循江而得名，治所在归善（今惠州市东），辖境相当于今广东兴宁、陆丰以西，新丰、博罗、惠阳以

东地区。⑧都省：汉代以仆射总理六尚书，谓之都省。唐垂拱中，改尚书省曰都省，后亦以指尚书省长官或尚书省政事堂。集议：共同评议。闻奏：犹奏闻，臣下将事情向帝王报告。

[译文]

宪宗元和六年九月七日，富平县人梁悦因为替其父亲报仇而杀人，事后自己向县衙投案请求降罪。圣上下敕说：为了复仇而杀人，本来就有旧典。因为梁悦已经于洗雪冤屈后自行请罪，并且把赴死看做回家，自己到衙门去投案，（为父报仇是）出于天性，意图为保全节操而死，本来就没打算求取生还的希望，宁可失去生命也不违背常理，故而特意从轻发落，减免其死罪，理应处以杖刑一百下，发配流放到循州。因此才会有这场议论。臣俯首下拜，奏明圣上，这个月第五日的帝王诏书称："对仇人进行报复的做法，如果根据《礼经》的记载，那么礼义与天理有所区别；如果依据法令来证验，那么杀人的人就要被判为死刑。礼仪和法度这两件事情，都是王者实施教化的开端，二者之间有这么多不一致的地方，一定会引起很多议论，应该命令尚书省共同评议，得出统一的意见之后，再上奏朝廷。"

朝议郎、行尚书职方员外郎、上骑都尉韩愈议曰①：伏以子复父仇，见于《春秋》②，见于《礼记》③，又见《周官》④，又见诸子史，不可胜数，未有非而罪之者也。最直详于律，而律无其条，非阙文也⑤。盖以为不许复仇，则伤孝子之心，而乖先王之训；许复仇，则人将倚法专杀，无以禁止其端矣。夫律虽本于圣人，然执而行之者，有司也；经之所明者，制有司者也。丁宁其义于经，而深没其文于律者，其意将使法吏一断于法，而经术之士得引经而议也。《周官》曰："凡杀人而义者令勿仇，仇之则死。"义，宜也。明杀人而不得其宜者，子得复仇也，此百姓之相仇者也。《公羊传》曰⑥："父不受诛，子复仇可也。"不受诛者，罪不当诛也。诛者，上施于下之辞，非百姓之相杀者也。又《周官》曰："凡报仇雠者，书于士，杀之无罪。"言将复仇，必先言于官，则无罪也。

[注释]

①朝议郎：唐、宋文阶官之制，正六品上曰朝议郎，金以后废。行尚书职方员外郎：唐、宋官制，官阶高而所理职低者称行，韩愈此时以视四品的上骑都尉任六品的职方员外郎，故称行。尚书，即尚书省，官署名，与中书省、门下省合称三省。东汉始设尚书台，或称中台。南北朝时始称尚书省，下分各曹，为中央执行政务的总机构。唐代曾改称文昌台、都台、中台，旋复旧称。职方，古代官名，《周礼·夏官》所属有职方氏，唐宋至明清皆于兵部设职方司。员外郎，南北朝简称员外散骑侍郎为员外郎，是较高贵的近侍官。隋代始于六部郎中之下设员外郎，以为郎中之助理，唐代列为六品官。员外本是定额以外添派的人，唐代有所谓员外置同正员的官，开始时用以安置冗员，后来贬降的官如州的长史、司马、参军等多加以此名，名为与正员相同，实际是有差别的。上骑都尉：唐代以后勋官之一级，在轻车都尉之下，云骑尉之上，视四品。②《春秋》：儒家经典之一，相传孔子根据鲁国的编年史修订而成。③《礼记》：儒家经典之一，是战国至汉初儒家礼仪论著的总集，内容包括礼制和儒家哲学两部分，为研究中国古代社会、文物制度、典礼、祭祀、教育、音乐和儒家学说的重要参考书，对后世影响很大。④《周官》：书名，即《周礼》，汉世初出，称《周官》。因与《尚书·周官》篇相混，改称《周官经》。西汉末列为经而属于礼，故有《周礼》之名。共分《天官》、《地官》、《春官》、《夏官》、《秋官》、《冬官》六篇。但《周官》与周时制度多不合，今文家以为是刘歆伪作。⑤阙文：原指有疑暂缺的字，后亦指有意存疑而未写出的文句。⑥《公羊传》：也叫《春秋公羊传》或《公羊春秋》，相传为战国时期齐人公羊高所著，专门阐释《春秋》。最初只有口头流传，汉初才成书。

[译文]

韩愈时任朝议郎、行尚书职方员外郎、上骑都尉，对此事发表议论说：儿子为父亲报仇，在儒家经典《春秋》、《礼记》、《周官》以及子部和史部等古代典籍中都有记载，对此类事件的看法多得不计其数，并没有非议和责难这种复仇的说法。这种案例最应该直接而详细地记载于国家法令中，但是律法中并没有著录这一条，并不是有意存疑而没有著录。大概认为如果不允许复仇，就会伤害孝子的心，违背前代君王的教导；假如允许复仇，那么人们就会依据这一法规而杀人，朝廷就没法禁止和阻挡这种局势。律法虽然根源于德高望重的圣人，然而执行律法的却是职有专司的官吏；阐发经典义理的人，是那些制定官吏职权规则的人。在经典中反复探寻公正合宜的道理或举动，同时将礼节仪式深深融会于律条之中，他们的意图在于使司法官吏完全靠律法来处理案件，而且饱通经学的读书人能够引经据典，展开议论。《周官》上说："凡是依据正义而杀死人，不许复仇，否则处以死刑。"义是宜的意思，明确指出那些杀了人而不能得到适当对待的人他的儿子可以复仇，这就是百姓口中的相互结仇的人吧。《公羊传》中说："父亲如果因冤枉而被杀，儿子复仇就是可以的。"不受诛的意思就是罪不当杀头。诛，是上级施加给下级的命令，并不是老百姓之间相互残杀。《周官》中又说："所有要报复自己仇敌的人，只要上书奏明统治阶级中的士大夫阶层，杀人就无罪。"意思是凡是打算复仇的人，一定要先把自己的想法告诉地方官吏，这样就不会被定罪了。

今陛下垂意典章，思立定制，惜有司之守，怜孝子之心，示不自专，访议群下①。臣愚以为，复仇之名虽同，而其事各异。或百姓相仇，如《周官》所称可议于今者；或为官所诛，如《公羊》所称不可行于今者。又《周官》所称将复仇，先告于士则无罪者。若孤稚羸弱②，抱微志而伺敌人之便③，恐不能自言于官，未可以为断于今也。然则杀之与赦，不可一例，宜定其制。曰：凡有复父仇者，事发具其事④，申尚书省，尚书省集议奏闻，酌其宜而处之，则经律无失其指矣。谨议。

[注释]

①访议：咨询，谋议。群下：泛指僚属或群臣。②孤稚：无父或无父母的幼儿。③微志：谦词，微小的志愿。④具：备，办。

[译文]

现在陛下关心法令制度，考虑制定统一的制度，重视地方官吏的操守，怜惜孩子对父母孝顺的心意，为显示自己并非独断专行的人，特意向群臣广泛咨询。微臣愚昧地认为，复仇的名称虽然相同，可是具体到每件事，情况又各不相同。有的复仇属于百姓之间相互复仇，如《周官》所说的可以复仇的情况，在今天的背景下就可以再议论；有的被官府诛杀，如《公羊传》所说的父亲被枉杀而复仇的情况，就不能在当今社会施行。又如《周官》所说的，如果想要复仇，就应先上书奏明士大夫阶层，杀人的行为才会被认为是无罪的，像那幼孤弱小之人，怀抱着微小的志愿而等待着报复仇敌的机会，恐怕不能自己向官府汇报（打算复仇的想法），不能够作为今天判断的标准。这样看来，对复仇之人是杀头还是赦免，不能一概而论，应该制定出统一的执行标准。臣进言说：凡是遇到为父亲报仇的人，事情发生后能把事情的前因后果向尚书省陈述清楚，经由尚书省共同评议和上奏朝廷，加以酌情处理，那么经义和律令就不会失去它制定时的本来目的和意义。谨慎地表明自己的观点。

赠太傅董公行状①

[题解]

本篇全名为《故金紫光禄大夫检校尚书左仆射同中书门下平章事兼汴州

刺史充宣武军节度副大使知节度事管内支度管田汴宋亳颍等州观察处置等使上柱国陇西郡开国公赠太傅董公行状》，着重反映状主反对藩镇割据、维护国家统一的重大功绩，具有较高的史料价值。明代茅坤在《唐宋八大家文钞》中称此文"点次情事如画，而语亦壮"。

公讳晋，字混成，河中虞乡万岁里人②。少以明经上第③。宣皇帝居原州④，公在原州，宰相以公善为文，任翰林之选，闻召见，拜秘书省校书郎⑤。入翰林为学士⑥，三年出入左右，天子以为谨愿⑦，赐绯鱼袋⑧，累升为卫尉寺丞⑨。出翰林，以疾辞，拜汾州司马⑩。崔圆为扬州⑪，诏以公为圆节度判官⑫，摄殿中侍御史⑬。以军事如京师朝，天子识之，拜殿中侍御史内供奉。由殿中为侍御史，入尚书省为主客员外郎，由主客为祠部郎中⑭。

[注释]

①赠：古代帝王为已死的官员及其亲属加封。太傅：官名，古代三公之一。周代始置。东汉以太傅为重臣之首，亦相当于宰相之任，与太尉、司徒、司空、大将军合称五府。唐代则以太尉、司徒、司空为三公，以太师、太傅、太保为三师。多以年高有德者为之，但仅为优待大臣之荣衔，并无实权。行状：一种记述死者生平行事的文体名称，亦称行述。②河中：府名，唐开元八年（720）升蒲州置，以位于黄河中游而得名。同年改为蒲州。乾元时复改为河中府。治所在河东（今山西永济县蒲州镇），辖境相当于今山西西南部龙门山以南的稷山、运城、芮城以西及陕西大荔东南部等地。虞乡：县名，汉代解县地，后魏改置南解县，北周改虞乡，今属山西省永济县。③明经：隋唐科举制度取士的科目之一。汉代以明经射策取士。隋炀帝置明经、进士二科，以经义取者为明经，以诗赋取者为进士。唐代进士科特受重视，以后其他科目仅存空名，无足轻重。唐代李肇《唐国史补》云："缙绅虽位极人臣，不由进士者，终不为美。"④宣皇帝：指唐肃宗李亨，唐玄宗第三子。天宝十四年（755），安史之乱爆发。次年潼关失守，唐玄宗率文武官员仓皇逃往四川。太

子李亨据玄宗制诏率领众将士数百人北上，六月由乌氏驿到达原州。七月，李亨在灵州（今宁夏灵武西南）继位，改元至德，是为肃宗。原州：州名，北魏正光五年（524）置，治所在高平城（今宁夏固原），辖境相当于今宁夏固原至甘肃平凉一带。唐末移治临泾（今镇原）。⑤秘书省：官署名，东汉始置秘书监一官，典司图籍。南北朝以后始设秘书省，其主官称秘书监，下有少监、丞及秘书郎、校书郎、正字等官，领国史、著作二局。唐代改称兰台、麟台。校书郎：东汉时，征召学士至兰台或东观宫中藏书处校勘典籍，其职为郎中者称校书郎中，其职为郎者称校书郎。三国魏始置校书郎官职，司校勘宫中所藏典籍诸事。唐以后历代因之。⑥翰林学士：官名。唐玄宗开元初以张九龄、张说等掌四方表疏批答、应和文章，号"翰林供奉"，与集贤院学士分司起草诏书及应承皇帝的各种文字。德宗以后，翰林学士成为皇帝的亲近顾问兼秘书官，常值宿内廷，承命撰拟有关任免将相和册后立太子等事的文告，有"内相"之称。唐代后期，往往即以翰林学士升任宰相。⑦谨愿：谨慎，诚实。⑧绯鱼袋：旧时朝官的服饰，指绯衣与鱼符袋。唐制，五品以上官员，给随身鱼符，皆盛以袋，谓之鱼袋。三品以上饰以金，五品以上饰以银。刻姓名者，去官纳还，不刻者传佩相付。景云中，诏衣紫者鱼袋以金饰之，衣绯者以银饰之。开元中，许致仕者佩鱼终身，自是百官赏绯、紫必兼鱼袋，谓之章服。⑨卫尉：汉承秦制，以卫尉掌宫门卫屯兵，属官有卫士令丞及八屯卫候司马。唐制则卫尉寺卿一人，从三品官，下置少卿二人，丞二人，掌器械文物，总武库、武器、守宫三署。但实际所掌只有殿廷之帷幕等琐事，与汉代之卫尉掌卫兵及门禁者迥然不同。寺丞：官署中的佐吏。⑩汾州：州、府名，北魏太和十二年（488）置州，此后屡有改置。唐初改为汾州，辖境相当于今山西汾阳、介休、平遥、孝义、灵石等县地。司马：官名，古代中央政府中掌管军政和军赋的长官。汉大将军、将军、校尉之属官都有司马，专掌兵事。隋唐州府佐吏有司马一人，位在别驾、长史之下，掌兵事，或为置贬谪及闲散官员。⑪崔圆：青州（今山东潍坊市一带）益都人，崔亮八世孙。安史之乱初起，玄宗仓皇出逃，后避乱西川。崔圆时任剑南节度副使，积极整修军备，建造宫舍，上书迎驾。玄宗感动，拜圆为中书侍郎、同中书门下平章事（宰相），仍兼剑南节度使。天宝十五年（756），肃宗继位，崔圆与房琯、韦见素一起辅佐肃宗，指挥平息安史之乱，以功拜中书令，封赵国公。乾元元年（758）罢相，留守东都洛阳。次年因惧怕乱军而弃城不守，被罢官。后由于名将李光弼的推荐，又历任怀州刺史、汾州刺史、淮南节度使、检校尚书右仆射、左仆射等官职。卒赠太子太师，谥"昭襄"。⑫节度：官名，三国吴孙权始置，掌管军粮。至唐以后则为领兵之官，即节度使。判官：唐宋时辅助地方长官处理公事的人员。⑬侍御史：官名，始见于《汉书·百官公卿表》，然一般只称为御史。《魏书·百官志》始以侍御史、殿中侍御史分别言之。唐制，侍御史负责审讯案件、纠劾百官、处理衙署和御史台内部事务等。⑭祠部郎中：唐代官职，执掌祠祀、享祭、天文漏刻、国忌庙讳、卜筮、医药、僧尼之事。

[译文]

　　董公的名讳叫晋，字混成，河中府虞乡县万岁里人氏。年少时以明经科登第。（安史之乱中）肃宗皇帝暂居原州时，董公正在原州，当时的宰相因为董公善于写文章，选任于翰林院，（圣上）听说后召见他，官拜秘书省校书郎。董公任翰林院学士后，随侍圣上三年多，圣上认为他为人谨慎而诚实，赐予他绯鱼袋，官职逐渐升至卫尉寺丞。离开翰林院后，公以疾病为名请求辞官，被授官为汾州司马。崔圆时任淮南节度使，驻地扬州，下诏任用董公为淮南节度使判官，代理殿中侍御史。董公以军职到京师朝觐，圣上还认识他，官拜殿中侍御史内供奉。后来由殿中侍御史内供奉升为侍御史，又到尚书省担任主客员外郎。

　　先皇帝时①，兵部侍郎李涵如回纥立可敦②，诏公兼侍御史，赐紫金鱼袋，为涵判官。回纥之人来曰："唐之复土疆，取回纥力焉。约我为市，马既入，而归我贿不足③，我于使人乎取之④。"涵惧不敢对，视公。公与之言曰："我之复土疆，尔信有力焉。吾非无马，而与尔为市，为赐不既多乎？尔之马岁至，吾数皮而归资。边吏请致诘也⑤，天子念尔有劳，故下诏禁侵犯。

诸戎畏我大国之尔与也，莫敢校焉。尔之父子宁而畜马蕃者，非我谁使之？"于是其众皆环公拜，既又相率南面序拜，皆两举手曰："不敢复有意大国。"自回纥归，拜司勋郎中，未尝言回纥之事。迁秘书少监⑥，历太府、太常二寺亚卿⑦，为左金吾卫将军⑧。

[注释]

①先皇帝：即唐玄宗李隆基。②兵部侍郎：唐代官职，为兵部尚书的副职。李涵：高平王李道立曾孙，宋州刺史李少康之子。简素恭慎，有名宗室，累授赞善大夫、兼侍御史、关内盐池判官，人谓之"宗枝之英，纯厚忠信"，历肃宗、代宗、德宗三朝，曾官宗正少卿、河北宣慰使、苏州刺史兼御史大夫、浙江西道都团练观察使、京畿观察使、检校工部尚书兼光禄卿等，以右仆射致仕，卒后追赠为太子太保。回纥：古代民族名兼国名，为袁纥后裔，初受突厥统辖，唐天宝三年灭突厥后建立可汗政权，贞元四年（788）改称回鹘，开成五年（840）被黠戛斯所灭，余众分三支西迁：一迁吐鲁番盆地，称高昌回鹘或西州回鹘；一迁葱岭西楚河畔，称葱岭西回鹘；一迁河西走廊，称河西回鹘。可敦："可贺敦"的省称，古代鲜卑、柔然、突厥、回纥、蒙古等民族对可汗妻的称呼。③赆：财物。④使人：奉命出使的人。⑤致诘：究问，推究。⑥秘书少监：官名。东汉桓帝时置秘书监，掌邦国经籍图书著作等事。自隋至宋置秘书省，以监为长官，少监次之。⑦太府、太常二寺亚卿：即太府寺少卿和太常寺少卿。太府，官名。南朝梁始置太府寺，与少府寺相对，均为供应皇室用度之官，而以太府专管库储出纳，少府专管工程制造。唐代曾改太府为外府，不再以皇室私用为职掌，而变为国家钱谷之保管出纳机构。唐代置太府寺卿一人，从三品，少卿二人，从四品。太常，官名，秦置奉常，汉景帝中元六年（前144）改名太常，为九卿之一，掌礼乐郊庙社稷事宜。至北齐，设太常寺，有卿（正三品）、少卿（正四品）各一人。⑧左金吾卫将军：古代官名，左右金吾卫为唐代十六卫之一，置上将军、大将军各一人，将军各二人，掌京城巡警，与其他各卫略有不同。金吾卫所属有左右街使，分掌六街之巡警，每日按鼓声启闭坊市门。

[译文]

　　玄宗皇帝在位时,兵部侍郎李涵出使到回纥,参与回纥册立可贺敦的相关事宜,(圣上)下诏书令董公兼任侍御史,并赐给他紫金鱼袋,任李涵的兵部判官。回纥的使者来传递消息说:"大唐收复边疆时,曾大力借助回纥的兵力。当初与我们回纥约定互相做买卖,回纥的马已经送到大唐界内,可是大唐回赠的财物却很少,我让奉命出使的人来取回财物。"李涵内心惧怕不敢应对,转而看着董公。董公对使者说:"我大唐收复国土,你们回纥确实出力不少。大唐并不是没有马,可是还要与你回纥约定互市,赐予你们的财物还不多吗?你们的马每年送到大唐疆域内,我国都是根据毛皮的数量来回赠财物。边疆的官吏请求朝廷推究这件事,圣上念在回纥有功的分儿上,特意下诏书禁止他们对回纥动武。其他少数民族畏惧我们泱泱大国与你回纥交往密切,没有谁敢跟你们计较。你们回纥两代人能保持地区安宁,骏马肥壮,不是我大唐还有谁能让你们做到这一点呢?"于是回纥部众将董公围绕在中间,都对着他行礼参拜;接着又相继面朝南方(指大唐疆域方向)次序而拜,都举起双手宣誓说:"再也不敢对大唐国度有非分之想了。"从回纥回国后,董公官拜司勋郎中,却从未提及出使回纥的情形。后升为秘书少监,历官太府寺少卿、太常寺少卿,晋升为左金吾卫将军。

　　今上即位,以大行皇帝山陵出财赋①,拜太府卿,由太府为左散骑常侍兼御史中丞知台事②,三司使选擢材俊有威风③。始公为金吾未尽一月,拜太府。九日,又为中丞,朝夕入议事。于是宰相请以公为华州刺史,拜华州刺史④,潼关防御、镇国军使⑤。朱泚之乱⑥,加御史大夫。诏至于上所,又拜国子祭酒兼御史大夫⑦,宣慰恒州⑧。于是朱滔自范阳以回纥之师助乱⑨,人大恐。公既至恒州,恒州即日奉诏出兵与滔战,大破走之,还至河中。

[注释]

①大行皇帝：对刚去世的皇帝的敬称。财赋：财货赋税。②左散骑常侍：官名。秦汉设散骑（皇帝的骑从）和中常侍，三国魏时并为散骑常侍，在皇帝左右规谏过失，以备顾问。南北朝时属中书省，隋代属门下省，唐代分属门下省和中书省，在门下省者称左散骑常侍，在中书省者称右散骑常侍。虽无实际职权，仍为尊贵之官，多用为将相大臣的兼职。御史中丞：官名，汉以御史中丞为御史大夫的助理。外督部刺史，内领侍御史，受公卿章奏，纠察百僚，其权颇重。东汉以后不设御史大夫时，即以御史中丞为御史之长。北魏一度改称御史中尉。唐宋虽复置御史大夫，亦往往缺位，即以中丞代行其职。③三司：唐以御史大夫、中书、门下为三司，主理刑狱。④华州：州名，西魏废帝三年（554）改东雍州置。隋大业初废。唐武德初复置，治所在郑县。武则天圣历（698—700）后辖境相当于今陕西华县、华阴、潼关及渭北的下邽镇附近地区。后一再改名，辖境亦屡有变迁。华州前据华山，后临泾、渭，左控潼关，右阻蓝田关，历来为关中军事重地。⑤潼关：关隘名，古称桃林塞。东汉时设潼关，故址在今陕西省潼关县东南，处陕西、山西、河南三省要冲，素称险要。⑥朱泚：唐朝武将，幽州昌平（今北京昌平南）人。与其弟朱滔同为幽州卢龙军节度使李怀仙部将。大历七年（772），朱泚为卢龙节度使，封怀宁郡王。后出屯奉天，迁检校司空陇右节度副大使，仍知河西泽潞行营兵马事。德宗立，改镇凤翔，加中书令，进拜太尉。因其弟朱滔叛乱，被囚于京城。建中四年（783），泾原军哗变，迎泚入宣政殿。朱泚自号大秦皇帝，改元应天。次年被李晟所破，逃往宁州彭原县（今甘肃庆阳西南），为部将梁廷芬等所杀。⑦国子祭酒：古代学官名，西晋武帝咸宁四年（278）设，以后历代多沿用，为国子学或国子监的主管官。⑧宣慰：谓大臣代表皇帝视察某一地区，宣扬政令，安抚百姓。恒州：州名，北周宣政元年（578）分定州置，治所在真定。唐代辖境相当于今河北石家庄市和正定、藁城、灵寿、行唐、井陉、获鹿、平山、阜平等县地。元和十五年（820）避穆宗名讳，改名镇州。唐五代时曾先后为恒冀节度使、顺德军节度使治所。⑨范阳：唐方镇名，即幽州，后兼卢龙。先天二年（713）为防御奚、契丹置幽州节度使，天宝元年（742）改名范阳，为玄宗时边防十节度使之一。治所在幽州（今北京城西

南）。辖境屡有变动，较长期领有幽、蓟、平、檀、燕等州。宝应元年（762）复改幽州节度使，兼领卢龙节度使，为河北三镇之一。先后为李怀仙、朱希彩、朱泚、刘济、张仲武、李全忠等父子兄弟割据。

[译文]

当今圣上继承皇位，董公因负责支付大行皇帝陵墓修建的财货赋税等，官拜太府卿，由太府卿升为左散骑常侍兼御史中丞，代行御史大夫的职权。时御史大夫、中书、门下为三司，让董公负责选拔才俊，很有威风。起初董公任掌管治安的武职官员，没有满一个月，到太府门拜谢。过了九天，又任御史中丞，无论早晚均可入朝议事。于是宰相请他任华州刺史，兼潼关防御和镇国军使。叛贼朱泚犯上作乱时，朝廷加封董公为御史大夫。诏书上呈到圣上手中，又封他为国子祭酒兼御史大夫，代表皇帝视察恒州，宣扬政令，安抚百姓。于此时，朱滔从范阳起兵，借助回纥军队的力量作乱，人们都很恐怖。董公到达恒州之后，朝廷驻扎在恒州的军队当天就奉皇上的诏书与朱滔展开恶战，朱滔叛军大败逃离，董公也回到故乡河中。

李怀光反①，上如梁州②。怀光所率皆朔方兵，公知其谋与朱泚合也，患之，造怀光，言曰："公之功天下无与敌，公之过未有闻于人。某至上所，言公之情，上宽明，将无不赦宥焉。乃能为朱泚臣乎？彼为臣而背其君，苟得志，于公何有？且公既为太尉矣③，彼虽宠公，何以加此？彼不能事君，能以臣事公乎？公能事彼，而有不能事君乎？彼知天下之怒，朝夕戮死者也，故求其同罪而与之，比公何所利焉？公之敌彼有余力，不如明告之绝，而起兵袭取之，清宫而迎天子④，庶人服而请罪有司，虽有大过，犹将揜焉。如公则谁敢议？"语已，怀光拜曰："天赐公活怀光之命。"喜且泣，公亦泣。则又语其将卒，如语怀光者。

将卒呼曰:"天赐公活吾三军之命。"拜且泣,公亦泣。故怀光卒不与朱泚。当是时,怀光几不反。公气仁,语若不能出口;及当事,乃更疏亮捷给⑤。其词忠,其容貌温,然故有言于人,无不信。

[注释]

①李怀光:唐朝将领。渤海靺鞨人,本姓茹,其先以战功赐姓李。怀光少年从军,以军功累进都虞侯,检校刑部尚书,为宁、庆等州节度使,转邠宁、朔方节度使。曾奉命抵御吐蕃,讨伐魏博镇田悦。泾原兵变,德宗逃奔奉天,朱泚攻奉天,怀光前往救援,因功进副元帅、中书令。德宗因听信卢杞等人挑唆,不让他入朝,他于是联合朱泚反叛,迫使德宗逃往汉中。贞元元年(785),兵败自杀。②梁州:州名,三国魏景元四年(263)分益州置,治所在沔阳(今陕西勉县东),晋太康中移治南郑(今汉中)。其后辖境逐渐缩小,唐代约有今陕西城固以西的汉水流域,兴元元年(784)升为兴元府。③太尉:官名。秦以太尉为全国最高军事长官,与掌政务的丞相、掌监察的御史大夫共同负责国务。汉武帝时改称大司马,东汉时仍称太尉,与司徒、司空并称三公。历代亦多曾沿置,但渐变为加官,无实权,一般常用作武官的尊称。④清宫:清理宫室。古代帝王行幸所至,必先令人检查起居宫室,使其清静安全,以防发生意外。⑤疏亮:豁达直爽。捷给:应对敏捷。

[译文]

李怀光反叛朝廷,圣上逃到梁州。李怀光率领的部队都是北方士兵,董公知道李怀光计划跟朱泚会合,十分担心,就去拜访李怀光,说:"您的功劳天下没有人能与您相比,您的过错却不为人所知。我到圣上居住的地方,(对圣上)陈述了您忠于国家的心情。圣上宽厚贤明,没有什么不能宽恕和原谅的。您竟然愿意做朱泚的臣子吗?他作为臣子反而背叛他的君主,如果能够实现志愿,对于您来说有什么收获呢?况且您已经身为太尉了,朱泚即使愿意宠信于您,又能够把您的官职加封到什么程度呢?他连自己的国君都不愿意服侍,又怎么能对您有君臣之义呢?您连他都能够服侍,反而不能服侍自己的君主吗？他知道天下臣民对自己的愤怒，到处都是整天想着怎么样才能杀死他的人，他希望有人能与他共同分担罪责，这对您有什么好处呢？您很有力量与他对抗，还不如明明白白地告诉他要与他决绝，同时带领军队袭击他，提前清理宫室准备迎接圣驾，老百姓对您心悦诚服，就会向官府请罪，即使您犯有大的过失，也会尽量替您掩盖。如果您这样做了，又有谁敢非议您呢？"董公的话刚说完，李怀光叩首便拜，说："真是上天的恩赐啊，让您来救活我的性命。"李怀光喜极而泣，董公也为之落泪。董公于是又将这番话告诉李怀光手下的将士们，跟劝说李怀光的态度一样。将士们也都高呼说："真是上天的恩赐啊，让您来营救我们三军将士的性命。"他们一起叩拜董公，并且感激涕零，董公也眼泪盈盈。因此李怀光最终没有跟朱泚合谋叛乱。当时，李怀光几乎已经要跟随朱泚反叛而不愿意回归朝廷了。董公平日正气凛然，仁义待人，看上去言辞木讷；等到处理事务的关键时候，却能更加豁达直爽，应对敏捷。他的言辞忠诚，容貌温和，然而只要曾经答应过别人什么，没有不守信用的。

明年，上复京师，拜左金吾卫大将军；由大金吾为尚书左丞①，又为太常卿；由太常拜门下侍郎平章事②。在宰相位凡五年，所奏于上前者，皆二帝三王之道③，由秦汉以降未尝言。退归，未尝言所言于上者于人。子弟有私问者，公曰："宰相所职系天下。天下安危，宰相之能与否可见；欲知宰相之能与否，如此视之其可。凡所谋议于上前者，不足道也。"故其事卒不闻。以疾病辞于上前者不已，退以表辞者八，方许之。拜礼部尚书④，制曰："事上尽大臣之节。"又曰："一心奉公。"于是天下知公之有言于上也。

[注释]

①尚书左丞：唐制，尚书省仆射之下设左、右丞，分别总领尚书省六部的事务。左丞领吏、户、礼三部，右丞领兵、刑、工三部。左、右丞的地位与六部的侍郎相等，但因在六部之上，序列在侍郎之前，总称丞郎。②门下侍郎：官名，秦汉时称黄门侍郎，君主近侍官。唐天宝中设门下侍郎二人，正三品，为门下省长官侍中之副。唐宋时多以此官同平章事为宰相之称。平章事：同中书门下平章事的简称。唐初虽在名义上以三省长官为宰相，实际上又在其他职官中特派若干人分担宰相之任。至高宗时始定同中书门下平章事之称，意谓与中书门下的长官共同商处国事。唐代定制，加同平章事的，必有本官，或是中书侍郎、门下侍郎，或是六部尚书侍郎，或是尚书左右丞，或是中书门下两省的其他高级职官，大约都在五品以上。平章，就是商量处理的意思。③二帝三王：泛指古代的贤明君主。二帝，指唐尧与虞舜。三王，指夏禹、商汤、周武王。④礼部尚书：隋唐时期，始确定以六部为尚书省之组成部分，尚书则是六部的最高长官。礼部尚书官阶三品，掌礼仪、祭祀、宴飨、贡举之政令。

[译文]

第二年，天子收复京师，拜董公为左金吾卫大将军；由左金吾卫大将军升为尚书左丞，又升为太常卿；后来又由太常卿拜门下侍郎平章事。董公任宰相五年间，上呈天子的奏折都是陈述古代圣贤明君治国的大道理，自秦汉以后没有提及。退朝回家后，从未给家里人说过上书朝廷的事情。子侄后辈有人在私下里问他，他回答说："宰相的职责牵系天下大事。天下百姓的安危，可以反映出一个宰相是否真有能力治理国家大事；而要想知道一个宰相的能力大小，只有这样才能看出来。我在圣上面前谋划的策略，不值得一提。"因此董公上奏朝廷的事情最终不得而知。董公因为疾病，当面向圣上请辞不知有多少次，退朝后上呈请辞的奏表有八次，圣上才允许他辞官。董公官拜礼部尚书时，圣上的制诰中写道："侍奉皇上能竭力尽到大臣的节操。"制诰又说："一心奉公。"于是天下百姓都知道董公曾向皇帝上表进言。

初，公为宰相时，五月朔会朝，天子在位，公卿百执事在廷①，侍中赞，百僚贺。中书侍郎平章事窦参摄中书令②，当传诏，疾作不能事。凡将大朝会③，当事者既受命，皆先日习仪。于时未有诏，公卿相顾，公逡巡进④，北面言曰："摄中书令臣某病不能事，臣请代某事。"于是南面宣致诏词。事已复位，进退甚详。为礼部四年，拜兵部尚书⑤，入谢，上语移时⑥。复有入谢者，上喜曰："董某疾且损矣。"出语人曰："董公且复相。"既二日，拜东都留守，判东都尚书省事，充东都畿汝州都防御使兼御史大夫⑦，仍为兵部尚书。由留守未尽五月，拜检校尚书左仆射同中书门下平章事、汴州刺史、宣武军节度副大使、知节度事⑧，管内支度、营田、汴宋亳颍等州观察处置等使⑨。

[注释]

①执事：有职守之人，此处指文武百官。②中书侍郎：中书省下设侍郎二人，正三品，掌贰令之职，参与朝廷大政，负责颁授册命、接受四夷朝拜的表疏等。窦参：字时中，唐朝岐州人。德宗时曾任宰相，后被贬至柳州（今广西柳州市）、郴州（湖南省郴州市）别驾、驩州（现越南荣市）司马，不久赐死。③朝会：谓诸侯、臣属及外国使者朝见天子。④逡巡：因为有所顾虑而徘徊不前。⑤兵部尚书：相当于《周礼》六官中的大司马，故后世以大司马为兵部尚书的通称。唐代兵部置尚书一人，侍郎二人，掌天下军卫武官选授之政令。⑥移时：超过一个时辰（两个小时）。⑦汝州：州名，隋大业二年（606）改伊州置，以州境有汝水而得名，次年废。唐武德时复置，贞观时改伊州为汝州，治所在梁县（今河南临汝），辖境相当于今河南北汝河、沙河流域各县。⑧检校：审查核对，核实。尚书左仆射：仆射意谓主任或领班，汉代很多机构都置有仆射，以后只存在尚书仆射，变为专官。南北朝时在尚书省置令一人，左、右仆射各一人，仆射虽为副职，与令的地位不相上下。因唐太宗未即位之前曾任尚书令，故此官不轻授人，经常以左右仆射代居尚书令之位，与中书令、侍中同为宰相。汴州：州名，北周宣帝改梁州置，因州城临汴水而得名，

治所在浚仪（今开封市）。唐代移治开封县，辖境相当于今河南开封市和开封、封丘、尉氏、杞县、兰考等县地。宣武军：唐方镇名，德宗建中二年（781）初置宣武军，治所在汴州。兴元元年（784），辖境领有汴、宋、濮、颍、曹、陈六州。五代后梁建东都，改为开封府。⑨内支度、营田、汴宋亳颍等州观察处置等使：唐代各道节度使多兼支度、营田、招讨、经略使。《新唐书·职官志》载，"凡天下边军，有支度使，以计军资粮仗之用兼支度、营田、招讨、经略使，则有副使、判官各一人"。支度，支出。营田，即屯田，汉以后历代政府利用兵士或召募流民于驻扎地区种田，以供军饷。

[译文]

　　起初，董公任宰相时，有年五月初一，是诸侯、臣属及外国使者朝见天子的日子。当时天子端坐龙位，文武百官侍立朝廷，门下省的长官侍中大人主持礼仪，众大臣共同祝颂。时任中书侍郎平章事的窦参代理中书令，正当传达诏书的时候，窦参却因急病发作不能上朝履行职责。（按照惯例）每次要举行大型的朝会，与此相关的官员一旦接受命令，都要提前熟悉朝会的礼仪。当时没有圣上的诏书，众大臣互相观望（不知道该如何是好）。董公迟疑徘徊，欲行又止，朝北跪拜天子，上奏说："代理中书令的大臣窦参因病不能处理朝事，微臣请求圣上恩准，让臣临时替代他做这件事。"于是皇帝命令董公传达圣上的诏书。事情结束后，董公回到自己的位置，该进则进，该退则退，言行非常适度。他在礼部任职四年，后官拜兵部尚书，进入皇宫向皇帝谢恩，皇帝跟他谈话超过了一个时辰。当时又有其他人进宫谢恩，皇帝高兴地说："董晋的病情很快就减轻了。"那人出宫之后告诉外面的人说："董公就要再次当宰相了。"过了两天，董公官拜东都洛阳的留守，辅助处理东都尚书省的事务，充任东都附近汝州的都防御使兼御史大夫，官职仍为兵部尚书。董公出任东都留守不到五个月，官拜检校尚书左仆射同中书门下平章事、汴州刺史、宣武军节度副大使，主管宣武军节度使的事务，负责内支度使、营田使、汴宋亳颍等州观察处置使等事务。

汴州自大历来多兵事①。刘玄佐益其师至十万②，玄佐死，子士宁代之③，畋游无度。其将李万荣乘其畋也，逐之。万荣为节度一年，其将韩惟清、张彦林作乱，求杀万荣不克。三年，万荣病风，昏不知事，其子乃复欲为士宁之故。监军使俱文珍与其将邓惟恭执之归京师，而万荣死。诏未至，惟恭权军事。公既受命，遂行。刘宗经、韦弘景、韩愈实从④，不以兵卫。及郑州⑤，逆者不至。郑州人为公惧，或劝公止以待。有自汴州出者，言于公曰："不可入。"公不对，遂行，宿圃田⑥。明日，食中牟，逆者至，宿八角。明日，惟恭及诸将至，遂逆以入。及郛⑦，三军缘道欢声，庶人壮者呼，老者泣，妇人啼。遂入以居。初，玄佐死，吴凑代之⑧，及巩⑨，闻乱归。士宁、万荣皆自为而后命，军士将以为常，故惟恭亦有志。以公之速也，不及谋，遂出逆。既而私其人，观公之所为以告，曰："公无为。"惟恭喜，知公之无害己也，委心焉⑩。进见公者，退皆曰"公仁人也"。闻公言者，皆曰"公仁人也"，环以相告，故大和。

[注释]

①大历：唐代宗李豫年号（766—779）。②刘玄佐：本名刘洽，滑州匡城（今河南长垣西南）人。早年为县衙捕头，后以军功当上永平军牙将，历任宋州刺史、御史中丞、御史大夫。先后于濮州克杨令晖、陈州破李希烈，为汴宋节度使、陈州诸军行营都统。德宗回长安，赐名为刘玄佐，官至泾原四镇北庭等道兵马副元帅、宣武军节度使。贞元八年（792）四月，刘玄佐死，后被追赠为太傅。③子士宁：宣武军节度使刘玄佐之子。刘玄佐死后，刘士宁继任，淫乱残忍，出畋辄数日不返。都知兵马使李万荣深得人心，一日趁士宁外出游猎，三军将士遂闭城门，驱逐刘士宁，德宗授李万荣为留后。此后宣武军越发骄傲蛮横，陆续又发生了韩惟清兵变、李迺事件、邓惟恭兵变、陆长源事

件等四次兵变。④刘宗经：左仆射、彭城郡公刘晏次子，曾任国子祭酒。韦弘景：京兆人，贞元中始举进士，曾官刑部侍郎、陕虢观察使、礼部尚书充东都留守、东都尚书省事等，卒赠尚书左仆射。素以鲠亮见称，自长庆以来，目为名卿。⑤郑州：州名，隋开皇元年（581）改荥州置，治所在成皋（后改汜水，今河南荥阳市汜水镇），唐贞观时移治管城（今河南郑州市），辖境相当于今河南郑州市、荥阳、新郑、中牟及原阳西南部地。⑥圃田：古泽薮名，一作甫田，又名原圃、圃中，故地在今河南中牟县西，对古黄河下游及鸿沟水系的水量有调节作用。⑦郭：古代城圈外围的大城。⑧吴凑：濮州濮阳（今河南濮阳）人，居官处世小心谨慎，为政勤俭，官至检校兵部尚书、右金吾大将军，卒赐尚书左仆射。⑨巩：县名，即今河南巩义市。汉代属河南郡。以在洛水之间，四面皆山，可以巩固，故名。⑩委心：把心放下。

[译文]

　　自代宗大历年间以来，汴州就战乱不断。宣武军节度使刘玄佐把他统辖的军队增加到十万人，刘玄佐死后，其子刘士宁取代他做了宣武军节度使，他游猎无度。刘士宁手下的将领都知兵马使李万荣趁着士宁出城狩猎，驱逐了士宁（掌握军权）。李万荣任宣武军节度使一年后，他手下的将领韩惟清、张彦林又趁机作乱，想杀死李万荣却没有成功。三年后，李万荣患风瘠，处于昏迷状态无法处理军中事务，他的儿子于是想仿效刘士宁的做法（自任宣武军节度使）。监军使俱文珍和其部将邓惟恭逮捕李万荣之子，打算将他送回京师，此时李万荣病死了。皇帝敕封的诏书还没有到达时，邓惟恭暂且代理军务。董公已经接受皇命，于是立即动身启程，刘宗经、韦弘景、韩愈三人跟随赴行，并没有带领士兵防卫。（董公等人）到了郑州，汴州还没有人来迎接。郑州的百姓替董公担忧，有人劝董公停下来看看情况再做决定。有人从汴州出来，告诉董公说："不能进城啊。"董公不回答，继续前行，住宿在圃田。第二天，在中牟吃饭时，迎接的人到了，住宿在八角。次日，邓惟恭及其手下的诸位将领到达，把董公等人迎接进城。到了外城，三军将士沿道欢迎的声音响彻云霄；平民百姓中青壮年人大声欢呼，老年人激动地流泪，妇女们则啼哭不止。董公等人于是入城居住下来。起初，刘玄佐死后，吴凑代替他的职位，到了巩县地界，听说汴州发生叛乱就返回去了。刘士宁和李万荣都是自立为宣武军节度使，而后才得到皇命敕封，军中将士已经习以为常，因此邓惟恭也想自立为宣武军节度使。因为董公行事迅速，邓惟恭还来不及谋划这件事，于是就出城迎接董公。随后，惟恭身边亲近的人暗中观察董公的所作所为，并且把这些情况及时报告惟恭，说："董公没有采取什么举动。"惟恭很高兴，知道董公没有加害自己的意思，这才放下心来。前去谒见董公的人，回来后都说"董公真是德行高尚之人啊"。听过董公说话的人，都说"董公真是品德高尚之人啊"，围绕在惟恭身边的人互相传颂（董公的美誉），因此惟恭与董公等人之间相处非常和谐。

初，玄佐遇军士厚，士宁惧，复加厚焉。至万荣，如士宁志。及韩张乱，又加厚以怀之。至于惟恭，每加厚焉，故士卒骄不能御。则置腹心之士，幕于公庭庑下①，挟弓执剑以须②。日出而入，前者去；日入而出，后者至；寒暑时至，则加劳赐酒肉。公至之明日，皆罢之，贞元十二年七月也。八月，上命汝州刺史陆长源为御史大夫、行军司马③，杨凝自左司郎中为检校吏部郎中、观察判官④，杜伦自前殿中侍御史为检校工部员外郎、节度判官，孟叔度自殿中侍御史为检校金部员外郎、支度营田判官。职事修，人俗化⑤，嘉禾生⑥，白鹊集⑦，苍乌来巢⑧，嘉瓜同蒂联实⑨。四方至者归以告其帅，小大威怀⑩。有所疑，辄使来问；有交恶者，公与平之。

[注释]

①庭庑：堂下四周的廊屋。②须：等待，停留。③陆长源：字泳，吴

(今江苏苏州)人,官至御史中丞、宣武司马,善书法,有行书代表作《玄林禅师碑》。④杨凝:字懋功,虢州弘农(今河南灵宝)人,杨凭之弟。善文辞,与兄凭、弟凌皆有名。大历中,兄弟三人先后中进士,时号"三杨"。杨凝由协律郎三迁侍御史,历官右司郎中、兵部郎中等职。⑤人俗:民间习俗,社会风气。⑥嘉禾:生长奇异的庄稼,古人以之为吉祥的征兆。⑦白鹊:即白羽鹊,古时以为瑞鸟。⑧苍乌:传说中的瑞鸟。⑨嘉瓜:优异的瓜,古代以为祥瑞的象征。⑩威怀:威服和怀柔,此处指畏服。

[译文]

当初,刘玄佐对待军中的将士很礼遇,其子士宁担忧(将士们不听自己的号令),对他们更加优厚。到了李万荣,采取跟刘士宁一样的做法。等到韩惟清、张彦林作乱时,比前任们更加优待军士,目的在于怀柔那些军士。到了邓惟恭掌权的时候,更是经常加大对军士的厚待,因此那些士兵非常骄横,难以驾驭和指挥。于是惟恭派出自己的心腹亲信,在官衙的廊庑下张开帷幕,佩戴长弓和宝剑,随时准备待命。即从早到晚,前一班离开岗位;从夜晚到次日清晨,后一班又来帷幕下恭候;遇上冬夏或岁时节令,就加倍犒赏他们,并赐给酒肉等礼品。董公到达的第二天,把这些人全部撤掉,这是贞元十二年七月的事情。当年八月,皇帝颁下诏书,命令汝州刺史陆长源升任御史大夫、行军司马,杨凝自左司郎中升为检校吏部郎中、观察判官,杜伦自前殿中侍御史升为检校工部员外郎、节度判官,孟叔度自殿中侍御史升为检校金部员外郎、支度营田判官。职务内的事情得以修整,社会风气得以教化,祥瑞接连出现,嘉禾丛生,白鹊云集,苍乌回到巢内,优异的瓜更是在同一根瓜蔓上结下很多相连的果实。从全国各地到来的使者回去之后告诉他们的统帅说,汴州人物不论大小,对董公非常畏服。只要对某个问题有所怀疑,立即就会派使者来咨询董公;有人相互间关系恶化,董公都会出面平息他们之间的纷争。

累请朝，不许。及有疾，又请之，且曰："人心易动，军旅多虞，及臣之生，计不先定，至于他日，事或难期。"犹不许。十五年二月三日，薨于位①。上三日罢朝②，赠太傅，使吏部员外郎杨于陵来祭，吊其子③，赠布帛米有加。公之将薨也，命其子三日敛④。既敛而行，于行之四日，汴州乱。故君子以公为知人⑤。公之薨也，汴州人歌之曰："浊流洋洋，有辟其郛。阗道欢呼⑥，公来之初。今公之归，公在丧车。"又歌曰："公既来止，东人以完⑦。今公没矣，人谁与安？"

[注释]

①薨：古代称诸侯或有爵位的大官死去。②罢朝：指皇帝停止临朝。③吊：祭奠死者或对遭到丧事的人家、团体给予慰问。④敛：敛藏，为死者易衣曰小敛，入棺曰大敛，又棺埋入墓穴亦谓敛。此处指把尸体装入棺材。⑤知人：有智慧的人。⑥阗（tián）道：充塞道路。⑦东人：本指西周统治下的东方诸侯国之人，后泛指陕以东之人。

[译文]

董公多次请求朝见，圣上不答应。等到身患疾病时，又一次请求说："人们的心情容易变化，军旅生活又不可预料，在微臣有生之年，如果不先安排后事，到了临死的时候，很多事情恐怕难以预料啊！"圣上还是没有允许。贞元十五年二月初三日，董公死于任上。圣上为他停止临朝三天，追赠他为太傅，命令吏部员外郎杨于陵前来拜祭，慰问董公的儿子，并赠给董家布帛、粮米等很多财物。董公临死前，曾经命令他的儿子在自己死后第三天入棺大敛。董公的尸体大敛后，其子就立即带着棺材启程了，到了第四天，汴州发生动乱。因此众人都说董公是智慧超群的人。董公死后，汴州有人歌颂他说："浑浊的水流浩浩荡荡，仅能汴州城外流淌。百姓们夹道欢呼，那是在董公上任之初。如今董公要魂归故土，却是躺在丧车之上。"又有人歌唱他说："董公已经来这里居住，陕以东的人们得以保全生命。现在董公去世了,谁来保障百姓的安宁呢?"

始公为华州,亦有惠爱,人思之。公居处恭,无妾媵①,不饮酒,不谄笑,好恶无所偏,与人泊如也。未尝言兵,有问者,曰:"吾志于教化。"享年七十六,阶累升为金紫光禄大夫②,勋累升为上柱国③,爵累升为陇西郡开国公④。娶南阳张氏夫人,后娶京兆韦氏夫人,皆先公终。四子:全道、全溪、全素、全澥,全道、全素皆上所赐名。全道为秘书省著作郎,溪为秘书省秘书郎,全素为大理评事,澥为太常寺太祝。皆善士,有学行。

谨具历官行事状,伏请牒考功⑤,并牒太常议所谥⑥,牒史馆请垂编录。谨状。

[注释]

①妾媵:古代诸侯贵族女子出嫁,以姪娣从嫁,称媵。后因以"妾媵"泛指侍妾。②阶:官员的等级次第。③勋:官职勋阶,指授给有功者官号,名位很高,但没有实职。④爵:官职爵位。历代官制,有职事官、散官、勋官、爵号等区别。⑤牒:文书,证件。考功:按一定标准考核官吏的政绩。⑥太常:官名,掌礼乐郊庙社稷事宜。谥:古代帝王或大官死后评给的称号。

[译文]

起初董公任华州刺史时,对百姓也非常仁爱,后人常常怀念他在任时的情况。董公平日为人谦逊而有礼貌,身边没有侍妾,不爱喝酒,从不对人谄媚地笑,没有什么稀奇古怪的爱好,与人交往非常淡泊。没有说过用兵之事,有人问他为何这样,他回答说:"我这个人致力于对百姓实施政教风化。"享年76岁,官阶累升为金紫光禄大夫,勋阶累升为上柱国,爵位累升为陇西郡开国公。先娶籍贯南阳的张氏夫人,后娶籍贯京兆的韦氏夫人,两位夫人都在董公之前去世。共有四个儿子,即全道、全溪、全素、全澥,其中全道、全素都是圣上亲自赐予的名字。全道为秘书省著作郎，全溪为秘书省秘书郎，全素为大理评事，全澥为太常寺太祝。兄弟四人都是有德之士，同时拥有高尚的学问品行。

  我谨慎地准备好董公历任官职行事的材料，拜求圣上下旨考核他的政绩，并且下诏太常寺，请他们议论应该给予董公什么样的谥号，诏令史馆摘录并加以编辑。谨慎地叙述。

书 启

与孟尚书书①

[题解]

本文写于元和十五年（820），韩愈时移任袁州刺史。本文回顾和总结了秦汉以来思孟学派的历史命运，说理透彻，辩驳有力。明代茅坤在《唐宋八大家文钞》中称此文"翻覆变幻，昌黎书当以此为第一"。清人张裕钊评此文"浑浩变化，千转百折，而势愈劲，其雄肆之气，奇杰之辞，并臻上境"，是韩文中一等文字，当与《原道》并读。故而有人谓"古来书自司马子长《答任少卿》后，独韩昌黎为工，而此书尤昌黎佳处"。

愈白：行官自南回②，过吉州③，得吾兄二十四日手书，数番忻悚兼至，未审入秋来眠食何似？伏惟万福。来示云，有人传，愈近少信奉释氏。此传者之妄也。

潮州时④，有一老僧号大颠，颇聪明，识道理，远地无可与语者，故自山召至州郭⑤，留十数日，实能外形骸以理自胜，不为事物侵乱。与之语，虽不尽解要，自胸中无滞碍，以为难得，因与来往。及祭神至海上，遂造其庐。及来袁州，留衣服为别，乃人之情，非崇信其法，求福田利益也⑥。

[注释]

①孟尚书：名简，字几道，嗜佛，尝译佛经。曾官浙东观察使、户部侍郎、太子宾客等职。②行官自南回：当时韩愈由潮州刺史调任袁州。袁州，隋开皇十一年（591）置，治所在宜春（今属江西）。唐代辖境相当于今江西萍乡和新余以西的袁水流域。袁州在潮州北方，故云。③吉州：州名，隋开皇十年置，唐代治所在庐陵（今吉安市），辖境相当于今江西新干、泰和间的赣江流域及安福、永新等县地。④潮州：州名，隋开皇十一年分循州、置州，治所在海阳（今潮安），辖境相当于今广东平远、梅县、丰顺、普宁、惠来以东的地区。⑤州郭：州府。⑥福田：佛教语。佛教以为供养布施，行善修德，能受福报，犹如播种田亩，有秋收之利，故称。晋道恒《释驳论》："是以知三尊为众生福田供养，自修己之功德耳。"

[译文]

韩愈告白：我由潮州调任袁州，路过吉州时，收到兄台你二十四日的亲笔信，不胜惊喜之至。不知道你入秋以来起居饮食可好，谨致最诚挚的祝福。你的来信上说，有人传言我近来有点相信佛教了。这是传言人的不实之辞。

缘起是这样的：我在潮州时，认识一位法号大颠的老僧，他非常聪明，颇识佛理。荒远之地没有多少可以深谈的人物，我就把他请到州府，留了十几天。僧大颠虽然身披袈裟，却能超越其外在的形体而自存义理，不因为日常念经诵佛而扰乱心性。同他之间的交谈，即使不能完全契合，关键是我自己胸中没有芥蒂阻碍，故而觉得这样的人非常难得，所以与他保持来往。后来因为祭神到海上去，我路过他的庙宇时进去拜访过一次，来袁州之前，给他留了一些衣服作为纪念。这都是人之常情，并不能因此就说我尊崇佛法、信奉释氏，行善修德以祈求福报。

孔子云："丘之祷久矣①。"凡君子行己立身，自有法度。圣贤事业，具在方册②，可效可师，仰不愧天，俯不愧人，内不愧心。积善积恶，殃庆自各，以其类至，何有去圣人之道，舍先王之法，而从夷狄之教，以求福利也？《诗》不云乎："恺悌君子，求福不回③。"《传》又曰："不为威惕，不为利疚④。"假如释氏能与人为祸祟，非守道君子之所惧也。况万万无此理！且彼佛者果何人哉？其行事类君子、邪小人邪？若君子也，必不妄加祸于守道之人；如小人也，其身已死，其鬼不灵。天地神祇，昭布森列，非可诬也，又肯令其鬼行胸臆、作威福于其间哉？进退无所据而信奉之，亦且惑矣。

[注释]

①丘之祷久矣：语出《论语·述而》："子疾病，子路请祷。子曰：有诸？子路对曰：有之。诔曰：'祷尔于上下神祇。'子曰：丘之祷久矣！"意谓人不要有非分之想，即便在不可预测的上苍和命运面前，也同样要保持生命的尊严。②方册：谓典籍。③"恺悌君子"二句：语出《诗·大雅·文王之什·旱麓》："莫莫葛藟，施于条枚，岂弟君子，求福不回。"意思是茂盛的葛藤四处蔓延，缠绕着树枝树干，平易近人的君子啊，求福有道不邪不奸。岂弟，即"恺悌"，和乐平易，平易近人。君子，先秦时代对诸侯卿士的美称，泛指品德优良、平易近人的人。回，奸回，邪僻。④"不为威惕"二句：是春秋末期楚国大夫白公胜称赞熊宜僚的话，语出《左传·哀公十六年》："不为利谄，不为威惕，不泄人言以求媚者。"意思是这个人不为利禄所动，不因威胁而惧怕，不用泄露别人的话去讨好别人。

[译文]

孔子说过："孔丘向上天祷告已经很久了。"凡是称得上君子的人，他的为人处世自然有自己的原则。自古以来古圣先贤为人类做出的伟大贡献都将载入史册，使后世的人们有所师法，奉为楷模。抬起头来无愧于天下，低下头来无愧于芸芸众生，而且自己无愧于心。积善之人必有余庆，积恶之人必有余殃。怎么会有舍却圣人之道和先王之法，反而信奉外邦的说教，来求取福利的道理呢？《诗经》里不是说过："平易近人的君子，求福不违背正道。"《春秋左氏传》也说："不因威胁而恐惧，不因利禄而愧疚。"假如佛祖能够降下灾祸，不是谨守道德的君子所要害怕的，更何况根本没有这样的道理！而且，佛到底是什么人呢？他的行为像一个君子，还是像一个小人呢？如果是一个君子，绝对不会盲目降祸给恪守正义的人；如果是小人，他的身体已经死了，他的魂魄也不会灵验。天地之间的各路神灵，昭然布列，庄严公正，又怎能允许这些鬼魂任意胡为，在天地之间作威作福呢？来龙去脉都没有搞清楚，却要去信奉它，真是糊涂啊。

且愈不助释氏而排之者，其亦有说。孟子云：今天下不之杨则之墨①。杨墨文乱，而圣贤之道不明，则三纲沦而九法斁②，礼乐崩而夷狄横③，几何其不为禽兽也？故曰：能言距杨墨者，皆圣人之徒也。扬子云云：古者，杨墨塞路，孟子辞而辟之廓如也④。夫杨墨行，正道废，且将数百年，以至于秦卒灭先王之法，烧除其经，坑杀学士，天下遂大乱。及秦灭汉兴且百年，尚未知修明先王之道。其后始除挟书之律，稍求亡书，招学士，经虽少得，尚皆残缺，十亡二三。故学士多老死，新者不见全经，不能尽知先王之事，各以所见为守，分离乖隔，不合不公。二帝三王⑤，群圣人之道，于是大坏。后之学者无所寻逐，以至于今泯泯也。其祸出于杨墨肆行，而莫之禁故也。孟子虽贤圣，不得位，空言无施，虽切何补？然赖其言，而今学者尚知宗孔氏，崇仁义，贵王贱霸而已。其大经大法，皆亡灭而不救，坏乱而不收，所谓存十一于千百，安在其能廓如也？然向无孟氏，则皆服左衽而言侏离矣⑥。故愈尝推尊孟氏，以为功不在禹下者为此也。

[注释]

①今天下不之杨则之墨：语出《孟子·滕文公下》："杨朱、墨翟之言盈天下。天下之言，不归杨则归墨。"杨朱，战国时期魏国人，杨朱学派的创始人，他的见解散见于《庄子》、《孟子》、《韩非子》、《吕氏春秋》等书中，在当时影响极大。墨翟，战国初期思想家，鲁国（今山东滕州）人，墨家学派的创始人。杨朱主张为我，墨翟主张兼爱，是战国时期与儒家对立的两个重要学派。②三纲：中国封建社会中谓君为臣纲、父为子纲、夫为妻纲，合称三纲。九法：本为周朝治理邦国的九种措施，泛指治理天下的各种大法。斁（yì）：终止。③礼乐：礼仪和音乐，古代帝王常用兴礼乐的手段以求达到尊卑有序、远近和合的统治目的。夷狄：古称东方部族为夷，北方部族为狄，常用以泛称除华夏族以外的各族。亦指边远少数民族地区。④"扬子云云"四句：《孟子·滕文公下》："吾为此惧，闲先圣之道，距杨墨，放淫辞，邪说者不得作。"故而，扬雄《法言·吾子》云："古者杨墨塞路，孟子辞而辟之，廓如也。"廓如：澄清貌。⑤二帝：指唐尧与虞舜。三王：指夏、商、周三代之君。⑥左衽：衣襟向左，指我国古代某些少数民族的服装，代指少数民族。侏离：我国古代西部少数民族乐舞的总称。形容少数民族或外国的语言文字怪异，难以理解。

[译文]

再者，韩愈不崇拜释氏而排斥佛教自有我的道理。孟子说："现在天下所有人的主张不是属于杨朱派，就是属于墨翟派。"杨墨两派交相惑乱，使得孔孟之道不能发扬光大，于是三纲沉沦了，九法终止了，礼乐毁弃了，佛老横行了，人性怎能不堕落得像禽兽一样呢？所以孟子又说："能够反对杨墨学说的，都是圣人的门徒。"扬子云说："从前杨墨学说堵塞言路，孟子著书立说，予以批驳，终于澄清了人们思想上的混乱。"杨墨学说十分盛行，孔孟之道废弃将近几百年，到了秦朝，先王之法全部抛弃，秦始皇又焚书坑儒，天下就更加混乱了。后来秦朝灭亡，汉朝兴起，将近一百年间，也不知道该如何将先王的礼教传统发扬光大。过了很长时间，才废除那条"挟书灭族"的法律，于是四处寻求圣贤经书，招揽精通儒学的读书人。虽然得到一些献书，但书简脱落，各种圣贤典籍十有二三都已失传；饱学之士老的老，死的死，年青的儒生没有见到圣贤经典的全貌，不能详细了解先王的事迹，各自都把自己接触到的那部分经典奉为圣道，抱残守缺，固守一隅。尧、舜、夏、殷、周时期古圣先贤创立的王道从此被毁坏了。后世的文人儒士找不到目标，以至于到今天先王之道几乎消亡殆尽。这种祸患的形成是因为杨墨学说大肆横行，没有及时加以制止的缘故。孟子虽然称得上圣贤，但因为没有重要的政治地位，他的抱负没有办法施展，即便能切中时弊，又能怎么样呢？但幸亏有了他的著述，使现在的学者还知道要师法孔子、崇尚仁义，拥护仁德治国，反对独裁垄断。先王道义中的精华部分都佚亡不能补救、腐烂不能收拾，所谓浩如烟海的经籍百不存一，还谈论什么"澄清"的问题呢？但是如果没有孟子，我们这些中原上国的臣民，也只能像蛮夷那样，穿左衽衣，讲侏离话了。正因为如此，我非常推崇孟子，认为孟子的功劳不在夏禹之下。

汉氏以来，群儒区区修补，百孔千疮，随乱随失，其危如一发引千钧①，绵绵延延，寖以微灭。于是时也，而唱释老于其间②，鼓天下之众而从之。呜呼！其亦不仁甚矣！释老之害，过于杨墨。韩愈之贤，不及孟子。孟子不能救之于未亡之前，而韩愈乃欲全之于已坏之后。呜呼！其亦不量其力，且见其身之危，莫之救以死也。虽然，使其道由愈而粗传，虽灭死万万，无恨天地。鬼神临之在上，质之在傍，又安得因一摧折，自毁其道以从于邪也？籍、湜辈虽屡指教③，不知果能不叛去否？辱吾兄眷厚，而不获承命，惟增惭惧。死罪死罪，愈再拜。

[注释]

①一发引千钧：即千钧一发，千钧之物吊在一根发丝上，比喻极其危急。钧，古代重量单位，合三十斤。②释老：即释迦牟尼和老子，亦指佛教和道教。③籍、湜辈：指张籍、皇甫湜等人。张籍，字文昌，苏州吴（治今江苏苏州）人，或曰和州乌江（今安徽和县乌江镇）人。贞元十五年登进士第，授太常寺太祝。久之，迁秘书郎。韩愈荐为国子博士。历水部员外郎、国子司业等职，故世称张水部、张司业。皇甫湜，字持正，睦州新安（今浙江建德淳安）人。元和元年（806）考中进士，历工部郎中、东都判官等职。他与李翱都是韩愈的学生，与韩愈的关系在师友之间。李翱发展了韩文平易的一面，皇甫湜则发展了韩文奇崛的一面。

[译文]

汉朝兴起以来，尊崇儒学的读书人虽然对圣贤经典小有修补，但社会上战乱频仍，很多典籍屡遭散佚。先王之道在这样的形势下要流传下来，犹如将千钧之物吊在一根发丝上那样危险，靠着丝丝缕缕的联系，随时都可能消亡。在这种境况下，还要提倡佛教和道教教义，鼓动天下人追随，这是多么不仁义之举啊！佛教和道教的危害远远超过杨墨学说，而我韩愈的贤达却远远不如孟夫子。孟夫子尚且不能在先王之道完全灭亡以前进行补救，而我韩愈却希图在儒家经典被毁之后恢复原貌，这也太不自量力了。况且我这个人如果没有人营救，早已经命丧黄泉了。话虽这样说，如果先王之道能够因为我的大声疾呼和极力倡言而得以承传下去，我即使身死一万次也绝不会后悔。苍天在上俯瞰，鬼神在旁边可以作证，我又怎么可以因为自己遭受一点点挫折，就要自己抛弃儒家正道而相信那些邪教学说呢？张籍、皇甫湜等人虽然经常提醒我，不知我能否做到不背叛儒道。承蒙兄台您的厚爱，只是没有听到您的教诲，我对某些传言和看法不敢苟同，心中越来越畏惧（言语不当之处，冒犯于您），死罪死罪，韩愈再拜敬上。

为人求荐书

[题解]

本文以匠石慧眼识栋梁、伯乐善相千里马为喻,说明有才学的人不一定能得到赏识和重用,故而需要像伯乐这样的人来发现和举荐人才。明代茅坤在《唐宋八大家文钞》中称"善喻却是昌黎本色",可谓恰切。

某闻:木在山,马在肆,遇之而不顾者,虽日累千万人,未为不材与下乘也。及至匠石过之而不睨①,伯乐遇之而不顾②,然后知其非栋梁之材、超逸之足也③。以某在公之宇下非一日,而又辱居姻娅之后④,是生于匠石之园,长于伯乐之厩者也,于是而不得知。假有见知者,千万人亦何足云。今幸赖天子每岁诏公卿大夫贡士⑤,若某等比,咸得以荐闻。是以冒进其说,以累于执事⑥,亦不自量已。然执事其知某如何哉?昔人有鬻马不售于市者,知伯乐之善相也,从而求之,伯乐一顾,价增三倍。某与其事颇相类,是以终始言之耳。某再拜。

[注释]

①匠石:古代著名的巧匠。《庄子·徐无鬼》:"郢人垩慢其鼻端,若蝇翼,使匠石斲之。匠石运斤成风,听而斲之,尽垩而鼻不伤,郢人立不失容。"后亦用以泛称能工巧匠或擅长写作的人。睨(nì):斜着眼睛看。②伯乐:姓孙名阳,春秋秦穆公时人,以善相马著称。③超逸:高超,不同凡俗。④姻娅:亲家和连襟,泛指姻亲。⑤公卿:三公九卿的简称。大夫:古代官名,西周以后的诸侯国中,国君下有卿、大夫十三级,大夫世袭,且有封地,后来成为一般任官职者的称呼。卿大夫,泛指高级官员。贡士:旧指地方向朝廷荐举人才。⑥执事:先生,兄台。旧时书信中用以称呼对方,表示对人的敬

称，不直指其人之意。

[译文]

韩愈听说过这样的事情：木材生长在深山里，良马生活在市井之中，遇见它们的人如果不回头看一眼，即使每天历经千万人的眼光，也不能说不可做栋梁之才或下等的劣马。可是如果匠石经过木材身边却不斜着眼看它一眼，伯乐遇到良马却不回头看它一眼，这样就知道它们的确不是栋梁之材和不同凡俗的骏马啊。因为我跟随您前后不是一天两天了，而且我又忝为您的姻亲后人，这就是生长在匠石的园子内和生活在伯乐的马厩中的情况啊，对这个道理反而不知道。假如还有一点见识的话，即使历经千千万万的人注目也不值得一提啊。现在幸亏仰仗着天子每年下诏征召公卿、士大夫以及贡士等栋梁之才，像我这样（没有什么真知灼见）的人，都能够被推荐做官使得圣上有所耳闻。因此冒昧地向您进言，（用向您推荐人才的事情来）使您操心受累，也真算是不自量力了。然而您真的了解我在做什么事情吗？听说过去曾有人在集市上卖良马却没有人买，知道伯乐善于相马，就跟随在他身后恳求他帮忙，伯乐围着这匹马看了一圈，这匹马的价值就增加了三倍。我向您推荐的这个人的情况与伯乐相马这件事非常相似，因此从头至尾都在说这件事。韩愈再拜敬上。

与孟东野书[①]

[题解]

本文写于德宗李适贞元十六年（800）。当时孟郊已50岁，自46岁中进士，此时却仍未授官；而韩愈时年33岁，暂时托身于徐泗濠节度使张建封幕府，任节度推官，情虽故旧，然张建封不喜欢韩愈的耿直。韩、孟志同道合，虽身居异处而境遇相似。该文一反素日雄辩遒劲、诙谐奇诡的风格，晓畅如口语，以平常语写至笃情，感情真挚，细腻委婉。明代茅坤在《唐宋八大家文钞》中称其"两情凄切"，清代曾国藩在《求阙斋读书录》中云其"真气足以动千秋下之人"。清代林纾在《韩柳文研究法·韩文研究法》中对此篇的分析更是精辟，文曰："矧东野之行古道，当更不宜于今世。明明为道悲，偏言为东野悲。悲东野之道不行，即悲己之道不行。寄道字于东野身上，因东野自悲，分外尤见亲密。"

与足下别久矣，以吾心之思足下，知足下悬悬于吾也。各以事牵，不可合并，其于人人，非足下之为见，而日与之处，足下知吾心乐否也？吾言之而听者谁欤？吾唱之而和者谁欤？言无听也，唱无和也，独行而无徒也，是非无所与同也，足下知吾心乐否也？足下才高气清，行古道，处今世②，无田而衣食，事亲左右无违，足下之用心勤矣，足下之处身劳且苦矣。混混与世相浊③，独其心追古人而从之。足下之道，其使吾悲也。

去年春，脱汴州之乱④，幸不死，无所于归，遂来于此⑤。主人与吾有故⑥，哀其穷，居吾于符离睢上⑦。及秋，将辞去，因被留以职事⑧，默默在此，行一年矣。到今年秋，聊复辞去。江湖余乐也，与足下终，幸矣。李习之娶吾亡兄之女⑨，期在后月，朝夕当来此。张籍在和州居丧⑩，家甚贫。恐足下不知，故具此白，冀足下一来相视也。自彼至此虽远，要皆舟行可至，速图之，吾之望也。春且尽，时气日热，惟侍奉吉庆⑪。愈眼疾比剧，甚无聊，不复一一。愈再拜。

[注释]

①孟东野：即孟郊，字东野，湖州武康（今浙江武康）人。唐代宗大历四年（769）举进士，授溧阳尉，后任河南水陆转运从事，试协律郎。长期居洛阳，与韩愈并称韩孟诗派。有《孟东野集》十卷行于世。②行古道，处今

世：履行着古圣之道，人却生活在当世。③混混与世相浊：世事混浊，自己也不得不周旋于其中。④脱汴州之乱：贞元十五年（799）春，驻扎在汴州的宣武军节度使董晋卒，时任节度判官的韩愈随董晋的灵柩离开汴州。他们离开后四天，汴州留后陆长源被叛军所杀，故有"脱汴州之乱"的说法。⑤此：指徐州。⑥主人：指徐泗濠节度使张建封。⑦符离：即今安徽宿县符离集。睢（suī）：水名，古代鸿沟支派之一，故道自今河南开封县向东，流经河南的杞县、睢县北、宁陵、商丘南、夏邑、永城北，安徽的濉溪市南、宿县灵璧，江苏睢宁北，至宿迁县南注入古代泗水。此处指睢水流经宿县的一段。⑧留以职事：贞元十五年秋，韩愈被张建封辟为徐州节度推官。⑨李习之：即李翱，唐陇西成纪（今甘肃天水）人，一说为赵郡（今河北赵县）人，贞元十四年（798）进士，历任史馆修撰、考功员外郎、庐州刺史，终山南东道节度使、检校户部尚书。李翱曾从韩愈学习古文，一生崇儒排佛，试图重建儒家的心性理论，对北宋乃至南宋的理学家都有很大影响。卒谥文，有《李文公集》传于世。吾亡兄：指韩愈的从兄韩弇。⑩和州：今安徽和县。居丧：处在直系尊亲的丧期守制中，指守孝。⑪侍奉吉庆：指孟郊侍候奉养母亲。

[译文]

我与您分别已经很久了，按照我内心对您的思念来推测，知道您一定也常常牵挂于我。咱们各自都有很多繁琐的事务要处理，不能够经常在一起。在这里只能与一般人相处，不能见到您，而且不能跟您朝夕相处，您知道我心里是否快乐吗？即使我想倾诉自己的心曲又有谁愿意听呢？即使我想放声高歌又有谁愿意跟我相互唱和呢？说话没有人听，唱歌没有人和，行路没有志同道合的人相伴，是非观点没有跟我相同的，您知道我的内心是否快乐吗？您才华出众，气质清明，虽处于当时，却能履行着古圣先贤之道，没有田地耕种还得筹划衣食住行，侍奉父母没有失礼之处，您待人接物的用心可以称得上勤勉啊，您的处境称得上勤劳辛苦啊。明知世事混浊，自己也不得不周旋于其中，唯独内心一直仰慕古代的圣贤并且追寻着他们的脚步前行。您为人处世所遵循的道德准则，真使我的内心无限感伤啊。

去年春天，我跟随宣武军节度使董晋的灵柩离开汴州，刚好避开了汴州之乱，侥幸没有在乱军中死去，没有地方可以投奔，于是就来到徐州。这里的主人徐泗濠节度使张建封跟我是旧交，怜悯我穷困潦倒，让我住在符离的睢水边上。到了秋天，打算辞别张建封大人离开徐州，因被张大人辟为节度推官，（但张建封又不喜欢我行事直率，所以我只好）默默无语地在这里暂且留下来，快要一年了。到今年秋天，我再辞去这个职务归隐乡里，与足下一起终老江湖，定然三生有幸啊。李习之就要迎娶我死去的从兄韩弇之女，婚期定在后月，不久就要来到徐州。张籍在老家和州守丧，家境非常贫寒。恐怕您不知道这些事情，因此特意给您写信讲这些情况，希望您能来探视（彼此相聚）。从您老家湖州到徐州虽然路途遥远，要是都走水路就能够到达，希望您早做打算，我在这里热切盼望您的到来。春天就要过去了，天气日渐炎热，唯愿您奉养母亲吉祥如意。我的眼病近来有所加重，平日生活百无聊赖，不再一一叙述。韩愈再拜。

与李翱书[①]

[题解]

本篇借叙述自己不愿回到京城任职的原因，委婉地表达了历尽宦途坎坷之后的酸楚与无奈。文章将日常生活的艰辛诉诸笔端，与老朋友娓娓道来，别有一番滋味，明代茅坤在《唐宋八大家文钞》中称此文"翻覆辨论，总不放倒自家地位"。

使至，辱足下书，欢愧来并，不容于心。嗟乎！子之言意皆是也。仆虽巧说，何能逃其责邪？然皆子之爱我多，重我厚，不酌时人待我之情②，而以子之待我之意，使我望于时人也。

[注释]

①李翱：参见前篇《与孟东野书》注释⑨。②酌：考虑，度量。时人：当时的人，同时代的人。

[译文]

信使到了，您不嫌弃我给我写信，我真是高兴和惭愧相交集，心情无法言表。是啊！您的话都很正确。即使我巧言善辩，又怎么能够逃避责任呢？然而，这一切都是因为您对我如此偏爱，感情如此厚重，您不考虑时人对我的态度如何，而是按照您自己的处事原则来对待我，这份情谊鼓励我扭转时人对我的态度。

仆之家本穷空，重遇攻劫，衣服无所传，养生之具无所有，家累仅三十口，携此将安所归托乎？舍之入京，不可也；挈之而行，不可也。足下将安以为我谋哉！此一事耳。足下谓我入京，诚有所益乎？仆之有子，犹有不知者，时人能知我哉？持仆所守，驱而使奔走伺候公卿间，开口论议，其安能有以合乎？仆在京城八九年，无所取资，日求于人以度时月，当时行之不觉也，今而思之，如痛定之人，思当痛之时①，不知何能自处也！今年加长矣，复驱之使就其故地，是亦难矣。所贵乎京师者，不以明天子在上，贤公卿在下，布衣韦带之士②，谈道义者多乎？以仆遑遑于其中，能上闻而下达乎？其知我者固少，知而相爱不相忌者又加少。内无所资，外无所从，终安所为乎？嗟乎！子之责我，诚是也，爱我诚多也。

[注释]

①痛定之人，思当痛之时：指悲痛的心情平静以后，再追想当时所受的痛苦。常含有警惕未来之意。②布衣韦带：原是古代贫民的服装，后指没有做

官的读书人。

[译文]

　　我家里本来很贫穷,加上刚刚遭遇劫难,衣食住行都没有着落,家里只有30口人,拖家带口能把他们安置在哪儿呢?舍弃他们自己到京城来,当然不能;带着他们一起去京城,也不合适。您认为我怎么做才好呢?这是一件事情。您认为我到了京城,真的对现状能有所改善吗?我的孩子中,尚且还有不理解我的,现在的人能理解我的想法吗?保持着我的信仰操守,让我驰驱奔走在公卿大臣之间伺候他们,没有顾忌地议论时事,能有跟我看法一致的人吗?我曾经在京城八九年,没有安身立命的地方,每天到处求人来维持生计,当时没有太在意,今天想起来,就像伤痛刚好了的人回想当初疼痛的时候,不知道该如何面对自己啊!如今我年岁渐长,再让我去老地方做这些事情,也确实让我很为难。京师被人看重,不正是因为上有圣明的天子,下有贤达的大臣,谈论道义的普通读书人不胜枚举吗?我匆匆忙忙地处于其中,能够让社会各个阶层的人们了解我吗?了解我的人本来就少,了解并赏识我却不嫉妒我的人更少。我本身没有什么依靠,外面没有什么靠山,究竟能做什么呢?唉!您责怪我的话很对,对我真是关怀备至啊。

　　今天下之人,有如子者乎?自尧舜以来,士有不遇者乎?无也。子独安能使我洁清不污,而处其所可乐哉!非不愿为子之所云者,力不足、势不便故也。仆于此岂以为大相知乎?累累随行①,役役逐队②,饥而食,饱而嬉者也。其所以止而不去者,以其心诚有爱于仆也。然所爱于我者少,不知我者犹多。吾岂乐于此乎哉?将亦有所病,而求息于此也。嗟乎!子诚爱我矣,子之所责于我者诚是矣。然恐子有时不暇责我而悲我,不暇悲我而自责且自悲也。及之而后知,履之而后难耳。孔子称:颜回一箪食，一瓢饮，人不堪其忧，回也不改其乐。彼人者，有圣者为之依归，而又有箪食瓢饮，足以不死，其不忧而乐也，岂不易哉！若仆无所依归，无箪食，无瓢饮，无所取资，则饿而死，其不亦难乎？子之闻我言，亦悲矣。

嗟乎！子亦慎其所之哉！离违久，乍还侍左右，当日欢喜，故专使驰此，候足下意，并以自解。某再拜。

[注释]

①累累：重叠，连贯成串。②役役：奔走钻营的样子。

[译文]

当今天下的人，还有像您这样的吗？自从上古的尧、舜以来，读书人有怀才不遇的吗？没有啊。您怎么能够使我品德清洁而不被玷污，并且能在这里快乐生活呢？并不是我不愿意做您说的那些事，而是因为我的力量不够、形势不方便啊。我在这里难道是因为有真正的知己吗？我只不过是跟在别人后面乱跑，随着别人奔走钻营，饿了就吃饭，吃饱了就跟着嬉闹罢了。我之所以留在这里没有离开，是因为他诚心诚意地关爱我。但是他能关心我的地方少，不理解我的地方还多。我难道乐意待在这个地方吗？也是有所担心才暂且安定在这里。唉！您真的很关心我，您责备我的话确实很对。但恐怕您更多的时候没空责备我，反而为我悲伤，没时间为我悲哀反而自责自悲啊。接近某些事物才能够对其有所了解，但是实际去做就很难了。孔子称赞说："颜回吃一碗干饭、喝一瓢白水就足够了，别人忍受不了这种贫困的生活，颜回却不改变心中的快乐。"人们如果能依靠圣贤，并能有一碗饭吃、有瓢水喝就足以活下去，没有忧愁却很快乐，不是也很容易吗？像我这样无依无靠，没有饭吃，没有水喝，没有安身立命之处，就会因饥饿而死，岂不是很困难吗？您听了我的话，也会感到悲伤啊。

唉，您也要对去向更加谨慎啊！我们分别得太久，如果还能回到您的身边侍奉您,我会非常高兴,所以专门派人骑马到这里,等候您的回信,并通过这些话来自我安慰。韩愈再拜。

与崔群书①

[题解]

韩愈与崔群是同榜及第的知交,至贞元十八年(802)写此文时,两人已相交17年,时崔群任宣州观察判官,韩愈在长安任国子监四门博士。文章以流畅朴实的语言,奉劝好友不要以得失而忧心戚戚,要好好保养身体,同时盛赞崔群的品格与才学,对他的远大前途加以期许,抒发了对封建社会中"贤者恒不达,不贤者比肩青紫"这种不公平现象的激愤之情,为崔群沉于下位而鸣不平。明代茅坤在《唐宋八大家文钞》中评价说:"大较昌黎与崔群相知深,故篇中情悃与诸篇不同。"

自足下离东都②,凡两度枉问,寻承已达宣州③。主人仁贤④,同列皆君子,虽抱羁旅之念,亦且可以度日,无入而不自得。乐天知命者⑤,固前修之所以御外物者也⑥,况足下度越此等百千辈,岂以出处近远累其灵台耶⑦!宣州虽称清凉高爽,然皆大江之南,风土不并以北。将息之道,当先理其心,心闲无事,然后外患不入。风气所宜,可以审备,小小者亦当自不至矣。足下之贤,虽在穷约,犹能不改其乐,况地至近,官荣禄厚⑧,亲爱尽在左右者耶?所以如此云云者,以为足下贤者,宜在上位,托于幕府⑨,则不为得其所。是以及之,乃相亲重之道耳,非所以待足下者也。

[注释]

①崔群:字敦诗,贝州武城(今山东武城)人。贞元八年韩愈同榜进

士,时年19岁。贞元十年中贤良方正科,初为秘书省校书郎。贞元十二年为宣歙观察使从事。元和年间累迁右补阙、翰林学士、中书舍人。元和十二年,拜中书侍郎、同中书门下平章事。穆宗时,官终检校左仆射兼吏部尚书,卒赠司空。②东都:即洛阳,唐以洛阳为东都。③承:接受。宣州:州名,隋开皇九年(589)改南豫州置,治所在宣城(今属安徽)。唐时辖境相当于今安徽省长江以南,黄山、九华山以北地区及江苏溧水、溧阳等县地。唐以后以产纸而著称。④主人:指当时的宣歙观察使崔衍,时崔群在其幕下为判官。⑤乐天知命:安于自己的处境而没有任何忧虑。语出《易·系辞上》:"乐天知命,故不忧。"意思是抱着乐观态度看待一切。⑥前修:先贤。外物:指天灾、人祸、疾病、贫穷等外界事物的干扰。⑦灵台:指内心,此指影响思想情绪。⑧官荣禄厚:唐代凡是临时派出处理特殊事务的官都有判官,以掌文书事务。中期以后,节度、观察、防御、团练等使都设有"判官",权势几等于副使,故韩愈谓此时的崔群官荣禄厚。⑨幕府:将帅在外的营帐,故将军府亦称幕府。后来文职官员不兼管军事,亦称幕府。

[译文]

　　自从您离开东都洛阳,已经两次写信来问候我,不久接到您已经到达宣州的消息。宣歙观察使崔衍仁德贤能,同您在一起供职的人都称得上正人君子,虽然有客居在外的感觉,也可以暂且度日生活,真是无往而不乐啊。那些抱着乐观态度看待一切的人们,本来就是先贤们用来抵御外界事物干扰的人啊,更何况您的品德远远超过一般人,怎能按照任职之处的远近而影响您的思想情绪呢!宣州虽然称得上清凉高爽,然而都处在大江的南边,气候水土与大江以北迥然不同。养身之道,应当先整理好自己的思想,思想安定从容,然后一切外来的忧患都不能侵入体内。风土气候适宜怎么样,应该充分了解,小灾小病就不会上身了。凭您的贤能,即使现在的处境非常穷困贫苦,仍不能改变您一贯的乐观态度,更何况宣州与其他边远之地相比,离京城非常近,您又官荣禄厚,亲近之人还都在身边呢?我之所以啰啰嗦嗦地说了很多话,实在是认为您称得上贤者，应该在更高级的职位上，您却托身于别人的幕府，没有得到您应该得到的地位或官职。之所以说起这些事情，是为了表达对您的尊敬和友谊，而不是认为托身幕府是适合于您的。

仆自少至今，从事于往还朋友间，一十七年矣，日月不为不久。所与交往相识者千百人，非不多。其相与如骨肉兄弟者，亦且不少。或以事同，或以艺取，或慕其一善，或以其久故，或初不甚知而与之已密，其后无大恶因不复决舍，或其人虽不皆入善，而于己已厚，虽欲悔之不可。凡诸浅者，固不足道，深者止如此。至于心所仰服，考之言行而无瑕尤①，窥之阃奥而不见畛域②，明白纯粹，辉光日新者，惟吾崔君一人。仆愚陋无所知晓，然圣人之书，无所不读，其精粗巨细，出入明晦③，虽不尽识，抑不可谓不涉其流者也。以此而推之，以此而度之，诚知足下出群拔萃④。无谓仆何从而得之也，与足下情义，宁须言而后自明耶？所以言者，惧足下以为吾所与深者多，不置白黑于胸中耳⑤。既谓能粗知足下，而复惧足下之不我知，亦过也。比亦有人说：足下诚尽善尽美，抑犹有可疑者。仆谓之曰："何疑？"疑者曰："君子当有所好恶，好恶不可不明。如清河者⑥，人无贤愚，无不说其善，伏其为人，以是而疑之耳。"仆应之曰："凤皇芝草⑦，贤愚皆以为美瑞；青天白日，奴隶亦知其清明。譬之食物，至于遐方异味⑧，则有嗜者有不嗜者；至于稻也、粱也、脍也、炙也⑨，岂闻有不嗜者哉？"疑者乃解。解不解，于吾崔君无所损益也。

[注释]

①瑕尤：缺点，过失。②窥：从小孔或缝隙里看，此处是观察的谦辞。阃（kǔn）奥：屋子的最深处，比喻人的内心深处。畛（zhěn）域：界限。此处形容崔群胸怀坦荡。③明晦：正确的见解和错误的见解。④出群拔萃：亦作

"出类拔萃"，意思是品行、才干大大高出同类而拔尖，借指非常优秀的人才。⑤白黑：是非善恶。⑥清河：郡名，汉高祖置郡，后屡改为国，汉元帝永光后为郡，治所在清阳（今清河东南）。元帝以后辖境相当于今河北清河及枣强、南宫各一部分，山东临清、夏津、武城及高唐、平原各一部分。晋以后辖境缩小。隋开皇初废。大业及唐天宝、至德时曾改贝州为清河郡。此处"清河者"是以崔群的郡望代指崔群。⑦凤皇芝草：皆为祥瑞之物。凤皇，亦作"凤凰"，传说中的瑞禽，凤为雄，凰为雌。芝草，灵芝草，一种生长在枯木上的菌类植物，古人把它当做瑞草。⑧遐方：边远地区。异味：滋味特别的食物。⑨脍：细切的鱼、肉等。炙：烤熟的肉。

[译文]

　　我从年少时离开家直到现在，跟你们这些朋友相互交往已经17年了，时间不算不长久啊。跟我来往称得上相识的朋友成百上千，不能说不多。其中共同处事关系好得像亲兄弟的人，也不在少数。有的人因为工作相同，有的人在学问上彼此有切磋借鉴之处，有的人是仰慕他某一方面的长处，有的人是因为相交已久的缘故；有的人起初关系一般，而后来渐渐亲密，此后互相间没有发生特别不愉快的事情，因而没有决裂；有的人虽然不是样样都很完美，但是待我很好，即使想后悔也不能再改变。就交情浅的人来说，本来就不值得一提；而对于交情深的人来说，不过是上面那几种情况。至于那些心中仰慕已久的人，考察他的言谈举止而没有缺点过失，观察他的内心世界而胸怀坦荡广阔，没有人与人之间的界限，待人接物光明磊落，德行和学业日新月异，不断进步，好像每天看到太阳的光辉永不昏暗，这样的朋友唯独您崔君一个人啊！我天性愚钝浅陋，对世间万物知之甚少，然而对于圣人之书却曾经下过一番工夫，其精华与糟粕、睿智与谬见，即使不能全部理解，却不能说我没有广泛深入地接触过。通过推究交友经验和研读圣人之书的体会，来衡量您的情况，我确信您在同辈人中是最出群拔萃的。不要说我凭什么得出这个结论，凭着你我之间的深厚情谊，哪里还要先解释什么原因然后才能明白的道理吗？我之所以说以上这些话，是担心您以为我对于自己交情深厚的人，大多不问他们的是非善恶，在心中无所选择。我既然说能够大略地了解您，反过来又担心您不知道我内心的想法，也是过错啊。近来也听到有人这样说：您确实称得上尽善尽美，然而还是有值得质疑的地方。我问他说："质疑他什么啊？"那质疑的人说："品德高尚的人应当有自己的喜好和厌恶，好恶的标准不能够不明晰。比如说清河崔群吧，不论人们是贤良还是愚钝，没有人不称赞他的善良，佩服他的品格，因此才对他有所质疑啊。"我回应他说："比如说凤凰和灵芝草，无论贤良还是愚钝之人都把它们看做吉祥的事物；头顶的青天和白日，即使是奴隶也知道它们高洁明朗。再比如食物，对于边远之地滋味特别的食物，就有人喜欢有人不喜欢；而对于常见的稻子、高粱、美味佳肴等，哪里听说过有人不喜欢呢？"质疑的人这才明白。其实，无论人们是否明白这个道理，对于我的好朋友崔君来说，都不会有所损伤或增美啊。

自古贤者少，不肖者多。自省事以来①，又见贤者恒不遇，不贤者比肩青紫②；贤者恒无以自存，不贤者志满气得；贤者虽得卑位，则旋而死；不贤者或至眉寿③。不知造物者意竟如何④，无乃所好恶与人异心哉？又不知无乃都不省记，任其死生寿夭耶？未可知也。人固有薄卿相之官、千乘之位⑤，而甘陋巷菜羹者。同是人也，犹有好恶如此之异者，况天之与人，当必异其所好恶无疑也。合于天而乖于人，何害？况又时有兼得者耶？崔君崔君，无怠无怠！

[注释]

①省（xǐng）事：明白事理。②比肩：并肩，一个挨一个，形容很多。青紫：汉制，丞相、太尉皆金印紫绶，御史大夫银印青绶，三府官最崇贵；后

亦称贵官之服为青紫。比喻高官显爵。③眉寿：长寿。④造物者：创造万物的神灵。⑤卿相：执政的大臣，此处指高官厚禄。千乘（shèng）：兵车千辆。古代以一车四马为一乘，一般诸侯国称"千乘之国"。此处亦指高官厚禄。

[译文]

自古以来都是贤德的人少，而不贤的人多。我自从明白事理以来，又看到贤德的人常常不受重用，而不贤的人却往往得到很高的职位；贤德的人常常没有自我生存的空间，而不贤的人则往往能实现自己的志向，心满意足；贤德的人即使能够谋得一个小小的职位，不久也会死去，而很多不贤的人却能长寿。不知道创造万物的神灵的旨意究竟是怎样的，大概造物主的好恶与人心的好恶不太一样吧？又或许造物主对这些都没有省察明辨并加以识别，任由那些贤德的人生老病死吧？这些我都不得而知。古代本来就有鄙薄卿相之位和千乘之尊，而心甘情愿地居住简陋狭小的房子、吃粗糙低劣的饭菜的人们。同样都是人，尚且有这样大的好恶差异，更何况上天与凡人，毫无疑问，在其好恶上要有很大的差别了。符合天意却背离人情，有什么害处呢？何况还有很多既得到高官厚禄又具有高尚品德的人呢？崔君啊崔君，不要懈怠啊！不要懈怠啊！

仆无以自全活者^①，从一官于此，转困穷甚，思自放于伊、颍之上^②，当亦终得之。近者尤衰惫：左车第二牙无故动摇脱去^③，目视昏花，寻常间便不分人颜色^④，两鬓半白，头发五分亦白其一，须亦有一茎两茎白者。仆家不幸，诸父诸兄皆康强早世，如仆者又可以图于久长哉？以此忽忽，思与足下相见，一道其怀。小儿女满前，能不顾念！足下何由得归北来？仆不乐江南^⑤，官满便终老嵩下^⑥。足下可相就，仆不可去矣。珍重自爱，慎饮食，少思虑，惟此之望。愈再拜。

[注释]

①无以：没有办法。②伊、颍：皆为水名，都在今河南境内，是古代高士的隐居之地。③左车：左边的牙床。车，牙床。④寻常：古代八尺为寻，十六尺为常，意思是距离很近的地方。⑤江南：指宣城，韩氏在宣城置有别业，韩愈小时候在宣城住过，故有此说。⑥嵩：中岳嵩山，五岳之一，在今河南登封。

[译文]

我没有赖以自立的本领，在这里做了一任官（韩愈时为四门博士），生活非常困窘，正想着独自放浪于伊、颍二水之上，这也是应该最终能够实现的。近来觉得特别衰弱疲乏：左边牙床上的第二颗牙齿无缘无故地松动脱落了，两眼昏花，距离很近的地方就看不清人的模样，两鬓上的毛发有一半都已经花白了，头发也白得有五分之一了，胡须也有一两根变白。我们家非常不幸，伯叔辈和几位兄长都是在年富力强的时候过早地去世，像我这样又怎能希图活得长久呢？因为上述原因我心神不安，很想与您再次相聚，诉说彼此的思念之情。眼前都是幼小的儿女，怎能不牵挂呢？您有什么名目可以回到北方啊？我不喜欢江南，等这一任官职期限到了，就要回到嵩山脚下去养老。您可以来我这里玩，我却没法去看望您了。希望您多多珍重爱惜自己，饮食小心谨慎，少些担心忧虑（把身体保养好），这是我唯一的希望。韩愈再拜。

与冯宿论文书

[题解]

冯宿，字拱之，婺州东阳（今属浙江）人。贞元八年，与韩愈等同登"龙虎榜"进士第，张建封辟为掌书记。长庆初，以刑部郎中知制诰。太和初,为河南尹。历工、刑二部侍郎、东川节度使,封长乐公,卒赠吏部尚书。冯宿秉性耿介,卒以平生书籍陪葬。冯宿与韩愈交厚,以古文名于时。此信是韩愈看完冯宿所著《初筮赋》后,阐明自己对古文写作的看法。明代茅坤在《唐宋八大家文钞》中评价说:"中有论文章之旨,亦近名言。"

辱示《初筮赋》,实有意思①。但力为之,古人不难到。但不知直似古人,亦何得于今人也?仆为文久,每自称意中以为好,则人必以为恶矣;小称意人亦小怪之,大称意即人必大怪之也。时时应事②,作俗下文字,下笔令人惭。及示人,则人以为好矣。小惭者亦蒙谓之小好,大惭者即必以为大好矣。不知古文直何用于今世也!然以竢知者知耳③。

[注释]

①意思:意义,道理。②应事:处理世务,应付人事。③竢:同"俟",等待。知者:能了解的人,有见识的人。

[译文]

承蒙您抬爱把所作《初筮赋》给我看,文章确实很有意义。只要尽力而为,想赶上古人并不难。但是,不知道文章风格完全和古人相似,又怎能被现在的人接受呢?我写文章也很长时间了,每每符合自己的心意认为写得好的文章,别人一定认为写得不好;自认为写得有点好的文章,别人就会认为有点不好;自己非常满意的文章,别人一定认为很不好。往往是为应景而写的卑俗下等的文章,下笔时我已经感到羞惭,等到拿给别人看,别人却认为写得很好。我觉得稍微有些惭愧的文章,往往能承别人称赞我写得还不错;凡是我认为羞于见人的文章,别人往往大加称赞。真不知道古文应该怎么样才能被当今社会的人们所接受啊!情况如此,只能等那些有见识的人才能明白我的想法了。

昔扬子云著《太玄》①，人皆笑之。子云之言曰："世不我知无害也，后世复有扬子云，必好之矣。"子云死近千载，竟未有扬子云，可叹也！其时桓谭亦以为雄书胜《老子》②，《老子》未足道也。子云岂止与《老子》争强而已乎？此未为知雄者。其弟子侯芭颇知之③，以为其师之书胜《周易》。然侯之他文不见于世，不知其人果如何耳。以此而言，作者不祈人之知也明矣。直百世以竢圣人而不惑，质诸鬼神而无疑耳。足下岂不谓然乎？

[注释]

①扬子云：名雄，子云其字也。蜀郡（今四川）成都人，西汉著名文学家和思想家。著有《太玄》、《法言》等。《汉书·扬雄传赞》云："（扬雄）实好古而乐道，其意欲求文章成名于后世，以为经莫大于《易》，故作《太玄》；传莫大于《论语》，作《法言》；史篇莫善于《仓颉》，作《训纂》；箴莫善于《虞箴》，作《州箴》；赋莫深于《离骚》，反而广之；辞莫丽于相如，作四赋；皆斟酌其本，相与放依而驰骋云。"②桓谭：字君山，沛国相（今安徽宿县西北）人。他通音律，擅弹琴，光武帝刘秀任用他为掌乐大夫。由于他"颇离雅操而更为新弄"，又反对光武帝的谶纬迷信，以致被加上"非圣无法"的罪名，罢官流放，死于途中。著有《新论》一书。③侯芭：亦作"侯苞"，扬雄的弟子，巨鹿人。据《汉书·扬雄传》载，侯芭常从雄居，受其《太玄》、《法言》焉。天凤五年扬雄卒，"侯芭为起坟，丧之三年"。

[译文]

从前扬雄著《太玄》时，时人都嘲笑他"非圣人而作经"。扬雄回答说："世人不理解我在《太玄》一书中阐发的道理没有关系，后世还会出现扬子云这样的人，也一定会有人赏识我的著作。"扬子云死后将近一千年了，竟然还没有出现像他那样的人，令人叹息啊！当时桓谭也认为扬雄的《太玄》胜过《老子》，《老子》不值得一提。扬雄著《太玄》，难道只是为了与《老子》一争高下吗？

这是人们不懂得扬雄的本意啊。扬雄的弟子侯芭非常了解他的老师,认为老师的著作超过《周易》。然而侯芭的其他文字没有流传下来,不知道他本人的学术水平到底怎么样。这样说来,扬雄并不希望当时的人理解自己的态度已经很明显了。他是要等百代之后圣人出现才能明白,要人们咨询于鬼神而毫无疑问罢了。您难道不是这样认为吗?

近李翱从仆学文,颇有所得。然其人家贫多事,未能卒其业。有张籍者,年长于翱,而亦学于仆。其文与翱相上下,一二年业之,庶几乎至也。然闵其弃俗尚①,而从于寂寞之道②,以之争名于时也。久不谈,聊感足下能自进于此,故复发愤一道③。愈再拜。

[注释]

①俗尚:世俗的风尚。②从于寂寞之道:指抛弃世俗观念而独好古文写作。③发愤:发泄愤懑。

[译文]

近来李翱跟随我学习古文,收获不小。然而他家境贫寒,有很多事务要处理,没有能完成学业。有个叫张籍的人,年龄比李翱大几岁,也跟随我学习过。他的文章与李翱不相上下,学习古文一两年后,几乎达到最高的境界了。然而令人哀伤的是,他能抛弃世俗的风尚,甘愿跟随我学习古文的写作,并且靠写古文名著一时。很久都没有谈论这些了,现在有感于您能够自己专著于古文的写作,故而又在这儿发泄一通牢骚。韩愈再拜。

答刘正夫书①

[题解]

这封书信写于元和六年至八年。文章通过答复晚辈后进请教古文写作的要领,提出以古圣贤为师,学习儒家的经典,而创作要"师其意,不师其辞","能自树立不因循",表现出强烈的独创精神,反映出对后进之士循循善诱的诚恳态度。明代茅坤在《唐宋八大家文钞》中评价说:"韩文公教人作文,大意要自树立不寻常,不取悦于今世,所谓能自树立、不因寻常等,即公本来面目。"

愈白,进士刘君足下:辱笺教以所不及②,既荷厚赐,且愧其诚然。幸甚,幸甚!

凡举进士者,于先进之门何所不往③。先进之于后辈,苟见其至,宁可以不答其意邪?来者则接之,举城士大夫莫不皆然,而愈不幸独有接后辈名④。名之所存,谤之所归也。

有来问者,不敢不以诚答。或问:"为文宜何师?"必谨对曰:"宜师古圣贤人。"曰:"古圣贤人所为书具存,辞皆不同,宜何师?"必谨对曰:"师其意,不师其辞。"又问曰:"文宜易宜难?"必谨对曰:"无难易,惟其是尔。"如是而已,非固开其为此,而禁其为彼也。

夫百物朝夕所见者,人皆不注视也;及睹其异者,则共观而言之。夫文岂异于是乎?汉朝人莫不能为文,独司马相如、太史公、刘向、扬雄为之最⑤。然则用功深者,其收名也远;若皆与世沈浮,不自树立,虽不为当时所怪,亦必无后世之传也。足下家中百物,皆赖而用也,然其所珍爱者,必非常物。夫君子之于文,岂异于是乎?今后进之为文,能深探而力取之以古圣贤人为法者,虽未必皆是;要若有司马相如、太史公、刘向、扬雄之徒出,必自于此,不自于循常之徒也。若圣人之道,不用文则已,用则必尚其能者⑥;能者非他,能自树立,不因循者是也。有文字来,谁不为文,然其存于今者,必其能者也。顾常以此为说耳。

愈于足下忝同道而先进者⑦,又常从游于贤尊给事⑧,既辱厚赐,又安得不进其所有以为答也。足下以为何如?愈白。

[注释]

①刘正夫:宋蜀本作"刘岩夫",刑部侍郎刘伯刍的儿子。据《新唐书·宰相世系表》载,刘伯刍有三子:宽夫、端夫、岩夫,此处"正夫"当作"岩夫"。②辱笺:书信中常用的客气话,指书牍。③先进:仕途和学业上的先辈,此处指先考中进士的人。④愈不幸独有接后辈名:《新唐书·韩愈传》说:"(韩愈)成就后进,往往知名。"⑤司马相如:西汉辞赋大家。太史公:西汉史学家司马迁。刘向:西汉著名学者,曾校阅群书撰成《别录》,是我国最早的分类目录,著有《新序》、《说苑》、《列女传》以及辞赋《九叹》等。⑥"若圣人之道"三句:这里化用扬雄《法言·吾子》中的语句,但意思不同,文曰:"如孔氏之门用赋也,则贾谊升堂,相如入室矣,如其不用何?"扬雄的意思是孔门不用赋,而韩愈虽口气存疑,实则肯定"圣人之道"是"用文"的。⑦忝:辱,有愧于,韩愈自谦。⑧贤尊:对对方父亲的敬称,即令尊。给事:官名,给事中的省称。

[译文]

韩愈告陈,进士刘君足下:承蒙您来信对我的不足之处给予指教。我既已蒙您赐教,确实感到很惭愧。真是荣幸之至,荣幸之至!

凡是参加进士科考试的人,没有不去拜访先辈的门庭的。先辈对待后辈,如果看到他们来拜访自己,哪能不回报他们向学的一番心意呢?只要有来访问的人都会接见,整个京城读书做官的人没有不这样做的，然而唯独我不幸获得了接待后辈的名声，我因此而得名，毁谤也随之而来。

有人前来询问情况，我不敢不诚实地回答。有人问道："写文章应该向谁学习？"我一定慎重地回答说："应该向古代的圣贤们学习。"问道："古代的圣贤们写的书都存在，文辞各有不同，应该学习什么呢？"我一定慎重地回答说："学习他们文章中阐发的精神，而不是学习他们文章的辞句。"又问道："写文章应该平易还是艰深？"我一定认真地回答说："写文章没有什么艰深或者平易的固定准则，只是要写得恰如其分罢了。"像这样就足够了，并不是一成不变地启发他要这样写，而禁止他那样写。

世间万事万物，只要是从早到晚都能见到的东西，人们是不会留意的；等到看到那些与众不同的东西，那么大家就会观看并且谈论它。文章难道与这些有什么区别吗？汉朝人没有不能写文章的，唯有司马相如、太史公、刘向、扬雄是其中最优秀的。这样看来下工夫深的人，他们获得名声也流传得久远；如果都跟着世俗风尚随波逐流，没有自己独立的建树，即使不受当时人们的责备，也一定不会流传后世的。您家里的各种器具都是拿来使用的，但是您所珍爱的，一定不是平常的东西。君子对待文章，难道和这些有什么区别吗？现在有些后辈写文章，能够把古代圣贤们作为学习的楷模对其深入探究并努力汲取他们的精髓，虽然不一定能学得很到位，重要的是，如果再有司马相如、太史公、刘向、扬雄一类人物出现，就一定来自于他们中间，而不会出自那些因袭常规的人。对于圣人之道来说，不用文章就算了，如果用文章，一定会推重那些有才能的作者；有才能的作者不是别的，而是能够自己有独立的建树，不守旧因袭的人。自从文字产生以来，哪有不写文章的，然而文章能够流传到今天的，一定是有才能的作者。我不过是常常对这一点进行一下阐发而已。

我很惭愧自己算是您的同道而且是先行者,又曾经跟您做给事中的父亲来往较多,已经蒙您如此情深义重的赐教,又怎能不毫无保留地奉告于您来作为回报呢?您以为我说的如何呢?韩愈谨启。

答李翊书

[题解]

本文作于德宗贞元十七年(801),李翊时为诸生,次年因韩愈的荐举而考中进士。本文借书信形式来阐述文与道的关系,认为学习古文要以立行为本,立言为表,为文应文道合一,务去陈言,以气为先。全篇波澜起伏,层层推进,表现出作者排击世俗的勇气和顽强进取的精神。清人金圣叹在《天下才子必读书》中称赞此文"中间自说为文之甘苦深浅,其妙更不必论。只如前起之曲折之妙,后收之荡漾之妙,皆笔墨之罕事也"。

六月二十六日,愈白李生足下①:

生之书辞甚高,而其问何下而恭也!能如是,谁不欲告生以其道?道德之归也有日矣,况其外之文乎?抑愈所谓望孔子之门墙而不入于其宫者②,焉足以知是且非邪?虽然,不可不为生言之。

[注释]

①李生:指李翊,贞元十八年进士,曾跟随韩愈学习古文。是年中书舍人权德舆主持礼部考试,祠部员外郎陆傪为助,此前韩愈曾向陆傪推荐李翊。②望孔子之门墙而不入于其宫者:语出《论语·子张》:"子贡曰:譬之宫墙,赐之墙也及肩,窥见室家之好。夫子之墙数仞(七尺曰仞),不得其门而入,不见宗庙之美,百官之富。"此处比喻孔子的道德学问博大精深,一般人很难窥其门径。

[译文]

六月二十六日,韩愈告陈李生足下:

您的来信文辞立意高雅,而询问的态度又是多么谦卑和恭敬啊!能够这样,谁不愿意把自己所知道的道理告诉您呢?儒家的仁义道德归属于您已是指日可待,何况是作为它外在形式的文章,当然更不在话下。不过,我只是古人所谓的"望见孔子的门墙而没有登堂入室"的人,哪里够得上知道什么是正确的或不正确的呢?尽管如此,还是不能不跟您谈谈自己对这个问题的看法。

生所谓立言者①,是也;生所为者与所期者,甚似而几矣。抑不知生之志,蕲胜于人而取于人耶②?将蕲至于古之立言者邪?蕲胜于人而取于人,则固胜于人而可取于人矣。将蕲至于古之立言者,则无望其速成,无诱于势利,养其根而俟其实,加其膏而希其光。根之茂者其实遂③,膏之沃者其光晔。仁义之人,其言蔼如也④。

[注释]

①立言:著书立说。②蕲:通"祈",希望。③遂:本指禾穗成长,此处形容硕果累累。④蔼如:温厚和顺的样子。

[译文]

您关于著书立说的看法,是正确的;您所做的和您所期望达到的,已经很相似而且很接近了。只是不知道您立言的志向,是希望胜过别人而被人所取用呢,还是希望达到古代人著书立说的境界呢?如果只是希望胜过别人而被人取用,那您本已胜过别人而且可以被人取用了。如果期望达到古代人著书立说的境界,那就不要希望它能够很快实现,不要被权势利禄所诱惑,要像培养树木的根而等待它结出果实,像给灯加油而希望它放出光明一样。根本茂盛的树木才能结出饱满的果实,灯油充足才能使灯火明亮辉煌。具有仁义修养的人，他的言辞一定具有温厚和美的风格。

抑又有难者，愈之所为，不自知其至犹未也。虽然，学之二十余年矣。始者非三代两汉之书不敢观，非圣人之志不敢存，处若忘，行若遗，俨乎其若思，茫乎其若迷。当其取于心而注于手也，惟陈言之务去，戛戛乎其难哉①！其观于人，不知其非笑之为非笑也。如是者亦有年，犹不改，然后识古书之正伪，与虽正而不至焉者，昭昭然白黑分矣，而务去之，乃徐有得也。当其取于心而注于手也，汩汩然来矣②。其观于人也，笑之则以为喜，誉之则以为忧，以其犹有人之说者存也。如是者亦有年，然后浩乎其沛然矣。吾又惧其杂也，迎而距之，平心而察之，其皆醇也，然后肆焉。虽然，不可以不养也。行之乎仁义之途，游之乎《诗》、《书》之源③，无迷其途，无绝其源，终吾身而已矣。

[注释]

①戛（jiá）戛乎：困难、费劲的样子。②汩（gǔ）汩然：水流急速的样子，比喻写文章得心应手，文思奔涌而出。③《诗》、《书》：儒家经典《诗经》和《尚书》，此处泛指古代圣贤的经典著作。

[译文]

可是还有困难之处，我的所作所为，自己也不知道是否已经达到著书立说的境界。尽管如此，我学习古文已有二十多年了。开始的时候，不是夏、商、周三代和西汉、东汉的书籍就不敢看，不合乎圣人的意思就不敢存留心中，静处的时候好像忘掉了自身的存在，行走的时候好像遗失了什么东西，端庄凝重的样子好像在思考，恍恍惚惚好像是着了迷。当我把心里所想的用手写下来的时候，一定要把那些陈词滥调去掉，这是非常艰难的啊！我把自己写的文章拿给别人看时，不把别人的非议讥笑看成非议讥笑。像这种情况又过了很多年，我还是不改变自己的主张和态度，这样之后才能识别古代书籍的正确与谬误，以及那些虽然立意纯正但还不够完善的内容。这些全部清清楚楚黑白分明了，还要务求去掉古书之伪谬和那些"虽正而不至"的弊病，这才渐渐有所收获。当写作得心应手的时候，文思就像泉水一样自然而然地奔涌而出。我再拿这些文章给别人看时，别人讥笑它，我就感到高兴，别人称赞它，我就为之担忧，因为文章里还有"陈言"存在啊。像这样又过了好几年，然后文辞像大水波涛般奔涌浩荡。我又担心文章中不够纯正，主动找出那些不纯正的地方，平心静气地以客观的眼光加以考察，直到辞意全都纯正了，这才放手无拘无束地去写作。虽然达到这样的境界，还是不能不继续加深修养来充实自己。行进在仁义的道路上，畅游在《诗》、《书》的源泉里，不要迷失自己的道路，不要断绝自己的源头，我这一生都是要这样做了。

气①，水也；言②，浮物也。水大而物之浮者，大小毕浮。气之与言犹是也，气盛则言之短长与声之高下者皆宜。虽如是，其敢自谓几于成乎？虽几于成，其用于人也奚取焉？虽然，待用于人者，其肖于器邪③？用与舍属诸人。君子则不然，处心有道，行己有方；用则施诸人，舍则传诸其徒，垂诸文而为后世法④。如是者，其亦足乐乎？其无足乐也？

有志乎古者希矣。志乎古必遗乎今，吾诚乐而悲之。亟称其人，所以劝之，非敢褒其可褒而贬其可贬也。问于愈者多矣，念生之言不志乎利，聊相为言之。愈白。

[注释]

①气：指文章的气势。②言：文章。③器：《论语·为政》："君子不器。"意思是每种器具往往都有一定的适用范围，而君子则无适不可，故而不是器具。④垂诸文：写成文章流传下去。

[译文]

　　文章的气势，好比是水；语言，好比浮在水面上的东西。水势大，那么凡是能漂浮的东西无论大小都能浮起来。气势和语言的关系也是这样啊，气势充盛了，那么语句或短或长与声音的或高或低都会是适当的。即使是这样，又怎敢说自己的文章接近成功了呢？即使接近成功，对当世的人们有什么用呢？尽管如此，等待被别人任用的人，大概跟器物是否被取用很相像吧？用与不用都取决于别人。君子就不是这样，他思考问题坚持自己的仁义原则，指导行事有一定的规范。被任用，就把自己的仁义道德推行在事业上，加惠于世人；不被任用，就把自己的仁义道德传给弟子，写成文章流传下去，作为后世效法的楷模。像这样的情况，是值得高兴还是不值得高兴呢？

　　如今有志于学习古代著书立说的人很少了。有志于学习古人之道，一定会被今人遗弃，我实在为之高兴，又不免为他们悲哀。我一再称赞那些有志学习古人的人，只是为了勉励他们，并不敢随意表扬那些我认为可以表扬的人，批评那些我认为应该批评的人。向我问为文之道的人很多，考虑到您说话的意图不在于求取功利，姑且对您讲了这些话。韩愈告启。

答刘秀才论史书[①]

[题解]

　　唐代宗元和八年（813），韩愈由国子博士改任史馆修撰，上任后并不修撰史书，遭致非议。秀才刘轲闻讯，竟写信让韩愈"勉以所宜务"。韩愈写了这封回信，谈自己对秉笔直书可能引起严重后果的顾虑。柳宗元得悉此事，非常痛心，愤而作了著名的《与韩愈论史官书》，毫不客气地指责韩愈说：

"今学如退之，辞如退之，好议论如退之，慷慨自谓正直行行焉如退之，犹所云若是，则唐之史述其卒无可托乎！明天子贤宰相得史才如此，而又不果，甚可痛哉！"明代茅坤在《唐宋八大家文钞》中这样评价此文："惧作史之祸，非也。孔子善善恶恶，二百四十二年之间，何以至今皎然与天地并？昌黎不及作，从而为之辞。"可称公允。

愈白：秀才辱问见爱教，勉以所宜务，敢不拜赐。愚以为，凡史氏褒贬大法②，《春秋》已备之矣。后之作者，在据事迹实录，则善恶自见。然此尚非浅陋偷惰者所能就，况褒贬邪？孔子圣人作《春秋》，辱于鲁、卫、陈、宋、齐、楚，卒不遇而死。③齐太史氏兄弟几尽④，左丘明纪春秋时事以失明⑤，司马迁作《史记》刑诛⑥，班固瘐死⑦；陈寿起又废⑧，卒亦无所至；王隐谤退死家⑨，习凿齿无一足⑩，崔浩、范晔赤诛⑪，魏收夭绝⑫，宋孝王诛死⑬；足下所称吴兢⑭，亦不闻身贵而令其后有闻也。夫为史者，不有人祸，则有天刑，岂可不畏惧而轻为之哉？

[注释]

①刘秀才：名轲，字希仁，元和十四年进士。②史氏：史家，史官。褒贬：赞扬和指责，借指评论好坏。后世称论人议事用词严谨而有分寸为"一字褒贬"，意思是《春秋》笔法严谨，一字即寓褒贬之意。③"孔子圣人作《春秋》"三句：孔子是春秋时期鲁国人，曾编撰我国第一部编年体史书《春秋》。自鲁定公十三年（前497）至鲁哀公十五年（前480），孔子周游列国，宣扬自己的政治主张，先后到了鲁、卫、陈、宋、齐、楚等国，始终无法实现自己的政治理想。④齐太史氏兄弟几尽：事见《左传·襄公二十五年》："夏，五月。崔杼杀齐庄公。大史书曰：'崔杼弑其君。'崔子杀之。其弟嗣书而死者二人。其弟又书，乃舍之。南史氏闻大史尽死，执简以往，闻既书矣，乃还。"齐太史兄弟有四人，如今三人被戮，老四大义凛然，不畏强暴，仍直书"崔杼弑其君"，这种不隐恶、不溢美、秉笔直书的精神光耀千秋，素来与南史氏、董狐并称，被誉为"良史"。⑤左丘明：春秋末期被称为瞽闻的盲史

官,鲁国人,知识渊博,品德高尚,任鲁国左史官,依据《春秋》著成了中国古代第一部叙事详细、体系完整的编年史《春秋左氏传》,记事起于鲁隐公元年(前722),止于鲁哀公二十七年(前468),实际记事到鲁悼公十四年(前453),是研究我国春秋社会的重要历史文献。⑥司马迁:字子长,西汉夏阳(今陕西韩城)人,著名史学家、思想家、文学家。天汉二年(前99),司马迁因"李陵事件"触怒了汉武帝,遭受宫刑。他忍受屈辱,发愤著书,于公元前91年完成了我国第一部纪传体通史《史记》,被鲁迅誉为"史家之绝唱,无韵之《离骚》"。⑦班固:字孟坚,扶风安陵(今陕西咸阳)人,东汉史学家班彪之子。东汉明帝时,召为兰台令史,迁典校秘书,写成中国第一部断代史《汉书》。后随大将军窦宪攻匈奴,为中护军。汉和帝永元四年(前86),窦宪因擅权被杀,班固受到牵连,被人陷害入狱而死。⑧陈寿:字承祚,巴西安汉(今四川南充)人,西晋史学家。曾师事同郡学者谯周。所撰《三国志》,是一部记载魏、蜀、吴三国鼎立历史的纪传体国别史。陈寿得杜预推荐,授御史治书,以母忧去职。母遗言令葬洛阳,寿遵其志,坐不以母归葬,竟被贬。后数岁,起为太子中庶子,未拜。⑨王隐:字处叔,陈郡陈(今河南淮阳)人,约晋元帝建武元年前后在世,以儒素自守,博学多闻,受父遗业,留心晋代史事。太兴初,奉召为著作郎,令撰晋史。时著作郎虞预私撰晋书,妒隐才胜己,隐竟以讪谤免归,后得庾亮供纸笔,书始得成。⑩习凿齿:字彦威。东晋史学家,襄阳(今湖北襄樊)人。博学多闻,以能文著称。著有《汉晋春秋》、《襄阳耆旧记》、《逸人高士传》等。据《晋书·习凿齿传》记载,前秦苻坚攻陷襄阳,将习凿齿和道安法师二人接往长安,说:"朕以十万师取襄阳,所得唯一人半,安公一人,习凿齿半人。"因为习凿齿有脚疾,故称半人。⑪崔浩:字伯渊,小名桃简,清河郡武城人。出身北方高门士族,仕北魏道武、明元、太武帝三朝,官至司徒。后因企图按照汉族世家大族的传统思想分别氏族高下,招致执政的北方贵族及其他人的忌妒,以修史宣扬"国恶"的罪名被灭九族,史称"国史之狱"。范晔:字蔚宗,祖籍顺阳(今河南淅川),生于山阴(今浙江绍兴),南朝宋著名史学家、文学家。宋文帝元嘉九年(432)任宣城太守,博采魏晋以来各家关于东汉史实的著作,删繁补略,撰成《后汉书》纪传九十卷。受彭城王刘义康造反株连,宋文帝以谋反的罪名将范晔满门抄斩。⑫魏收：字伯起，小字佛助，巨鹿下曲阳（今晋州市）人。与温子升、邢子才号称三才子。历仕北魏、东魏、北齐三朝，撰成《魏书》一百三十卷。由于他恃才傲物，借修史作为酬恩报怨的手段，在列传人物的取舍褒贬上触犯了某些门阀豪强、官僚士大夫，死后竟遭人掘墓抛尸。⑬宋孝王：广平（今属河北）人，北齐末任度支尚书段孝言开府参军，平北王文学。后因求入文林馆不遂，撰《朝士别录》二十卷，非毁朝士。周灭齐后，改为《关东风俗传》。周大象末，因预尉迥事而被诛。⑭吴兢：汴州浚仪（今河南开封）人，历仕武周、唐中宗、玄宗三朝，担任修史工作近40年。曾因禄秩过薄、居丧等原因几次上表请求调离史职。武后末期至唐中宗时，私撰国史。开元十七年（729），"坐书事不当，贬荆州司马"。

[译文]

韩愈告白：承蒙秀才您对我的厚爱和指教，勉励我要对自己的职事尽职尽责，我怎敢不拜谢您的厚赐呢。我认为，古往今来在论人议事方面称得上用词严谨而有分寸的史书中，《春秋》已经具备这些特点了。后世的史书作者，根据关于事件的各种真实记录加以修撰，那么关于历史真相的是非善恶都能自然而然地表现出来。然而史书并不是那些见识浅薄苟且怠惰的人所能够写成的，更何况是能以一字寓褒贬的春秋笔法呢？圣人孔子编成《春秋》，自己却在鲁、卫、陈、宋、齐、楚等国得不到礼遇，最终无法实现自己的政治理想而死去；春秋时期，齐国的太史氏因为秉笔直书"崔杼弑其君"，兄弟四人有三人被杀害；春秋末年，鲁国史官左丘明据《春秋》而作《左传》，自己却是被称为瞽矇的盲史官；西汉司马迁撰写出彪炳千古的《史记》，却因仗义直言而触怒汉武帝，遭受宫刑的奇耻大辱；东汉班固撰写《汉书》，却因遭人陷害而死于狱中；西晋史学家陈寿撰写《三国志》，先承朝廷起用而后又遭贬议，最终也很不幸；王隐很有史才，写成《晋书》，最终竟以讪谤免归；著有《汉晋春秋》、《襄阳耆旧记》的东晋史学家习凿齿，因为有脚疾，人称其半人；北魏史学家崔浩，因修史宣扬"国恶"的罪名被灭九族；撰写《后汉书》的范晔因受人株连，被宋文帝以谋反的罪名将其满门抄斩；魏收一生历经北魏、东魏、北齐三朝，撰成《魏书》一百三十卷，死后竟遭人掘墓抛尸；北齐末年撰写《关东风俗传》的宋孝王，后因参与尉迥事件而被诛死；即使是您称许的本朝史官吴兢，也没有听说他自身尊贵而且让后世子孙因他而出名啊。只要是撰写史书的史官，不是遭受人为的祸端，就是要受到上天的惩罚，又怎能不对修史工作有所畏惧而轻易去做这件事情呢？

唐有天下二百年矣，圣君贤相相踵，其余文武之士，立功名跨越前后者，不可胜数，岂一人卒卒能纪而传之邪①？仆年志已就衰退，不可自敦率②，宰相知其无他才能不足用，哀其老穷③，龃龉无所合④，不欲令四海内有戚戚者，猥言之上，苟加一职荣之耳，非必督责迫蹙，令就功役也⑤。贱不敢逆盛，指行且谋朝去。且传闻不同，善恶随人所见，甚者附党憎爱不同⑥，巧造语言，凿空构立⑦，善恶事迹，于今何所承受取信，而可草草作传记，令传万世乎？若无鬼神，岂可不自心惭愧？若有鬼神，将不福人？仆虽騃⑧，亦粗知自爱，实不敢率尔为也。夫圣唐巨迹及贤士大夫事⑨，皆磊磊轩天地，决不沈没。今馆中非无人，将必有作者，勤而纂之。后生可畏，安知不在足下⑩？亦宜勉之。

[注释]

①卒（cù）卒：匆促急迫的样子。②敦率：犹敦勉、勤勉。③老穷：年老穷困，亦指年老穷困的人。④龃龉（jǔyǔ）：上下牙齿对不齐，比喻意见不合，互相抵触。⑤功役：兴建土木工程的劳役，此处指功绩。⑥附党：阿附，偏私。⑦凿空：立论无据，凭空编造。构立：捏造。⑧騃（ái）：愚，呆。⑨巨迹：神话传说中的巨人足迹。⑩"后生可畏"二句：语出《论语·子罕》："后生可畏，焉知来者之不如今也。"意思是青年人可以积学成德，值得敬畏。

[译文]

大唐拥有天下已经二百年了,圣明的君主和贤达的宰相相继出现,其他的文臣武将建功立业名重一时的更是多得数不过来,仅凭我一个人匆匆忙忙地为他们记载立传,怎么可能做到呢?我现在已经年迈体衰,没有抱负了,不能强迫自己过于勤勉,宰相知道我没有其他的才能而且不堪使用,哀悯我年老穷困,难以与人相处,不想让天下百姓寒心,辱言于圣上,即使给我加封个一官半职,并不一定要督促逼迫着去做事,让我建立大的功绩。因为地位卑下,所以不敢拂逆圣意,打算早做准备,离开朝廷。况且各种传闻不同,是非善恶要根据个人的标准而定,甚至有人根据自己的偏私爱憎,巧妙地伪造言辞,凭空捏造,那些或善良或罪恶的事情,怎样让人接受和相信,怎么可以草草地撰写传记,使其流传千秋万代呢?假如没有鬼神,自己内心岂能不感到惭愧?假如真有鬼神存在,那鬼神是不是就不赐福于人了?我虽然愚笨,也大略知道洁身自好,实在不敢率意而为啊。大唐盛世,名家辈出,贤德的士大夫轶事很多,他们大都心胸磊落,浩然之气顶天立地,绝对不会被岁月湮没。现在史馆中并不是没有人才,一定会有作者勤勉地编纂这些史书。古人说"后生可畏",怎知这个后生不是说您呢?也应该勉励您自己啊。

答吕翳山人书

[题解]

吕翳,生平不详。山人,隐居山林的人。唐朝有很多不做官的知识分子自称山人或处士,而这位吕翳山人表现出一副自视甚高、玩世不恭的模样,实则渴望进入仕途,故而在拜谒韩愈而得不到满足之后,写信责备韩愈不够礼贤下士。文章严厉批判了当时官场腐败的社会风气，表现出作者光明磊落的风度和正直独立的人格。语气委婉多讽，却又不失其锐气。

愈白：惠书责以不能如信陵执辔者①。夫信陵，战国公子，欲以取士声势倾天下而然耳②。如仆者③，自度若世无孔子，不当在弟子之列。以吾子始自山出，有朴茂之美意，恐未砻磨以世事④。又自周后文弊⑤，百子为书⑥，各自名家，乱圣人之宗，后生习传，杂而不贯，故设问以观吾子。其已成熟邪，将以为友也；其未成熟邪，将以讲去其非而趋其是耳。不如六国公子有市于道者也。

[注释]

①信陵：名无忌，战国时魏昭王的儿子，魏安釐王同父异母的弟弟，因其封地在信陵（今河南宁陵），故名。与赵国平原君赵胜、齐国孟尝君田文、楚国春申君黄歇合称"战国四公子"，以礼贤下士而著称。执辔：谓手持马缰驾车。②倾天下：使天下倾倒、畏服。据《史记·吕不韦列传》载，战国四公子"皆下士喜宾以相倾"；唐代司马贞《史记索隐述赞》云："信陵下士，邻国相倾。"③仆：韩愈自称，谦辞。④砻（lóng）磨：磨炼。⑤文弊：文业凋敝。⑥百子为书：指战国以后，诸子学派纷呈，《汉书·艺文志》载有189家，举其成数，后世称为"百家争鸣"。

[译文]

韩愈启告：承蒙您赐函，责备我不能用信陵君为隐士侯嬴执辔驾车那样的谦恭态度来接待您。信陵君，是战国时魏国的贵族公子，他为侯嬴执辔驾车，不过是想用礼贤下士的举动获得声誉，进而达到使天下人倾倒于他的目的。像我这样的人，自我度量如果世上没有孔子，就不应该处在学生的行列之中。因为您刚从山中出来，怀着朴实厚道的美好愿望，恐怕还没有经过世事的磨炼。而且从周代以后文风衰坏，诸子百家著书立说，各自称家，扰乱了圣人之道的本源和宗旨，后代人学习传授，非常驳杂而又不能融会贯通,所以提出一些问题来观察您。如果您已经成熟了,将会视为朋友;如果还没有成熟,就要用讲论来帮您去掉不正确的思想,而使您朝向正确的方向。我不会像六国时那些贵族公子那样,把道义当成交易的手段。

方今天下入仕,惟以进士、明经及卿大夫之世耳①。其人率皆习熟时俗,工于语言,识形势,善候人主意。故天下靡靡②,日入于衰坏,恐不复振起。务欲进足下趋死不顾利害去就之人于朝,以争救之耳,非谓当今公卿间,无足下辈文学知识也。不得以信陵比。

[注释]

①进士、明经:唐代科举考试的科目,进士以诗赋为主,明经以通晓经义为主,是士人做官的重要途径。卿大夫之世:卿大夫等高级官员的子孙,可以依靠先人门荫入仕,不必经由考试。据《新唐书·选举志》记载,一品官之子可荫得正七品上的官职,下至从五品及国公之子可得从八品下的官职。②靡靡:本意是草随风倒伏貌,引申为随顺貌。

[译文]

当今社会能进入官场的,只有通过考进士、明经和高级官员的家世门荫这几条路罢了。那些人大都熟悉现在的世俗风尚,擅长花言巧语,能够审时度势,善于窥伺迎合君主的想法。因此整个社会随着风向倒来倒去,风气逐渐堕落到衰退腐败的地步,恐怕再也难以振作起来。故而我想极力引进像您这样能够无所畏惧、不顾个人得失和仕途进退的人来到朝廷,与歪风邪气进行斗争,来补救时弊,这并不是说现在的官僚阶层中没有像您这样学问和见识都很好的人。(您)不能拿信陵君来和我相比。

然足下衣破衣,系麻鞋,率然叩吾门;吾待足下,虽未尽宾主之道，不可谓无意者也。足下行天下，得此于人盖寡，乃遂能责不足于我，此真仆所汲汲求者①。议虽未中节②，其不肯阿曲以事人者③，灼灼明矣。方将坐足下三浴而三熏之④，听仆之所为，少安无躁。愈顿首⑤。

[注释]

①汲汲：唯恐不及的样子。②中节：合乎节奏，此处指言语适度。③阿曲：巴结逢迎。④三浴而三熏之：典出《国语·齐语》，管仲自鲁国至齐，桓公为他"三衅（薰）而三浴"，以表示爱护和尊敬。管仲为国相后，辅佐齐桓公成就了霸业，使齐桓公成为春秋时的五霸之一。熏，同"薰"，以香涂身。⑤顿首：磕头，叩头下拜，古代常用于书信或名帖中的敬辞。

[译文]

然而您当时穿着破旧的衣服，脚上结着麻鞋，不经别人介绍就直率地来拜访我；我对待您即使没有充分地尽到宾主之礼，但也不能说没有一点诚意啊。您在社会上来来往往，在别人那里受到这样的接待大概还不多吧，可您却能够直截了当地责备我的缺失，这正是我所迫切希望的。您对问题的看法虽然还不够中肯，但这种不愿意巴结逢迎来侍奉他人的态度，却已经很明确地显示出来了。我正准备为迎接您而再三地沐浴薰香，希望您能听从我的安排，暂且安心等待而不要急躁。韩愈顿首再拜。

答元侍御书①

[题解]

本文作于元和九年（814），时韩愈拜比部郎中史馆修撰。据《新唐书·甄济传》载：当时，甄济之子甄逢"常以父名不得在国史，欲诣京师自言"。甄逢与元稹关系极好，故而经由元稹请托于韩愈。元稹以书信言甄济父子事，乞求韩公笔之于史。韩愈就写了这封书信回答他，由是甄济父子声名俱显。明代茅坤在《唐宋八大家文钞》中称赞此文"婉媚感慨"，很有见地。

九月五日，愈顿首，微之足下：前岁辱书，论甄逢父济②，识安禄山必反，即诈为瘖弃去③。禄山反，有名号④，又逼致之，济死执不起，卒不汙禄山父子事。又论逢知读书，刻身立行，勤己取足，不干州县，斥其余，以救人之急。足下繇是与之交，欲令逢父子名迹存诸史氏。

足下以抗直喜立事⑤，斥不得立朝，失所不自悔⑥，喜事益坚。微之乎，子真安而乐之者。谨详足下所论载，校之史法⑦，若济者，固当得附书。今逢又能行身⑧，幸于方州大臣⑨，以标白其先人事⑩，载之天下耳目，彻之天子。追爵其父第四品，赫然惊人。逢与其父俱当得书矣。

济、逢父子，自吾人发《春秋》、美君子、乐道人之善。夫苟能乐道人之善，则天下皆去恶为善，善人得其所，其功实大。足下与济父子，俱宜牵连得书。足下勉逢，令终始其躬，而足下年尚强，嗣德有继，将大书特书，屡书不一书而已也。愈既承命，又执笔以俟。愈再拜。

[注释]

①元侍御：即元稹，字微之，河南洛阳人。元和四年任监察御史，因触犯宦官权贵，次年贬江陵府士曹参军；元和十五年擢祠部郎中、知制诰；长庆二年（822），居相位三月，出为同州刺史、浙东观察使；大和五年（831）以尚书左丞逝于武昌军节度使任上，卒赠尚书右仆射。与白居易齐名，并称"元白"，其诗作则并称"元和体"。著有《元氏长庆集》共一百卷，收录诗赋、诏册、铭诔、论议等。原集佚，宋时存六十卷、补遗六卷等。以元稹曾任监察御史，故称元侍御。②甄逢父济：甄逢的父亲甄济，字孟成，定州无极人。少有操行，隐居青岩山。天宝十载，朝廷以左拾遗召，未至而安禄山入

朝，求济于玄宗，授范阳掌书记。济察禄山有异志，以疾辞归。安史之乱平，拜太子舍人。甄济生有二子，甄逢为其次子，自力读书，不谒州县，以义闻于时。③喑（yīn）：哑，不能说话。④"禄山反"二句：天宝十四载（755），安禄山从范阳起兵造反。至德元载（756）正月一日，在洛阳自称雄武皇帝，国号大燕，改元圣武元年，定洛阳为都，以范阳为东都。⑤抗直：刚直不屈。立事：建功立业。⑥失所不自悔：元和五年，元稹以监察御史分司东都，执政以其年少，务作威福，贬江陵府士曹。⑦史法：修史的法则。⑧行身：立身处世。⑨方州大臣：指州郡长官。⑩标白：显扬。

[译文]

九月五日，韩愈顿首，微之足下：承蒙您前一年给我写信，谈及甄逢的父亲甄济事先察觉到安禄山必定会反叛朝廷，就假装嗓子喑哑，赶紧离开安禄山。安禄山从范阳起兵造反后，自称雄武皇帝，国号为大燕；又逼迫甄济出来做官，甄济宁死不从，最终没有因为安禄山父子造反的事件而使自己汗颜。您在信中又谈到甄逢知道读书，立身处世非常自律，自己勤俭节约，不干谒州县长官，将自家多余的财物拿出来救济乡邻。您因此而跟甄逢交往甚厚，想让甄逢父子的姓名能够被写进史书。

您因为刚直不屈很想建功立业而遭人非议，将您贬为江陵府士曹，即使失去官位也不后悔，想要做一番大事业的态度更加坚决。微之啊，您真是既安宁又快乐的人啊。我谨慎地将您信中所讲的内容，跟修史的法则仔细地校对比照，像甄济这样的人，本来就应当记录在史书中。现在其子甄逢又能够立身处世，受到州郡长官的青睐，得以显扬他先辈的事迹，记录下来让天下人都能看到听到（他父亲的事迹），并且上呈到皇帝面前。朝廷追封他的父亲为四品官，声名显赫，令人吃惊。甄逢与他的父亲都值得写进史书啊。

甄济、甄逢父子二人，能够从自身做起，阐发《春秋》中的微言大义，赞美君子，称道别人的善举。如果能够做到喜欢称道别人的善举，那么全天下的人都能够抛弃邪恶的东西而去行善，善人能够得到回报，这个功劳确实不小啊。您与甄济父子二人，都应该因此而写进史书。您勉励甄逢，让他善始善终，而您自己还很强健，能够继承先辈的美德，将来史官一定会对关于您的重大事件郑重地予以记述，而且是屡次记载而不止一次啊。韩愈已经受命，正要手执史笔等着把你们的功绩载入史册。韩愈再拜。

为河南令上留守郑相公启

[题解]

题目一作《上留守郑相公启》。元和五年（810）冬，韩愈以都官员外郎改河南县令，东京有些军人为非作歹，作践地方官吏及百姓，韩愈遂予以惩治。但当时的留守郑余庆和尹房式徇私袒护不法军人，韩愈冒着罢职遭罪的危险据理直陈，"日以职分辨于留守及尹，故军士莫敢犯禁"（唐代李翱《韩公行状》）。文章进退有度，步步有法。明代茅坤在《唐宋八大家文钞》中赞"其言剀切，其退甚轻，信乎史所谓笃道君子也"。

愈启：愈为相公官属五年①，辱知辱爱。伏念曾无丝毫事为报答效，日夜思虑谋画，以为事大君子当以道②，不宜苟且求容悦。故于事未尝敢疑惑，宜行则行，宜止则止，受容受察，不复进谢，自以为如此真得事大君子之道。今虽蒙沙汰为县③，固犹在相公治下，未同去离门墙为故吏④，为形迹嫌疑改前所为以自疏外于大君子，固当不待烦说于左右而后察也。

[注释]

①愈为相公官属五年：元和元年，韩愈为国子博士，郑余庆时任国子祭酒。二年，韩愈分教东都生，郑余庆为河南尹兼知东都国子监事。四年，韩愈

改都官员外郎。五年,韩愈改为河南令,郑余庆为东都留守。故有此说。相公,相君,旧时对宰相的敬称,也泛称官吏。②大君子:对郑余庆的尊称。③沙汰:淘汰,此处指韩愈由都官员外郎出为县令。④门墙:指老师之门。语出《论语·子张》:"子贡曰:譬之宫墙,赐之墙也及肩,窥见室家之好。夫子之墙数仞,不得其门而入,不见宗庙之美,百官之富,得其门者或寡矣。"

[译文]

韩愈启陈:韩愈在您部下任职已经五年了,玷辱您的知遇和爱戴之情。我在私下里想过很多次,还没做过哪怕一件细小的事情来报答您,日思夜想加以谋划,最终认为侍奉品德高尚的大君子应当按事理办事,不应该以阿谀逢迎的手段来博得上级的欢心。故而对很多事从不曾有所怀疑,应该做就做,应该停止就停止,接受信用和考察,不再特意拜谢,自己认为这样做才真正符合侍奉大君子的道义。现在我虽然承蒙朝廷的淘汰,由都官员外郎出为河南县令,本来就还在您的管辖范围内,跟那些离开老师之门的旧日属吏有所不同,为了避嫌才改变以往的所作所为而主动疏远您,这些本来不应当在您面前啰啰嗦嗦,而应该等候您去体察。

人有告人辱骂其妹与妻,为其长者,得不追而问之乎?追而不至,为其长者,得不怒而杖之乎?坐军营操兵守御,为留守出入前后驱从者,此真为军人矣。坐坊市卖饼,又称军人,则谁非军人也?愚以为,此必奸人以钱财赂将吏,盗相公文牒①,窃注名姓于军籍中,以陵驾府县②。此固相公所欲去,奉法吏所当嫉矣。虽捕系杖之,未至过也。

[注释]

①文牒:案卷,文书。②陵驾:同"凌驾",超越,高出,此处指那些不法军人仗势欺人。

[译文]

有百姓来状告那些不法军人辱骂他的妹妹与妻子,我身为他们的地方长官，怎能不追查过问此事呢？追查却没有结果，作为一县之长官，怎能不为此发怒并且杖责这些违法乱纪的人呢？那些镇守在军营内日夜操练士兵驻守防御，为了留守大人您鞍前马后而出生入死的人，这才是真正的军人啊。而那些坐在街坊市肆上叫卖炊饼的人，都冒称自己是军人，那么这个社会上还有谁不是军人呢？我认为，这一定是坏人用钱物贿赂个别的将帅官吏，盗用您的文书证件，偷偷记入军籍来冒充军人的，目的在于仗势欺压府县的地方长官。这些本来就是您认为应当除掉的，也是奉公守法的官吏应当嫉恨的。即使逮捕拘系他们而处以杖刑，也不算过分啊。

昨闻相公追捕所告受辱骂者，愚以为大君子之为政，当有权变，始似小异，要归于正耳。军吏纷纷入见告屈，为其长者①，安得不少致为之之意乎？未敢以此仰疑大君子，及见诸从事说②，则与小人所望信者少似乖戾③。虽然，岂敢生疑万一，必诸从事与诸将吏未能去朋党心④，盖覆黤黮⑤，不以真情状白露左右⑥。小人私受恩良久，安敢闭蓄以为私恨，不一二陈道？伏惟相公怜察，幸甚幸甚！

[注释]

①为其长者：此处与上文不同，当指军人们的长官。②诸从事：指郑余庆的属官。③乖戾：乖悖违戾，抵触而不一致。④朋党：集团，派别，多为争夺权利、排斥异己、互相勾结而成。⑤黤黮（yǎn dǎn）：黑暗貌。⑥白露：告白，表白显露真实的想法。

[译文]

昨天听说相公您下令追捕那些向我告状受到不法军人辱骂的百姓，我认为大君子处理政事，应当随机应变，起初虽然做法欠妥当，最终一定要归于正途。军中官吏纷纷进帐到您那里哭告自己的委屈，您作为他们的长官，怎么能不稍加劝解，并把地方长官的意见想法告诉他们呢？我这样说绝对不敢因此怀疑您有纵容属下的意思，只是希望您听了手下属官的陈述之后，与下官所希望和信任的不会相互抵触。即使出现这种情况，又怎敢对您有万分之一的怀疑呢？那一定是您手下的属官们不能丢掉小集团的想法，使您受到蒙蔽而不明白真相，不把真实情况告诉您身边的人。韩愈受您的恩惠很久了，怎敢闭口不言而只是心存遗憾，不把自己的真实想法向您略略报告呢？韩愈跪拜，唯愿相公您能垂怜体察于我，实在荣幸之至！

愈无适时才用，渐不喜为吏，得一事为名，可自罢，乃罢去，不啻如弃涕唾①，无一分顾藉心②。故失大君子纤芥意③，如丘山重。守官去官，惟今日指挥。愈惶惧再拜。

[注释]

①不啻（chì）：不过，如同。②顾藉：顾念，顾惜。③纤芥：细微，细小。

[译文]

韩愈没有适合于当世所用的才干，越来越不想做官，能够有一件事作为借口，可以自己辞官，就要辞官而去，这如同是丢掉鼻涕唾液一样，没有一丝留恋官位的想法。所以，如果是有一点点不趁您的意，对我而言就犹如山岳那么重大。至于是让我继续当这个小官还是罢我的官，今天就全看您的意思。韩愈不胜惶恐，再拜致意。

序

赠崔复州序

[题解]

这篇赠序作于贞元十九年（803），是为送别友人崔君往任复州刺史而作，韩愈时为四门博士。崔复州，生平事迹无考，以其曾任复州刺史，故称。复州，唐代属山南东道，治所在竟陵县，贞观七年（633）移治沔阳，宝应二年（763）又移竟陵，在今湖北沔阳、天门、监利等县地。文章不仅仅是对崔君的荣任表示祝贺，更主要的是希望他上任以后要体察百姓疾苦，在施行仁政方面有所作为，揭露出当时民众与官府之间的对立。明代茅坤在《唐宋八大家文钞》中称"此与《送许郢州序》同意，而规讽于公处最含蓄"。

有地数百里，趋走之吏，自长史、司马已下数十人①，其禄足以仁其三族及其朋友故旧②。乐乎心，则一境之人喜；不乐乎心，则一境之人惧。丈夫官至刺史亦荣矣。

虽然，幽远之小民，其足迹未尝至城邑；苟有不得其所，能自直于乡里之吏者鲜矣，况能自辨于县吏乎？能自辨于县吏者鲜矣，况能自辨于刺史之庭乎？由是刺史有所不闻，小民有所不宣。赋有常而民产无恒，水旱疠疫之不期③，民之丰约悬于州④，县令不以言，连帅不以信⑤，民就穷而敛愈急，吾见刺史之难为也。

崔君为复州，其连帅则于公⑥。崔君之仁，足以苏复人；于公之贤，足以庸崔君。有刺史之荣，而无其难为者，将在于此乎？

愈尝辱于公之知，而旧游于崔君。庆复人之将蒙其休泽也⑦，于是乎言。

[注释]

①长史、司马：均为州刺史属下的佐吏，长史掌管文书等事，司马管理军政。②仁：施惠爱。三族：指父族、母族和妻族。③疠（lì）疫：瘟疫，泛指疾病。④丰约：衣食富足或贫困。悬：系，决定于。⑤连帅：古代十国诸侯之长，泛称地方高级长官。唐代多指观察使、按察使，此处指节度使，管辖数州。⑥于公：指于頔（dí），字允元，贞元十四年为襄州刺史，充山南东道节度观察，领襄、郢、复、邓、随、唐、均、房八州。⑦休泽：恩惠。

[译文]

刺史管辖的地域有方圆几百里，为他奔走效力的下属官吏，自长史、司马以下有好几十人；朝廷给他的俸禄足可以供养接济家族、亲戚和朋友故交。刺史心里快乐，那么一州的百姓都满心欢喜；刺史心里不高兴，那么一州的百姓都担心害怕，坐卧不安。大丈夫若能够做到刺史，也算是相当荣耀了。

虽然如此，偏僻边远地方的老百姓，他们可能一生都没有到过城市，如果遭到欺凌损害，能够自己跑到乡长里胥那里去喊冤的人已经很少，更不要说到县吏那里去申诉了！能够自己跑到县吏那里去申诉的百姓已经少得可怜，更不要说直接到刺史衙署里去辩白了！因为这个原因，刺史就无法了解下面百姓的真实情况，百姓有了冤屈也没有办法申诉。赋税每年都有常规的数额，而百姓的收入却没有固定的保障，水灾、旱灾、疾病、瘟疫等天灾人祸又无法预料，所以百姓生活的好坏完全取决于刺史是不是关心民瘼，肯不肯承担责任。如果县官不把民间的真情告诉刺史，刺史向上级真实呈报民间灾情而得不到上面节度使的相信和重视，百姓日趋贫困而官府仍要加紧搜刮，我看刺史这个官是相当难做的啊。

崔君去做复州刺史，您的上司是节度使于公。以崔君的仁德，足以使复州百姓的疾苦得到解除而能够安居乐业；以于公的贤能，也一定能够重用崔君。崔君有刺史的荣耀，而没有刺史上下受牵制的难处，大概就在这里吧？

我曾经承蒙于公的赏识，而与崔君又早有交往。我庆幸复州老百姓将会得到您的恩泽，于是写了这些话。

送幽州李端公序

[题解]

本文写于元和五年（810）。李端公，旧说是中唐著名边塞诗人李益，字君虞，曾入幽州刘济之幕府。岑仲勉《唐史余沈·韩愈送幽州李端公序》一文，则以大量的史料提出五点质疑，认为此李端公并非李益。姑两存之。文章以嘱咐李端公劝刘济"帅先河南北之将，来觐奉职"为旨归，表现出韩愈主张统一、反对藩镇割据的政治思想，措词得体，说服力强，在当时影响极大。明代茅坤在《唐宋八大家文钞》中谓其"命意高，结体奇，转掣从天降"。

元年①，今相国李公为吏部员外郎②，愈尝与偕朝，道语幽州司徒公之贤③。曰："某前年被诏告礼幽州④，入其地，迓劳之使里至⑤，每进益恭。及郊，司徒公红帓首，靴袴握刀，左右杂佩，弓韔服，矢插房⑥，俯立迎道左。某礼辞曰：'公天子之宰礼⑦，不可如是。'及府，又以其服即事。某又曰：'公三公⑧，不可以将服承命。'卒不得辞。上堂，即客阶⑨，坐必东向。"愈曰："国家失太平，于今六十年⑩。夫十日十二子相配⑪，数穷六十，其将复平，平必自幽州始，乱之所出也⑫。今天子大圣，司徒公勤于礼，庶几帅先河南北之将⑬，来觐奉职⑭，如开元时乎⑮？"李公曰："然。"今李公既朝夕左右，必数数焉为上言。元年之言殆合矣。

端公岁时来寿其亲东都，东都之大夫士莫不拜于门。其为人佐甚忠，意欲司徒公功名流千万岁。请以愈言为使归之献。

[注释]

①元年：唐宪宗元和元年。②今相国李公：指李藩，字叔翰，赵郡人，元和四年二月至六年二月代郑絪为门下侍郎、同平章事（宰相）。吏部员外郎：吏部属官，员外郎二员，官阶从六品上。③幽州司徒公：即刘济，始以幽州节度使累加至检校兵部尚书；贞元五年，迁左仆射，充幽州节度使；永贞元年（805）三月，再迁检校司徒。幽州，中国古九州及汉十三刺史部之一，隋炀帝大业初改幽州为涿郡；唐天宝元年（742）改为范阳郡，乾元元年（758）又为幽州，州治蓟县（今属河北）。是隋唐时北方的军事重镇、交通中心和商业都会，河北三镇之一。④告礼幽州：贞元二十一年正月，德宗逝世，李藩奉皇帝诏命到幽州告哀。⑤迓（yà）劳：迎接慰劳。累至：一作"累至"，似乎更符合上下文之意。⑥"司徒公"五句：所言皆是武将卫官朝参时的公服。红帕首，红色头巾。靴袴握刀，唐时武官穿乌皮靴，大口裤，手握佩刀。弓韔（chàng）服，弓藏在弓袋里。韔、服均是弓袋。房，插箭的器具，即箭壶。⑦天子之宰：贞元十二年，德宗擢刘济同平章事，位比宰相。⑧三公：古代中央三种最高官衔的合称。周以太师、太傅、太保为三公；唐宋沿东汉之制，以太尉、司徒、司空为三公，但已非实职。刘济为检校司徒，故云。⑨即客阶：在客位就座。因李藩时为皇帝派来的诏告副使，为示恭敬，刘济不居主位，而是面向东，坐在西边的客位。⑩"国家失太平"二句：自唐玄宗天宝十四载

十月安史之乱起,至元和五年,共56年,此处说"六十年",是举其成数。⑪十日十二子相配:指天干和地支相配六十次为一个轮回。十日,即甲乙丙丁戊己庚辛壬癸,为天干。十二子,即子丑寅卯辰巳午未申酉戌亥,为地支。⑫"平必自幽州始"二句:安史之乱起于幽州,按照"物极必反"和循环论的观点,平定战乱也应从幽州开始。⑬河南北之将:河南将指彰义吴少诚、缁青李师古,河北将指成德王士真、魏博田季安等,都是当时割据自立的节度使。⑭觐(jìn):朝见君主。⑮开元:唐玄宗李隆基年号,713—741年,当时有"开元盛世"之称。

[译文]

元和元年,当今相国李藩任吏部员外郎时,韩愈曾经跟他同朝奉官,路上谈及幽州节度使兼检校司徒刘济的贤能。李公说:"我前年奉皇帝诏命到幽州告哀,刚到那里,迎接慰问的使者接二连三地到来,每往前走一段路程,迎接者的态度就越发恭敬。等到了城外,司徒公刘济带着红头巾,穿着乌皮靴和大口裤,手持佩刀,身上佩戴着杂饰什物,弓藏在弓袋里,箭插在箭袋里,俯身站立在大路左边迎接使者的到来。我按照礼节推辞说:'您是皇帝任命的宰相,不应该这样做啊。'等到了帅府,刘公又身穿将帅服来议事。我又说:'您贵为三公,不应该穿着将帅服来承接圣命。'他最终无法拒绝。进入二堂,刘公为表示对使者的恭敬,不居主位,而是就西边的客位,东向而坐。"韩愈说:"大唐王朝自从安史之乱爆发,国家陷入混乱,到今天已将近六十年了。按照天干和地支相配的规律,一个甲子循环为六十年,物极必反,周而复始,国家一定会恢复太平,而太平必定要从幽州开始,因为幽州是安禄山等人发动叛乱的起点。当今皇帝非常圣明,刘司徒能够克尽其礼,希望您先于河南、河北的将领来朝见皇帝,接受皇帝的任职,就像开元时期一样吧?"李公说:"就是这样。"现在李公身为宰相,跟皇帝朝夕相处,天天在一起议事,必定会多次为他向皇帝进言。这与元和元年李公跟我说过的话刚好相吻合。

　　李端公每年从幽州回到东都洛阳为亲人祝寿,无论是士大夫还是一般的读书人,洛阳的社会名流没有人不去他们门上拜访的。您作为幽州节度府的从事非常忠诚,希望司徒公的丰功伟绩能够流传后世千万年。请您把韩愈的话转告他,让他尽早归顺朝廷。

送殷员外序

[题解]

　　这篇赠序作于元和十二年,韩愈时年50岁。殷员外,名侑,陈州(今河南淮阳)人。幼志于学,长通经术,不治资产,以讲道为娱。贞元末,五经及第,擢太常博士,累官至检校右仆射、忠武节度使、陈许蔡观察使。开成三年七月卒,赠司空。韩愈此文表彰殷侑轻重有度的行为和大义凛然的高尚品节,进而表明其独重儒术、以固国为本的政治立场。文章结构严谨,照应完密,堪称大手笔。

　　唐受天命为天子,凡四方万国,不问海内外,无小大,咸臣顺于朝。时节贡水土百物,大者特来,小者附集。

　　元和睿圣文武皇帝既嗣位①,悉治方内就法度。十二年,诏曰:"四方万国,惟回鹘于唐最亲②,奉职尤谨。丞相其选宗室四品一人③,持节④,往赐君长,告之朕意。又选学有经法、通知时事者一人,与之为贰⑤。"由是殷侯侑自太常博士迁尚书虞部员外郎兼侍御史⑥,朱衣象笏⑦,承命以行。

　　朝之大夫,莫不出钱。酒半,右庶子韩愈执盏言曰⑧:"殷大夫,今人适数百里,出门惘惘,有离别可怜之色。持被入直三省⑨,丁宁顾婢子,语刺刺不能休。今子使万里外国,独无几微出于言面，岂不真知轻重大丈夫哉！丞相以子应诏，真诚知人！士不通经，果不足用。"于是相属为诗，以道其行云。

[注释]

①睿圣文武：群臣为宪宗李纯所上的尊号。②回鹘：亦称回纥，古代民族名兼国名，居住在今蒙古与内蒙古等地。初受突厥统辖，唐天宝三年灭突厥后建立可汗政权，贞元四年改称回鹘，因曾帮助唐朝讨平安史之乱，其王葛勒可汗娶肃宗女宁国公主，骨吐禄毗伽可汗娶德宗女咸安公主，故云"于唐最亲"、"奉职尤谨"。③宗室四品一人：指唐王朝派往回鹘的使臣应是李唐宗室的四品官，此处指宗正少卿李孝诚。④持节：拿着符节。节，古代出使外国所持的凭证，以金玉竹木等制成，上刻文字，分为两半，使用时以两半相合为验，代指朝廷委派的专使。⑤贰：副职，助手。⑥太常博士：唐制，太常寺设博士四人，从七品上，掌管礼仪事项。尚书虞部员外郎：尚书省属官，掌管京城街巷种植、山泽苑囿、草木薪炭、供顿田猎诸事。⑦朱衣：唐制，四、五品官员着绯服，御史穿朱（红）衣。象笏：象牙制的手板，古代品位较高的官员朝见君主时所执，供指画和记事。⑧右庶子：秦汉以后以庶子为太子宫官之一，其性质与皇帝宫中的侍中相近。太子官署有门下、典书二坊，门下坊称左庶子，典书坊称右庶子。至唐代则称左春坊左庶子，右春坊右庶子。左春坊比朝廷的门下省，右春坊比朝廷中的中书省。元和十一年五月韩愈为太子右庶子。⑨三省：指中书省、门下省、尚书省。隋唐时期三省同为最高政务机构，一般为中书决策，门下审议，尚书执行，实际上为三省长官共同负责中枢政务。这一制度对后代的官制影响很大。

[译文]

大唐上承天命为皇帝，全天下的各个国家，无论海内海外，也不管大国小国，都臣服大唐。按照节令进贡土特产品，大国专门派使臣来朝贡，小国或托大国带贡，或结伴同来。

元和睿圣文武宪宗皇帝即位后，唐朝内部都能按法律制度得到治理。元和十二年，皇帝颁布诏书说："天下各国，只有回鹘同大唐最亲近，两国之间互相通姻，对大唐进奉最为勤谨。特命丞相选派一名李唐宗室的四品官员为使者,拿着符节,把朕的意思传达给回鹘国民,并派一位学识渊博、精通六经且遍晓时事的经学家为副使。"(殷侑被选任为副使)因此从太常博士任上升迁为尚书虞部员外郎兼侍御史,身穿朱红衣服,手执象牙笏,禀承皇命出使回纥。

全朝的士大夫都为殷大夫饯行。饮酒过半,右庶子韩愈执杯对他说:"现在有些人到百里以外的地方去任职,刚出门就垂头丧气,显出一副可怜巴巴的样子;就是带着行李去三省值班,临行前也会对家人奴仆反复叮咛,喋喋不休。今天您受皇命将要出使万里之遥的外邦,却没有一点怨言和愠色,是真正的明白个人事轻、国家事重的大丈夫。丞相选中您应诏受命,确实能够知人善任啊。读书人如果不通晓经学儒术,确实不能委以重任。"于是彼此互赠诗文,以纪念他这次出使远行。

赠张童子序

[题解]

本文写于贞元十九年。唐制有童子科,张本与昌黎同举进士,故而这篇赠文特呼其为童子。文章言辞庄严,以点概面,将科举之弊娓娓道来,叙事错杂而甚有条理。

天下之以明二经举于礼部者^①,岁至三千人。始自县考试,定其可举者,然后升于州若府。其不能中科者^②,不与是数焉。州若府总其属之所升,又考试之如县,加察详焉,定其可举者,然后贡于天子,而升之有司。其不能中科者,不与是数焉,谓之乡贡^③。有司者总州府之所升而考试之,加察详焉,第其可进者,以名上于天子而藏之,属之吏部^④,岁不及二百人,谓之出身⑤。能在是选者,厥惟艰哉!

[注释]

①礼部:官署名,为六部之一,掌礼乐、祭祀、封建、宴乐及学校贡举的政令。②中科:科举考试中选。③乡贡:指唐代不经学馆考试而由州县推荐应科举的士子。④吏部:古代官制六部之一,主管官吏的任免、考课、升降、调动等事务,长官为吏部尚书,位次在其他各部之上。⑤出身:指科举考试中选者的身份、资格,后亦指学历。

[译文]

全国因参加明二经科目考试而被选拔到礼部的人,每年能达到三千人。他们起初参加县里举行的考试,确定其中可供选拔的人员,然后才被推举到州府。其中考试没有中选的人不在这个统计数据之内。州或者府汇总下辖各县所选拔的人员,又像各县一样举行考试,而且对条件的审察更加详细,确定其中可供选拔的人,然后再向天子贡奉,推举到上级相关部门。其中考试没有中选的人不在这个统计数据之内,这种不经学馆考试而由州县推荐应科举的士子被称做乡贡。上级官员又对州府推举的人选进行汇总和考试,对乡贡士子条件的审察更加详细,将其中可供选拔的人加以排序,然后再将拟定的名单上报天子并加以记录和存档,权属归吏部,符合这种情况每年不到二百人,被称做出身。能够符合这个条件而被选中,实在是太难了啊!

二经章句仅数十万言,其传注在外。皆诵之,又约知其大说,繇是举者,或远至十余年,然后与乎三千之数,而升于礼部矣,又或远至十余年,然后与乎二百之数,而进于吏部矣,班白之老半焉①。昏塞不能及者②,皆不在是限,有终身不得与者焉。张童子生九年,自州县达礼部,一举而进立于二百之列。又二年,益通二经。有司复上其事,繇是拜卫兵曹之命③。人皆谓童子耳目明达,神气以灵,余亦伟童子之独出于等夷也。

童子请于其官之长,随父而宁母④。岁八月,自京师道陕,南至虢,东及洛师,北过大河之阳,九月始来及郑⑤。自朝之闻人⑥,以及五都之伯长群吏⑦,皆厚其饩赂⑧,或作歌诗以嘉童子,童子亦荣矣。虽然,愈当进童子于道,使人谓童子:"求益者,非欲速成者。"

[注释]

①班白:指须发花白。②昏塞:昏愦闭塞,昏聩。③兵曹:古代管兵事等的官员。汉代为公府、司隶的属官。唐代为府、州设立的"六曹"或"六司"之一,在府称"兵曹参军",在州称"司兵参军",后世或沿用此称。④宁:已嫁的女子或在外子女回家省视父母。又,此处作守父母之丧亦可解通。⑤"自京师道陕"五句:这几句叙述张童子走马上任行经的路途。陕,古地名,在今河南陕县,地处河南、陕西、山西三省交界地区,东临洛阳,西望西安,南依崤山,北临三晋,自古就有"鸡鸣一声闻三省"之说。虢,周代诸侯国名,东虢在今河南郑州市西北,西虢在今陕西宝鸡县东,后迁到河南陕县东南。洛师,唐代东都洛阳,时人又称洛京。师,指京师。大河之阳,黄河北岸之地,又称为河阳,古地名,在今河南孟州市西。郑,周代诸侯国名,在今河南新郑市一带。⑥闻人:有名望的人。⑦五都:五方都会,泛指繁盛的都市。伯长:古代对地方官的泛称。⑧饩(xì)赂:赠送的财货食物。

[译文]

二经科的章句仅仅几十万字,对经籍所作的解释都不在这之内。对这些都加以诵读,又大致了解其主要观点,因此而中举的人,有的长达十余年,然后才能够进入三千之数,而被擢升至礼部,或许又长达十余年,然后才能够进入二百之数,而被擢升到吏部,已经是须发花白、年过半百了。那些昏愦闭塞达不到这些标准的人,都不在这个范围之内,也有终身不能达到这些标准的人。张童子九岁那年被地方官自州县送达礼部,参加一次科举考试就能进入到这每年二百名的乡贡行列。又过了二年,他更加精通二经。有关官员再次把他的事迹上报朝廷,张童子因此而官拜卫兵曹。人们都说您张童子耳聪目明,待人处世非常灵活机智,我也为您能独树一帜、远远超出同辈人而觉得非常了不起。

张童子请求他的上司,允许回家省视父母。这一年八月,张童子从京师出发,经由陕地,向南到达虢这个地方,往东到达洛阳,经过黄河北岸的地区,九月才来到郑地。从当朝有名望的官,到五方都会的地方长官,都赠送给他丰厚的财货食物,还有人写作诗歌来赞许他,张童子也觉得非常荣耀。即使如此,韩愈仍然在路上向张童子进言,让人告诉张童子:"希望有所收获的人,就不要想着能够速成啊。"

夫少之与长也异观:少之时,人惟童子之异,及其长也,将责成人之礼焉。成人之礼,非尽于童子所能而已也,然则童子宜暂息乎其已学者,而勤乎其未学者可也。

愈与童子,俱陆公之门人也①。慕回、路二子之相请赠与处也②,故有以赠童子。

[注释]

①陆公:指陆贽,字敬舆,苏州嘉兴(今属浙江)人。大历八年(773)进士,中博学宏辞、书判拔萃科,后召充翰林学士。他作风严谨,为官慎笃。贞元八年(792)出任宰相,两年后因与裴延龄有矛盾,被贬充忠州(今重庆忠县)别驾,卒谥宣。有《陆宣公翰苑集》二十四卷行于世。贞元八年,韩愈以陆赞门下及第,张童子时亦升于礼部,故谓俱陆公之门人。②回、路二子:指孔子的两个弟子颜回和仲由。颜回,字子渊,亦称颜渊,鲁国人。孔子最得意的弟子,天资聪慧,虚心好学,被列为七十二贤之首。仲由,字子路,又字季路,鲁国卞人。孔子的得意门生,为人正直鲁莽,好勇力,事亲至孝,以政事见称。二人关系甚洽,子路去鲁,谓颜渊曰:"何以赠我?"曰:"吾闻之也,去国则哭于墓而后行,反其国不哭,展墓而入。"谓子路曰:"何以处我?"子路曰:"吾闻之也,过墓则式,过祀则下。"后以赠处为朋友分别时互

赠勉励之言的典故。

[译文]

一个人年少时与年长时要不同看待：年少之时，人们都认为张童子表现异常优秀，等到他长大了，将要按照对待成年人的标准来衡量他了。成年人的标准，并不是张童子只要竭尽所能就可以了，这样的话，张童子理应暂时停止做那些已经学过的东西，而应该勤奋钻研那些尚未学好的知识。

韩愈和张童子，都是陆相公的门人。我因为仰慕颜回和子路两位贤人分别时互赠的勉励之言，因此才写了这篇文章赠送张童子。

送石处士序

[题解]

本文作于元和五年（810）七月，当时乌重胤任河阳军节度使。此前，河北恒州成德军节度使王士真死，其子王承宗统率军队不服从朝庭诏命，宪宗命吐突承璀率兵讨伐。河阳地处转运要道，责任重大。乌重胤上任不久即到处寻访贤才，处士石洪等皆入其幕府。石处士，名洪，字浚川，洛阳人，德高望重，颇具才略，一度为黄州录事参军，后归隐洛北十年之久。乌重胤以国之大事相邀，石洪欣然出山就任其幕府参谋，后召为集贤院校理，名重一时。东都人士作诗饯别，并请韩愈写序以赠之。序文通过问答，道出乌氏的求贤若渴和石洪的仁勇为国，兼寓箴规之意，表达了崇尚仁义的思想和统一国家的主张。本文与下一篇《送温处士赴河阳军序》次第而作，构思谋篇变化巧妙。

河阳军节度、御史大夫乌公为节度之三月①，求士于从事之贤者。有荐石先生者，公曰："先生何如？"曰："先生居嵩、邙、瀍、谷之间②，冬一裘，夏一葛，食朝夕饭一盂，蔬一盘。

人与之钱则辞,请与出游,未尝以事辞,劝之仕,不应。坐一室,左右图书。与之语道理,辩古今事当否,论人高下,事后当成败,若河决下流而东注,若驷马驾轻车就熟路,而王良、造父为之先后也③,若烛照数计而龟卜也④。"大夫曰:"先生有以自老,无求于人,其肯为某来耶?"从事曰:"大夫文武忠孝,求士为国,不私于家。方今寇聚于恒⑤,师环其疆,农不耕收,财粟殚亡。吾所处地,归输之涂⑥,治法征谋,宜有所出。先生仁且勇,若以义请而强委重焉,其何说之辞?"于是撰书词,具马币,卜日以授使者,求先生之庐而请焉。

[注释]

①河阳军节度:即河阳三城节度使,治所在河阳(今河南孟州),领孟、怀二州。乌公:即乌重胤,字保君,张掖人。元和五年四月为河阳军节度使,封张掖郡公,迁检校司空,进邠国公。文宗初,拜司徒。卒赠太尉。②嵩:即中岳嵩山,在今河南登封境内。邙:即北邙山,在今河南洛阳以北。瀍、谷:均为洛阳境内的水名。③王良、造父:皆为古代的御马能手。王良,春秋时晋国大夫邮无恤,以善于御马著称。一说即善相马的伯乐。造父,周著名御车者,受幸于周缪王,王使造父御良马八匹,西狩至昆仑,见西王母,乐而忘归。后闻徐偃王反,王使造父御车日驰千里攻徐偃王,大破之,乃赐造父以赵城(今山西洪洞),由此为赵氏,是为赵国之始祖。④烛照:比喻见事之明。数计:比喻论事之确。龟卜:古人灼龟甲以卜吉凶,称为龟卜。⑤寇聚于恒:指河北成德军节度使王承宗起兵反唐之事。恒,指恒州,即今河北正定,唐时属于承德军。⑥归输之涂:河阳是馈送、传输军需的漕运要道。

[译文]

河阳军节度使、御史大夫乌公,刚刚就任节度使三个月,就命僚属中的贤良之人去访求人才。有人向他推荐石先生这个人,乌公问:"石先生为人怎么样?"回答说:"石先生深居于嵩、邙、瀍、谷之间,冬天穿一件皮衣,夏天穿一件布衫,早晚用餐只是一碗饭、一盘蔬菜。如果人家送钱给他,他一定会谢绝;请他一道出去游赏，他从未借故推辞过；劝他出去做官，却总是不答应。他坐在一间屋子里，左右两旁摆满了各种书籍。同他谈论各种大是大非，辩论古往今来各种事情的正确与否，品评人物德才的高下，以及事情的结局是成功还是失败，等等，他的话就好像黄河决堤水势向东倾注那样滔滔不绝；就像四匹马驾着一辆轻车行走在熟悉的道路上，而且还是王良、造父那样的驭马高手在前后驾车；好像用烛光照耀一样明察秋毫，像数理计算般分析精确，像用灼烧龟甲来占卜吉凶那样料事如神。"乌大夫说："石先生有隐居终老的心愿，对别人没有什么要求，他愿意为我而出山吗？"僚属说："大夫您文武兼备，忠孝有加，为国家安危兴亡而求贤纳士，并不是为自己谋私利。现在贼寇起兵反唐，集结在恒州，叛军聚集环布在恒州四周，农民无法耕种收获，钱财均已用尽。我们所处的地方，是军队往来和物资运输的交通要道，无论政治措施还是军事谋略，都应有人帮助出谋划策。石先生仁爱而且勇敢，假如凭借国家大义去聘请他，坚决请他出来并委以重任，他又怎么能推辞呢？"于是乌大夫撰写好聘请石洪的书信，备办马匹和馈赠的礼品，选择吉日将礼物交给使者，让使者寻找到石先生的住处去聘请他。

先生不告于妻子，不谋于朋友，冠带出见客，拜受书礼于门内。宵则沐浴，戒行事，载书册，问道所由，告行于常所来往。晨则毕至，张上东门外①，酒三行②，且起，有执爵而言者曰③："大夫真能以义取人，先生真能以道自任，决去就。为先生别。"又酌而祝曰："凡去就出处何常，惟义之归。遂以为先生寿。"又酌而祝曰："使大夫恒无变其初，无务富其家而饥其师，无甘受佞人而外敬正士，无味于谄言，惟先生是听，以能有成功，保天子之宠命。"又祝曰："使先生无图利于大夫，而私便其身图。"先生起拜祝辞曰："敢不敬蚤夜④，以求从祝规⑤。"于是东都之人士,咸知大夫与先生果能相与以有成也。遂各为歌诗六韵,退。愈为之序云。

[注释]

①张:陈设酒食为石洪送行。上东门:洛阳外廓城东有三门,自北向南三个城门依次为上东门、建春门、永通门。②酒三行:祝酒三次。古代宴会常以斟酒三次为度,以免宾主失仪。③爵:古代饮酒的器皿,三足,以不同的形状显示使用者的身份。④蚤夜:早晚。蚤,通"早"。⑤祝规:祝酒词里规劝的话语。

[译文]

石先生没有告知妻子儿女,也没有同朋友商量,整好衣帽就出来会见客人,在屋里恭恭敬敬地接受了聘书和礼物。当天晚上洗澡更衣,准备出门上路所需要的东西,装好必需的书籍,问清路线行程,并跟经常交往的朋友一一告别。次日清晨,亲朋好友全都来到上东门外,为他设宴饯行。酒过三巡,石先生将要动身的时候,有人端起酒杯说道:"乌大夫果真能以国家大义求贤纳士,石先生确实能把道义作为自己的责任,从而定夺自己的离去或者就职。这杯酒为先生送别。"又斟满一杯酒祝愿说:"无论隐居还是做官,哪有什么一成不变的规定,全凭道义来决定去就出处的准则。用这杯酒向先生祝寿。"又斟满一杯酒祝愿说:"希望乌大夫一定不要改变他的初衷,不求中饱私囊而使士兵忍饥挨饿,不要内心喜爱那些阿谀奉承的人只在表面上敬重正直之士,也不要听信谄媚奉承的话而觉得很合自己的口味,只愿他听从石先生的意见,从而能建立功绩,完成天子交给的光荣使命。"石先生起身拜谢祝辞说:"我怎敢不早晚尊重你们的临行嘱咐,照着你们的规劝去做呢?"因此,东都洛阳的人士全都料定乌大夫与石先生一定能相知相交,并有所成就。于是大家各自作了一首六韵诗歌,然后送石处士离去。韩愈为他们作的诗歌作了这篇序。

送温处士赴河阳军序①

[题解]

本文作于送石洪序之后，然"石洪、温造二序，人同事同，而行文制局，乃大不同"（清林纾《韩柳文研究法·韩文研究法》）。作者匠心独运，用"伯乐空冀北之马"来赞颂乌重胤慧眼识贤、善于荐拔人才，又用"私怨于尽取"反衬乌公"为天子得文武士于幕下"的难得可贵，似怨而实颂，反衬出温生的过人之才。明代茅坤在《唐宋八大家文钞》中谓之"以乌公得士为文，而温生之贤自见"，虚实相间，含蓄巧妙。

伯乐一过冀北之野②，而马群遂空。夫冀北马多天下，伯乐虽善知马，安能空其群耶？解之者曰："吾所谓空，非无马也，无良马也。伯乐知马，遇其良辄取之，群无留良焉。苟无良，虽谓无马，不为虚语矣。"

[注释]

①温处士：指温造，字简舆，并州祁县（今山西祁县东南）人。早年隐居王屋山，以渔钓逍遥为事。曾为寿州刺史张建封座上宾，后辞归下邳（今江苏睢宁西北），"有高天下之心"。后以节度参谋出使幽州，说服范阳节度使刘济率先归顺朝廷有功而入朝，因故离开京师，隐居东都。后复出仕，官终礼部尚书，卒赠尚书仆射。②伯乐：相传春秋时秦国人，姓孙名阳，穆公时以善相马著称。一说，伯乐原为掌管天马的星宿，因孙阳善相马，故以伯乐称之。现在引申为善于发现、推荐、培养和使用人才的人。

[译文]

伯乐一经过冀北的原野，那里的马群就空了。冀北是天下马匹聚集最多的地方，伯乐虽然擅长相马，又怎能使那里的马群空了呢？解释的人说："我所说的空，并不是说那里没有马，而是没有好马了。伯乐能识别好马，只要遇到好马就把它挑选出来，马群里不留下一匹好马。如果没有好马，即使说没有马，也不能算是假话了。"

东都①，固士大夫之冀北也。恃才能深藏而不市者，洛之北涯曰石生②，其南涯曰温生。大夫乌公以铁钺镇河阳之三月③，以石生为才，以礼为罗，罗而致之幕下。未数月也，以温生为才，于是以石生为媒，以礼为罗，又罗而致之幕下。东都虽信多才士，朝取一人焉，拔其尤；暮取一人焉，拔其尤，自居守、河南尹以及百司之执事，与吾辈二县之大夫，政有所不通，事有所可疑，奚所谘而处焉？士大夫之去位而巷处者，谁与嬉游？小子后生于何考德而问业焉？搢绅之东西行过是都者④，无所礼于其庐。若是而称曰："大夫乌公一镇河阳，而东都处士之庐虚无人焉。"岂不可也？

[注释]

①东都：唐代以洛阳为东都，这里人才荟萃，故而文中以盛产骏马的冀北比喻之。②石生：即石洪。详见前文《送石处士序》题解。③铁钺：斫刀和大斧等刑戮之具，指帝王赐予之专征专杀之权。此处借指将军幕府。④搢绅：插笏于带间。绅，大带。古时仕宦者垂绅搢笏，因称士大夫为搢绅。

[译文]

东都洛阳，原本就是士大夫的冀北。那些有真才实学而隐身不仕的，洛水北岸有一位叫石生，洛水南岸有一位叫温生。御史大夫乌公以河阳节度使的身份镇守河阳的第三个月，认为石生是个人才，就依照礼仪，把石生请至幕府。没有过几个月，又认为温生是个人才，于是通过石生作媒介，又把温生招至幕府。东都有真才实学的人尽管很多，可是怎么禁得起早晨挑选一个，把最优秀的带走；晚上挑选一个，把最优秀的带走呢？这样一来，从东都留守、河南尹起,到各部门的主管和我们两县的官吏,如果政事上遇到疑难问题,或者办案时遇到可疑之处,找什么人去咨询而处置解决呢?辞官还乡而隐居的士大夫们,和谁一起游玩呢?青年后辈又到哪里去考究德行、请教学问呢?东来西往经过洛阳的官员们,也无法依礼到他们的住所去拜访。像这种情况可以说是:"御史大夫乌公一到洛阳,洛阳处士们的住所里就没有人了。"这样说难道不可以吗?

夫南面而听天下①,其所托重而恃力者,惟相与将耳。相为天子得人于朝廷,将为天子得文武士于幕下,求内外无治,不可得也。愈縻于兹②,不能自引去,资二生以待老。今皆为有力者夺之,其何能无介然于怀耶?生既至,拜公于军门,其为吾以前所称为天下贺,以后所称为吾致私怨于尽取也。

留守相公首为四韵诗歌其事③,愈因推其意而序之。

[注释]

①南面而听天下:指天子坐北朝南治理天下之事。②縻:系,羁留。③留守相公:指赵宗儒,字秉文,邓州穰(今河南邓州)人。举进士出身,初授弘文馆校书郎,历任吏部郎中、给事中等职,后以本官同中书门下平章事。元和初,以吏部侍郎检校礼部尚书,判东都尚书省事、兼御史大夫,充东都留守。后又仕于穆宗、敬宗、文宗三朝,前后三镇方任,八领选部。

[译文]

皇帝坐北朝南治理天下大事,托付以辅弼重任而着力倚重的,只有宰相和将军。宰相在朝廷为皇帝搜罗人才,将军在军营之内为皇帝选拔文武兼备的人才,如果这样做而想要使国家内外不太平,那是不可能的事情。我羁留在这里,不能自行引退离去,就是想依靠石、温两位的帮助而安度晚年啊。现在他们二位都被有权力的人要走了,又怎能不使我耿耿于怀呢?温生已经到军门拜到乌公幕下，这大概就是我前面所说的为天下获取才士而祝贺，也即是我后面所谈到的私自因乌公尽取好友，让我无以待老而抱怨啊。

　　东都留守赵相公首先写成一首四韵诗来赞美此事，我便推究他的诗意写了这篇序。

送孟东野序

[题解]

　　本文作于贞元十八年，是韩愈给诗友孟郊的一篇赠序。孟郊（751—814），字东野，湖州武康（今浙江德清）人。中唐著名诗人。他怀才不遇，屡试不第，46岁才考中进士，50岁授溧阳县尉。韩愈与孟郊交谊颇深，两人的诗歌风格也有相似之处，故诗史上并称"韩孟"。在孟郊上任之际，韩愈写此文加以赞扬和宽慰，流露出对朝廷用人不当的感慨和不满。文章运用比兴手法，从物不平则鸣，写到人不平则鸣，仅在篇末用少量笔墨点到孟郊，但又紧紧围绕孟郊其人其事而设，言在彼而意在此，体现了布局谋篇上的独到造诣。明代茅坤在《唐宋八大家文钞》中称赞此文说："一鸣字成文，乃独倡机轴，命世笔力也。"

　　大凡物不得其平则鸣。草木之无声，风挠之鸣；水之无声，风荡之鸣。其跃也或激之①，其趋也或梗之，其沸也或炙之。金石之无声，或击之鸣。人之于言也亦然，有不得已者而后言，其歌也有思，其哭也有怀，凡出乎口而为声者，其皆有弗平者乎？乐也者，郁于中而泄于外者也。择其善鸣者而假之鸣，金、石、丝、竹、匏、土、革、木八者②，物之善鸣者也。维天之于时也亦然③，择其善鸣者而假之鸣。是故以鸟鸣春，以雷鸣夏，以虫鸣秋，以风鸣冬。四时之相推敓④，其必有不得其平者乎？

[注释]

①激：阻遏水势。《孟子·告子上》："今夫水，搏而跃之，可使过颡；激而行之，可使在山。"后世也用以称石堰之类的挡水建筑物为激。②金、石、丝、竹、匏（páo）、土、革、木：中国古代用这八种质料制成的各类乐器的总称，也称"八音"。③维：句首发语词。④推敚（duó）：推移。敚，同"夺"。

[译文]

一般说来，各种事物失去它原有的平静时就会发出鸣声。草木本来没有声音，风摇动它就发出声响；水本来没有声音，风激荡它就发出声响。水浪腾涌是有什么东西在阻遏水势，水流湍急是有什么东西阻塞了水道，水花沸腾是有火在烧煮它。金属和石器制造的乐器本来没有声音，有人敲击它就会发出音响。人的语言也同样如此，往往到了不得不说的时候才发出声音。人们唱歌是为了寄托情思，人们哭泣是因为有所怀念，凡是从口中发出而成为声音的，大概都有令其不能平静的原因吧！音乐这东西，是人们抒发郁结在心中的感情而形成的，人们选择那些善于发声的东西并通过它来奏乐。金、石、丝、竹、匏、土、革、木这八种乐器，就是善于发声的东西。自然界在时令季节方面也是这样，选择那些善于发声的事物借助它来发出声响，因此春天百鸟啁啾，夏天雷霆轰鸣，秋天虫声唧唧，冬天寒风呼啸。一年四季互相推移变化，也一定有其不能平静的原因吧？

其于人也亦然。人声之精者为言，文辞之于言，又其精也，尤择其善鸣者而假之鸣，其在唐、虞①，皋陶、禹其善鸣者也②，而假以鸣。夔弗能以文辞鸣③，又自假于《韶》以鸣④。夏之时，五子以其歌鸣⑤。伊尹鸣殷⑥，周公鸣周。凡载于诗书六艺，皆鸣之善者也。周之衰，孔子之徒鸣之⑦，其声大而远。传曰：

"天将以夫子为木铎⑧。"其弗信矣乎？其末也，庄周以其荒唐之辞鸣⑨。楚大国也，其亡也，以屈原鸣⑩。臧孙辰、孟轲、荀卿⑪，以道鸣者也。杨朱、墨翟、管夷吾、晏婴、老聃、申不害、韩非、慎到、田骈、邹衍、尸佼、孙武、张仪、苏秦之属⑫，皆以其术鸣。秦之兴，李斯鸣之⑬；汉之兴，司马迁、相如、扬雄最其善鸣者也⑭。其下魏晋氏，鸣者不及于古，然亦未尝绝也。就其善者，其声清以浮，其节数以急⑮，其辞淫以哀，其志弛以肆。其为言也，乱杂而无章，将天丑其德，莫之顾耶？何为乎不鸣其善鸣者也？

[注释]

①唐、虞：传说中帝尧时国号为唐，帝舜时国号为虞。②皋陶（gāo yáo）：也作咎繇、皋陶，传说为舜帝之臣，主管刑狱之事。相传《尚书·皋陶谟》篇，即其所作。禹：夏朝第一代君主，传说因治洪水有功，舜让位于他。伪古文《尚书》有《大禹谟》、《禹贡》篇，相传即为禹的言论。③夔（kuí）：传说是舜的乐官。④《韶》：舜时乐曲名。⑤五子：夏王太康的五个弟弟。太康耽于游乐而失国，五子作歌告诫，称《五子之歌》。今伪古文《尚书》载有《五子之歌》，系后人伪托。⑥伊尹：名挚，相传他辅助商汤灭夏，建立商王朝。后又教导太甲治理国家。《尚书》载有他所作《咸有一德》、《伊训》、《太甲》等文，或说系后人伪作。⑦孔子之徒：相传孔子有弟子三千，其中贤者七十二人，孔子曾整理六经并用以教学，《论语》即出于孔子门徒的笔记。⑧天将以夫子为木铎：语出《论语·八佾》。木铎，木舌的铃。古代发布政策教令时，先摇木铎以引起人们注意。后遂以木铎比喻宣扬教化的人。⑨庄周：即庄子，战国时宋国蒙（今河南商丘）人，道家学说的代表人物。荒唐：漫无边际，荒诞不经。《庄子·天下》篇说庄周文章有"以谬悠之说、荒唐之言、无端崖之辞，时恣纵而不傥"的特色。⑩屈原：名平，字原，又名正则，字灵均，战国楚人，著名爱国诗人。楚怀王时任左徒、三闾大夫，主张联齐抗秦。后遭谗被贬。楚顷襄王时，国事日非。秦兵攻破郢都，屈原投汨罗江自尽。著有《离骚》、《天问》、《九章》、《九歌》等不朽诗篇。⑪臧孙

辰：即臧文仲，春秋时鲁国大夫。《左传》、《国语·鲁语》载有他的言论。孟轲：即孟子，战国邹（今山东邹县）人，孔子之孙子思的门人，著有《孟子》七篇。荀卿：即荀子，名况，战国赵人，著有《荀子》三十二篇。⑫杨朱：字子居，战国魏人。其说重在为我爱己，拔一毛以利天下而不为，言论散见于《孟子》、《庄子》、《荀子》等书。墨翟：即墨子，春秋战国之际鲁国（一说宋国）人，墨家学说的创始者，主张兼爱、非攻、尚贤等，其言行主要见于《墨子》。管夷吾：字仲，春秋时期齐国人，辅佐齐桓公称霸，后人辑有《管子》一书。晏婴：即晏子，字平仲，春秋时期齐景公贤相，以节俭力行，显名诸侯，其言行见于《晏子春秋》。老聃：即老子，春秋末年楚国人，道家学说的始祖，相传五千言《老子》（又名《道德经》）即其所作。申不害：战国时期郑国人。韩昭侯时，为相十五年，国治兵强。其说本于黄老而主刑名，著有《申子》。韩非：战国时期韩国公子，法家代表人物，其说见《韩非子》。慎到：战国时期赵国人，著有《慎子》。田骈：战国时期齐国人，著《田子》二十五篇，今已佚。邹衍：战国时期齐国人，阴阳家的代表人物，时称"谈天衍"。尸佼：战国时晋国人，著有《尸子》，《汉书·艺文志》将其列入杂家。孙武：即孙子，春秋时期齐国人，著名军事家，著有《孙子兵法》。张仪：战国时期魏国人，纵横家的代表人物。秦惠王时入秦为相，主"连横"说，游说六国与秦结盟，以瓦解"合纵"战略。苏秦：战国时期洛阳人，著名纵横家，曾游说燕赵韩魏齐楚六国，合纵抗秦。⑬李斯：上蔡（今属河南）人，秦始皇时任廷尉、丞相，二世时为赵高陷害腰斩于咸阳。著有《谏逐客书》、《论督责书》、《苍颉篇》等。⑭司马迁：字子长，左冯翊夏阳（今陕西韩城）人，西汉史学家、文学家。著有《史记》及《悲士不遇赋》、《报任安书》等。相如：即司马相如，字长卿，成都人，西汉辞赋家，著有《子虚赋》、《上林赋》等。扬雄：字子云，成都人，西汉辞赋家，著有《甘泉赋》、《长杨赋》等。另有《太玄》、《法言》等。⑮数：频繁。

[译文]

这种道理对于人来说也是一样的。人类声音的精华是语言，文辞跟语言相比较而言，更是它的精华，所以尤其要选择善于表达的人，借助他们来表达心声。在唐尧、虞舜时，皋陶、禹是最善于表达的，因而借助他俩来表达。夔不能用文辞来表达，他就借演奏《韶》乐来表达。夏朝的时候，太康的五个弟弟用《五子之歌》来表达。殷朝善于表达的是伊尹，周朝善于表达的是周公。凡是记载在《诗经》、《尚书》等儒家六种经典上的诗文，都是表达心声的美好篇章。周朝衰落时，孔子和他的弟子发表看法，他们的声音洪大而传之久远。《论语》上说："上天将使孔子成为宣扬教化的人。"这难道不是真实可信的吗？周朝末年，庄周用他那荒诞恣肆的文辞来表达。楚国是个大国，在生死危亡之际由屈原来表达。臧孙辰、孟轲、荀卿等人用他们的学说来表达。杨朱、墨翟、管夷吾、晏婴、老聃、申不害、韩非、慎到、田骈、邹衍、尸佼、孙武、张仪、苏秦这些人，都通过各自的学术主张来表达。秦朝的兴起，李斯是表达者。在汉朝，司马迁、司马相如、扬雄是当时最善于表达的人。汉以后的魏晋时期，能咏歌表达的人虽然比不上古代，可是也并未绝迹。拿其中优秀的作品来说，他们的声音轻清而虚浮，节奏频繁而急迫，辞藻靡丽而伤感，志趣松弛而放旷；他们的语言表达，杂乱而没有章法。这大概是上天认为这个时代道德风尚丑恶而不愿照顾他们吧。为什么不让那些善于表达的人出来抒发自己的情怀呢？

　　唐之有天下，陈子昂、苏源明、元结、李白、杜甫、李观①，皆以其所能鸣。其存而在下者，孟郊东野始以其诗鸣，其高出魏晋，不懈而及于古，其它浸淫乎汉氏矣②。从吾游者，李翱、张籍其尤也③。三子者之鸣信善矣，抑不知天将和其声，而使鸣国家之盛耶？抑将穷饿其身，思愁其心肠，而使自鸣其不幸耶？三子者之命，则悬乎天矣。其在上也奚以喜，其在下也奚以悲！
　　东野之役于江南也④，有若不释然者，故吾道其命于天者以解之。

[注释]

①陈子昂：唐代著名诗人，字伯玉，梓州射洪人。他不满六朝以来的绮靡余风，倡导继承《诗经》的风雅传统和汉魏风骨，诗风刚健，对唐诗风貌的转变产生了深远的影响。韩愈《荐士》诗称"国朝盛文章，子昂始高蹈"。有《陈伯玉集》传于世。苏源明：字弱夫，武功（今属陕西）人，天宝进士。原有集，已佚。元结：字次山，河南洛阳人，有《元次山文集》。李观：字元宾，赵州赞皇（今属河北）人，李华从子，贞元八年（792）与韩愈同登进士第，文学主张与韩愈相近，有清人辑录的《李元宾文集》。②浸淫：时间的迁流，此处比喻文章的造诣极深。③李翱：字习之，陇西成纪（今属甘肃）人，韩愈的学生和侄女婿，有《李文公集》。张籍：字文昌，吴郡（今苏州）人，善作乐府诗，有《张司业集》。④役于江南：指赴溧阳就任县尉。唐代溧阳县属江南道。

[译文]

唐朝在全国范围内确立统治以后，陈子昂、苏源明、元结、李白、杜甫、李观等人，都凭着他们出众的才华来表达心声。生活到今天而地位低下的人当中，孟郊开始用他的诗歌来表达其感情，这些作品超过了魏晋时期的作品，有些经过不懈的努力已达到了上古诗作的水平，其他作品也都接近了汉代诗歌的境界。与我相交游的人中间，李翱、张籍大概是最引人注目的。他们三位的文辞表达确实是很好的，但不知道上天将应和他们的声音，是让他们歌唱国家的强盛呢？还是要使他们忍受穷困和饥饿，让他们愁肠百结，而在作品中吟咏自身的不幸遭遇呢？他们三位的命运，就掌握在上天的手里了。身居高位有什么值得欣喜，沉沦下僚又有什么可以悲伤呢？

孟东野将要到江南地区就任县尉，心里好像有想不开的郁结，所以我讲这番命由天定的道理来宽解他。

送董邵南序①

[题解]

　　唐宪宗元和年间，董邵南在京城长安应进士举，屡试不第，拟去河北托身藩镇幕府。韩愈对董邵南的怀才不遇深表同情，而对他投奔河北藩镇又深感惋惜，故而写下这篇有名的赠序，勉励他与忠义之士多交往，招致他们来为国效力。文章虽篇幅短小，却寓意深远，用委婉的措辞表达了韩愈反对分裂、维护国家统一的主张。金元时期程端礼在《昌黎文式》中称赞此文"字数不多，文法妙似《史记》"。明代茅坤在《唐宋八大家文钞》中也说："文仅百余字，而感慨古今，若与燕赵豪俊之士相为叱咤呜咽其间，一涕一笑，其味不穷。昌黎序文当属第一首。"

　　燕赵古称多慷慨悲歌之士②。董生举进士，屡不得志于有司③，怀抱利器，郁郁适兹土。吾知其必有合也。董生勉乎哉！

　　夫以子之不遇时，苟慕义强仁者，皆爱惜焉。矧燕、赵之士④，出乎其性者哉！然吾尝闻风俗与化移易，吾恶知其今不异于古所云耶？聊以吾子之行卜之也。董生勉乎哉！

　　吾因子有所感矣。为我吊望诸君墓⑤，而观于其市，复有昔时屠狗者乎⑥？为我谢曰："明天子在上⑦，可以出而仕矣！"

[注释]

　　①董邵南：寿州安丰（今安徽寿县）人。韩愈的朋友。唐宪宗元和年间，董邵南在京师参加进士科考试，屡试不第，打算去河北托身藩镇幕府。韩愈一贯反对藩镇割据，故作此序赠之，既同情他仕途的不遇，又劝他不要去为割据的藩镇做不义之事。②燕赵：原是周朝的两个诸侯国，均为"战国七雄"之一。燕的领地在今河北北部一带，赵的领地包括今河北南部、山西东部以及河南、山东的黄河以北地区。唐代燕赵相当于河北道一带，亦泛指其所在地

区。慷慨悲歌之士：指豪侠之士。《史记·刺客列传》载，荆轲好读书击剑，至燕，应燕太子丹之命，赴秦谋刺秦王嬴政。太子丹在易水边饯别，高渐离击筑，荆轲和而歌，为变徵之声，士皆垂泪涕泣。又前而歌曰："风萧萧兮易水寒，壮士一去兮不复还。"复为羽声慷慨，士皆瞋目，发尽上指冠。荆轲刺秦未成，被杀；高渐离欲为荆轲复仇，未遂，也被杀死。③有司：古代设官分职，各有所司，故称官吏为有司。此处指主持进士考试的礼部官员。④矧(shěn)：况且，何况。⑤望诸君：即乐毅，战国时燕国名将，曾辅佐燕昭王击破齐国，成就霸业。燕惠王即位后，中了齐将田单的离间计，乐毅遭诬陷，被削去兵权，被迫离燕奔赵。赵王封其于观津，号为望诸君。⑥屠狗者：指隐于市井中的豪侠之士，如高渐离、荆轲一类人。⑦明天子：指唐宪宗李纯。他继承皇位后，采取积极措施平定割据势力，受到韩愈等人的拥护。

[译文]

自古以来，人们称赞燕、赵一带有很多慷慨激昂、悲壮高歌的豪侠义士。董生参加进士考试，接连几次未被主考官录取，怀抱杰出的才能，心情抑郁地要到那个地方去。我知道董生此去一定会遇到知己。董生，努力吧！

像您这样不遇于时，即使是一般仰慕而勉力实行仁义的人，都会同情爱惜你的，何况燕、赵一带的豪侠之士践行仁义是出自天性呢！然而，我曾听说社会风气是随着教化而转变的，我哪能料想那里现在的社会风气和古时候所说的没有差异呢？姑且通过您的燕赵之行去加以证实吧。董生，努力吧！

我因为您的这次行程而产生了一些感想。请您为我到望诸君乐毅的墓上去凭吊一番，并且到那里的街市上看看，还有昔日屠狗者高渐离之流的豪侠义士吗？请替我向他们殷勤致意："圣明的天子在上面执掌朝政，可以出来做官为国家效力了！"

送王秀才序

[题解]

韩愈共作有两篇《送王秀才序》，一是送给王含的赠序，一是送给王埙的序文，本篇中的王秀才指王含。王含以直言被贬，韩愈对其遭遇深表同情，最后却选择以酒赠别，寄寓了无限的悲慨。明代茅坤在《唐宋八大家文钞》中谓之"转掉如弄蛇，如兴云，总不遇之感，借酒上簸弄"。清代古文大家刘大櫆对此文含蓄婉转的特点也推崇备至："退之以雄奇胜，独董邵南及此篇，深微屈曲，读之觉高情远韵，可望不可及。"

吾少时读《醉乡记》①，私怪隐居者无所累于世，而犹有是言，岂诚旨于味耶？及读阮籍、陶潜诗②，乃知彼虽偃蹇③，不欲与世接，然犹未能平其心，或为事物是非相感发，于是有托而逃焉者也。若颜氏子操瓢与箪④，曾参歌声若出金石⑤，彼得圣人而师之，汲汲每若不可及，其于外也固不暇，尚何麴之托⑥，而昏冥之逃耶？吾又以为悲醉乡之徒不遇也。

建中初⑦，天子嗣位，有意贞观、开元之丕绩⑧，在廷之臣争言事。当此时，醉乡之后世又以直废⑨。吾既悲醉乡之文辞，而又嘉良臣之烈，思识其子孙。今子之来见我也，无所挟，吾犹将张之⑩；况文与行不失其世守，浑然端且厚。惜乎吾力不能振之，而其言不见信于世也。于其行，姑与之饮酒。

[注释]

①《醉乡记》：唐初隐逸诗人王绩的作品。王绩，字无功，号东皋子，绛州龙门（今属山西）人，隋末大儒王通之弟，王含的先祖。王绩一生郁郁不得志，曾三仕三隐。自知难以显达，遂归隐山林，以琴酒诗歌自娱，所著

《醉乡记》、《五斗先生传》、《酒赋》、《独酌》等诗文,被太史令李淳风誉为"酒家之南董"。②阮籍:字嗣宗,陈留尉氏(今属河南)人,阮瑀之子。他是三国时魏国文学家,与嵇康等人被称为"竹林七贤"。陶潜:又名陶渊明,字元亮,浔阳柴桑(今江西九江)人,晋、宋之际著名的大诗人,被誉为"古今隐逸诗人之宗"。③偃蹇:困顿,窘迫。④颜氏子操瓢与箪:语出《论语·雍也》:"子曰:贤哉回也!一箪食,一瓢饮,在陋巷,人不堪其忧,回也不改其乐。贤哉回也!"颜氏子,即颜渊,名回,字子渊,春秋末年鲁国人,以品行和学问深得老师孔子的赞许。后世多以瓢箪形容生活贫困。⑤曾参歌声若出金石:语出《庄子·让王》:"曾子居卫,缊袍无表,颜色肿哙,手足胼胝,三日不举火,十年不制衣。正冠而缨绝,捉衿而肘见,纳屦而踵决。曳纵而歌《商颂》,声满天地,若出金石。天子不得臣,诸侯不得友。故养志者忘形,养形者忘利,致道者忘心矣。"曾参,字子舆,春秋末年鲁国人,曾皙之子。他上承孔子之道,下启思孟学派,著述有《大学》、《孝经》等儒家经典,后世尊他为"宗圣"。⑥麹:将麦子或白米蒸熟、发酵后晒干,称为曲,可用来酿酒,此处代指酒。⑦建中:唐德宗李适年号,780—783年。⑧贞观:唐太宗李世民年号,627—649年。开元:唐玄宗李隆基年号,713—741年。丕绩:大功业。太宗时号称"贞观之治",玄宗时号称"开元盛世",都是唐代政治清明、国力强盛的时期。⑨醉乡之后世又以直废:王含怀才不遇,韩愈不愿他像先祖王绩那样沉醉终日,勉励他追随古代的圣贤,像颜渊、曾参那样,虽遭遇困厄而能不改其乐。⑩张:协助。

[译文]

　　我年轻的时候读过王绩的《醉乡记》,心里觉得很奇怪,那些隐居者应该对世事看得很淡,既然和世界没有什么牵挂,怎么还要嗜酒而且说这种不平之言,难道真的是贪吃美酒吗?到后来读了阮籍、陶潜的诗文,才知道他们虽然生活窘迫困顿,不愿意跟世人接触往来,但是他们的内心终究无法平静,有时候看见世间的是是非非,还是忍不住深有感触,只不过是把饮酒当做遁世的一种形式罢了。像颜渊那样生活在陋巷里,只有一碗饭、一瓢水,却能够安贫乐道，无忧无愁；曾参生活虽然捉襟见肘，仍能时时吟咏《商颂》，声音好像是金石之声，保持着尽守礼约、躬守孝道、不苟同权贵的思想品格。他们能够拜圣人孔子做老师，勤勤勉勉地努力追寻老师的脚步还觉得来不及，根本没有时间去理会外在世俗的荣辱，又怎么会借酒来麻痹自己呢？我为写《醉乡记》的王绩怀才不遇而悲伤，因为他没有逢着政治清平的好时代啊。

建中初年，德宗皇帝即位，很想像太宗和玄宗那样励精图治，做一番大事业，使朝廷上下的官员个个关心时务，为朝廷出谋划策。可是现在那写《醉乡记》的后代王含，又因为说话直率而被贬官。我既为《醉乡记》的文词而悲慨，又很敬重忠臣的刚烈，总想认识他的子孙。现在您肯来见我，就算是没有什么才华，我也要协助您；何况您的文章和品行都非同凡响，能够继承王氏一门的门风，将家风学养融为一体，品行端正而且学养敦厚。只可惜我个人的力量很薄弱，不能够提拔您，而我的话又不为世人所相信。临别之际，我只能用饮酒这种方式为您饯行了。

送李愿归盘谷序①

[题解]

李愿，生平不详。五百家注载唐人《跋盘谷序后》中说："陇西李愿，隐者也，不干誉以求进，每韬光而自晦……昌黎韩愈知名之士，高愿之贤，故叙而送之。"此文写于唐德宗贞元十七年（801）冬，韩愈当时在长安等候调官，因仕途不顺，故借李愿归隐盘谷事，吐露心中的郁抑不平之情。文章借李愿之口，对当时官场上达官贵人们骄奢淫逸、志满意得的情态进行了淋漓尽致的刻画与讽刺，颂扬了离群索居的高人逸士不与世人争高下的淡泊生活，表现出高昂不屈的姿态和鄙薄尘俗的襟抱。文章兼具辞赋、骈文、散文之美，融铺叙、议论、抒情于一体，立意深刻而善藏不露，音调铿锵有力而清新自然，开合自如，浑然一体，有一唱三叹的韵致。宋代苏轼对此文评价非常高，称"唐无文章，惟韩退之《送李愿归盘谷序》而已"。

太行之阳有盘谷②。盘谷之间，泉甘而土肥，草木丛茂，居民鲜少。或曰：谓其环两山之间，故曰盘。或曰：是谷也，宅幽而势阻，隐者之所盘旋。友人李愿居之。

[注释]

①盘谷：地名，在今河南济源北。②太行之阳：太行山的南边。山南曰阳。

[译文]

太行山的南面有个盘谷。盘谷中间，泉水甘甜而土地肥沃，草木繁茂而人烟稀少。有人说：因为这山谷环绕在两山之间，所以称做"盘"。也有人说：这个山谷位置幽僻而地势险峻，是隐士们流连忘返的地方。我的朋友李愿就住在这里。

愿之言曰：人之称大丈夫者①，我知之矣：利泽施于人，名声昭于时，坐于庙朝②，进退百官而佐天子出令③。其在外，则树旗旄④，罗弓矢，武夫前呵，从者塞途，供给之人，各执其物，夹道而疾驰。喜有赏，怒有刑。才畯满前⑤，道古今而誉盛德，入耳而不烦。曲眉丰颊，清声而便体⑥，秀外而惠中，飘轻裾⑦，翳长袖⑧，粉白黛绿者⑨，列屋而闲居，妒宠而负恃，争妍而取怜。大丈夫之遇知于天子，用力于当世者之所为也。吾非恶此而逃之，是有命焉，不可幸而致也。

[注释]

①大丈夫：有志向有作为的人，此处指达官权贵。②庙朝：宗庙和朝廷。古代帝王诸侯发布政令，有时在祖庙中举行，与朝廷出令并重，合称庙朝。此

处指中央政权机构。③进退:指官吏的任免与升降。④旗旄(máo):旗帜。旄,旗竿上用旄牛尾装饰的旗帜。⑤才畯:有才能的人。畯,同"俊"。⑥便(pián)体:形容体态轻盈、合宜。⑦裾(jū):衣襟。⑧翳(yì):遮蔽,掩映。⑨黛绿:古代女子用以画眉的青黑色颜料。

[译文]

李愿曾经说过这样的话:人们称之为大丈夫的,我是知道的。他们把利益恩惠像雨露那样施给别人,让自己的名望声誉显赫地在当时传播。他们坐在朝廷之上参与政事,任免升降文武百官,辅佐天子发布诏令。他们外出时,就树起旗帜,排列着弓箭仪仗,武士在前面吆喝开道,随从把路都堵塞了,负责供应服侍的人,各自拿着物品,在道路两旁飞快地奔跑着。他们高兴的时候就大加赏赐,发怒的时候就施以惩罚,许多才智杰出之士拥满面前,说古道今地赞扬他们盛大的功德,让对方听起来很入耳而不会觉得厌烦。那些眉毛弯弯而脸颊丰腴的美人,声音清脆而体态轻盈,外貌秀美而内心聪颖,飘动着轻轻的衣襟,低拖着长长的袖子,扑面粉白而描眉黛绿,舒适地闲居在一排排后房里,自恃才貌而妒忌别人得宠,斗美争妍来博取主人怜爱。这就是那些被天子赏识重用、掌握国家大权而施展抱负于当世的大丈夫的所作所为啊。我并非厌恶这些而故意逃避,只是人各有命,有些东西不可能侥幸得到啊。

穷居而野处,升高而望远,坐茂树以终日,濯清泉以自洁。采于山,美可茹;钓于水,鲜可食。起居无时,惟适之安。与其有誉于前,孰若无毁于其后;与其有乐于身,孰若无忧于其心。车服不维①,刀锯不加,理乱不知,黜陟不闻②。大丈夫不遇于时者之所为也,我则行之。伺候于公卿之门,奔走于形势之途,足将进而趑趄③,口将言而嗫嚅④,处污秽而不羞,触刑辟而诛戮,侥幸于万一,老死而后止者。其于为人贤不肖何如也?

[注释]

①车服：车马和服饰。古代官吏以车马衣饰来区分职位高低，此处代指官爵。②黜陟（chù zhì）：降职和升官。黜，贬退。陟，升进。③趑趄（zī jū）：进退犹豫不决的样子。④嗫嚅（niè rú）：欲言又止的样子。

[译文]

居住在山林草野，过着贫寒的隐居生活，登高可以眺望远方，一天到晚坐在茂盛的树林里悠然自得，用清澈的泉水洗涤使得自己很洁净。从山上采摘的果蔬，甜美可口；从水中钓到的鱼虾，鲜嫩味佳。生活作息没有时间限制，只要舒适便处之泰然。与其当面受到别人的称赞，不如背后不受别人的毁谤；与其身体享受快乐，不如内心无所忧虑。既不受官职爵位的束缚，也没有身遭刑法刀锯的危险，既不用过问天下政局的治乱兴衰，也不必操心文武百官的升降进退，这就是那些遭际不合于世的大丈夫的所作所为啊，我就是这样做了。那些在公卿大官门下伺候的人，奔走在权势竞逐的途中，将要举足前进又犹豫畏缩，想要开口说话又吞吞吐吐，身处卑下肮脏的地位而不觉得羞耻，触犯刑法律条而将遭杀戮，即使这样还希图着万一能侥幸发迹，直到老死方才罢休。这些人的所作所为，究竟是好还是不好呢？

昌黎韩愈，闻其言而壮之，与之酒而为之歌曰："盘之中，维子之宫①；盘之土，可以稼；盘之泉，可濯可沿；盘之阻，谁争子所？窈而深，廓其有容；缭而曲，如往而复。嗟盘之乐兮，乐且无殃；虎豹远迹兮，蛟龙遁藏；鬼神守护兮，呵禁不祥。饮则食兮寿而康，无不足兮奚所望？膏吾车兮秣吾马②，从子于盘兮，终吾生以徜徉③。"

[注释]

①宫：室，房屋。②膏：油脂，用以涂抹车轴之类。秣：饲喂。③徜徉：

自由自在地来往游荡。

[译文]

昌黎韩愈听了李愿这番话而佩服他的豪壮气魄，就替他斟酒并为他作了这首歌："盘谷中间，是您的家园。盘谷的土地，可以种植庄稼。盘谷的清泉，既可以洗濯又能沿泉而行。盘谷山势险阻，又有谁来争夺您的住所？盘谷幽远而深邃，空阔而有所包容；山谷回环而曲折，行人前行，好像又绕回到原处。感慨盘谷中的乐趣啊，快乐而无穷；虎豹的踪迹远远离去啊，蛟龙逃遁深藏；鬼神守护着这儿啊，呵斥禁止各种不祥。有饮有食啊，长寿而健康；没有什么不满足啊，还有什么奢望？给我的车辆加上油膏啊，喂饱我的马，我要跟随先生您到盘谷去啊，一辈子在那里栖息徜徉。"

送廖道士序

[题解]

廖道士，名法正，一说名通玄，人称廖仙，湖南郴州人，南岳景星观道士。治病有术，常栖息于衡山。咸通六年（865），懿宗召廖法正入朝，凡治病皆有验，封官、重馈均不受。赐号"玄妙真人"。本文写于永贞元年（805）十月，时韩愈由郴州取道衡潭，游南岳，与廖法正相谈甚洽，临别写了这篇序赠送之。明代茅坤在《唐宋八大家文钞》中谓"文体如贯珠，只此一篇，开永叔（欧阳修字）门户"。

五岳于中州①，衡山最远②。南方之山，巍然而大者以百数，独衡为最。最远而独为宗，其神必灵。衡之南八九百里，地益高，山益峻，水清而益驶，其最高而横绝南北者岭。郴之为州③，在岭之上，测其高下得三之二焉。中州清淑之气，于是焉穷。气之所穷,盛而不过,必蜿蜒扶舆④,磅礴而郁积。衡山之神既灵,而郴之为州,又当中州清淑之气蜿蜒扶舆,磅礴而郁积。其水土之所生,神气所感,白金、水银、丹砂、石英、钟乳、橘柚之包⑤,竹箭之美,千寻之名材⑥,不能独当也。意必有魁奇、忠信、才德之民生其间,而吾又未见也。其无乃迷惑溺没于老佛之学而不出耶?廖师郴民⑦,而学于衡山,气专而容寂,多艺而善游,岂吾所谓魁奇而迷溺者耶?廖师善知人,若不在其身,必在其所与游。访之而不吾告,何也?于其别,申以问之⑧。

[注释]

①五岳:中国的五大名山,指东岳泰山、西岳华山、南岳衡山、北岳恒山和中岳嵩山。中州:古地区名,即中土、中原。狭义的中州指今河南省一带,因其地在古九州之中而得名;广义的中州或指黄河流域,或指全中国。②衡山:山名,一名岣嵝山,又名霍山,古称南岳,为五岳之一。位于湖南中部,有72峰,以祝融、天柱、芙蓉、紫盖、石廪五峰为最著。相传舜南巡和禹治水都到过这里。历代帝王南岳祀典,除汉武帝迁祀安徽潜山外,其他均在此山。③郴之为州:即郴州,州名,隋开皇九年(589)置州,治所在郴县(今郴州市)。唐代辖境相当于今湖南永兴以南的耒水流域和蓝山、嘉禾、临武、宜章等县地。④扶舆:亦作"扶与",犹扶摇,指盘旋升腾的样子。⑤白金:铂的俗称,一说银的古称。丹砂:又名辰砂、朱砂,一种矿物,炼汞的主要原料。可做颜料,也可入药。石英:一种质地坚硬的矿物,多为乳白色。钟乳:又称石钟乳,石灰岩洞中悬在洞顶上的像冰锥的物体,由含碳酸钙的水溶液逐渐蒸发凝结而成,因状如钟乳,故名,亦可供药用。⑥千寻:形容极高或极长。古代以八尺为一寻。⑦师:对和尚或道士的尊称。⑧申:重复,一再。

[译文]

五岳相对于中原地区来说,南岳衡山是最远的。南方高大巍峨的山有一百多座,唯独衡山最受人尊崇。位置最远反而最受世人尊崇,这座山上供奉的神仙必定很灵验。衡山往南八九百里,地势更加高耸，山形更加险峻，水流更加清明快速，其中一座山峰最高、横跨南北的叫（骑田）岭。郴作为州治，就在（骑田）岭上，测定其海拔位置相当于整座山的三分之二的高度。源起于中州的那股清丽秀美之气，到这里算是尽头了。强盛的气被挡住，不能越岭过去，必然要曲折、盘旋，磅礴之气因而凝聚起来。衡山的神既然很灵验，而郴州又处在中州清丽秀美之气凝聚的地方。这里水土所生长出来的，神仙灵气所感化到的，像白金、水银、丹砂、石英、钟乳、橘柚等，无所不包，无所不有；还有很美的可做箭杆的箭竹，以及高达千寻的名贵木材。我想，郴州必定有出类拔萃、德才兼备的人才（这样才能与郴州的钟灵毓秀和物产富饶相称），而我却没有见到。他们该不会都沉迷于佛老之学而不出来亮相吧？廖师是郴州人，学道于南岳衡山。他精神专注，仪容寂静，多才多艺，喜欢交游，难道就是我说的那种出类拔萃而沉迷佛老之学的人吗？廖师慧眼识英才，如果说他自己不是出众的人才，那郴州的才俊一定就在跟他交游的朋友当中。我去访问他，他却不告诉我，这是什么原因呢？临别之际，我特意再次提出来这个问题向他请教。

送陈秀才彤序

[题解]

贞元十九年冬，韩愈由监察御史贬阳山令（今广东阳山），经过潭州（今湖南长沙）时，始见陈彤于湖南观察使杨凭门下。贞元二十一年正月顺宗即位，大赦天下，韩愈离阳山到郴州（今湖南郴县）待命。九月初，韩愈离开郴州，赴江陵法曹任，再过潭州时写了这篇赠序。文章最精警处，就在于阐明了"学所以为道，文所以为理"的文学主张。明代茅坤在《唐宋八大家文钞》中评论此文说："有蕴藉沉着大意，以彤之为人，不待考其文而可见也。"

读书以为学，缵言以为文，非以夸多而斗靡也。盖学所以为道，文所以为理耳。苟行事得其宜，出言适其要，虽不吾面，吾将信其富于文学也。

颍川陈彤①，始吾见之杨湖南门下②，颀然其长，熏然其和，吾目其貌、耳其言，因以得其为人。及其久也，果若不可及。夫湖南之于人，不轻以事接；争名者之于艺，不可以虚屈。吾见湖南之礼有加，而同进之士交誉也，又以信吾信之不失也。如是而又问焉以质其学，策焉以考其文，则何不信之有？故吾不征于陈，而陈亦不出于我，此岂非古人所谓"可为智者道，难与俗人言"者类耶③？

凡吾从事于斯也，久未见举进士有如陈生，而不如志者于其行。姑以是赠之。

[注释]

①颍川：郡名，秦始皇十七年（前229）置，辖今河南省中部及南部地区。汉治阳翟，晋移治许昌。唐废郡，改称许州。此处颍川指陈彤的郡望。②杨湖南：即杨凭，字虚受，弘农人，与弟凝、凌皆工文辞。大历中，擢进士第，历任监察御史、拜京兆尹等职，以太子詹事卒。杨凭是柳宗元的岳父，故与韩愈相熟，其时任湖南观察使。③可为智者道，难与俗人言：语出汉代司马迁《报任安书》："仆诚已著此书，藏之名山，传之其人通邑大都，则仆偿前辱之责，虽万被戮，岂有悔哉！然此可为智者道，难为俗人言也。"

[译文]

读书可以使学问渊博，积累语言可以写成文章，这并不是鼓励人们写文章时可以大量堆砌语言词汇。大体说来，学习是为了明白道义，写文章是为了阐述道理罢了。如果处理事情得当，说话简要得当，即使我没有亲眼看到他写的文字，我也深信他是个擅长写文章的人。

颖川的读书人陈彤，我最初在湖南观察使杨凭的府邸中见过他，身材高大修长，外表恭顺温和，我仔细观察他的外貌、倾听他的言谈，因此可以判断出他的为人。因长时间没有见面，真的好像不能企及了。杨湖南观察使平日待人处事，从不轻易下结论；而那些凭借技艺来博取名声者，绝不会屈居在他那里而无所求。我看见杨观察使对待陈彤很有礼节，而且跟陈彤交往的读书人对他交相赞誉，我也因此证实了自己以前对他的深信不疑没有错。情况如此，我又通过询问来辨别他的学问，通过策论来考察他的文章，如此以来怎能不相信他具有渊博的学识呢？所以，我用不着从陈彤那里得以证实，而陈彤也不必出于我的门下，这岂不就是古人所说的"跟有智慧的人很容易心意相通，而跟世俗之人则很难沟通"的情况吗？

自从我来南方任职以来，很久没有见过像陈生这样优秀的参加应试科考的读书人了，不如在他即将应试前对他加以勉励。姑且用这篇序赠送他吧。

送区册序

[题解]

这篇赠序是韩愈于贞元二十一年（805）春谪居阳山时写给区册的。区册，生平不详，当为南海（今属广东）人。文章欲扬先抑，先极力渲染阳山之穷，再叙述与区册相处的欣喜之情，险恶丛生的处境因为有了朋友而变得亲切愉快，同时也让人隐隐体察到韩愈身处阳山的失意、落寞与孤寂，在韩愈散文中别具风格。

阳山①，天下之穷处也。陆有丘陵之险，虎豹之虞；江流悍急,横波之石。廉利侔剑戟②,舟上下失势,破碎沦溺者往往有之。县廓无居民,官无丞尉③,夹江荒茅篁竹之间,小吏十余家,皆鸟言夷面④。始至,言语不通,画地为字,然后可告以出租赋,奉期约。是以宾客游从之士,无所为而至。

愈待罪于斯且半岁矣⑤。有区生者,誓言相好,自南海挐舟而来⑥,升自宾阶⑦,仪观甚伟。坐与之语,文义卓然。庄周云:"逃空虚者,闻人足音跫然而喜矣⑧!"况如斯人者,岂易得哉!入吾室,闻《诗》、《书》仁义之说,欣然喜,若有志于其间也。与之翳嘉林,坐石矶,投竿而渔,陶然以乐,若能遗外声利而不厌乎贫贱也。

岁之初吉⑨,归拜其亲,酒壶既倾,序以识别⑩。

[注释]

①阳山:古县名,在今广东省阳山县东。汉置,属桂阳郡,后汉改为阴山县,三国吴复置,历代因之。唐时阳山县属连州。②廉利:棱角锐利。侔:相等。剑戟:古代兵器,剑两刃,戟三锋。③丞尉:县丞、县尉的合称。唐制,中等县份以下,除县令外,置丞、尉各一人。丞,县令的副职。尉,县令的属官,掌管治安。④鸟言:说话像鸟叫,形容语言难懂。夷面:相貌和中土人不同,此处有鄙视意味。⑤待罪:古代官吏供职的谦称,意思是担心不能胜任,随时等候处罪。⑥挐(náo)舟:用桨划船。挐,通"桡",船桨,用作动词。⑦宾阶:即西阶。古时接待宾客之礼,宾客从西阶上,主人从东阶上。⑧"逃空虚者"二句:引文见《庄子·徐无鬼》。意思是巡行于古墓间的人,满目荒凉,听到别人的脚步声,认为有了同伴,便觉欢喜。⑨初吉:朔日,即阴历初一日。古人又以自朔日至上弦(初八日)为初吉。⑩识(zhì):记住,标志。

[译文]

阳山是天下的穷乡僻壤。陆地上有丘陵的险阻,有虎豹的忧患;江中水流汹涌湍急,横在波涛间的岩石棱角锋利如同剑戟。船只在江上往来行驶，上下颠簸难以控制，被撞击破碎沉没在漩涡中的事故常常发生。县城里没有什么居民，官署里没有县丞和县尉。夹江两岸的荒草竹林之间，住着十几户当差的小吏，说话都像鸟叫那样难懂，相貌与中原人士大不相同。我刚来阳山时，言语不通，只好在地上写字，这样才可以把交纳租税的事情告诉当地人，要他们遵守约定。因此，宾客朋友学生没有到这里来的，真是无所事事到了极点。

我在这里做官将近半年了。有个姓区的书生，向我表示愿意友好，从南海郡驾船来到阳山拜访我。他从西阶登堂，仪表堂堂，气宇轩昂。我坐下来和他交谈，感觉他的言辞思想都不同凡响。庄周说过："巡行于荒坟古墓间的人，听到别人的脚步声，就不禁满心欢喜。"何况像区生这样的人，哪里是容易遇到的呢？他进到我的屋里，听我谈《诗》、《书》和仁义之道，表现出很高兴的样子，好像对这些怀有志趣。我和他一起在茂密的树荫下乘凉，坐在水边的岩石上，投下鱼竿垂钓，其乐融融，简直使人忘怀得失，摒弃名利而不再厌恶贫贱的生活。

新春正月初，区生要回家拜望他的父母，饯行时喝完壶内的酒，我写下这篇序来作为临别的纪念。

送高闲上人序[①]

[题解]

这是一篇专论中国草书艺术的赠序，作于穆宗长庆年间（821—824）。文章把技艺劳动与尧、舜、禹、汤等圣王"治天下"做比，揭示出艺术创造的普遍规律，即艺术创作是高度的心力劳动，只有专心致志，不受外界事物的干扰和诱惑，具有自己鲜明独特的风格，才能在众多的艺术作品中鹤立鸡群，独领风骚。

苟可以寓其巧智，使机应于心，不挫于气，则神完而守固，虽外物至，不胶于心。尧舜禹汤治天下，养叔治射②，庖丁治牛③，师旷之于声④，扁鹊治病⑤，僚之于丸⑥，秋之于弈⑦，伯伦之于酒⑧，乐之终身不厌，奚暇外慕？夫外慕徙业者，皆不造其堂，不哜其胾者也⑨。

往时张旭善草书⑩，不治他技，喜怒窘穷，忧悲愉佚，怨恨思慕，酣醉无聊不平，有动于心，必于草书发之。观于物，见山水崖谷，鸟兽虫鱼，草木之花实，日月列星，风雨水火，雷霆霹雳，歌舞战斗，天地事物之变，可喜可愕，一寓于书。故旭之书，变动犹鬼神，不可端倪。以此终其身，而名后世。

今闲之于草书，有旭之心哉？不得其心，而逐其迹，未见其能旭也。为旭有道：利害必明，无遗锱铢⑪，情炎于中，利欲斗进，有得有丧，勃然不释，然后一决于书，而后旭可几也。今闲师浮屠氏⑫，一死生，解外胶，是其为心，必泊然无所起；其于世，必淡然无所嗜。泊与淡相遭，颓堕委靡，溃败不可收拾，则其于书得无象之然乎？然吾闻浮屠人善幻多伎能⑬，闲如通其术，则吾不能知矣。

[注释]

①高闲上人：即僧高闲，乌程人，曾居湖州开元寺，后到长安荐福、西明等寺学习佛教经律，宣宗皇帝曾召见他。高闲擅草书，宋代米芾《海岳书史》中著录有他的作品，所书《千字文》残卷今藏上海博物馆。上人，对僧人的尊称。②养叔：即养由基，春秋时期楚国平舆邑（今安徽临泉）人，善于射箭。相传他箭法高超，能一箭射穿七层革制的军服，"去柳叶百步而射之，百发百中"。③庖丁治牛：一般作"庖丁解牛"，事见《庄子·养生主》。庖，厨师。丁，人名。相传庖丁是战国初期人，分解牛的技艺非常高超。他为文惠君解牛时，"奏刀騞然，莫不中音"，刀入牛身好像"无厚入有间"而游

刃有余，一把用了19年的牛刀仍锋利无比，"若新发於硎"。后人常用"庖丁解牛"比喻神妙的技艺。④师旷：名旷，目盲，春秋时期晋国乐师，善于辨音。⑤扁鹊：姓秦名越人，战国时期医学家。相传扁鹊有着丰富的医病实践经验，遍游各国行医，能治疗各种疑难杂症。⑥僚：即春秋时期楚国勇士熊宜僚，居于市南，故称市南宜僚、市南子。相传他善于抛弄弹丸，常能使八丸在空而一丸在手，持续不停地上下拨弄。楚白公胜谋作乱，将杀令尹子西。以宜僚勇士，可敌五百人，遂遣使屈之。宜僚正上下弄丸，既不为利诱，又不为威惕，卒不从命。白公不得宜僚，反事不成，遂使白公、子西两家之难解。后世因以熊宜僚为除难解纷的代表人物。⑦秋之于弈（yì）：秋是先秦著名棋手，能同时教两个学生，因称弈秋。弈，围棋。⑧伯伦：即刘伶，伯伦是其字，西晋沛国（治今安徽淮北市）人，"竹林七贤"之一。平生嗜酒，曾作《酒德颂》，称"唯酒是务，焉知其余"，宣扬老庄思想和纵酒放诞的情趣，蔑视传统礼法。⑨哜（jì）：微微尝一点，古代行礼时的仪节之一。如"啐"与"哜"对举时，则"哜"特指吸入酒时只到牙齿而止，不吸入口，吸入口则称"啐"。胾（zì）：大块肉。⑩张旭：字伯高，一字季明，吴郡（今江苏苏州）人，唐代著名书法家。官至金吾长史，故世称张长史。喜饮酒，往往大醉后挥毫作书，或以头发濡墨作书，如醉如痴，世人称之为"张颠"，与李白、贺知章等人共列"饮中八仙"。他精楷书、草书，尤以草书称著，世称"草圣"。⑪锱铢：古代重量单位。旧制，锱为一两的四分之一，铢为一两的二十四分之一，故以"锱铢"比喻极其微小的数量。⑫浮屠氏：梵文"佛"的音译，犹言佛家。⑬幻：幻术，指表演吐火、自己肢解、易牛马头之类的技艺。

[译文]

人们假如能够把自己的灵巧聪慧寄托在某一种事物上，使自己的心思与事物变化之机相适应，情绪不受外物所挫，就可以精神饱满而且意志坚定，即使有其他事物的干扰，也不会把它放在心上。唐尧、虞舜、夏禹、商汤这些贤明的君主一心治理天下，养由基善于射箭，庖丁专心从事解牛，师旷从事音乐活动，扁鹊医治疑难杂症，熊宜僚精通拨弄弹丸，弈秋专心于下围棋，刘伶嗜好饮酒，对于自己的爱好终其一生都不感到厌倦，哪里有时间去思慕其他事情呢？那些总是思慕其他事物而屡次改换自己专业的人，都无法在自己的领域内登堂入室，自然也就不能领略到其中的妙趣了。

从前张旭擅长写草书，其他什么技艺都不做，心中的喜怒困窘，忧愁安逸，怨恨思慕，乃至沉醉无聊、愤愤不平的情绪，只要心中有所触动，一定会在他的草书上发泄出来。他仔细地观察世间的万事万物，看到山水崖谷、鸟兽虫鱼、草木花果、日月星辰、风雨水火、雷霆霹雳、歌舞战斗，天地间事物的变化，令人欣喜惊奇的事情，就会把所有的感受融会在书法创作中。因此张旭的书法，变化多端好像神出鬼没，无法推测他的运笔规律和境界气势。张旭终身从事书法艺术创作，也因此名垂后世。

现在高闲上人对于草书，是否有张旭那样的心境呢？如果不具备张旭那样的心境，而只是追随模仿张旭书法的外在形迹，恐怕不见得能够达到张旭书艺的境界吧。做张旭那样的书法家，有其规律可循，这就是对于是非利害必须要有明确的观点和态度，即使是细枝末节也不能放过，胸中荡漾着炽烈的情感，向着成功拼搏奋进，要有所收获有所付出牺牲，旺盛的斗志永不消解，然后把全部精力倾注于书法写作中，这样才有可能接近张旭的书法水平。现在高闲法师专注地研习佛法，把生死同样看待，排除外界事物的纠缠，这样他的心胸必定平静淡泊，没有波澜；他对待外界事物必定非常淡然，而没有什么嗜好。平静与淡泊相互融合，消极颓废萎靡不振，精神涣散而不可收拾，这难道能够达到张旭书法那样的境界吗？然而我听说佛门中人善于变幻之术，有很多奇异的技能，高闲法师如果通晓这些法术，那我就不知道他的书法水平到底怎么样了。

记 传

新修滕王阁记[①]

[题解]

本篇作于元和十五年,韩愈时任袁州刺史。通过层层渲染对滕王阁的仰慕之情,叙述重修滕王阁的前因后果,反衬滕王阁美景的独特之处。明代茅坤在《唐宋八大家文钞》中赞誉此文"通篇不及滕王阁中情事,而止以生平感慨作波澜,婉而宕",至为精当。

愈少时则闻江南多临观之美,而滕王阁独为第一,有瑰伟绝特之称。及得三王所为序、赋、记等[②],壮其文辞,益欲往一观而读之,以忘吾忧。系官于朝,愿莫之遂。

十四年,以言事斥守揭阳[③],便道取疾以至海上,又不得过南昌而观所谓滕王阁者。其冬,以天子进大号[④],加恩区内[⑤],移刺袁州[⑥]。袁于南昌为属邑,私喜幸自语,以为当得躬诣大府,受约束于下执事,及其无事且还,倪得一至其处,窃寄目偿所愿焉。至州之七月,诏以中书舍人太原王公为御史中丞[⑦],观察江南西道。洪、江、饶、虔、吉、信、抚、袁，悉属治所。八州之人，前所不便及所愿欲而不得者，公至之日，皆罢行之。大者驿闻，小者立变，春生秋杀⑧，阳开阴闭⑨，令修于庭户。数日之间，而人自得于湖山千里之外。吾虽欲出意见，论利害，听命于幕下，而吾州乃无一事可假而行者，又安得舍己所事以勤馆人⑩？则滕王阁又无因而至焉矣！

[注释]

①滕王阁：唐永徽四年（653），高祖李渊之子李元婴为洪州刺史时所建，后元婴封滕王，故名。故址在今江西省南昌市赣江之滨。其后阎伯屿为洪州牧，宴群僚于阁上，王勃省父过此，即席作《滕王阁序》。它与湖北黄鹤楼、湖南岳阳楼并称为"江南三大名楼"，历经修建，后焚毁。1989年10月，重建的滕王阁重新落成。②三王：指唐代王勃、王绪和王仲舒。王勃有《秋日登洪府滕王阁饯别序》，王绪有《滕王阁赋》，王仲舒有《滕王阁记》，传为"三王记滕阁"的佳话，开创了"诗文传阁"的先河。③以言事斥守揭阳：元和十四年，韩愈因上表谏阻迎佛骨忤旨，贬潮州刺史，后为袁州刺史。揭阳，县名，属广东省。汉置县，晋并入海阳县，隋代名称屡变，唐武德四年（621）改称潮州。天宝元年（742）改为潮阳郡。至乾元元年（758）又恢复称潮州，辖海阳、潮阳和程乡三县。尽管古揭阳县在晋安帝义熙九年（413）已废止，但在此后很长一段时间里，人们仍习惯用揭阳来代指后来的义安郡和潮州地区。④大号：国号，帝号。元和十五年正月，宪宗驾崩，穆宗即位，次年改年号为长庆。⑤区内：宇内，天下。⑥袁州：州、路、府名，隋开皇十一年（591）置，因境内袁山而得名，治所在宜春（今属江西）。唐代辖境相当于今江西萍乡和新余以西的袁水流域。⑦王公：指王仲舒（762—823），字弘中，行十，太原（今属山西）人。贞元十年（794）中贤良方正、能直言极谏科，授右拾遗，历官右补阙、礼部、考功、吏部三员外郎等，元和十五年拜中书舍人，六月授洪州刺史、御史中丞，充江西道观察史。卒谥成。⑧春生秋杀：春天万物萌生，秋天万物凋零。⑨阳开阴闭：指早晚和季节的天气变化。⑩馆人：古代掌管馆舍的人。

[译文]

韩愈年轻的时候就听说江南有很多地方适合登临游赏,而只有滕王阁名列第一,有瑰丽、雄伟、奇绝、独特之誉。我读到王勃《秋日登洪府滕王阁饯别序》、王绪《滕王阁赋》、王仲舒《滕王阁记》等文章后,觉得他们的文章非常壮美,更想去那里看一看再来阅读前人的文章,以便忘记我的忧愁。因为在朝廷做官,观赏滕王阁的愿望一直没有实现。

元和十四年,我因为谏阻迎佛骨忤旨被贬,谪守揭阳,因为想快些到任而走近路,取道海上,又不能经过南昌来游览久负盛名的滕王阁。这年冬天,因为皇帝庆祝改元,全国上下广施恩德,我转任袁州刺史。袁州是南昌的附属地方,我暗自高兴且庆幸地自言自语,认为应该有机会亲自拜见上司,办事的时候受到上司的约束,等到办完公事返还任所,或许可以有机会到滕王阁,以实现我盼望已久的愿望。到袁州上任的第七个月(即元和十五年六月),皇帝下诏任命中书舍人太原王公为御使中丞,充江南西道观察使;洪、江、饶、虔、吉、信、抚、袁等州,都属于江南西道管辖的范围。这八州的老百姓,以前不便完成以及想做而不能做的事情,王公到任之后,就全部停止了。重大事情通过驿站使者上奏朝廷,琐屑事情直接加以处理,使得政通人和,春天万物萌生,秋日万物凋零,早晚四时季节变化正常,上级的指示在下面的各级官署能够有效地执行。短短数日,使大家能够于公务之余,去享受千里之外的湖光山色。我即使想提出什么意见,谈论政事的利弊,到观察使府上听从命令,可是我管辖的地方没有什么事情可作为出行的理由,又怎么能放下自己的事情来麻烦掌管馆舍的属吏呢?如此一来,我又没有机会来看滕王阁的美景了。

其岁九月,人吏浃和①,公与监军使燕于此阁②,文武宾士皆与在席。酒半,合辞言曰:"此屋不修,且坏。前公为从事此邦,适理新之,公所为文,实书在壁;今三十年而公来为邦伯③,适及期月,公又来燕于此,公乌得无情哉?"公应曰:"诺。"于是栋楹梁桷板槛之腐黑挠折者,盖瓦级砖之破缺者,赤白之漫漶不鲜者,治之则已;无侈前人,无废后观。

[注释]

①浃和:和洽。②监军:监督军队的官员。燕:古同"宴",宴饮。③邦伯:州牧。古代用以称一方诸侯之长,后因称刺史、知州等一州的长官。

[译文]

这年九月,当地百姓和地方官员相处融洽,王公和监军让人在这个滕王阁设宴,文官武将宾客士人都参加了酒宴。宴会举行中间,有人综合各个方面的意见,上前禀告说:"这座楼阁如果再不修整,就要毁坏了。以前王公作为管理这里的官员,理所当然地修整滕王阁让它焕然一新,您为此而写的文章还实实在在地悬挂在墙壁上。如今三十年一晃而过,您来到南昌任刺史,今天刚好整整一个月。您又来这里摆设宴席,对这座楼阁不能没有感情吧?"王公应声说:"确实如此。"于是,那些腐烂熏黑弯曲折断的栋梁、楹柱、房梁、椽子、木板、栏杆等,那些破破烂烂的残砖碎瓦,那些色彩斑驳模糊不清的地方,稍加以整治就可以了。这次整修没有比前人的修建更奢侈,也不会影响后人观瞻。

工既讫功,公以众饮,而以书命愈曰:"子其为我记之!"愈既以未得造观为叹,窃喜载名其上,词列三王之次,有荣耀焉;乃不辞而承公命。其江山之好,登望之乐,虽老矣,如获从公游,尚能为公赋之。

元和十五年十月某日,袁州刺史韩愈记。

[译文]

（滕王阁的）修整工程完成之后，王公和大家饮酒祝贺，同时写信命令韩愈说："请你替我记录下这件事情的经过吧。"我本来因为没有机会到这里参观而感慨，（现在有了这个机会）心中暗暗高兴自己的名字能出现在楼阁上，自己的文章能置于三王等人的旁边，这是何等的荣耀啊！于是我不加推辞，欣然接受了王公的命令。想到那些山水的美好风光，登高望远的快乐，即使我现在已垂垂老矣，如果能有机会跟从王公一起游赏，还能为王公赋诗作文。

元和十五年十月的某一天，袁州刺史韩愈记录如上。

蓝田县丞厅壁记①

[题解]

本篇作于元和十年（815）。文章通过叙述"种学绩文"的崔斯立任职县丞，只能把种树对竹、吟诗度日的闲散生活作为公事，尖锐地讽刺了当时的官场积弊，抒发才志之士的抑郁怀抱，是一篇杰出的赋予壁记旧体以新内容的政治讽刺小品文。明代茅坤在《唐宋八大家文钞》中赞其"愤当世之丞不得尽其职，故借壁记以点缀之，而词气多澹宕奇诡"。

丞之职所以贰令②，于一邑无所不当问。其下主簿、尉③，主簿、尉乃有分职。丞位高而偪，例以嫌不可否事。文书行，吏抱成案诣丞④，卷其前，钳以左手，右手摘纸尾，雁鹜行以进⑤，平立睨丞曰："当署。"丞涉笔占位署惟谨⑥，目吏，问："可不可？"吏曰："得。"则退。不敢略省，漫不知何事。官虽尊，力势反出主簿、尉下。谚数慢，必曰"丞"，至以相訾謷⑦。丞之设，岂端使然哉⑧！

[注释]

①蓝田：县名，在今陕西省。县丞：县令的副职。汉制，每县置丞一人，以佐令长，与尉合称为长吏，历代因之。壁记：嵌在墙壁上的碑记。唐代封演《封氏闻见记》卷五记载，"朝廷百司诸厅皆有壁记，叙官秩创置及迁授始末。原其作意，盖欲著前政履历，而发将来健羡焉"，是一种实用的记叙文体。②贰令：副贰，佐助，此处指县令的副职。令，县令，一县的长官。唐代蓝田是京都旁的畿县，设县令一人，丞一人。③主簿：掌管文书簿册和监印事项的官吏。尉：掌管治安事项的官吏。④成案：已由县令签署判定的案卷文书，只是在程序上送交县丞副署。诣：到。⑤雁鹜行：像大雁和水鸭一样排列成行。⑥涉笔：动笔。占位：估测署名的位置。⑦訾謷（zǐ áo）：诋毁，诽谤。⑧端：本来。

[译文]

县丞的职位是县令的副手，对于一县的事务没有不应当过问的。县丞下设主簿、县尉，主簿、县尉各有各的职责范围，无权过问全县的事情。县丞的职位高到接近县令，所以按照通例，县丞为了避免嫌疑，对县令决定的事情不置可否。公文发送至县丞的时候，掌管文书的官吏捧着已由县令签署判定的案卷文书到县丞那里去，卷起文件的前半部分，用左手持着案卷，右手选出公文的末尾，手中的案卷像大雁和水鸭一样排列成行逐一递上，对面站立，侧目看着县丞说："该您签署名字。"县丞谨慎地拿起笔，把自己的名字写在留给他签名的地方，抬头看着属吏，问道："行不行？"属吏说："可以。"转身退了出去。县丞不敢略微过问一下成案的内容，茫然不知公文中说些什么事情，县丞的官位虽然比较尊崇，权力和作用反倒在主簿、县尉之下。社会上说到闲散的官员，总是举县丞为例，甚至把县丞作为互相责骂讥诮的话题。县丞职位的设立，难道本意就是这样的吗？

博陵崔斯立①,种学绩文②,以蓄其有,泓涵演迤③,日大以肆。贞元初,挟其能,战艺于京师④,再进再屈于人⑤。元和初,以前大理评事言得失黜官⑥,再转而为丞兹邑。始至,喟曰:"官无卑,顾材不足塞职。"既噤不得施用⑦,又喟曰:"丞哉,丞哉!余不负丞,而丞负余。"则尽枿去牙角⑧,一蹈故迹,破崖岸而为之⑨。

[注释]

①博陵:地名,故城在今河北蠡县南。崔斯立:字立之,贞元四年进士及第,贞元六年考中博学宏词科。元和十年因直言论事得罪,贬为蓝田县丞。与韩愈交谊甚深。②种学绩文:此处借耕种纺织比喻勤学能文。③泓涵演迤:形容水宏深涵蓄,源流绵长,比喻学识修养博大精深。④战艺:比赛文艺,指参加科举考试,亦称"文战"。唐代的进士考试,主要试诗赋文章,故云。⑤再进:指崔斯立贞元四年中进士后,贞元六年又中博学宏词科。⑥大理评事:掌管刑罚的官名,属大理寺。黜官:降职或罢免,此处指贬官。⑦噤:闭口不言。⑧枿(niè)去牙角:砍去树木的嫩芽,比喻去掉棱角,锋芒不露。⑨崖岸:山崖,堤岸,比喻人正直不阿,充满锐气和棱角。

[译文]

博陵人崔斯立,辛勤地钻研学问,从事著述,用以积蓄他的知识才干。他的学识博大精深,日益长进,不可限量。贞元初年,他凭借自己的文章才学,先后两次赴试京城,因为才艺出众,分别中进士第和博学宏词科,折服了众多的竞争者。元和初年,曾任大理评事的崔斯立,由于上书论朝政得失被贬官,经过两次调动后任蓝田县丞。他刚到蓝田的时候,叹息说:"做官不论职位高低,只怕自己的才干不足以称职。"不久就被迫缄口不言,无法施展自己的才能。他又叹息道:"县丞啊,县丞啊!我不愿意辜负县丞的职位,可是县丞这个职位却辜负了我啊。"他彻底磨掉自己的棱角和锋芒,完全按照前任县丞的旧例,做一个不问原则权限而敷衍职事的闲散官员。

丞厅故有记，坏漏污不可读，斯立易桷与瓦①，墁治壁②，悉书前任人名氏。庭有老槐四行，南墙巨竹千梃，俨立若相持，水㶁循除鸣③，斯立痛扫溉，对树二松，日哦其间④。有问者，辄对曰："余方有公事，子姑去。"

考功郎中知制诰韩愈记⑤。

[注释]

①桷（jué）：方形的椽子。②墁：涂抹。③㶁：水流声。除：台阶。④哦：吟咏。⑤考功郎中：官名，掌管官吏考核等事项，属吏部。知制诰：官名，掌管撰拟诏令文书，原为中书舍人的职责，后来常由他官兼任的称"某官知制诰"。韩愈于元和九年（814）十月任考功郎，十二月兼知制诰。

[译文]

县丞办公的厅堂原来有一篇壁记，因为房屋损坏漏水，字迹污毁得无法阅读。崔斯立更换了房屋的椽子和瓦片，修理粉刷了墙壁，把前任县丞的姓名全部写在上面。庭院里有四行老槐树，南墙边种植有千竿高大的竹子，庄严地挺立着，好像在互相对峙。流水顺着台阶发出㶁的声响，崔斯立彻底地将庭院打扫和清洗一番，左右对称地种上两棵松树，每日在这里吟咏诗篇。有人前来问事，他就回答说："我刚好有公务，您暂且离开这里吧。"

考功郎中、知制诰韩愈作记。

燕喜亭记①

[题解]

这篇题记作于贞元二十年（804），记述了王仲舒为观景遣怀而修筑燕喜亭的经过以及韩愈代为取名的用意，巧妙地将山水游记与颂体文章融合起来，含蓄地表达了对友人坎坷遭遇的同情和感慨。作者欲扬先抑，借州民长老感叹他人"莫值其地",以及"智者乐水,仁者乐山"的古语,把仕途的坎坷不平化做智者仁人的磊落自信,表现出作者高超的写作技巧和儒家积极用世的思想情操。明代茅坤在《唐宋八大家文钞》中称此文"淋漓指画之态,是得记文正体。而结局处特高,欧公文大略有得于此"。

太原王弘中在连州②,与学佛人景常、元慧游。异日,从二人者行于其居之后,丘荒之间,上高而望,得异处焉。斩茅而嘉树列,发石而清泉激,辇粪壤③,燔椔翳④,却立而视之:出者突然成丘,陷者呀然成谷⑤,洼者为池,而缺者为洞,若有鬼神异物阴来相之。自是,弘中与二人者晨往而夕忘归焉,乃立屋以避风雨寒暑。

[注释]

①燕喜亭:遗址在今广东连县城北山上。②王弘中:王仲舒,字弘中,太原(今山西太原市西南)人。详见《新修滕王阁记》一文注释。连州:唐代连州治所在桂阳,即今广东连县。当时,王仲舒自吏部员外郎贬为连州司户参军,韩愈由监察御史贬为连州阳山县令。阳山为连州属县,即今广东阳山。③辇(niǎn):用人力搬动。粪壤:泛指污秽土垢。④燔(fán):焚烧。椔翳(zī yì):泛指枯木杂树。椔,树木枯死。翳,树木自毙。⑤呀然:裂开的样子。

[译文]

太原人王弘中任连州司户参军时,与僧人景常、元慧两人交游甚密。有一天,他跟随二人在他们住所的后边行走,来到荒山旷野之间,登高四处眺望,发现一处景色异常之地。他让人砍除杂乱的荒草,一片美丽的树木就显露出来;拨开乱石,一股清澈的泉水就喷涌而出;搬运走污泥土垢,烧掉枯木杂树,整理完毕,然后退到较远的地方站着欣赏这处胜景。但见高出的地方突起形成山丘,低陷的地方裂开成为山谷,低洼的地方变成池塘,残缺的地方变成山洞,好像是有鬼神精灵在暗地里帮助它们(变成如此美景)。从此以后，弘中与这两位僧人经常是清晨去那里游赏，到夜晚还沉浸在美景之中，以至于忘记回家，于是，他就在这里建立房屋来躲避风雨和寒暑。

既成，愈请名之。其丘曰"竢德之丘"①，蔽于古而显于今，有竢之道也；其石谷曰"谦受之谷"，瀑曰"振鹭之瀑"②，谷言德，瀑言容也；其土谷曰"黄金之谷"，瀑曰"秩秩之瀑"③，谷言容，瀑言德也；洞曰"寒居之洞"，志其入时也；池曰"君子之池"，虚以钟其美，盈以出其恶也；泉之源曰"天泽之源"，出高而施下也；合而名之，以屋曰"燕喜之亭"，取《诗》所谓"鲁侯燕喜"者，颂也④。

[注释]

①竢（sì）德：谓具有耐心等待的道德修养。竢，同"俟"，等待。②振鹭：展翅飞翔的白鹭。语出《诗经·鲁颂·有駜》："振振鹭鹭，于下鼓咽。咽醉言舞，于胥乐兮。"常用以比喻清白之士乐于做官的欢乐情态。③秩秩：秩序井然的样子，形容治理清明而富有智慧。④鲁侯燕喜：语出《诗经·鲁颂·閟宫》："鲁侯燕喜，令妻寿母，宜大夫庶士，邦国是有。既多受祉，黄发兒齿。"意谓鲁僖公在宫中欢宴，使妻子和美，母亲长寿；与群臣欢宴，则使士大夫们相处得当，因而鲁国昌盛。他既多福，就祝他长寿。

[译文]

亭屋建成之后，我请求他们允许我给这里的胜景取名。山丘取名"俟德之丘"，意思是荒丘先前一直被掩盖，直到今天才显露出自己的光彩，很有耐心等待的涵养。两壁岩石形成的山谷取名"谦受之谷"，石谷中的瀑流起名"振鹭之瀑"，谷名意在表明主人的德行，瀑名意在表明它的外观。谷中有肥沃的土壤可供耕种，取名"黄金之谷"，土谷中的瀑流取名"秩秩之瀑"，谷名意在表明它的外观，瀑名意在表明主人的德行。山洞取名"寒居之洞"，标志着它合于时尚。池塘取名"君子之池",池有容量,以喻主人聚集各种美德;水溢出池,象征主人能够排除各种恶行。泉水的源头取名"天泽之源",意在说明泉水源出高尚,而流惠下民。把上述所取诸名的涵义综合起来,就给这座亭屋取名"燕喜之亭",这是取《诗经》里所说的"鲁侯燕喜"的涵义,祝愿主人像鲁僖公那样多福长寿。

于是州民之老闻而相与观焉,曰:"吾州之山水名天下,然而无与燕喜者比。"经营于其侧者相接也,而莫直其地。凡天作而地藏之,以遗其人乎?弘中自吏部郎贬秩而来,次其道途所经,自蓝田入商洛①,涉浙湍②,临汉水③,升岘首以望方城④;出荆门⑤,下岷江⑥,过洞庭⑦,上湘水⑧,行衡山之下⑨;由郴逾岭⑩,蝯狖所家⑪,鱼龙所宫,极幽遐瑰诡之观,宜其于山水饫闻而厌见也⑫。今其意乃若不足。传曰:"智者乐水,仁者乐山。"⑬弘中之德,与其所好,可谓协矣。智以谋之,仁以居之,吾知其去是而羽仪于天朝也不远矣⑭。遂刻石以记。

[注释]

①蓝田:唐京兆府蓝田县,即今陕西蓝田。商洛:古地名,商县和上洛县之合称,即今陕西商洛一带。汉初"四皓"曾隐居于此。②浙:浙水,源出河南卢氏,流经内黄、淅川,入丹水。湍:湍水,与浙水相连,在今河南邓州境内。③汉水:源出陕西,流经鄂北多县,至汉阳汇入长江。④岘首:即岘山,一名岘首山,在今湖北襄阳。方城:春秋时楚北的长城,由今之河南方城,循伏牛山,北至今邓州,为古九塞之一。⑤荆门:山名,在湖北宜都县西北。⑥岷江:又名都江、汶江,源出岷山弓杠岭和郎架岭,南流经松潘县至灌县出峡分内外二江,至江口复合。经乐山纳入大渡河,至宜宾并入长江。一说"岷"通"沔",沔水即今汉水,自沔阳以下至汇入长江一段。⑦洞庭:湖名,在湖南省北部,长江南岸,沿湖为岳阳、华容、南县、汉寿、沅江、湘阴等

燕喜亭记 145

县。湘、资、沅、沣四水均汇流于此，在岳阳县城陵矶入长江。湖中小山甚多，以君山最为著名。⑧湘水：源出广西，流入湖南，至湘阴入洞庭湖。⑨衡山：即南岳衡山，在湖南衡山县西。俯瞰湘江，山势雄伟。⑩郴（chēn）：唐代州名，治所在今湖南郴县。岭：指"五岭"之一的骑田岭，在郴县西南、广东连县东北。⑪猨狖（yuán yòu）：猿猴。⑫饫（yù）闻：饱闻，谓所闻甚多。⑬智者乐水，仁者乐山：语出《论语·雍也》："知者乐水，仁者乐山。知者动，仁者静。知者乐，仁者寿。"⑭羽仪：语出《易经·渐卦》："上九，鸿渐于陆，其羽可用为仪。吉。"意谓鸿鸟处高而不以位自累，则其羽可用为物之仪表，可贵可法也。此处指王仲舒必将进居尊贵之位，进而为人敬重。

[译文]

于是连州那些年老的百姓，听说此事后结伴前来这里观赏，并且说："我们连州的山水名扬天下，但是没有一处的风景能够与燕喜亭相媲美。"那些在燕喜亭附近耕种的人，其山水田地虽然与燕喜亭相连接，但没有人认识它的价值。凡是上天所创造的佳境，大地都要把它保藏起来，是为了送给应得到这块地的主人吧？（意谓王仲舒发现燕喜亭这片佳境是天意命定的，可见他是一位得天独厚的仁人智者。）王弘中由吏部员外郎贬为连州司户参军，路途经历的地区依次是：从陕西蓝田进入商洛，涉过河南的淅水和湍水，到达湖北汉水，登岘首山，北望方城，然后出荆门山，下长江，穿过洞庭湖，溯湘水而上，来到衡山脚下，再从郴州经由骑田岭到达连州任所。所到之处有很多名山大川，遍赏幽僻荒远之地山水的种种奇丽景致，他理应对山山水水已经厌倦了。如今从修筑燕喜亭的举动和意图来看，王仲舒对于美丽的山水好像还没有看够。《论语》中说："智者乐水，仁者乐山。"王仲舒兼有仁人智者的品德，这一点跟他的爱好真可以说是协调一致了。他因自己的智慧而获得了燕喜亭这处佳境，因自己的仁德而得以在此居住，我由此而知王仲舒定会很快被朝廷起用，进居尊贵之位而为人敬重。于是写下这篇题记并把它刻在石碑上。

太学生何蕃传①

[题解]

这篇传记以太学生何蕃为例,反映出唐朝中期以后因政治极端腐败,导致大量贤才因得不到重用而埋没的社会现实,表达了作者沉痛的惋惜之意。

太学生何蕃入太学者廿余年矣。岁举进士②,学成行尊,自太学诸生推颂不敢与蕃齿③,相与言于助教、博士④,助教、博士以状申于司业、祭酒⑤,司业、祭酒撰次蕃之群行焯焯者数十余事⑥,以之升于礼部,而以闻于天子。京师诸生以荐蕃名文说者,不可选纪。公卿大夫知蕃者比肩立,莫为礼部。为礼部者,率蕃所不合者,以是无成功。

[注释]

①太学:古学校名,即国学。汉武帝元朔五年(前124)始置太学,立五经博士。隋初置国子寺,炀帝时改为国子监。唐设国子、太学、广文、四门、律、书、算七学,属国子监。明以后不设太学,只有国子监,在监读书的称太学生。②举进士:隋唐科举考试设进士科目,应举者谓之举进士,试毕放榜合格者曰成进士,凡试于礼部,皆谓之进士。③齿:并列。④助教:古代学官名,协助国子祭酒、博士教授生徒。博士:古代学官名。⑤司业:学官名,隋以后国子监置司业,为监内的副长官,协助祭酒,掌儒学训导之政。祭酒:汉魏以后官名,汉代有博士祭酒,为博士之首。西晋改设国子祭酒,隋唐以后称国子监祭酒,为国子监的主管官员。⑥群行:种种事迹。

[译文]

太学生何蕃进入太学有二十多年了。年年参加礼部的进士科考试,学问深厚,品行受人尊敬,众多太学生尊崇称誉他,不敢和他相比较，共同向国子助教、博士说起何蕃，助教、博士把情况向国子司业、祭酒陈述汇报，司业、祭酒将何蕃种种广为人知的事迹编写出来，多达几十件，上报给礼部，而且借此机会让天子也知道何蕃的事迹。京师的众儒生们因为荐举何蕃而写文章的人无法计算。了解何蕃的公卿士大夫多得比肩接踵，但无人在礼部当官；在礼部任职的官员，大多与何蕃脾气不合，何蕃因此不被录用。

蕃，淮南人①，父母俱全。初入太学，岁率一归，父母止之；其后间一二岁乃一归，又止之；不归者五岁矣。蕃，纯孝人也，闵亲之老不自克②。一日，揖诸生归养于和州③，诸生不能止，乃闭蕃空舍中，于是太学六馆之士百余人④，又以蕃之义行，言于司业阳先生城，请谕留蕃。于是太学阙祭酒⑤，会阳先生出道州⑥，不果留。

[注释]

①淮南：泛指淮水以南之地，大致为今江苏、安徽两省长江以北、淮河以南的地区。隋朝改寿州为淮南郡。唐有淮南道，治所在扬州。②闵：同"悯"，怜悯。③和州：今安徽和县，唐代属淮南道。④六馆：六学，即国子馆、太学、四门馆、律馆、书馆、算馆。⑤阙：同"缺"。⑥会阳先生出道州：指贞元十五年九月阳城出为道州刺史之事。道州，今湖南道县。

[译文]

何蕃是淮南人，他的父母都健在。何蕃刚入太学的时候，大约一年回家一次，父母阻止了他；从那以后他间隔一两年才回家一次，父母又阻止了他；他已经有五年没有回家了。何蕃是个非常孝顺的人，抑制不住思念和怜悯父母的心情。有一天，何蕃行礼告别同在太学读书的众位儒生，不顾学业而返回和州去奉养双亲。众儒生不能阻止他，就把他关在空房间中。在这种情况下，太学六馆的一百多位读书人，又将何蕃美好的操行向太学司业阳城先生陈述一番，请他发布命令挽留何蕃。正在这时候，祭酒的职位空缺，适逢阳城出任道州刺史，结果没有挽留住何蕃。

欧阳詹生言曰①："蕃，仁勇人也。"或者曰："蕃居太学，诸生不为非义②，葬死者之无归，哀其孤而字焉③，惠之大小，必以力复，斯其所谓仁欤！蕃之力不任其体④，其貌不任其心，吾不知其勇也。"欧阳詹生曰："朱泚之乱⑤，太学诸生举将从之，来请起蕃。蕃正色叱之。六馆之士不从乱，兹非其勇欤！"

[注释]

①欧阳詹生：欧阳詹，字行周，泉州晋江（今福建晋江）人，与韩愈同年进士及第。生，先生，欧阳詹此时任四门助教，故尊称其为先生。②非义：不合道义的事。③字：抚养。④任：堪，担当。⑤朱泚之乱：唐德宗建中四年（783），泾原军反叛朝廷，推太尉朱泚为盟主，自称大秦皇帝，号应天。第二年改国号为汉，称天皇元年，三月兵败被杀。

[译文]

欧阳詹先生说："何蕃，是仁爱勇敢的人。"有人说："何蕃在太学，众儒生不做不合道义之事，埋葬无家可归的死者，怜悯那些遗孤并抚育他们，大小好事，一定努力而为，这大概就是人们通常所说的仁爱吧！何蕃看起来力气不能承受他的身体，相貌平常似乎不能显示其仁爱之心，我不知道他的勇敢从哪里而来。"欧阳詹先生说："德宗年间，泾原节度使朱泚反叛朝廷，太学内的众多儒生发动起来想要跟着他干，来请何蕃出面。何蕃神情严肃地叱责他们。太学六馆的读书人不跟随朱泚犯上作乱，这难道不是何蕃的勇敢举动吗？"

惜乎蕃之居下，其可以施于人者不流也①。譬之水，其为泽，不为川乎！川者高，泽者卑，高者流，卑者止，是故蕃之仁义，充诸心，行诸太学，积者多，施者不遐也。天将雨，水气上，无择于川泽涧溪之高下，然则泽之道，其亦有施乎？抑有待于彼者欤②？故凡贫贱之士必有待，然后能有所立，独何蕃欤？吾是以言之，无亦使其无传焉。

[注释]

①流：流展。②彼：条件，指上文所说的"天将雨"。

[译文]

可惜啊！何蕃身居下位，能够为人做好事却不能施于大众。这就犹如水成了沼泽，而没有成为河流啊！河流地势高，沼泽地势低，地势高的水可以流动，地势低的水不能流动。所以何蕃的仁义充满了内心，施行于太学，做了很多好事，可能够达到的地方却不远。天将下雨的时候，水汽升腾，不分川泽涧溪的高低，都能化做云雨。这样看来，即使处于低处的沼泽也会有施展抱负的一天吧？还是在等待那水汽上升的时机和条件呢？所以说贫贱之士必须等待时机，然后才能发挥自己的才能建功立业，岂只是何蕃一个人需要这样呢？因此我写下这篇文章，不让何蕃的事迹被埋没。

圬者王承福传①

[题解]

本文作于贞元十七年（801）左右，与记叙帝王将相英雄豪杰的传统人物传记有所不同，是为一位泥瓦匠所作的传记。文章详述了王承福的一段言论，赞美他懂得自食其力且能济助别人的高尚品德，批判了那些尸位素餐的官僚，同时也反映出韩愈以兼济天下为己任，不赞成独善其身。

圬之为技，贱且劳者也。有业之其色若自得者。听其言，约而尽。问之，王其姓，承福其名，世为京兆长安农夫②。天宝之乱③，发人为兵，持弓矢十三年，有官勋④，弃之来归，丧其土田，手镘衣食⑤，余三十年。舍于市之主人⑥，而归其屋食之当焉⑦。视时屋食之贵贱，而上下其圬之佣以偿之；有余，则以与道路之废疾饿者焉。

[注释]

①圬者：即泥瓦匠。圬，粉刷墙壁。②京兆长安：即长安（今陕西西安市）。唐代京都，属京兆尹管辖。③天宝之乱：唐玄宗天宝十四载（755）十一月，范阳节度使安禄山起兵叛乱。玄宗命荣王李琬为元帅，招募京师之卒十一万讨伐之。叛军攻下洛阳，次年攻陷长安。安禄山死后，其部将史思明继续叛乱，前后历时七年之久，史称"安史之乱"。④官勋：官职和勋位。唐制，官职有九品，勋位自柱国至武骑尉，凡十二转（级），授予有功者。安史之乱后，朝廷为了鼓励士兵平叛作战，常常临阵滥赐官勋，故而这种官勋并无实际价值。⑤镘（màn）：抹墙工具。⑥舍：住。市之主人：指雇主。⑦屋食之当：指跟住房、吃饭同等价值的费用。

[译文]

粉刷墙壁作为一种手艺，是卑贱而且辛苦的。有个人以此作为职业，而神态却显得十分自我满足。听他的谈话，语言简要而透彻。问他，他说姓王，名字叫承福，祖祖辈辈在京兆长安务农。天宝年间安史之乱爆发时，朝廷征募百姓当兵，他也被征入伍，手持弓箭从军13年，得到了朝廷授予的官职和勋级，但他却放弃官勋回到故乡。由于原来耕种的田地已经丧失，他就拿着抹墙的工具作为谋取衣食的手段，这样维持生活过了30多年。他寄居在街市上雇主的家里，交付给主人相当的房租与伙食费。他根据当时房租和伙食费价格的涨落，来增减他粉刷墙壁的工价，以偿付食宿费用。有了剩余的钱，就拿去施舍给流落在道路上的那些残疾、贫病和挨饿的人。

又曰：粟，稼而生者也；若布与帛，必蚕绩而后成者也①；其它所以养生之具，皆待人力而后完也，吾皆赖之。然人不可遍为，宜乎各致其能以相生也。故君者，理我所以生者也；而百官者，承君之化者也。任有小大，惟其所能，若器皿焉。食焉而怠其事，必有天殃，故吾不敢一日舍镘以嬉。夫镘，易能可力焉，又诚有功，取其直②，虽劳无愧，吾心安焉。夫力，易强而有功也；心，难强而有智也。用力者使于人，用心者使人，亦其宜也。吾特择其易为而无愧者取焉。嘻！吾操镘以入富贵之家有年矣。有一至者焉，又往过之，则为墟矣；有再至三至者焉，而往过之，则为墟矣。问之其邻，或曰：噫！刑戮也。或曰：身既死，而其子孙不能有也。或曰：死而归之官也。吾以是观之，非所谓食焉怠其事而得天殃者邪③？非强心以智而不足，不择其才之称否而冒之者邪？非多行可愧，知其不可而强为之者邪？将富贵难守④，薄功而厚飨之者邪⑤？抑丰悴有时⑥，一去一来而不可常者邪？吾之心悯焉，是故择其力之可能者行焉。乐富贵而悲贫贱，我岂异于人哉？

[注释]

①蚕绩：养蚕和纺织。②直：通"值"，指工钱。③天殃：上天降下的灾祸。④将：抑或、还是。"将……抑……"是一种表示揣测的句式。⑤飨：同"享"。⑥丰悴：丰裕和憔悴，此处指盛衰。

[译文]

他还说：粮食，是人们经过种植才生长出来的；至于布匹丝绸，必须经过养蚕和纺织然后才能制成，其他用来维持生活的物品都是靠人们的劳动来完成的，这些我都离不开。但是一个人不可能样样都亲自去制造，应该各人尽自己的能力，相互协作来求得生存。所以，君主的责任是治理我们，使我们能够生存；而各级官吏的责任，则是奉行君主的教化和法令。责任有大有小，只有根据自己的能力去承担，如同器皿的大小形状虽然不一，但各有各的用途一样。如果饱食终日而殆乎职守，一定会有天降的灾祸，所以我一天也不敢丢下泥瓦刀而去游荡嬉戏。粉刷墙壁的技能比较容易掌握，可以单凭气力做好，也确实是有成效的，还能取得应有的报酬，虽然辛苦却能问心无愧，我心里十分坦然。从事体力劳动，只要勉力而为很容易取得功效，但从事脑力劳动，即使勉力而为却不一定能成为一个有智慧的人。因此，劳力者被人役使，劳心者使唤别人，这也是应该的啊。我不过是选择那种容易做并且问心无愧的事情罢了！唉！我拿着瓦刀工具到富贵人家干活已经许多年了。有的人家我去过一次，再从那里经过时，当年的房屋已经荒废无人了。有的人家我曾去过两三次，后来再经过那里，也已经成为废墟了。询问他们的邻居，有的说：唉！那家房主已受到刑罚被处死了。有的说：房主已经死去，他的子孙不能守住其家业。有的说：主人死后，财产都充公了。我从这些情况看得出来，这不就是那种光享受俸禄却怠忽职事，最终遭到天降灾祸的事实吗？难道不是因为勉强自己去干才智达不到的事，不选择与自己才能相称的事情去做，而盲目冒进造成的结果吗？难道不是做了许多亏心事，明知不行却硬要去做的结果吗？还是因为富贵本来不易保住，而享受富贵的人又往往是功劳很少却享受太多呢？还是人生的盛衰都有一定的时限，一来一去，不可能永远保持原状的原因呢？我心中非常怜悯这些人，所以选择力所能及的事情去做。喜欢富贵而悲叹贫贱，这方面我和别人哪里有什么不同呢？

又曰：功大者，其所以自奉也博①。妻与子，皆养于我者也；吾能薄而功小，不有之可也。又吾所谓劳力者，若立吾家而力不足，则心又劳也。一身而二任焉②，虽圣者不可能也。

[注释]

①博：多。②二任：指既要从事体力劳动又要操心家事。

[译文]

他又说：功劳大的人，他用来供养自己的东西就多。妻子儿女都是要靠我养活的。我能力弱而且功劳小，没有妻子儿女也是可以的。况且我就是个干体力活的人，如果建立了自己的家庭而能力不足以养活妻小，那么也够操心的了。一个人既要从事体力劳动又要操心家事，即使是圣人也办不到啊。

愈始闻而惑之，又从而思之，盖贤者也，盖所谓"独善其身"者也①。然吾有讥焉，谓其自为也过多，其为人也过少，其学杨朱之道者邪②？杨之道，不肯拔我一毛而利天下③，而夫人以有家为劳心，不肯一动其心以畜其妻子④，其肯劳其心以为人乎哉？虽然，其贤于世之患不得之而患失之者⑤，以济其生之欲，贪邪而亡道以丧其身者⑥，其亦远矣！又其言有可以警余者，故余为之传而自鉴焉。

[注释]

①独善其身：语出《孟子·尽心上》："穷则独善其身，达则兼济天下。"意谓保持个人节操。②杨朱：字子居，战国时期的思想家。主张"为我"，极端利己，与墨子的"兼爱"学说正好相反。③不肯拔我一毛而利天下：语出《孟子·尽心上》："杨子取为我，拔一毛而利天下不为也。"④畜（xù）：养。⑤患不得之而患失之：语出《论语·阳货》："鄙夫可与事君也与哉？其未得之也，患得之；既得之，患失之。苟患失之，无所不至矣。"⑥亡：通"无"。

[译文]

我开始听到他的话感到迷惑不解，后来按照他所说的加以思考，觉得他大概是个贤能之人，也就是人们所说的"独善其身"之人吧。然而我还是对他有所批评的，认为他为自己做的太多，而为别人做的太少了，也许他是信奉杨朱之道的人吧？杨朱的学说，不肯拔自己的一根毫毛而有利于天下，而这个人认为有家庭是劳累心神，不肯花心思去供养自己的妻子儿女，他愿意为了别人而使用自己的聪明才智吗？纵然如此，王承福比起那些一心只害怕得不到富贵，得到富贵之后又害怕失去的人，为了满足自己的生活欲望、贪婪邪恶丧失正道终至身败名裂的人，还是高尚贤德得多！况且他的话中有可以警示我的地方，所以我为他写了这篇传记，作为自己的鉴戒。

毛颖传①

[题解]

本文约作于宪宗元和初年。文章把关于兔子、毛笔的神话传说和历史故事编织在一起，以拟人化的手法为毛笔立传，洋洋洒洒地铺叙出毛笔的原料、产地、发明制造的经过，揭示出毛颖的博古通今和劳苦功高，并对他"赏不酬劳，以老见疏"的命运给予深深的同情，抒发了作者胸中的郁闷和愤慨。全文寓庄于谐，涉笔成趣，构思新颖奇特。此文一出，在当时的文坛上就产生了强烈的反响，引发了各种议论。后世文坛对此文颇多赞誉，特别是文章结尾模仿《史记》作者司马迁的口吻对毛颖的遭际加以评论，别开生面，有深刻寓意。

毛颖者，中山人也②。其先明㧑③，佐禹治东方土④，养万物有功，因封于卯地，死为十二神⑤。尝曰："吾子孙神明之后，不可与物同，当吐而生。"已而果然。明㧑八世孙䨲⑥，世传当殷时居中山，得神仙之术，能匿光使物⑦，窃姮娥⑧，骑蟾蜍入月⑨，其后代遂隐不仕云。居东郭者曰䨲⑩，狡而善走，与韩卢争能⑪，卢不及。卢怒，与宋鹊谋而杀之⑫，醢其家⑬。

[注释]

①毛颖：兔毛做笔尖，即毛笔头，代指毛笔。②中山：战国时诸侯国名，在今河北定县，后为赵国所灭。一说山名，在今江苏溧水东南十五里，《元和郡县志》云"出兔毫，为笔精妙"。③明眎：兔子的别称。《礼记·曲礼下》："兔曰明眎。"眎，"视"的古字。④东方：古代以十二地支划分方位，东方是卯位，为春，宜养物生长，故下文云"养万物有功，因封于卯地"。⑤十二神：古人以十二种动物配十二地支，即十二生肖，卯为兔。⑥鵽（nóu）：旧称初生的小兔，这里借用作专用名。⑦匿光使物：隐匿身形于光亮中而能使别人看不见，用法术驱使各种鬼物。⑧姮娥：也作"恒娥"，古代神话中的人物。汉代为避文帝刘恒讳，改称嫦娥。⑨蟾蜍：即癞蛤蟆。古代神话中记载，月中有蟾蜍和兔。兔骑蟾蜍入月，系作者虚构的情节。⑩䞤（jùn）：狡兔。⑪韩卢：古代韩国的名犬。据《战国策·齐策》记载的故事，善跑的韩卢追逐快腿的东郭䞤，它们绕山跑了三圈，又跳过山头五次，最后双双精疲力竭而死。⑫宋鹊：古代宋国的良犬。韩卢、宋鹊共同谋杀东郭狡兔之事未知所据，当系作者虚构。⑬醢（hǎi）：名词用作动词，剁成肉酱。

[译文]

毛颖是中山人。他的祖先名叫明眎，辅佐大禹治理东方地区，养育万物有功，因此在卯地获得封地，死后成为十二神之一。明眎曾经说："我的子孙是神灵的后代，与其他动物不同，应当从口里吐生出来。"后来果然是这样。明眎的第八代孙子叫鵽，历来传说他在殷商时代居住在中山，得到神仙的法术，能够隐身在光亮中而驱使鬼物，他拐骗了嫦娥，骑着蟾蜍飞进月宫，他的后代便隐居不再当官。鵽的后代居住东郭的名叫䞤，狡猾健壮且善于奔跑，和名犬韩卢赛跑，韩卢赶不上他。韩卢恼羞成怒，和另一只良犬宋鹊合谋杀掉了他，并把他的全家剁成了肉酱。

秦始皇时，蒙将军恬南伐楚①，次中山，将大猎以惧楚，召左右庶长与军尉②,以《连山》筮之③,得天与人文之兆。筮者贺曰:"今日之获,不角不牙,衣褐之徒,缺口而长须,八窍而趺居④,独取其毫,简牍是资。天下其同书⑤,秦其遂兼诸侯乎!"遂猎,围毛氏之族,拔其毫,载颖而归,献俘于章台宫⑥,聚其族而加束缚焉。秦皇帝使恬赐之汤沐,而封诸管城⑦,号曰管城子,日见亲宠任事。

[注释]

①蒙将军恬:秦朝名将蒙恬,相传毛笔是他发明的。秦始皇统治时期,蒙恬曾北逐戎狄,威震匈奴。秦始皇死后,赵高诈用秦二世胡亥诏赐死蒙恬,蒙恬自杀。楚:战国时南方大国,屡受秦国攻侵,后为秦将王翦所灭。史无蒙恬南伐楚国的记载,此处当系虚构敷衍之说。②左右庶长:秦制,爵位分二十级,左庶长为十级,右庶长为十一级,意思是列众之长。军尉:春秋时晋国设置的军官名,指中下级军官。③《连山》:古代占卜之书,与《归藏》、《周易》统称"三《易》"。《连山》的第一篇是艮卦,艮象征山,故名。筮(shì):用蓍草占卜吉凶。④八窍:指耳、目、口、鼻等器官的孔洞,古人认为人有九窍,兔有八窍。趺(fū)居:即趺坐,两脚交叉而坐。⑤天下其同书:指战国时各国文字不同,秦始皇曾统一文字,即书同文字。⑥章台宫:秦都咸阳的宫殿名。⑦管城:双关语。周朝初年封周武王弟管叔之地,春秋时期为郑地,隋置管城县,治所在今河南郑州市。此处借指装置毛笔头的竹管。

[译文]

秦始皇统治的时候,派将军蒙恬率军南下攻打楚国,暂时驻扎在中山,准备举行大规模的围猎,目的在于恐吓楚国。他召集军中的左右庶长和军尉,用《连山》卦来占卜吉凶,得到上天赐予人类文化的预兆。用蓍草占卜的人祝贺说:"今天获得的猎物,没有角也没有利牙,是个穿着粗布短衣的家伙,上唇有缺口且有长长的胡须,全身有八个窍孔并且两脚交叉而坐。专门选取他毛中的长毫,依赖其书写文书簿籍。天下将要统一文字,看来秦国一定要削平诸侯统一天下了。"于是开始打猎,围住毛氏家族,选取其中较好的长毫,用车载着毛颖回来,在章台宫向秦始皇进献俘虏,把毛氏家族集中起来并加以束缚。秦始皇派蒙恬赐给毛颖汤沐封地,封他在管城,爵号为管城子。他越来越受到秦始皇的亲近宠爱,并被委以重任。

颖为人强记而便敏①,自结绳之代以及秦事②,无不纂录。阴阳、卜筮、占相、医方、族氏、山经、地志、字书、图画、九流、百家、天人之书③,及至浮图、老子、外国之说④,皆所详悉。又通于当代之务,官府簿书、市井货钱注记⑤,惟上所使。自秦皇帝及太子扶苏、胡亥、丞相斯、中车府令高⑥,下及国人,无不爱重。又善随人意,正直、邪曲、巧拙,一随其人;虽见废弃,终默不泄。惟不喜武士,然见请亦时往。累拜中书令⑦,与上益狎,上尝呼为"中书君"。上亲决事,以衡石自程⑧,虽宫人不得立左右,独颖与执烛者常侍⑨。上休方罢。颖与绛人陈玄、弘农陶泓及会稽褚先生友善⑩,相推致,其出处必偕。上召颖,三人者,不待诏辄俱往,上未尝怪焉。

[注释]

①强记:记忆力强,指毛笔写出的文字能够长久地保存。便敏:指用毛笔写字既方便又迅速。②结绳之代:相传上古之代没有文字,人们结绳以记事,故称结绳之代。③占相:占候和看相,即通过观察天象变化和人体特征来预测吉凶。医方:医术方技。族氏:氏族谱系。山经:泛指记录山脉的舆地之书。地志:记载地理沿革的史书。字书:解释文字、音韵、训诂的书籍。九流:先秦时期的九个学术流派,即儒、道、阴阳、法、名、墨、纵横、杂、农九家,泛指各学术流派。百家:原指先秦至汉初的各种思想流派,《汉书·艺文志》所载诸子著作有189家,简称"百家",后泛指各种学术流派。天人之书:指论述天道和人事关系的书,多指哲学和政治方面的经典著作。④浮图:梵文"佛陀"的音译,亦作"浮屠",古代对佛教徒的称谓,此处泛指佛教教

义。⑤市井：市集，古代买卖商品的场所。货钱：王莽时所铸钱币名，亦泛指货币。注记：记载，记录。⑥扶苏：秦始皇的长子。胡亥：秦始皇的少子，始皇死后，他与赵高、李斯合谋害死太子扶苏，即皇帝位，是为秦二世。丞相斯：指秦朝丞相李斯，相传他擅长书法，负责统一文字工作。中车府令高：指赵高，曾任中车府令，掌管皇帝乘舆路车之事。李斯所著《仓颉篇》与赵高《爰历篇》，均与文字、书法有关。⑦中书令：官名，即中书谒者令，典尚书奏章，掌管机密并代皇帝草拟诏书。⑧以衡石自程：据《史记·秦始皇本纪》载，秦始皇勤于政事，给自己规定每天至少批阅一石重的公文。当时的文件书写在竹简和木板上，故可以重量来计算。衡，秤。石，120斤。程，计量。⑨执烛者：指烛台。⑩绛人陈玄：指墨。唐代朝廷用墨为绛州（今山西新绛）进贡的特产，而墨又以存放时间长久（陈）者为佳，故称"绛人陈玄"。弘农陶泓：指砚。唐代弘农郡（今河南灵宝南）进贡的特产瓦砚属陶器类，砚下凹可以容水，故称"弘农陶泓"。会稽褚（chǔ）先生：指纸。唐代朝廷用纸是会稽（今浙江绍兴）进贡的特产。褚、楮谐音，楮树皮是造纸的原料，故称"会稽褚先生"，是一种戏谑的说法。

[译文]

毛颖为人记忆力强且做事灵活敏捷，自上古结绳而治的时代起一直到秦朝的事情，无不加以编纂记载。阴阳学派、龟筮占卜、占候看相、医术方技、氏族谱系、舆地经典、地理方志、文字典籍、图录绘画、先秦九大学术流派、诸子百家、研究天道和人事关系的著作，以及佛家、道家、外国的学说教义等，他全都详细地了解。他又通晓当代的事务，官府的簿籍文书、市场上记载货币的账册，都能听凭皇上的吩咐予以完成任务。上自秦始皇及太子扶苏、二世胡亥、丞相李斯、中车府令赵高，下及平民百姓，无不喜欢爱重他。毛颖又善于顺从人意，无论是正直的、邪曲的、机巧的、笨拙的，他完全听从使用者的意愿；即使遭到废弃不用，也始终保持缄默而不泄漏机密。他只是不喜欢武人，但如果受到武人的邀请，也会按时前往。他屡次受到升迁，被任命为中书令，跟皇帝的关系更加亲密，皇帝曾经亲昵地称呼他为"中书君"。秦始皇亲自处理事务，自我规定每天批阅的公文不少于120斤竹简，即使宫中嫔妃也不得站在旁边，唯有毛颖与拿烛台的人经常侍奉左右，只是在皇上休息时才退下。毛颖与绛州人陈玄、弘农人陶泓以及会稽褚先生相友好，他们互相推重，进退都一定同行。皇帝召见毛颖时，其他三人不用等待皇帝下诏，每每一同前往，皇帝从来没有责怪过他们。

后因进见，上将有任使，拂拭之①，因免冠谢②。上见其发秃，又所摹画不能称上意。上嘻笑曰："中书君，老而秃，不任吾用。吾尝谓君'中书'，君今不中书耶？"对曰："臣所谓尽心者③。"因不复召，归封邑，终于管城。其子孙甚多，散处中国夷狄，皆冒管城；惟居中山者，能继父祖业。

[注释]

①拂拭：掸除尘垢，引申为器重、提拔。②免冠谢：脱帽谢恩，此处指摘下笔帽。③尽心：双关语，本指笔心已经用尽，引申为尽职之意。

[译文]

后来有一次毛颖进见的时候，秦始皇将对他另有委任，提拔他，毛颖立即脱帽谢恩。皇帝看见他头顶秃了，并且最近所摹画的内容不合皇帝的心意，就笑嘻嘻地对他说："中书君年老又发秃，不胜任我的使用。我曾经说你适宜于书写，你现在不适宜书写了吗？"毛颖回答说："臣就是人们所说的尽心的人。"于是，秦始皇不再召用他，他就回到自己的封地，最后死在管城。毛颖的子孙很多，散居在中原和边远的少数民族地区，很多都冒称是管城毛氏后裔。只有居住在中山的一族，能够继承祖父辈的事业。

太史公曰①：毛氏有两族：其一姬姓，文王之子，封于毛，所谓鲁、卫、毛、聃者也②；战国时有毛公、毛遂③。独中山之族不知其本所出，子孙最为蕃昌。《春秋》之成，见绝于孔子[4]，而非其罪[5]。及蒙将军拔中山之豪，始皇封诸管城，世遂有名，而姬姓之毛无闻。颖始以俘见，卒见任使，秦之灭诸侯，颖与有功。赏不酬劳，以老见疏，秦真少恩哉[6]！

[注释]

①太史公曰：本文乃仿《史记》的人物传记体例而作，故而篇末也仿司马迁的口气作论赞。司马谈、司马迁父子曾相继担任史官太史令，故称太史公。②毛：周诸侯国名，周文王姬昌的第八个儿子名郑，封于此。鲁、卫、毛、聃：周初分封的四个姬姓诸侯国，周公旦封于鲁（今山东曲阜），康叔封卫（今河南淇县），毛伯郑封于毛（今河南宜阳），聃季载封于沈（今属安徽阜阳）。③毛公：战国时赵国隐士，因劝魏公子信陵君归魏赴救国难而名闻当世。毛遂：战国时赵国平原君的门客，自荐随平原君出使楚国，说服楚王出兵，帮助赵国攻打秦国。④《春秋》之成，见绝于孔子：《春秋》原是鲁国史书，相传孔子曾加以修订，当他写到鲁哀公十四年西狩获麟时，慨叹道："吾道穷矣！"就此停笔不写。《公羊传》何休注："此亦天告夫子将没之征，故云尔。"⑤非其罪：孔子作《春秋》，因为对"获麟"之事深有感触而绝笔，并非毛颖本身有什么罪过。⑥少恩：秦朝统治者长期以法家思想为治理国家的准则，崇尚功利刑法，与儒家的仁义礼教思想相对立，故《史记·太史公自序》谓之"严而少恩"。

[译文]

太史公说：毛氏有两宗支族，其中的一支姓姬，周文王的儿子封在毛地的，就是人们所说的鲁、卫、毛、聃四个诸侯国中的那个毛伯；战国时有叫毛公、毛遂的。唯独中山这一支，不知道他们的祖先出自哪里，他们的子孙却最为繁衍昌盛。《春秋》这部书完成时，毛氏曾被孔子断绝关系，然而这不是他的罪过。到了蒙恬将军拔取中山俊豪时，秦始皇封毛颖在管城，毛氏于是在世上声名远播，这时姬姓的那支毛氏反而默默无闻。毛颖开始以俘虏的身份进见皇帝，终于受到信任和重用，在秦国消灭诸侯各国时参与其事，立有功劳。但给他的赏赐不足以酬劳他的功绩,因为年老而被疏远冷落,秦朝统治者真是缺少恩德啊!

五坊小儿

[题解]

本篇选自韩愈《顺宗实录》卷二。文章描写了五坊小儿横行乡里、敲诈勒索的无赖行径,绘声绘色,惟妙惟肖,同时又赞扬了皇帝的英明,然其言在此而意在彼,既揭露了恶奴的丑行,又达到劝谏的目的,实为纪实类小品中的杰作。

贞元末,五坊小儿张捕鸟雀于闾里①,皆为暴横以取钱物。至有张罗网于门,不许人出入者。或有张井上者,使不得汲水,近之,辄曰:"汝惊供奉鸟雀。"痛殴之。出钱物求谢,乃去。或相聚饮食于肆,醉饱而去,卖者或不知,就索其直,多被殴骂。或时留蛇一囊为质,曰:"此蛇所以致鸟雀而捕之者,今留付汝,幸善饲之,勿令饥渴。"卖者愧谢求哀,乃携而去。

上在春宫时则知其弊②,常欲奏禁之。至即位,遂推而行之。人情大悦。

[注释]

①五坊小儿:是对五坊官吏的蔑称,因其仗势虐人,百姓恶之,故称。五坊,唐代为皇帝饲养猎鹰猎犬的官署,即雕坊、鹘坊、鹞坊、鹰坊、狗坊的合称。②上:指唐顺宗李诵。春宫:古时太子居住的宫室,借指太子。

[译文]

贞元末年,五坊小儿在乡里到处张设罗网以捕捉鸟雀,都是横行肆虐来榨取财物。更为过分的是,有的在人家门口挂上罗网,不许人们进出通行。还有的在水井上张网，使得居民不能汲水。如果有人走进罗网，小儿们就说："你惊动了供奉皇帝的鸟雀。"把那人痛打一顿。直到那人拿出钱财和物品向他们求饶认错，他们才肯离开。他们有时聚集在酒店大吃大喝，酒醉饭饱之后抹嘴就走。有些卖酒食的店家不知道他们的身份，向他们讨要酒食钱，往往遭到他们的殴打和辱骂。有时候五坊小儿还会留下一袋蛇做抵押，说："这些蛇是用来引诱鸟雀便于捕捉的，现在留下来给你，希望你能好好喂养，别让它们忍饥受渴。"卖酒食的人急忙陪着小心苦苦哀求，他们才提着蛇袋扬长而去。

顺宗皇帝在东宫做太子时就了解这些弊政，多次想奏请德宗禁止它。等登上大位之后，皇帝于是明确提出并发布禁令执行。举国上下都很高兴。

李 实

[题解]

本篇摘录自韩愈《顺宗实录》。李实是李唐王朝宗室，高祖李渊之子道王元庆的四世孙，德宗贞元末年为京兆尹。作者秉承史官"书法不隐"的传统，揭露了李实任京兆尹期间"恃宠强愎，不顾文法"、欺上瞒下、横征暴敛的种种劣迹，间接地抨击了最高统治者只顾自己享乐、不管百姓死活的社会现实，表达出作者忧虑现实、同情民瘼的进步思想。本文与韩愈的《论天旱人饥状》同为揭露李实横征暴敛、残害百姓罪行的作品，可互相参看。

实谄事李齐运①，骤迁至京兆尹②，恃宠强愎，不顾文法。是时春夏旱，京畿乏食，实一不以介意，方务聚敛征求，以给进奉。每奏对，辄曰："今年虽旱，而谷甚好。"由是租税皆不免，人穷，至坏屋卖瓦木，贷麦苗以应官。优人成辅端为谣嘲之③，实闻之，奏辅端诽谤朝政，杖杀之。

[注释]

①李齐运：李唐王朝宗室，太宗之子蒋王李恽之孙，德宗时官至礼部尚书。②骤迁：不依资历功绩而越阶升迁。③优人：以诙谐滑稽的方式扮演杂戏的艺人。

[译文]

李实谄媚地服侍礼部尚书李齐运，因而不依资历、能力、功绩而越阶升迁为京兆尹。他仗着朝廷的宠爱而强梁蛮横，刚愎自用，不把制度法令放在眼里。当时正值德宗贞元十九年，从正月至秋七月天没有下雨，关中大旱成灾，京都及周围各县都严重缺粮，李实却一点不把百姓的疾苦放在心上，只知道以繁多的租税名目横征暴敛，盘剥百姓，用以进献给最高统治者。每次上奏朝廷，都会说："今年天气虽然干旱少雨，可是稻谷的长势非常好。"因此各种租税都没有免除，百姓生活困窘，有人甚至拆除房屋来零星地出卖砖瓦和木料；不等麦子成熟，有人已先把青苗作抵押，借高利贷去交纳租税。有个叫成辅端的艺人作了一首民谣嘲讽这件事，李实听说后，上奏说成辅端诽谤污蔑朝廷，用杖将其打死。

实遇侍御史王播于道①。故事②，尹与御史相遇，尹下道避。实不肯避，导骑如故③，播诘让导骑者，实怒，遂奏播为三原令④，廷诟之。陵轹公卿已下⑤，随喜怒诬奏迁黜，朝廷畏忌之。尝有诏免畿内逋租⑥，实不行用诏书，征之如初。勇于杀害，人吏不聊生。至谴⑦，市里欢呼，皆袖瓦砾遮道伺之，实由间道获免。

[注释]

①王播：字明敬，太原人。贞元中擢进士，举贤良方正异等，御史中丞

李义荐为监察御史,历任工部郎中、虢州刺史等,穆宗、文宗朝官至宰辅。以善治狱著称。②故事:旧例,惯例。③导骑(jì):官僚出行时开路的骑卒卫士。④三原:县名,在陕西省。⑤陵轹:欺侮,践踏,此处指压迫的意思。⑥畿内:京兆府辖区之内。逋租:以往拖欠的租税。⑦至谴:指李实受到朝廷罪责降职而被贬通州长史。

[译文]

有一次,李实和当时的监察侍御史王播在长安街上相遇。按照唐代旧例,京兆尹李实应当回避台官。李实不但不让路回避,还大叫大嚷,照旧让前面的骑卒士兵吆喝开道。王播责问李实的导骑的随从,李实怒火中烧(便诬告王播),王播被贬为三原县令,李实还在朝廷上当堂辱骂王播。李实还经常欺凌公卿以下的官员,随着自己的喜怒好恶去诬告别人,奏请朝廷的升职或贬谪,朝野上下对他心生畏忌。皇帝曾经下诏免除京兆府辖区之内以往拖欠的租税,李实不按照诏书施行,像以往一样横征暴敛。李实对人非常残忍,百姓和官吏因为害怕他而无法安定地生活。等到李实受朝廷降罪、被贬为通州长史时,市井街道上百姓一片欢呼,把砖瓦和石头藏在袖子里拦路等候李实经过时去砸他,以发泄内心多年来的愤恨。李实后来从偏僻小路上经过,这才幸免挨打。

阳 城①

[题解]

本篇选自《顺宗实录》。文章通过叙述阳城在朝奉君直谏和外任抗赋厚民的典型事例,刻画出一位刻苦好学、体恤百姓、政治上有远见卓识的封建官员形象。

城字亢宗，北平人，代为官族②。好学，贫不能得书，乃求入集贤为书写吏③，窃官书读之④，昼夜不出。经六年，遂无所不通，乃去沧州中条山下⑤。远近慕其德行，来学者相继于道。闾里有争者，不诣官府，诣城以决之。

[注释]

①阳城：字亢宗，陕州夏县（今山西夏县）人，祖籍定州北平（今河北定县）人，官拜谏议大夫，直言敢谏，后被贬道州刺史，卒于任所。②代：原当为"世"字，因唐人避太宗李世民之讳而改。③集贤：指中书省所属的集贤殿书院，长官为学士，掌管征求、储藏经籍图书。④官书：官府的书籍，公家的书籍。⑤沧州：即今河北沧州。中条山：位于山西西南部，因其山势狭长，且处于太行山与华山之间，故名。沧州无中条山，故此处"沧州"当作"蒲州"。

[译文]

阳城字亢宗，定州北平人，家中世代在朝中做官。阳城喜欢学习，家里穷没钱买书，于是就请求进入集贤殿书院当书写吏，趁机拿官家的书籍来读，昼夜不出集贤殿书院。过了六年，就没有什么不精通的了，于是就来到蒲州中条山下隐居起来。远近的人仰慕他的品行，前来求学的人接连不断。当地的百姓发生争执和纠纷，都不去官府，而是到阳城的住处请他裁决。

李泌为相①，举为谏议大夫②，拜官不辞。未至，京师人皆想望风采。云："城，山人，能自苦刻，不乐名利，必谏诤死职下。"咸畏惮之。

[注释]

①李泌：字长源，京兆人。玄宗天宝年间待诏翰林供奉东宫。肃宗即位，拜元帅广平王行军司马。德宗即位，授左散骑常侍。贞元三年（787）六月拜宰相，封邺县侯。卒年68岁。②谏议大夫：属门下省官，侍从皇帝并讽谏政

治得失，正五品上。阳城任此职，在贞元四年六月。

[译文]

李泌任宰相时，举荐阳城做谏议大夫，他没有推辞并出任了这一官职。还没到任，京城里的人们都想一睹他的风采。（人们都）说："阳城是一个隐士，自己能刻苦学习，又不看重名利，他定会忠于职守，敢以死谏诤。"官员们都畏惧他。

既至，诸谏官纷纷言事，细碎无不闻达，天子益厌苦之；而城方与其二弟牟、容连夜痛饮，人莫能窥其意。有怀刺讥之者①，将造城而问者。城揣知其意，辄强与酒。客或时先醉，仆席上；或时先醉，卧客怀中，不能听客语。约其二弟云："吾所得月俸②，汝可度吾家有几口，月食米当几何，买薪菜盐米凡用几钱，先具之，其余悉以送酒媪③，无留也。"未尝有所贮积，虽其所服用急切不可阙者，客称其物可爱，城辄喜，举而授之。陈苌者，候其始请月俸，常往称其钱帛之美，月有获焉。

[注释]

①刺：名帖，即今所称的名片。②月俸：即薪金。唐代谏议大夫为正四品官，每月俸钱为七十贯文。当时官俸中除钱之外，还有一部分以布帛充当，故统称钱帛。③酒媪：卖酒的老妇。

[译文]

阳城就任谏议大夫之后，诸位谏官纷纷向皇帝进谏，无关紧要的繁杂琐事都奏知皇上，使得皇上更加厌烦；而阳城却正与他的两个弟弟阳牟、阳容日夜畅饮，人们都猜不透阳城的意思。有人怀揣名片来造访阳城，想质问他为何这样做。阳城揣测出来人的想法，就强行劝他们喝酒。有时候来人先喝醉酒，仆倒在酒桌上；有时候阳城先喝醉，躺在客人的怀中，客人说什么他全没听见。阳城曾经对他的两个弟弟说："我每个月的俸银，你们可以先估计一下，一家人一个月用于柴米油盐的花费需要多少,先把这些钱准备好,剩余的都拿给卖酒的老妇去买酒,不要有节余。"他家从来没有一点钱财积累,即使是不可缺少的日常用品,如果客人称赞什么东西很可爱,阳城就会很高兴,拿起来就送给称赞的人。有个叫陈苌的人,等着阳城刚领月俸时,常常前去称赞其钱帛很好,每月总是有所收获。

至裴延龄谗毁陆贽等坐贬黜^①,德宗怒不解,在朝无救者。城闻而起曰:"吾谏官也,不可令天子杀无罪之人,而信用奸臣。"即率拾遗王仲舒数人守延英门^②,上疏论延龄奸佞、贽等无罪状,德宗大怒,召宰相入语,将加城等罪,良久乃解,令宰相谕遣之^③。于是金吾将军张万福闻谏官伏阁谏^④,趋往至延英门,大言贺曰:"朝廷有直臣,天下必太平矣!"遂遍拜城与仲舒等曰:"诸谏议能如此言事,天下安得不太平也!"已而连呼:"太平万岁!太平万岁!"万福武人,时年八十余。自此名重天下。

[注释]

①裴延龄:河中河东(今山西永济)人。贞元八年(792)以户部侍郎判度支,以苛刻剥下附上为功。时陆贽秉政,列其罪状,欲斥逐之。德宗信用裴延龄,反而斥逐陆贽。陆贽:字敬舆,吴郡嘉兴(今属浙江)人。大历八年(773)进士,中博学宏辞、书判拔萃科。德宗贞元八年(792),为相秉政,列举裴延龄七大罪状。裴延龄反指陆贽造谣,陆贽因此被贬为忠州别驾。②延英门:在大明宫中,宣政殿之右,延英殿之左。③谕遣:告谕遣散。④张万福:魏州元城(今河北大名)人,以征辽东有功,官拜刺史兼节度副使,后改鸿胪卿。又以救魏州饥民之灾,召拜右金吾将军。

[译文]

后来宰相陆贽等人由于遭到裴延龄的诬陷而被德宗贬官放逐

时,因为皇帝的愤怒无法消除,朝廷的官员无人敢于施救。阳城听说这件事,应声而起说:"我身为谏官,不能让皇上杀害无罪的大臣,而去信用奸臣。"当即率领拾遗王仲舒等人守候在延英殿门口,一起上奏章指斥裴延龄奸佞之罪,为陆贽等人申辩无罪。德宗皇帝大发雷霆,召宰相进宫议事,要从重惩治阳城等人的罪。德宗的怒火过了很久才逐渐平息,最终让宰相下令遣散阳城等人。当时右金吾将军张万福听说众谏官跪在殿门口极力请谏,快步跑到延英殿门口,大声祝贺说:"朝廷有这么多敢于直谏的大臣,天下一定会太平无事!"于是逐一对着阳城和王仲舒等人施礼参拜,并且说:"各位谏议官能够这样上疏谈论政事,天下怎么会不太平呢!"接着连声呼喊道:"太平万岁!太平万岁!"张万福是一员武将,当时已经80岁有余。阳城从此盛名威重天下。

时朝夕相延龄,城曰:"脱以延龄为相①,当取白麻坏之②!"恸哭于庭,竟坐延龄事,改国子司业。

[注释]

①脱:倘使,假如。②白麻:用苘麻制造的纸。唐制,由翰林学士起草的凡赦书、德音、立后、建储、大诛讨及拜免将相等诏书都用白麻纸,因以指重要的诏书。此处指宰相的任命状。

[译文]

当时德宗皇帝宠信裴延龄,很快就要任用他为宰相。阳城宣称:"假如圣上以裴延龄为宰相,我一定把用白麻纸书写的任命宰相的诏书撕毁掉。"并坐在朝堂上放声痛哭。阳城后来竟然因劝谏裴延龄任宰相的事情,被贬为国子司业。

至,引诸生告之曰:"凡学者所以学,为忠为孝也。诸生宁有久不省其亲乎!"明日,谒城归养者二十余人。有薛约者,尝学于城,狂躁,以言事得罪,将徙连州①。客寄有根蒂②,吏踪求得城家③,坐吏于门,与约饮决别,涕泣送之郊外。德宗闻之,以城为党罪人,出为道州刺史,太学王鲁卿、李傥等二百七十人诣阙乞留④,住数日,吏遮止之,疏不得上。

[注释]

①连州:即今广东连县。②客寄:指寄居异乡。③踪求:依据其踪迹去追寻。④阙:原为宫门外的两个高台,后用作最高统治者所居宫殿的通称。

[译文]

阳城到国子司业上任后,把太学的学生聚集到一起告诫他们说:"所有的读书人读书学习的目的,在于为国家尽忠,为父母尽孝。太学的学生哪能长时间不回乡探视父母呢!"第二天,拜见阳城请假回家奉养父母的有20多人。有个叫薛约的人,曾经跟从阳城读书,性情轻狂急躁,因为上书谈论政事而获罪,将要被驱逐到连州居住。他虽然客居异乡,却也有着落。府衙小吏寻其踪迹到阳城家里,阳城命吏坐在门旁等候,与薛约饮酒诀别,泪流满面地把他送到郊外。德宗听说这件事后,认为阳城是结党营私的罪人,把他贬为道州刺史。太学生王鲁卿、李傥等270人到宫殿上请留阳城,不要外放到道州去。过了好几天,府衙的官吏悄悄把奏章阻截下来,请求留阳城的奏疏没能够上达皇帝。

在州,以家人礼待吏人,宜罚者罚之,宜赏者赏之,一不以簿书介意。赋税不登,观察使数诮让①。上考功第②,城自署第曰:"抚字心劳,征科政拙,考下下。"观察使尝使判官督其赋,至州,怪城不出迎,以问州吏,吏曰:"刺史闻判官来,以为己有罪,自囚于狱,不敢出。"判官大惊,驰入,谒城于狱,曰:"使君何罪③,某奉命来候安否耳!"留一两日,未去,城固不复归。馆门外有故门扇横地,城昼夜坐卧其上,判官不自安,辞去。其后又遣他判官崔某往按之,崔承命不辞,载妻子一行中道而逃。

[注释]

①观察使:官名。唐于诸道置观察使,位次于节度使。中叶以后,多以节度使兼领其职,下设判官、支使、推官、巡官、衙推各一人。无节度使之州,亦特设观察使,管辖一道或数州,并兼领刺史之职。凡兵甲财赋民俗之事无所不领,谓之都府,权任甚重。②上考功第:即吏部按官员的政绩好坏进行考核,定出等第,第分九等,最高为"上上",最低为"下下"。③使君:对州郡长官的称谓。

[译文]

阳城任道州刺史时,以对待自己家人的礼节对待下属官吏和百姓,该惩罚就惩罚,该奖赏就奖赏,赏罚分明,一点也不重视簿册文书等官样文章。州里赋税没有按时缴纳,观察使多次责问催讨。外官送考核成绩的等第给吏部,阳城自己签名写上对他自己的考语和等第,说:"我抚养爱护百姓尽心尽力,但征收赋税的政绩很差,考核等级应该定为下下。"观察使曾经派自己的僚属来催办赋税,到了道州,对阳城没有出城迎接感到奇怪,就问当地官吏怎么回事,官吏说:"刺史大人听说您来道州,认为自己有罪,把自己囚禁在牢狱里,不敢出来迎接。"判官非常震惊,急忙进城,来到牢狱内,拜见阳城说:"您有什么罪啊?我只不过奉命前来问候一下您的身体好不好罢了。"这位判官在道州停留了两天,还没有离开,阳城坚决不回自己的住处,判官所住的驿馆门外有块旧门板横在地上,阳城不分昼夜坐卧都在那块门板上。下来督察的判官内心非常不安,匆忙告辞而去。从那以后,观察使又派遣另一位姓崔的判官前去道州查办阳城,崔判官不愿查办阳城,又无法避开上司的派遣,只好带着自己的妻室从半路上一逃了之。

城孝友，不忍与其弟异处，皆不娶，给侍终身。有寡妹，依城以居，有生①，年四十余，痴不能如人，常与弟负之以游。初，城之妹夫亡在他处，家贫不能葬，城亲与其弟舁尸以归②，葬于其居之侧，往返千余里。卒时年六十余。

[注释]

①生：同"甥"，即外甥。②舁（yú）尸：原指二人共同抬着尸骨，此处是载运之意。

[译文]

阳城对兄弟非常友爱，不忍心与他的弟弟分开而居，都没有娶妻，一生都在照顾自己的亲人。他有个寡居的妹妹，依靠阳城生活，生有一个外甥，40多岁了，是个傻子，不能像平常人那样，阳城经常跟弟弟一块儿带着他出去游玩。起初，阳城的妹夫死在他乡，家里过于贫寒无法下葬，阳城亲自带着弟弟载运妹夫的尸骨回乡，安葬在他们的住处旁边，往返有千余里。阳城死的时候，年龄有60多岁。

论　说

原　道①

[题解]

《原道》是韩愈复古崇儒、排斥佛老的代表作。韩愈一生大力主张"修其辞以明其道",本文通过探究儒道之本原,即仁义的道德观念,引证今古,从历史发展、社会生活等方面层层剖析,驳斥老子"去仁与义"、逃避现实之道和佛家"弃君臣,去父子,禁生养"的"夷狄之道",归结到恢复古道、尊崇儒学的宗旨。文章观点鲜明,有破有立,与《论佛骨表》同为韩愈排佛的代表作品之一,受到历代古文家的大力推崇。

博爱之谓仁②,行而宜之之谓义③,由是而之焉之谓道,足乎己无待于外之谓德④。仁与义为定名,道与德为虚位。故道有君子小人⑤,而德有凶有吉⑥。老子之小仁义,非毁之也,其见者小也。坐井而观天,曰"天小"者,非天小也,彼以煦煦为仁⑦,孑孑为义⑧,其小之也则宜。其所谓道,道其所道,非吾所谓道也;其所谓德,德其所德,非吾所谓德也。凡吾所谓道德云者，合仁与义言之也，天下之公言也；老子之所谓道德云者，去仁与义言之也，一人之私言也。

[注释]

①原道：即探求道的本原，即儒家思想的核心——仁义。②博爱之谓仁：儒家视仁为爱人。《孟子·离娄下》："仁者爱人。"《国语·周语》韦昭注："博爱于人为仁。"韩愈融会众家之说，认为"仁"就是博爱，当泛爱一切。③行而宜之之谓义：做事合乎人情事理称为"义"，是"仁"的具体表现。《礼记·中庸》："仁者人也，亲亲为大。义者宜也，尊贤为大。"《礼记·表记》："仁者，人也；道者，义也。"韩愈对"义"的解释，本于上述诸说。④足乎己无待于外之谓德：发自内心施行仁义，而不需要借助任何外物，方可称之为道德。⑤道有君子小人：道有君子之道和小人之道之别。⑥德有凶有吉：德有恶德和美德的区分。《左传·文公十八年》："孝敬忠信为吉德，盗贼藏奸为凶德。"⑦煦煦：和颜悦色的样子。⑧孑(jié)孑：孤独拘谨的样子。

[译文]

普遍的爱叫做仁，行事合乎事理的叫做义，通过行仁义而达到的叫做道，出自内心施行仁义，自己修养充足而不依赖外界的叫做德。仁和义都是有确定意义的名称，而道和德则需要有实际内容去充实。所以道有君子之道和小人之道的区分，而品德也有美德和恶德之别。老子轻视仁义，并不是诋毁仁义，而是由于他的视野狭小。犹如一个人坐在井里看天，说天很小，其实天并不小。老子把小恩小惠当做仁，把谨小慎微当做义，他轻视仁义就是很自然的事情了。老子所说的道，是把他自己心目中的道当做道，不是我所说的道；他所说的德，是把他自己观念里的德当做德，而不是我所说的德。凡是我所说的道和德，都是结合仁和义来理解的，是天下的公论。老子所说的道和德，是抛开了仁和义说的，只是他的一己之见。

周道衰①，孔子没②，火于秦③，黄、老于汉④，佛于晋、魏、梁、隋之间⑤。其言道德仁义者，不入于杨，则入于墨⑥；不入于老，则入于佛。入于彼，必出乎此。入者主之，出者奴之；入者附之，出者污之。噫！后之人其欲闻仁义道德之说，孰从而听之？老者曰⑦："孔子，吾师之弟子也。"佛者曰⑧："孔子，吾师之弟子也。"为孔子者⑨，习闻其说，乐其诞而自小也，亦曰"吾师亦尝师之"云尔。不惟举之于其口，而又笔之于其书。噫！后之人虽欲闻仁义道德之说，其孰从而求之？甚矣，人之好怪也！不求其端，不讯其末，惟怪之欲闻。

[注释]

①周道衰：指公元前770年，周平王东迁洛邑（今河南洛阳）后，天子不能号令全国。②孔子没：指自公元前479年孔子去世后，出现了百家争鸣的局面，儒家内部也分成许多派别。③火于秦：指秦始皇焚书之事。秦始皇统一中国后，听从丞相李斯的建议，焚书坑儒，给秦之前的文化带来了很大的劫难。④黄、老：即黄帝和老聃，道家的别称。战国至秦汉之际，道家推崇远古传说中的黄帝与老聃，故称"黄老之学"。西汉前期，景帝之母窦太后好黄老之言，景帝及太子、诸窦皆尊黄老之术，实行"无为而治"，与民休养生息，以稳定社会。⑤佛于晋、魏、梁、隋之间：佛教自东汉明帝时传入中国，逐渐流行，至晋、魏、梁、隋间大盛。⑥不入于杨，则入于墨：战国时代，杨、墨学说盛行于世，"天下之言不归杨则归墨"（《孟子·滕文公下》）。这两派学说虽主张不同，但都反对儒家学说。⑦老者：指尊崇老子学说的人。⑧佛者：指佛教徒。⑨为孔子者：信奉孔子学说的人。

[译文]

自从周朝王道衰落，孔子去世以后，秦始皇焚烧儒家典籍，黄老学说盛行于汉代，佛教盛行于晋、魏、梁、隋之间。那时谈论道德仁义的人，不是归入杨朱学派，就是归入墨翟学派；不是归入道家学派，就是归入释氏佛教。皈依那一派的，必然轻视另外一派。尊崇所归入的学派，贬低所反对的学派；依附归入的学派，污蔑反对的学派。唉！后世的人们如果想知道关于仁义道德的说法，到底该听从谁的呢?道家的人说:"孔子是我们老师的学生。"佛家的人也说:"孔子是我们老师的学生。"奉行孔子学说的人,听惯了种种说法,乐于接受那些荒诞言论而轻视自己,也说"我们的老师也曾向他们学习"这一类话。不仅在口头说,而且又把它记录在书上。唉!后世的人即使想要知道关于仁义道德的学说,又该向谁去请教呢?人们喜欢听怪诞的言论真是太过分了!他们不探求事情的起源,不考察事情的结果,只喜欢听怪诞的言论。

古之为民者四①,今之为民者六②;古之教者处其一③,今之教者处其三④。农之家一,而食粟之家六;工之家一,而用器之家六;贾之家一⑤,而资焉之家六,奈之何民不穷且盗也!

[注释]

①古之为民者四:《春秋穀梁传·成公元年》载:"古者有四民:有士民,有商民,有农民,有工民。"②今之为民者六:上句的士、商、农、工四民,加上僧、道。③古之教者处其一:古时以"先王之教"即儒教来教化人民。④今之教者处其三:指当时社会以儒、释、道三家并立。⑤贾(gǔ):做买卖的人,商人,古时特指设店售货的坐商,与行商有所区别。后来商、贾两字通用。

[译文]

古时候的民众只有四类,如今的民众有六类;古时候负责教化的人只是四民之一,如今负责教化的人却占了其中之三。从事农业生产的仅有一家,而吃粮食的却有六家之多;做工的仅有一家,却要供应六家的器用;经商的仅有一家,而依靠它供应货物的却有六家,又怎么能使劳动者不因穷困而为盗呢?

古之时,人之害多矣。有圣人者立,然后教之以相生相养之道:为之君,为之师①,驱其虫蛇禽兽而处之中土。寒然后为之衣，饥然后为之食。木处而颠②，土处而病也，然后为之宫室。为之工，以赡其器用；为之贾，以通其有无；为之医药，以济其夭死；为之葬埋祭祀，以长其恩爱；为之礼，以次其先后；为之乐，以宣其湮郁；为之政，以率其怠勘③；为之刑，以锄其强梗。相欺也，为之符玺、斗斛、权衡以信之④；相夺也，为之城郭、甲兵以守之。害至而为之备，患生而为之防。今其言曰："圣人不死，大盗不止；剖斗折衡，而民不争⑤。"呜呼！其亦不思而已矣！如古之无圣人，人之类灭久矣。何也？无羽毛鳞介以居寒热也，无爪牙以争食也。是故君者，出令者也；臣者，行君之令而致之民者也；民者，出粟米麻丝、作器皿、通货财，以事其上者也。君不出令，则失其所以为君；臣不行君之令而致之民，民不出粟米麻丝、作器皿、通货财，以事其上，则诛。今其法曰⑥：必弃而君臣，去而父子，禁而相生养之道，以求其所谓清净寂灭者⑦。呜呼！其亦幸而出于三代之后⑧，不见黜于禹、汤、文、武、周公、孔子也；其亦不幸而不出于三代之前，不见正于禹、汤、文、武、周公、孔子也。

[注释]

①为之君，为之师：此处化用《孟子·梁惠王下》中的文字："天降下民，作之君，作之师。"原意是上天为人民设置了君王和师长，此处意思是说圣人为百姓建立了社会制度，做百姓的君主和师长。②木处而颠：传说上古洪荒时代，人们在树上架巢而居，故而容易颠仆。③勘："倦"的异体字。④符玺：印信。秦汉以后，特指帝王的符和印。符，古代朝廷传达命令或征调兵将用的凭证，以金、玉、铜、竹或木制成，双方各执一半，合之以验真假。玺(xǐ)，即印，秦朝以后专指帝王的印。斗斛（hú）：古以十升为斗，十斗曰斛，后改为五斗为斛。此处泛指各种量器。权衡：称量物体轻重的器具。权，秤锤。衡，秤杆。⑤"圣人不死"四句：语出《庄子·胠箧》，是愤激之辞，意谓这些大盗不仅"窃国"，还窃取圣人之言以维持其地位。⑥其法：指佛

法。⑦清净：指远离一切恶行烦恼污垢。寂灭：即"涅槃"，指的是本体寂静，是佛教修行的最高境界。后世亦称僧人逝世为涅槃。⑧三代：指夏、商、周三个朝代。

[译文]

古时候，百姓遭受的灾害很多。圣人出世，教化人们相互协作以维持生活和生存的道理，做他们的君主或师长，驱走那些凶恶害人的蛇虫禽兽，把人们安顿在中原地区。天冷了，就教他们制作衣裳；饥饿了，就教他们生产粮食；因为栖息在树木上容易掉下来产生危险，居住在洞穴里容易潮湿生病，就教他们建造房屋。教导他们做工匠，以供应人们的生活用具；教导他们经营商业，来沟通调剂物资生产和需求的关系；发明医药，帮助人们使他们免于早死；制定葬埋祭祀的制度和仪式，以增进人与人之间的感情；制定礼节，来安排人们之间长幼尊卑的秩序；制作音乐，供人们宣泄心中的郁闷情绪；制定政治法令，供人们督促那些怠惰懒散的人；制定刑罚，以铲除那些强暴不法之徒。因为有相互欺骗的事情出现，于是又为人们制作符印、斗斛、秤等器具，使得人们行为处事时有所凭信。因为有争夺抢劫的事情出现，于是为人们设置了内外城墙、盔甲兵器等来加以卫护。总之，灾害来了就设法为人们做好防备；祸患将要发生，就力争做到及早预防。现在道家却说："如果圣人不死，大盗就不会停止；只要砸烂斗斛、折断秤杆，人们就不会你争我夺了。"唉！这都是没有经过审慎思考才说出的话罢了。古代如果没有圣人出现，人类早就消亡了。为什么这样说呢？因为人类没有动物那样的羽毛鳞甲来适应严寒酷暑的生存环境，也没有动物那样强硬锋利的爪牙来夺取食物。所以才说，君主是发布命令的人；臣僚是执行君主的命令，传达并实施到百姓中的人；老百姓生产粮食、丝麻织物、制作器物用具、交流物资货币，来供奉他们的统治者。如果君主不发布命令，就丧失了作为君主的权力和职责；

如果臣子不执行君主的命令并且实施到百姓中去，老百姓不生产粮食、丝麻织物、制作器物用具、交流物资货币等，来供奉他们的统治者，就应该受到责罚。如今佛教教义却说：一定要抛弃你们的君臣关系，消除你们的父子关系，禁绝你们相互协作来维持生活和生存的办法，以追求所谓清净寂灭的境界。唉！他们幸而出生在夏、商、周三代之后，没有受到夏禹、商汤、周文王、周武王、周公、孔子等人的贬斥；他们很不幸没有出生在三代以前，没有受到夏禹、商汤、周文王、周武王、周公、孔子等人的教导。

帝之与王①，其号虽殊，其所以为圣一也。夏葛而冬裘，渴饮而饥食，其事虽殊，其所以为智一也。今其言曰：曷不为太古之无事②？是亦责冬之裘者曰：曷不为葛之之易也？责饥之食者曰：曷不为饮之之易也？传曰③："古之欲明明德于天下者④，先治其国；欲治其国者，先齐其家；欲齐其家者，先修其身；欲修其身者，先正其心；欲正其心者，先诚其意。"然则古之所谓正心而诚意者，将以有为也。今也欲治其心，而外天下国家，灭其天常⑤，子焉而不父其父，臣焉而不君其君，民焉而不事其事。孔子之作《春秋》也，诸侯用夷礼则夷之⑥，进于中国则中国之。经曰："夷狄之有君，不如诸夏之亡⑦。"诗曰："戎狄是膺⑧，荆舒是惩⑨。"今也举夷狄之法，而加之先王之教之上，几何其不胥而为夷也！

[注释]

①帝之与王：五帝与三王。五帝指黄帝、颛顼、帝喾、尧、舜，三王指夏禹、商汤、周文王和武王（通常把周文王和武王合而称之）。帝与王均为古代君主的称号，后代对其意义的理解有所区别。《白虎通·号篇》："德合天地者称帝，仁义合者称王。"此处韩愈把五帝三王都视为圣人。②"今其言曰"二句：指老子的言论。老子强调"无为自化，清静自正"，主张回到结绳记事

的原始时代。③传：对经的解释。"传曰"下面的引文出自《礼记·大学》，故此处当指《礼记》。④明明德：彰显自身的道德。⑤天常：指自然永恒的法则。儒家认为君臣、父子、夫妇、兄弟、朋友这五种关系，即"五伦"或"五常"，是自然永恒存在的伦理关系，故称"天常"。⑥夷：此处指中原华夏族诸侯国之外的地区。⑦"夷狄之有君"二句：语见《论语·八佾》篇，意谓夷狄虽然有君主，还不如中原没有君主。⑧戎狄：泛指西北少数民族。戎，当时称西方少数民族为戎。狄，古代指北方少数民族。膺：抵挡，抗拒。⑨荆舒：泛指南方少数民族。荆，即楚国。舒，归属于楚国的小国。

[译文]

上古时期的五帝与三王，他们的称号虽然不同，但他们成为圣人的原因却是相同的。夏天穿葛衣而冬天穿皮衣，渴了要喝水而饿了要吃饭，这些事情虽然各不相同，但他们成为智者的基础是一样的。现在道家却说："为什么不实行远古的无为而治呢？"这就好像责怪冬天穿皮衣的人们："你们为什么不穿简便的葛衣呢？"或者责怪人们饿了要吃饭："为什么不光喝水，那多简单呢？"《礼记》有云："古时候想要发扬他的光辉道德于天下的人，一定要先治理好他的国家；要治理好他的国家，一定要先整顿好他的家庭；要整顿好他的家庭，必须先进行自身的修养；要进行自我修养，必须先端正自己的思想；要端正自己的思想，必须先使自己意念真诚。"由此可见，古人所谓的端正思想和真诚意念，都是为了要有所作为。现在那些想要修心养性的人，却抛开全社会、国家和家庭，灭绝天性，毁弃了自然形成且永恒存在的人伦关系；做儿子的不把自己的父亲当做父亲，做臣子的不把自己的君主看做君主，做百姓的不做自己该做的事情。孔子作《春秋》，对于采用夷狄礼俗的诸侯，就把他们当做夷狄；对于采用中原礼俗的诸侯，就把他们当做中原的国家来看待。经书上说："夷狄虽然有君主，还不如华夏诸国的没有君主。"《诗经》说："夷狄应当抵御，荆国和舒国应当惩罚。"

现在来抬举尊崇夷狄的法规，把它抬高到古代先王的政教之上，那我们岂不是全都要沦为夷狄了？

夫所谓先王之教者，何也？博爱之谓仁，行而宜之之谓义，由是而之焉之谓道，足乎己，无待于外之谓德。其文《诗》、《书》、《易》、《春秋》，其法礼、乐、刑、政，其民士、农、工、贾，其位君臣、父子、师友、宾主、昆弟、夫妇，其服麻丝，其居宫室，其食粟米、果蔬、鱼肉。其为道易明，而其为教易行也。是故以之为己，则顺而祥；以之为人，则爱而公；以之为心，则和而平；以之为天下国家，无所处而不当。是故生则得其情，死则尽其常，郊焉而天神假①，庙焉而神鬼飨②。曰：斯道也，何道也？曰：斯吾所谓道也，非向所谓老与佛之道也。尧以是传之舜，舜以是传之禹，禹以是传之汤，汤以是传之文、武、周公，文、武、周公传之孔子，孔子传之孟轲；轲之死，不得其传焉。荀与扬也③，择焉而不精，语焉而不详；由周公而上④，上而为君，故其事行；由周公而下⑤，下而为臣，故其说长。

[注释]

①郊：古时候祭天于南郊，故称祭天作郊。假（gé）：通"格"，降临，到来。②庙：祭祀宗庙。神鬼：指已故的先祖。飨：同"享"，享用。③荀与扬：战国后期的儒家大师荀况和西汉思想家、辞赋家扬雄。④由周公而上：指周公之前的尧、舜、禹、汤、周文王和武王。⑤由周公而下：指周公之后的孔子、孟子。

[译文]

我认为所谓先王的政教是什么呢？就是普遍的爱称之为仁，行事而合乎事理的行为叫做义，通过施行仁义而能达到的就是道，自身充足而不依赖外界的叫做德。记载先王教导的文章书籍有《诗经》、《尚书》、《易经》、《春秋》，体现先王政法的有礼仪、音乐、刑法、政令，先王治理的百姓是士人、农民、工匠、商贾，先王规定人们的伦理次序是君臣、父子、师友、宾主、兄弟、夫妇，先王制定的衣料是麻布和丝绸，先王确定的居处是房屋，先王确定的食物是粮食、瓜果、蔬菜和鱼肉。先王的各种道理很容易明白，而且他们的教导很容易推行。所以，用它来处理自身的问题，就能顺利吉祥；用它来对待别人，就能做到博爱而公正；用它来修身养性，就能平和而宁静；用它来治理社会和国家，就没有不适当的地方。因此，人活着就能感受到人与人之间的情谊，去世时也能充分享受正常的寿命，南郊祭天就迎来天神降临，宗庙祭祀祖先则祖先的灵魂就能来享用。有人问："你这个道，是什么道呀？"我说："这是我所说的道，不是刚才所说的道家之道和佛家之道。唐尧把这个道传给虞舜，虞舜把它传给夏禹，夏禹把它传给商汤，商汤则把它传给周文王、武王、周公，周文王、武王、周公把它传给孔子，孔子把它传给孟轲，孟轲死后，就没有能继承他们衣钵的人了。只有荀卿和扬雄，从中选取一部分但却不够周详。从周公向上追溯，继承道的都是在上面做君主的，所以他们的政事能够推行；从周公往下看，道的承传者都是在下做臣子的，所以他们的学说能够长远地流传下去。

然则如之何而可也？曰：不塞不流，不止不行。人其人，火其书，庐其居，明先王之道以道之①，鳏寡孤独废疾者有养也②，其亦庶乎其可也。

[注释]

①道：通"导"，引导，开导。②鳏寡孤独：老而无妻曰鳏，老而无夫曰寡，老而无子曰孤，少而无父曰独。

[译文]

那么，如今怎样做才能使儒道获得实行呢？我认为：不堵塞佛老之道，儒道就不能流传；不禁止佛老之道，儒道就不能推行。必须让和尚、道士还俗回归四民的身份，各就本业，烧毁宣扬佛、老学说的书籍，把寺庙、道观变成民房，阐明古代圣王之道来引导人民，使鳏夫、寡妇、孤儿、老人、残疾的人和病人都能得到生活供养，这样做就差不多可以了吧。

原 性

[题解]

《原性》是韩愈的"五原"（即《原性》、《原道》、《原毁》、《原人》、《原鬼》五篇文章的合称）之一，专门讨论人格修养的问题，阐发了人性论的基本观点。他认为人性是先天的，具有"仁、义、礼、智、信"等道德品质；"性"分为上品、中品、下品，并决定了感情也是相同品级。他提出的"性情"之说，对宋明理学影响极为深远。

性也者，与生俱生也；情也者，接于物而生也。性之品有三，而其所以为性者五；情之品有三，而其所以为情者七。曰：何也？曰：性之品有上、中、下三。上焉者，善焉而已矣；中焉者，可导而上下也；下焉者，恶焉而已矣。其所以为性者五：曰仁，曰礼，曰信，曰义，曰智①。上焉者之于五也，主于一而行于四；中焉者之于五也，一不少有焉则少反焉，其于四也混；下焉者之于五也，反于一而悖于四。性之于情视其品。情之品有上、中、下三，其所以为情者七：曰喜，曰怒，曰哀，曰惧，曰爱，曰恶，曰欲②。上焉者之于七也，动而处其中；中焉者之于七也，有所甚，有所亡，然而求合其中者也；下焉者之于七也，亡与甚，直情而行者也。情之于性视其品。

[注释]

①仁、义、礼、智、信：即儒家所说的"五常"。"五常"之说，本于孔子提出的"仁、义、礼"，孟子将其延伸为"仁、义、礼、智"，汉代董仲舒又将之扩展为"仁、义、礼、智、信"，后统称"五常"。它是中华民族传统美德的基本内涵，是中国伦理价值体系的核心。②七情：人的七种感情。语出《礼记·礼运》："何谓人情？喜、怒、哀、惧、爱、恶、欲，七者弗学而能。"泛指人的各种感情和欲望。

[译文]

人性是与生俱来的东西，感情则是与万事万物紧密联系在一起的。人性的品级有三等，而人性之所以被称做人性则有五种原因；人的感情可分为三等，可是感情被称为感情也有七种原因。有人问：为什么这样说呢？回答说：人性的品级可分为上、中、下三等。上品人性，就是全善罢了；中品人性，经过引导则可为上等亦可为下等；至于下品人性，无非全恶罢了。可以称得上是人性的内涵有五：即仁、礼、义、智、信。上品的人性，仁是核心而对其他四个方面也付诸行动；中等人性，不缺少仁，但义、礼、智、信四个方面杂而不纯；下等人性，不仅违背仁，而且与义、礼、智、信四个方面也格格不入。性与情的品级是相对应的，感情的品级也有上、中、下三等，可以称为感情的事物有七种：即喜、怒、哀、惧、爱、恶、欲。上品人性对于这七种感情来说，虽然各种感情都存在却并未脱离仁的轨道；中品人性对于七情来说，既有超出一般的情况，也有缺失的，只是要求能合乎一般的标准而已；下品人性对于七情来说，不论没有还是过分，都是直接率性而行。感情对于人性来说要视其品级而定。

孟子之言性曰：人之性善①。荀子之言性曰：人之性恶②。扬子之言性曰：人之性善恶混③。夫始善而进恶，与始恶而进善，与始也混而今也善恶，皆举其中而遗其上下者也，得其一而失其二者也。叔鱼之生也④，其母视之，知其必以贿死。杨食我之生也⑤，叔向之母闻其号也，知必灭其宗。越椒之生也⑥，子文以为大戚，知若敖氏之鬼不食也。人之性果善乎？后稷之生也⑦，其母无灾。其始匍匐也⑧，则岐岐然⑨，嶷嶷然⑩。文王之在母也，母不忧；既生也，傅不勤；既学也，师不烦。⑪人之性果恶乎？尧之朱⑫，舜之均⑬，文王之管蔡⑭，习非不善也，而卒为奸。瞽瞍之舜⑮，鲧之禹⑯，习非不恶也，而卒为圣。人之性善恶果混乎？故曰三子之言性也，举其中而遗其上、下者也，得其一而失其二者也。

曰：然则性之上、下者，其终不可移乎？曰：上之性，就学而愈明；下之性，畏威而寡罪；是故上者可教，而下者可制也。其品，则孔子谓不移也。

曰：今之言性者异于此，何也？曰：今之言者，杂佛、老而言也；杂佛、老而言也者，奚言而不异。

[注释]

①人之性善：语出《孟子·告子上》："人之性善也，犹水之就下也。人无有不善，水无有不下。"②人之性恶：语出《荀子·性恶篇》："人之性恶，其善者伪也。"③人之性善恶混：语出扬雄《太玄·玄摘》："人之性也善恶混，修其善则为善人，修其恶则为恶人。"意谓人性具有与生俱来的善恶两种因素，经过后天的熏染和学习，发展善的因素则成为善人，发展恶的因素则成为恶人。④叔鱼：名鲋，春秋时期晋国人，其母即晋国大夫羊舌子之妻叔姬。叔姬始生叔鱼，见其虎目豕喙，鸢肩牛腹，溪壑可盈，以为是贪得之相，将来必因受贿而死。叔鱼长大后，为国赞理，卒以贪死。事见《国语·晋语九》。⑤杨食我：号伯硕，晋国大夫叔向之子。伯硕生，叔向之母叔姬往视之，及堂，闻其哭声而还，说："豺狼之声也。狼子野心，今将灭羊舌氏者，必是子也。"遂不肯见。伯硕长大后，与祁胜为乱，晋人杀食我，羊舌氏由是遂灭。⑥越椒：春秋时期楚国司马子良之子。越椒生时，子

良之兄子文见其状如熊虎,声似豺狼,劝子良杀之,说如果不杀,必灭我若敖氏之族(若敖氏,复姓,春秋初期楚子熊鄂生子熊仪,命名为若敖,子孙为若敖氏。子文即其后)。子良不听。鲁宣公四年,越椒反叛,楚王遂灭若敖氏。事见《左传·宣公四年》。⑦后稷:周之先祖。相传姜嫄践天帝足迹,怀孕生子,因曾弃而不养,故名之为"弃"。虞舜命为农官,教民耕稼,称为"后稷"。⑧匍匐:爬行。语出《诗·大雅·生民》:"诞实匍匐,克岐克嶷。"⑨岐岐,形容聪颖早慧。⑩嶷(nì)嶷:幼小聪慧貌。⑪"文王之在母也"六句:韩愈引用文王典故的意思是说,周文王在其母亲大任(即太任)怀孕期间就能与母亲息息相通,孝敬尊亲,故而不让母亲担忧;出生之后,不让王傅为其操劳;从师学习刻苦,不惹老师烦恼。⑫朱:即尧的儿子丹朱。⑬均:即舜的儿子商均。相传舜以商均不肖,乃使伯禹继位。⑭管蔡:周文王之子、周武王之弟管叔鲜与蔡叔度的并称。武王崩,成王幼,周公摄政。管蔡散布周公将不利于孺子的流言,周公避居东都。成王摄政后,迎周公归,管蔡惧,挟纣子武庚叛,成王命周公讨伐,诛杀武庚与管叔鲜,流放蔡叔度。事见《尚书·金縢》及《史记·管蔡世家》。⑮瞽瞍(gǔ sǒu):亦作"瞽叟",人名,舜父之别名,与其子象共同谋害舜。因为他有眼却不识愚贤,如同目盲,故称之为瞽瞍。⑯鲧:人名,大禹之父,封崇伯,相传因治水不力而被舜诛杀。

[译文]

孟子主张"人性善",荀子主张"人性恶",扬雄则认为人性具有与生俱来的善恶两种因素。那些认为人性本来善良的后来却变为恶的说法,认为人性本恶后来却变为善的说法,还有认为善恶本来兼而有之后来则演变为善恶两种情况的说法,都是推崇其中一种说法而没有考虑到另外两种说法的合理性,得到其中之一却失去另外两种理解。叔鱼刚出生的时候,他的母亲羊叔姬看见他的面貌,就知道他将来必定因为受贿而死。杨食我出生的时候,他的祖母羊叔姬听到他的哭号,就知道羊舌氏要因他而被灭宗族。越椒出生时,他的伯父子文非常忧伤,知道若敖氏的香火就要因越椒而断绝了。人性难道真的是善良的吗?后稷出生后,他的母亲没有遭遇灾难。后稷刚会爬行的时候,就表现出聪颖早慧的倾向。周文王在其母亲大任（即太任）怀孕期间就能与母亲息息相通，孝敬尊亲，故而不让母亲担忧；出生之后，不让王傅为其操劳；从师学习刻苦，不惹老师烦恼，具有善于修身齐家治国的圣人之举。人性难道真的很凶恶吗？尧的儿子丹朱，舜的儿子商均，文王的儿子管叔鲜和蔡叔度，平日的言行并不是不善良，可是最终变成奸邪之辈。舜的父亲瞽瞍，夏禹的父亲鲧，平日的言行并不是不够凶恶，可是最终能成为圣人。人性难道真是善恶混合的吗？因此可以说，孟子、荀子、扬雄这三个人关于人性的论述，都是推举中品人性而丢弃了上品人性和下品人性，得到其中一种说法的精华却失去另外两种说法的精髓。

有人说：这样看来，那么上品人性和下品人性之间，最终不能互相转变吗？回答说：上品人性，以仁德治理天下，故而越深入学习实践就越能使政治清明；下品人性，使之因畏惧权威而少犯罪。因此上品人性可以用来教化人民，而下品人性可以凭借刑政的辅助作用，达到制服百姓的目的。这里所说的品性，就是孔子所说的"上等的聪明人与下等的愚笨的人是不可改变的"。

有人又问：当今社会有些关于人性的说法与您不同，为什么呢？回答说：当今社会谈论人性的说法，大多是夹杂着佛教、道教教义的说法；夹杂着佛教、道教来谈论人性，与我所谈的人性怎能不大相径庭呢？

原 毁①

[题解]

韩愈所生活的中唐时代，社会上嫉贤妒能、相互排挤倾轧的风气盛行，于人求全责备，于己则务求宽容，即所谓"其责人也详，其待己也廉"，造成极其尖锐的阶级矛盾。文章从待人、责己两个方面着笔，将严于责己、宽以待人的"古之君子"与宽恕自己、非难挑剔别人的"今之君子"加以对照,淋漓尽致地刻画了当时的世态和士人的心态,发出"事修而谤兴,德高而毁来"的愤慨,得出"怠"与"忌"乃是毁谤根源的结论,并提出人尽其才、振兴国家的治国原则,可谓见解精深。

古之君子②,其责己也重以周③,其待人也轻以约④。重以周,故不怠;轻以约,故人乐为善。闻古之人有舜者,其为人也,仁义人也。求其所以为舜者,责于己曰:"彼,人也;予,人也。彼能是,而我乃不能是!"早夜以思,去其不如舜者,就其如舜者。闻古之人有周公者,其为人也,多才与艺人也。求其所以为周公者,责于己曰:"彼,人也;予,人也。彼能是,而我乃不能是!"早夜以思,去其不如周公者,就其如周公者。舜,大圣人也,后世无及焉;周公,大圣人也,后世无及焉。是人也,乃曰:"不如舜,不如周公,吾之病也。"是不亦责于身者重以周乎!其于人也,曰:"彼人也,能有是,是足为良人矣;能善是,是足为艺人矣。"取其一,不责其二;即其新,不究其旧:恐恐然惟惧其人之不得为善之利。一善易修也,一艺易能也,其于人也,乃曰:"能有是,是亦足矣。"曰:"能善是,是亦足矣。"不亦待于人者轻以约乎?

[注释]

①原毁:探求诽谤滋生的根源。②君子:指有道德修养的人。这里"古之君子"是与下文"今之君子"相对而言,强调古之士大夫道德修养与社会地位相称,而当今之士大夫道德修养与社会地位不相称。③重:严格。周:周密,完备。④轻:宽容。约:简,少。

[译文]

古代的君子,他们要求自己严格而全面,对待别人则宽容而简约。严格而全面,所以不会松懈懒惰;宽容而简约,所以人们乐于做好事。听说古人中有个叫舜的,他为人处世有仁有义;君子探求舜之所以能够成为圣人的原因,要求自己说:"舜是人,我也是人。他能够做到这样,我为什么不能这样呢?"于是从早到晚都在思考这个问题,改掉那些不如舜的地方,做与舜的行为相一致的事情。听说古人中有个叫周公的,他为人处世多才多艺;君子寻求周公之所以为周公的道理,要求自己说:"周公是人,我也是人;他能够做到这样,我为什么不能这样呢?"从早到晚都在思考这个问题,于是改掉那些不如周公的地方,仿效周公为人处世的做法。舜是位大圣人,后世没有人能赶得上他。周公是位大圣人,后世也没有人能赶得上他。这些君子却说:"比不上舜,也不如周公,这是我的缺点啊!"这不就是对自己要求严格而全面吗?他们对待别人呢,总是说:"那个人能有这些优点,就够得上是个好人了;能擅长这些事,就够得上是个有才艺的人了。"肯定别人的某一种优点,不苛求其他方面都优秀;只看重别人现在的表现,而不追究他的过去;内心不安地只怕别人得不到做好事的益处。一件好事容易做到,一种技艺容易学会,这些君子对待别人,却说:"能有这些,这就够了。"他们又说:"能擅长这些,这就够了。"这难道不是要求别人宽容而简约吗?

今之君子则不然。其责人也详①,其待己也廉②。详,故人难于为善;廉,故自取也少。己未有善,曰:"我善是,是亦足矣。"己未有能,曰:"我能是,是亦足矣。"外以欺于人,内以欺于心,未少有得而止矣,不亦待其身者已廉乎?其于人也,曰:"彼虽能是,其人不足称也;彼虽善是,其用不足称也。"举其一,不计其十;究其旧,不图其新,恐恐然惟惧其人之有闻也③。是不亦责于人者已详乎?夫是之谓不以众人待其身,而以圣人望于人,吾未见其尊己也。

[注释]

①详：全面，周到，十全十美。②廉：少，低。③闻：声誉。

[译文]

当今社会的君子却不是这样。他们要求别人全面周密，对待自己却要求得少而又少。对人求全责备，所以人们很难做好事；对待自己要求不多，所以自己所得就少。自己没有什么长处，就说："我能有这点技能，也就够了。"自己没有什么能耐，就说："我能够做到这些，也就够了。"对外欺骗别人，对内欺骗自己的良心，还没有什么收获就停止了，难道不是要求自己的太少了吗？他们对待别人，总是说："他虽然能这样，但他的为人不值得称赞；他虽然擅长做这些事情，但他发挥的作用不值得称赞。"只盯住别人不足的一面，而不考虑他其他方面如何；追究别人过去的错误，而不考虑他现在的表现，唯恐别人拥有好名望，这难道不是对待别人求全责备吗？这就叫做不用要求众人的标准要求自己，却用圣人那样高的标准要求别人，我看不出他们这样做是尊重自己。

虽然，为是者有本有原，怠与忌之谓也。怠者不能修，而忌者畏人修。吾尝试之矣。尝试语于众曰："某良士①，某良士。"其应者，必其人之与也②；不然，则其所疏远不与同其利者也；不然，则其畏也。不若是，强者必怒于言，懦者必怒于色矣。又尝语于众曰："某非良士，某非良士。"其不应者，必其人之与也；不然，则其所疏远不与同其利者也；不然，则其畏也。不若是，强者必说于言③，懦者必说于色矣。是故事修而谤兴，德高而毁来。呜呼！士之处此世，而望名誉之光，道德之行，难已！

将有作于上者，得吾说而存之，其国家可几而理欤④！

[注释]

①良士：贤人。②与：党羽，朋友。③说：通"悦"。④几：庶几，表

示希望之词。

[译文]

尽管如此，这样做的人也有他的思想根源，那就是人们所说的懒惰和嫉妒啊。懒惰的人自己不能提高道德修养，而嫉妒的人则害怕别人进步。我曾经就此做过试验。我曾经试着对人说："某某是个好人，某某是个好人。"那些随声附和的人，一定是这个人的朋友；要不，就是跟他关系疏远、同他没有利害冲突的人；要不，就是害怕他的人。如果不是这样，强硬的人一定毫不客气地直接反对这种说法，懦弱的人脸色也会表露出来。我还曾经对人说："某某不是好人，某某不是好人。"那些不随声附和的人，一定是这个人的朋友；要不，就是跟他关系疏远，彼此之间没有利害关系的人；要不，就是害怕他的人。如果不是这样，强硬的人一定会高兴地表示赞同，懦弱的人也会从脸上表露出高兴的神色。因此，事情办好了（指取得了成绩），毁谤也就跟着产生了；品德修养提高了，就有人对其加以诋毁。唉！读书人生活在当今社会，希望名誉能够光大，道德能得到推行，可真难啊！

身居高位而想要有所作为的人，如果听到我这番话并放在心上，那么国家差不多就可以治理好了吧！

讳 辩

[题解]

中唐时期著名青年诗人李贺,才气横溢,少有抱负,但因为他的父亲名晋肃,在他准备参加进士科考试时遭到了非议("晋"、"进"同音),最终未能取得功名。韩愈曾鼓励李贺应进士试,也因此被人指责。本文约写于德宗元和五年(810),是韩愈为支持李贺参加进士科考试而对避讳问题所作的辩说。文章引经据典,列举出大量史实来证明上述避讳的要求是荒谬不经的,对当时某些人借封建礼法来压抑人才的风气进行了强烈的针砭。文章为爱才护才而辩,写得跌宕起伏。明代茅坤在《唐宋八大家文钞·韩文》卷十中称"古今以来,如此文不可多得"。

愈与李贺书①,劝贺举进士。贺举进士有名,与贺争名者毁之,曰:"贺父名晋肃,贺不举进士为是,劝之举者为非。"听者不察也,和而唱之,同然一辞。皇甫湜曰②:"若不明白,子与贺且得罪。"愈曰:"然。"

[注释]

①李贺:字长吉,唐皇室远支,家世早已没落,曾作奉礼郎。因避父亲晋肃名讳,不能应进士考试。其诗作富有浪漫主义色彩,也表现出政治上不得志的苦闷,深得韩愈、皇甫湜等人的赏识。有《昌谷集》传世。②皇甫湜:字持正,睦州新安(今浙江淳安)人。元和元年(806)进士,授陆浑尉。后登贤良方正直言极谏科,仕至工部郎中。韩愈的得意弟子。

[译文]

我曾经写信给李贺,劝勉他去参加进士科考。李贺如果去应进士考试必定能获得好名次,跟李贺争名的人就出来诋毁他说:"李贺的父亲名叫晋肃,李贺还是以不参加进士考试为好,勉励他去应举是不对的。"听到这种毁谤的人不加分辨,随声附和,可谓众口一词。皇甫湜对我说:"如果不把这件事说清楚,您和李贺都会因此而获罪。"我回答说:"是啊。"

律曰①:"二名不偏讳。"释之者曰②:"谓若言征不称在,言在不称征是也。"律曰:"不讳嫌名。"释之者曰:"谓若禹与雨,丘与蓲之类是也。"今贺父名晋肃,贺举进士,为犯二名律乎?父名晋肃,子不得举进士;若父名仁,子不得为人乎?

[注释]

①律:礼法。本文所称"律",皆指儒家经典《礼记》。②释:注释。本文所称"释",皆指郑玄《礼记》注。

[译文]

礼法规定说:"凡是两个字的名字不必对两个字都避讳。"解释这项规定的人说:"这说的是像孔子因为自己的母亲名叫'征在',在讲到'征'的时候不说'在',讲到'在'的时候不说'征'。"礼法规定说:"和人名声音相近的字不避讳。"解释这项规定的人说:"这说的是像夏禹的'禹'字和'雨'字,孔丘的'丘'字和'蓲'字这类情况。"现在李贺的父亲名叫晋肃,李贺去应举参加进士科考试,算是违背了二名律呢,还是违背了嫌名律呢?父亲的名字叫晋肃,儿子就不能参加进士科考试;那么倘若父亲名字叫做"仁",那儿子就不能成为人了吗?

夫讳始于何时?作法制以教天下者,非周公、孔子欤?周公作诗不讳①,孔子不偏讳二名②,《春秋》不讥不讳嫌名③。康王钊之孙④,实为昭王。曾参之父名晳⑤,曾子不讳昔。周之时有骐期⑥,汉之时有杜度⑦,此其子宜如何讳?将讳其嫌,遂讳其姓乎?将不讳其嫌者乎?汉讳武帝名"彻"为"通"⑧,不闻又讳"车辙"之"辙"为某字也。讳吕后名"雉"为"野鸡"⑨,不闻又讳"治天下"之"治"为某字也。今上章及诏,不闻讳"浒、势、秉、饥"也⑩。惟宦官宫妾,乃不敢言"谕"及"机"⑪,以为触犯。士君子言语行事,宜何所法守也?今考之于经,质之于律,稽之以国家之典,贺举进士为可邪,为不可邪?

[注释]

①周公作诗不讳:《诗经·周颂》中的《噫嘻》与《雝》等篇,相传为周公所作,其中分别有"骏发尔私"、"克昌厥后"等句,而周公之父文王名昌、周公之兄武王名发,周公在诗中并不避讳,故云。②孔子不偏讳二名:孔子之母名征在,他说话时并不避单独用的"征"或"在"字。如《论语·八佾》中孔子曾说:"夏礼吾能言之,杞不足征也;殷礼吾能言之,宋不足征也,文献不足故也。足,则吾能征之矣。"《论语·卫灵公》中又说:"某在斯,某在斯。"③《春秋》不讥不讳嫌名:《春秋》对不避讳嫌名的情况,没有加以讽刺。《春秋》,儒家经典之一,相传是孔子根据鲁国的编年史修订而成。讥,讥刺,非难。④康王:即周康王,名钊,其子为昭王。"钊"、"昭"同音,《春秋》对此未提出异议。本文称周康王之孙为昭王,或系作者误记。⑤曾参:字子舆,孔子的弟子,以孝行著称。其父亲曾名点,字晳,曾参说话并不避讳。《论语·泰伯》载曾子语云:"昔者吾友尝从事于斯矣。""昔"与"晳"同音。⑥骐期:春秋时楚国人。⑦杜度:东汉章帝时人,字伯度,善草书。⑧汉讳武帝名:汉武帝名叫刘彻,当时为避讳,改"彻"为义近的"通"字,故而将"彻侯"改为"通侯","蒯(kuǎi)彻"改为"蒯通"。⑨吕后:即汉高祖刘邦之妻吕雉(zhì),刘邦死后,曾任用诸吕擅权。当时为避其讳,改"雉"为"野鸡"。⑩浒、势、秉、饥:唐高祖李渊之父名虎,太宗名世民,世祖名炳,玄宗名隆基,"浒、势、秉、饥"四个字分别与"虎、世、炳、基"同音。⑪"谕"、"机":这两个字分别与唐代宗之名"豫"、玄宗之名隆基之"基"同音。

[译文]

试问避讳的规矩是从什么时候开始的呢?制定礼法制度来教化

天下的，不是周公和孔子吗？可是周公作诗并不避讳，孔子对母亲名中的两个字并不同时避讳，《春秋》中对人名相近不避讳的情况也没有加以讥刺。周康王名钊，他的孙子却谥号昭王。曾参的父亲名晳，曾子不避"昔"字。周朝时有个人叫骐期，汉朝时有个人叫杜度，像这样的名字让他们的儿子如何避讳呢？难道为了要避父名的近音字，连同他们的姓也得避讳吗？还是不避讳声音相近的字呢？汉代回避武帝之名"彻"字，遇到"彻"字就改为"通"字，但没有听说再讳车辙的"辙"字而把它改成别的字啊；避讳吕后之名"雉"而把它改称"野鸡"，但没有听说再避讳治理天下的"治"字而把它改为别的字啊。现在臣子上呈给皇帝的奏章和皇帝下达的诏书中，也没听说要避"浒、势、秉、饥"这些字啊，只有那些宦官和宫女才不敢说到"谕"和"机"这些字，以为这样触犯了皇帝的名讳。现在读书修德为官的人，究竟应该依照什么样的礼法呢？总之，如今考据经书，对照律文，检核国家的典章制度，李贺应举参加进士科考试，到底是可以还是不可以呢？

凡事父母得如曾参，可以无讥矣。作人得如周公、孔子，亦可以止矣。今世之士，不务行曾参、周公、孔子之行，而讳亲之名，则务胜于曾参、周公、孔子，亦见其惑也。夫周公、孔子、曾参，卒不可胜。胜周公、孔子、曾参，乃比于宦者宫妾，则是宦者宫妾之孝于其亲，贤于周公、孔子、曾参者邪？

[译文]

大凡服侍父母能够像曾参那样，应该可以免遭人们非议了；做人能够像周公、孔子那样，也可以称得上是达到顶点了。如今社会上那些读书人，不努力学习实践曾参、周公和孔子的行为规范，却要在对亲人名字的避讳方面，要求胜过曾参、周公和孔子，这种做法真是太糊涂了。周公、孔子、曾参毕竟是无法超过的。要在避讳问题上胜过周公、孔子、曾参，只不过是向宦官、宫女的行事标准看齐，那么岂不是说宦官、宫女孝敬他们的亲人比周公、孔子和曾参他们还要做得好吗？

进学解

[题解]

本文作于韩愈任国子博士时。文章假托先生劝学、生徒质问、先生再予解答，抒发了封建时代正直而有才华、有抱负的知识分子的苦闷，批判了不合理的社会现象，具有典型意义。文中有很多经警之句，如"业精于勤，荒于嬉；行成于思，毁于随"等，既凝聚着作者治学、修德的经验结晶，也表现出对前人文学艺术成就兼收并蓄的态度，故而传诵不绝。明代茅坤在《唐宋八大家文钞》中评论此文："此韩公正正之旗、堂堂之阵也。其主意专在宰相，盖大才小用不能无憾，而以怨怼无聊之辞托之人，自咎自责之辞托之己，最得体。"

国子先生晨入太学①，招诸生立馆下，诲之曰："业精于勤，荒于嬉；行成于思，毁于随。方今圣贤相逢，治具毕张②，拔去凶邪，登崇畯良③。占小善者率以录，名一艺者无不庸；爬罗剔抉④，刮垢磨光，盖有幸而获选，孰云多而不扬？诸生业患不能精，无患有司之不明⑤；行患不能成，无患有司之不公。"

[注释]

①国子先生：韩愈自称，当时他任国子博士。唐代设在京都的最高学府为国子监，下面有国子学、太学等七学，各学置博士为教授官。国子学是为高级官员子弟而设的。太学：此处指国子监。古时对官署的称呼常沿用前代旧称，唐朝国子监相当于汉朝的太学。②治具：治理的工具，主要指法令。《史记·酷吏列传》："法令者，治之具。"也泛指一切规章制度。③登崇：提拔。

畯：通"俊"。④爬：爬梳，整理。抉（jué）：选择。⑤有司：负有专责的部门和官吏。

[译文]

国子先生清晨走进太学，召集学生们站在讲舍前，训导他们说："学业靠勤奋才能精湛，而游荡玩乐就会导致学业荒废；德行靠思考才能形成，而道德的败坏则由于因循随意。当今社会圣明的君主与贤良的大臣相遇合，规章制度非常健全，铲除凶恶奸邪，提拔贤良才俊。略微有点儿优点的人都会被录用，有一技之长的人无不得到任用；悉心搜罗人才犹如沙里淘金，精心造就人才犹如打磨宝器。只有德才不足而侥幸被选拔上来的人，哪里会有因多才多艺而不被高举的人呢？诸位学生，只怕你们的学业不够精湛，而不要担心选拔人才的官吏眼睛不亮；只怕你们的德行无所成就，不要担心官吏不公平。"

言未既，有笑于列者曰："先生欺予哉！弟子事先生于兹有年矣。先生口不绝吟于六艺之文①，手不停披于百家之编②；记事者必提其要，纂言者必钩其玄③；贪多务得，细大不捐；焚膏油以继晷④，恒兀兀以穷年。先生之业可谓勤矣。抵排异端，攘斥佛老，补苴罅漏⑤，张皇幽眇；寻坠绪之茫茫⑥，独旁搜而远绍；障百川而东之，回狂澜于既倒。先生之于儒，可谓有劳矣。沈浸醲郁，含英咀华，作为文章，其书满家。上规姚姒⑦，浑浑无涯；周诰殷盘⑧，佶屈聱牙；《春秋》谨严，《左氏》浮夸，《易》奇而法，《诗》正而葩；下逮《庄》《骚》，太史所录，子云相如，同工异曲。先生之于文，可谓闳其中而肆其外矣。少始知学，勇于敢为；长通于方，左右具宜。先生之于为人，可谓成矣。然而公不见信于人，私不见助于友；跋前踬后⑨，动辄得咎；暂为御史，遂窜南夷⑩；三年博士⑪，冗不见治。命与仇谋，取败几时;冬暖而儿号寒,年丰而妻啼饥。头童齿豁,竟死何裨?不知虑此,而反教人为!"

[注释]

①六艺:指儒家六经,即《诗》、《书》、《礼》、《乐》、《易》、《春秋》六部儒家经典。②百家之编:指儒家经典以外各学派的著作。③纂言者:指学术论著。纂,编集。钩其玄:探索其中的微言妙义。④焚膏油以继晷:夜以继日。膏油,灯油,指灯烛。晷(guǐ),日影。⑤补苴罅漏:弥补漏洞和不足。苴(jū),鞋底中垫的草,此处指填补。罅(xià),裂缝。⑥绪:前人留下的事业,这里指儒家的道统。⑦姚姒(sì):相传虞舜姓姚,夏禹姓姒。⑧诰:古代一种训诫勉励的文告。⑨跋前踬后:语出《诗·豳风·狼跋》:"狼跋其胡,载疐其尾。"意谓狼向前走就踩着颔下的悬肉(胡),后退就绊倒在尾巴上。形容进退都有困难。跋,踩。踬(zhì),绊。⑩窜:窜逐,贬谪。南夷:贞元十九年(803),韩愈授四门博士,次年转监察御史,冬天即因上书论宫市之弊,触怒德宗,被贬为连州阳山令。阳山在今广东,故称南夷。⑪三年博士:韩愈于宪宗元和元年(806)六月至四年任国子博士。

[译文]

话还没有说完,有人在行列里笑着说:"先生是在欺骗我们吧?我们这些学生侍奉您先生,到现在已经好几年了。先生嘴里没有停止过诵读六经的文章,两手不停地翻阅着诸子百家的书籍。对记事之文一定提取它的主要内容,对学术论著一定要探索其中的微言妙义。不知满足地多方面学习,力求有所收获,不论其是否意义重大都不让它漏掉。点上灯烛夜以继日,经常这样刻苦用功,一年到头不休息,永远在那里孜孜不倦地研究。先生对于学业可以说够勤奋了吧。抵制排除那些异端邪说,驱除排斥佛家和道家的学说,弥补儒学理论上的缺陷与不足,发扬光大精深微妙的义理。在茫茫书海中探讨久已失传的儒家学说,独自搜寻遗缺加以继承。阻止异端邪说,犹如防堵纵横奔流的大川河流,引导它们东注大海;挽回那狂涛怒澜,尽管它们已经倾倒泛滥。先生您对于儒家学说,可谓很有功劳。沉浸在如醇厚美酒般的典籍中,仔细地品尝咀嚼其中精华,写作起文章来,书卷堆满了屋子。向上取法于虞舜和夏禹时代的典章,深远博大得无边无际;周代的诰书和殷代的《盘庚》,多么艰涩拗口难读;《春秋》语言谨严准确,《左传》文辞铺张夸饰;《易经》变化奇妙而有法则,《诗经》思想端正而辞采华美;往下一直到《庄子》、《离骚》,太史公《史记》,以及扬雄、司马相如的著述,它们的风格虽然各不相同,取得的成就却大致相同。先生的文章可称得上内容宏大精深而下笔波澜壮阔。先生少年时代就知道好学,敢作敢为,长大之后通晓礼义,行为得体,处理各种事情无不合宜。先生对于做人,可以说是很成熟的了吧。可是在官场上不能被人们信任,私交上也得不到朋友的帮助。您就如同狼一样,往前走会踩住自己的颔肉,往后退又要绊着自己的尾巴,一举一动都惹祸获罪。刚当上御史就被贬到南方边远地区;做了三年国子博士,职务闲散,也没做出什么政绩。您的运气就像与您有仇似的,不时遭受失败。冬天气温还算暖和的日子,您的孩子已为缺衣少穿而哭着喊冷;年岁本来富饶,您的夫人却仍为食粮不足而啼说饥饿。您自己的头顶秃了,牙齿缺了,这样一直到死,又于事何补呢?您不去想想这些(实际困难),反而来教训别人!"

先生曰:"吁!子来前!夫大木为杗①,细木为桷,欂栌侏儒②,椳闑扂楔③,各得其宜,施以成室者,匠氏之工也;玉札丹砂,赤箭青芝④,牛溲马勃⑤,败鼓之皮,俱收并蓄,待用无遗者,医师之良也;登明选公,杂进巧拙,纡余为妍⑥,卓荦为杰⑦,较短量长,惟器是适者,宰相之方也。昔者孟轲好辨,孔道以明,辙环天下,卒老于行;荀卿守正⑧,大论是弘,逃谗于楚,废死兰陵。是二儒者,吐辞为经,举足为法,绝类离伦,优入圣域,其遇于世何如也?今先生学虽勤而不繇其统,言虽多而不要其中，文虽奇而不济于用，行虽修而不显于众。犹且月费俸钱，岁縻廪粟⑨；子不知耕，妇不知织；乘马从徒，安坐而食；踵当途之促促⑩，窥陈编以盗窃⑪。然而圣主不加诛，宰臣不见斥，兹非其幸欤？动而得谤，名亦随之，投闲置散，乃分之宜。若夫商财贿之有亡⑫，计班资之崇庳⑬，忘己量之所称，指前人之瑕疵，是所谓诘匠氏之不以杙为楹⑭，而訾医师以昌阳引年⑮，欲进其豨苓也⑯。"

[注释]

①亲（máng）：屋梁。②欂栌（bó lú）：斗拱，柱顶上承托栋梁的方木。侏儒：梁上短柱。③椳（wēi）：门户的枢轴。闑（niè）：门闑，两扇门间的竖闩。扂（diàn）：门键，门闩。楔（xiē）：门两旁的长木柱。④玉札：中药名，地榆。丹砂：朱砂。赤箭：天麻。青芝：龙兰。以上四种都是名贵药材。⑤牛溲：牛尿，一说为车前草。马勃：马屁菌。以上两种及"败鼓之皮"都是贱价药材。⑥纡（yū）余：委婉从容的样子。⑦卓荦（luò）：突出，超群出众。⑧荀卿：即荀况，战国后期思想家，时人尊称为卿。曾在齐国做祭酒，被人谗毁，逃到楚国。楚国春申君任他做兰陵（今山东枣庄）令，春申君死后被废，死在兰陵。著有《荀子》。⑨廪（lǐn）：粮仓。⑩踵（zhǒng）：脚后跟，此处指跟随。促促：拘谨局促的样子。⑪陈编：古旧的书籍。⑫亡：通"无"。⑬班资：等级、资格。庳（bēi）：通"卑"，低。⑭杙（yì）：小木桩。楹（yíng）：柱子。⑮訾（zǐ）：毁谤，非议。昌阳：菖蒲，药材名，相传久服可以长寿。⑯豨（xī）苓：又名猪苓，利尿药。

[译文]

国子先生说："喏，你到前面来！你要知道那些大的木材做屋梁，小的木材做椽子，斗拱、短椽、门枢、门闑、门闩、门框都得到合理的使用，用各种木料建造房屋，这才是好工匠。贵重的地榆、朱砂、天麻、龙芝，便宜的牛尿、马屁菌、破鼓皮，全都收集起来，留待将来使用，没有遗缺，这才是好医师。提拔人才，公正贤明，选用人才，公正无私，无所偏废地引进灵巧的人和朴质的人,有的人因谦和而美好,有的人因豪放而杰出,衡量各人才能的优劣,按照他们的才能品格分配适当的职务,这是宰相用人的方略!从前,孟轲为维护儒家道统而爱好辩论,孔子的学说因此得以阐明,他周游列国,足迹遍布天下,最后在奔走之中度过一生;荀况坚守正道,发扬光大宏伟的理论,可是他因逃避谗言到了楚国,最后还是被罢官而死在兰陵。这两位大儒,说出话来成为经典,一举一动成为法则,远远超越一般儒者,高超到进入圣人的境界,可是他们在社会上的遭遇又怎么样呢?现在你们的先生学习虽然勤奋,可是却不合乎儒家的道统;话语虽多,却不切合要旨;文章虽然写得奇特,却没有什么用处;行为虽然有一定的修养,可是并没有出人头地。而且还月月浪费国家的俸钱,年年耗费仓库里的粮食;儿子不懂得耕田,妻子不懂得织布;出门骑马带着随从,安安稳稳地吃饭生活,谨小慎微地按常规行事,眼光狭窄地在旧书堆里抄袭陈言滥调。然而圣明的君主不加责罚,也没有被宰相大臣所斥逐,这难道不是幸运吗?动不动就遭到毁谤,名誉也跟着受到影响,我被安置在闲散的职位上,实在是恰如其分的。至于计较钱财有还是没有,官位品级是高是低,忘记了自己适合于做什么,反而指责前人有瑕疵,这些人就像人们所说的质问工匠为什么不用小木桩做柱子,责怪医师不该用菖蒲延年益寿,而应该用猪苓来代替的情况一样啊!"

通 解

[题解]

文章围绕所谓的"通才"问题,反复展开议论,论述了古今通才之不同,对当时颇为盛行的欺世盗名的现象进行了抨击。文章论辩有力,言辞犀利,流露出明显的复古倾向。

今之人以一善为行,而耻为之,慕达节而称夫通才者多矣①。然而脂韦汩没②,以至于老死者相继,亦未见他之称。其岂非乱教贼名之术欤!

[注释]

①达节:谓不拘常规而合于节义。②脂韦:油脂和软皮,比喻阿谀或圆滑。汩(gǔ)没:埋没。

[译文]

如今人们认为,做件善事是很羞耻的事,而羡慕不拘常规且知识广博的人却很多。然而那些善于阿谀奉承的人被埋没,以至于因年老体弱而死亡的人接连不断,也没发现有人称赞他。这难道不是胡乱传授人们欺世盗名之术吗?

且五常之教①,与天地皆生。然而天下之人不得其师,终不能自知而行之矣。故尧之前千万年,天下之人促促然不知其让之为美也。于是许由哀天下之愚且以争为能②,乃脱屣其九州③,高揖而辞尧。由是后之人竦然而言曰:"虽天下,犹有薄而不售者,况其小者乎?"故让之教行于天下,许由为之师也。自桀之前千万年④,天下之人循循然不知忠易其死也。故龙逄哀天下之不仁⑤,睹君父百姓入水火而不救,于是进尽其言,退就割烹。故后之臣竦然而言曰:"虽万死,犹有忠而不惧者,况其小者乎?"故忠之教行于天下,由龙逄为之师也。自周之前千万年,浑浑然不知义之可以换其生也。故伯夷哀天下之偷⑥,且以强则服,食其葛薇⑦,逃山而死。故后之人竦然而言曰:"虽饿死,犹有义而不惧者,况其小者乎?"故义之教行于天下,由伯夷为之师也。是三人俱以一身立教,而为师于百千万年间。其身亡而其教存，扶持天地，功亦厚矣。向令三师耻独行，慕通达，则尧之日，必曰："得位而济道，安用让为？"夏之日，必曰："长进而否退，安用死为？"周之日，必曰："和光而同尘⑧，安用饿为？"若然者，天下之人，促促然而争，循循然而佞，浑浑然而偷，其何惧而不为哉！是则三师生于今，必谓偏而不通者矣。可不谓之大贤者哉？呜呼，今之人其慕通达之为弊也！

[注释]

①五常之教：指以仁、义、礼、智、信为五常的儒家思想。②许由：传说中的隐士。相传尧让以天下，不受，遁居于颍水之阳、箕山之下。尧又召为九州长，由不愿闻，洗耳于颍水之滨。事见《庄子·逍遥游》、《史记·伯夷列传》。③九州：即冀、兖、青、徐、扬、荆、豫、梁、雍。常泛指中国。④桀：中国夏朝的末代君主，相传是个暴君，此处指代夏朝。⑤龙逄（páng）：亦作"龙逢"，即关龙逄，古陕州（今河南陕县）人，夏桀时贤人，因忠谏而被桀所杀，后用为忠臣的代称。⑥伯夷：商朝末年孤竹国君的长子，姓墨胎氏。他和弟弟叔齐，在周武王灭商以后，耻食周粟，逃隐于首阳山，采集野菜而食之，后竟饿死于首阳山（今山西永济县南）。后人称颂他们忠于故国。偷：苟且。⑦葛薇：指穿葛布做成的衣服，吃野生的巢菜。葛，植物名，多年生蔓草，块根可入药，茎的纤维可制葛布。薇，菜名，即巢菜，又名野豌豆，蔓生，茎叶似小豆，可生食或做羹。⑧和光而同尘：语出《老子》："和其光，同其尘。"后多以"和光同尘"比喻与世浮沉、随波逐流而不露锋芒。

[译文]

况且儒家提倡的仁、义、礼、智、信，都是与天地一起产生的。可是天下芸芸众生没有遇到可以师法的人，最终无法正确地认识自己进而付诸行动。所以帝尧以前的千万年间，芸芸众生匆匆忙忙却不知道谦让是美好的品德。在这种情况下，许由哀伤天下人如此愚昧而且还把争夺名利看成有能力，于是就隐居箕山之下，洗耳颍水河畔，深深作揖而辞别帝尧。因此后来的人恭敬地说："即使是国家的统治大权，还有人不放在心上而不愿意施展自己的才华去治理它，更何况是这些小事呢？"谦让美德之所以能传遍天下，是许由身教的结果。夏桀以前的千万年间，天下芸芸众生循规蹈矩却不知道忠诚比死亡更可贵。所以关龙逢哀伤天下之人不重仁义，亲眼目睹君主、父老、百姓身陷水深火热的境地而不出手相救，于是上前向君主进言直谏，退下之后慷慨接受割烹这样的极刑。因此后来的大臣恭敬地说："即使身死一万次，尚且有忠君爱国而不惧怕的臣子，更何况是这些小事呢？"忠贞爱国的美德之所以传遍天下，是因为关龙逢做出了表率。周王朝建立之前的千万年间，人们浑浑沌沌却不知道坚持公理正义可以取代生命。所以伯夷哀叹天下众生苟且偷安，屈服于强权之下，宁愿穿葛衣吃野菜，最终逃隐饿死在首阳山。因此后世的人们恭敬地说："即使饿死，尚且有人坚持公理正义而毫不惧怕，何况这些小事情呢？"坚持公理正义的美德之所以能够通行天下，是因为伯夷做出了榜样。这三个人都是用自己的行为言传身教，从而成为百千万年来的师表。他们躯体虽然早已消亡，但他们宣扬的道理永远存在，对于天地之间公理正义的永存有很大功劳。假使这三位老师把坚持自己的做法当做羞耻之事，而羡慕那些处事圆滑的人，那么身处帝尧统治时期，他们一定会说："取得帝位而施行自己的治国之道，哪里用得着谦让呢？"身处夏桀统治时期，一定会说："顺境就积极进取，逆境就全身而退，哪里用得着死呢？"身处周朝统治时期，一定会说："只要随波逐流而不露锋芒就行了，哪里用得着饿死呢？"如果真是这样，天下的芸芸众生都匆匆忙忙地你争我抢，循规蹈矩地巧言谄媚，浑浑噩噩地苟且偷安，哪有什么让人害怕而不敢去做的事情呢？这样看来，如果三位老师生活在当今社会，必定会被人说是褊狭而不通情理。他们难道称不上大贤人吗？唉，现在的人过于追求人情练达，实在是一大弊端啊！

且古圣人言通者,盖百行众艺备于身而行之者也。今恒人之言通者,盖百行众艺阙于身而求合者也。是则古之言通者,通于道义。今之言通者,通于私曲①。其亦异矣。将欲齐之者,其不犹矜粪丸而拟质随珠者乎②?且令今父兄教其子弟者曰:"尔当通于行如仲尼。"虽愚者亦知其不能也。曰:"尔尚力一行如古之一贤。"虽中人亦希其能矣。岂不由圣可慕而不可齐邪?贤可及而可齐也?今之人行未能及乎贤,而欲齐乎圣者,亦见其病矣。

[注释]

①私曲:偏私,不公正。②粪丸:比喻秽贱之物。拟质:比拟。随珠:"随侯之珠"的省称。传说古代随国姬姓诸侯见一大蛇伤断,以药敷之而愈,后蛇于江中衔明月珠以报德,因曰随侯珠,又称灵蛇珠。泛指珍宝或珍宝中的上品。

[译文]

而且古代圣人所说的"通人",指的是懂得各行各业的技能而能够付诸行动的人。现在一般人所说的"通人",大概指的是自身在各行各业都有所欠缺却想把众多的知识融会贯通的人。这就是说,古人所说的通,目的在于通于道德信义。现在人所说的通,目的在于通于一己偏私。他们的意图是不同的。现在的人准备向所谓的通人看齐,岂不是像那些夸耀自己的粪丸堪与随珠相媲美的情况吗?而且这就像让父亲兄长教育自己的孩子和弟弟说:"你要像孔子那样事事精通。"即使是个很愚蠢的人,也知道这是不可能的。又说:"你一定要尽力像古代的某位贤人那样。"即使是资质中等的人,也很少能够做到。这岂不是因为圣人可以仰慕而不能企及吗?贤德的人能够接近而且能和他们等齐吗?现在的人行事赶不上贤人,可是却想达到圣人的境界,从中也可以看出他们的毛病了。

夫古人之进修，或几乎圣人。今之人行不出乎中人，而耻乎力一行为独行，且曰："我通同如圣人。"彼其欺心邪？吾不知矣。彼其欺人而贼名邪？吾不知矣。余惧其说之将深，为《通解》。

[译文]

古代人提高自己的道德修养，有些方面已接近圣人。现在的人只不过拥有一般人的品行，反而把努力保持自己独立的人格看成耻辱，并且说："我待人接物的通达就像圣人一样。"他们是欺骗自己的内心吗？我不知道啊。他们是通过欺骗别人来攫取名声吗？我也不知道啊。我担心这种观点的负面影响越来越严重，特意写下这篇《通解》。

师 说

[题解]

本文约写于唐德宗贞元十八年（802），韩愈时任四门博士。文章针对当时社会上只重门第官位、耻于相师学习的不良风气，从正反两个方面层层对比，反复论证，阐述从师求学的道理，表现了作者敢于"抗颜为师"（柳宗元《答韦中立论师道书》）的勇气，起到了扭转社会风气的作用。文中提出的一些观点，如"无贵无贱，无长无少，道之所存，师之所存也"、"弟子不必不如师，师不必贤于弟子"、"闻道有先后，术业有专攻"等，至今仍是值得借鉴的教育思想。

古之学者必有师①。师者，所以传道受业解惑也②。人非生而知之者，孰能无惑？惑而不从师，其为惑也，终不解矣。生乎吾前，其闻道也固先乎吾，吾从而师之；生乎吾后，其闻道也亦先乎吾,吾从而师之。吾师道也,夫庸知其年之先后生于吾乎?是故无贵无贱,无长无少,道之所存,师之所存也。

[注释]

①学者:求学的人。②传道:传授道理。道,这里指儒家学说,如修身、齐家、治国、平天下等。受业:讲授学业。受,同"授"。

[译文]

古时候求学的人一定要有老师。所谓老师,就是传授道理、讲授专业知识、解答疑难问题的人。人不是生下来就懂道理、有知识的,谁能够没有疑难问题呢?有疑难问题却不向老师请教,那些疑难问题就永远得不到解决。出生在我前边的人,他懂得道理本来就比我早,我应当跟随他学习并拜他为老师;出生比我晚的人,他懂得道理如果比我早,我也应该向他学习。我学习的是道理,哪管他的年岁比我大还是比我小呢?因此,无论地位身份高低,无论年龄大小,道理存在的地方,老师也就在那里。

嗟乎!师道之不传也久矣,欲人之无惑也难矣!古之圣人①,其出人也远矣②,犹且从师而问焉;今之众人,其下圣人也亦远矣,而耻学于师。是故圣益圣,愚益愚。圣人之所以为圣,愚人之所以为愚,其皆出于此乎?

[注释]

①古之圣人:指尧、舜、禹、商汤、周文王、周武王、周公、孔子、孟轲等人。②出人:超出一般人。

[译文]

唉!从师学习的道德风尚,失传已经很久了,想要使人们没有疑难问题非常困难啊!古时候的圣人,超出一般人够远了,尚且跟随着老师请教;现在的一般人跟圣人的差距也够远了,却把向老师学习看成耻辱。因此,圣人就更加圣明,愚人就更加愚蠢。圣人之所以成为圣人，愚人之所以成为愚人，大概都是由于这个原因吧？

爱其子，择师而教之；于其身也，则耻师焉，惑矣！彼童子之师，授之书而习其句读者①，非吾所谓传其道解其惑者也。句读之不知，惑之不解，或师焉，或不焉，小学而大遗②，吾未见其明也。

[注释]

①句读（dòu）：亦作"句逗"，意即断句。古籍中没有标点，古人称文辞意尽处为句，语意未尽而须停顿处为读，句号为圈，逗号为点。②小学而大遗：小的问题学习了，大的问题却放弃了。此处指读书只会断句，却不能解决疑难问题。

[译文]

人们疼爱自己的孩子，就选择老师来教他们；对于自己，却以向老师请教为耻辱，这种做法太糊涂了。那些孩子的老师，教给孩子们书本上的知识和断句的方法，这并不是我所说的那种传授人们道理、解决疑难问题的人。不懂得句读，有了疑惑不能解决，有人向老师请教，有人不向老师请教，小的问题学习了，大的疑惑反而放弃了，我看他们是不明白道理。

巫医乐师百工之人①，不耻相师。士大夫之族，曰师曰弟子云者，则群聚而笑之。问之，则曰："彼与彼年相若也，道相似也。位卑则足羞，官盛则近谀。"呜呼！师道之不复，可知矣！巫医乐师百工之人，君子不齿②，今其智乃反不能及③，其可怪也欤！

[注释]

①巫医：古代巫医并列，指以祈神、召鬼、占卜等迷信方法为人治病的人，被视为低下的职业。乐师：专门从事歌唱、奏乐的人。百工：各种工匠，

泛指古代社会地位低下的手工艺人。②不齿：不与同列，表示鄙视。③智：见识。

[译文]

巫医、乐师、各行各业的工匠们，不把相互从师学习当做耻辱。那些有地位有官职的士大夫，一听说到"老师"、"学生"等称呼，就会许多人聚集在一起讥笑人家。问他们为什么这样，他们就说："他和他年纪差不多，学问也差不多。称地位低下的人为老师，感到羞耻；称官职地位高的人为老师，又觉得近于谄媚。"唉！从师学习的道德风尚已不能恢复，从这里可以知道了！巫医、乐师、百工这类人，本来是那些所谓的上层人士所看不起的，现在有些士大夫的见识竟然不如这些人，这不是太奇怪了吗？

圣人无常师。孔子师郯子、苌弘、师襄、老聃①。郯子之徒②，其贤不及孔子。孔子曰："三人行，则必有我师③。"是故弟子不必不如师，师不必贤于弟子，闻道有先后，术业有专攻④，如是而已。

[注释]

①郯（tán）子：春秋时郯国的国君，以郯属子爵国，故称郯子，孔子曾向他请教过少皞氏时代的官职名称。苌（cháng）弘：东周敬王时的大夫，孔子曾向他请教过古乐的问题。师襄：春秋时鲁国的乐官，孔子曾向他学习弹琴。老聃（dān）：即老子，孔子曾向他问礼。②郯子之徒：郯子这些人，指上述孔子请教过的四个人。③三人行，则必有我师：语出《论语·述而》："子曰：'三人行，必有我师焉，择其善者而从之，其不善者而改之。'"意谓三个行走的人中，就一定有人在某一方面可以成为我的老师。④攻：研究。

[译文]

圣人没有固定的老师。孔子曾向郯子、苌弘、师襄、老聃等人请教过。郯子这些人，他们的品德才能并不如孔子。孔子说："三个人一起走,其中必定有人可以作为我的老师。"所以学生不一定比不上老师,老师也不一定比学生高明。懂得道理有先有后,学术技艺各人有自己专门的研究领域,不过如此罢了。

李氏子蟠①,年十七,好古文②,六艺经传皆通习之③。不拘于时,学于余。余嘉其能行古道,作《师说》以贻之。

[注释]

①李氏子蟠:即李蟠,德宗贞元十九年(803)进士。②古文:魏晋以后,骈文盛行。唐代称骈文为时文,而称先秦两汉时期通行的散体文为古文。③六艺:亦称"六经",即《诗》、《书》、《礼》、《乐》、《易》、《春秋》六部儒家经典。经:指儒家经典的本文。传:对经典的注释。

[译文]

李家的儿子名叫蟠,今年17岁,爱好古文,儒家各种经典的经文和传注都全面钻研过。他不受(耻于从师学习的)世俗观念的束缚,来向我请教学习。我很赞赏他能遵行古人从师的正道,因此写了这篇《师说》赠给他。

杂 说

其 一

[题解]

《杂说》四首,都是短小精悍的论说体散文。杂说起源于先秦诸子的零章片断,经过韩愈的创新,逐渐发展为有完整结构的篇章,称得上后世杂感、随笔类杂文的先驱。本文是《杂说》四首的首篇,写于作者仕途蹭蹬之际,借龙和云的关系比喻君臣、朋友之间的遇合应求关系。文章虽然篇幅短小,却

"遒古而波折自曲，简峻而规模自宏，最有法度，而转换变化处更多"（清代张裕钊语），含蓄委婉，意味深长，历来被奉为典范。

龙嘘气成云，云固弗灵于龙也。然龙乘是气，茫洋穷乎玄间①，薄日月，伏光景，感震电，神变化，水下土，汩陵谷②：云亦灵怪矣哉！

云，龙之所能使为灵也。若龙之灵，则非云之所能使为灵也。然龙弗得云，无以神其灵矣。失其所凭依，信不可欤！异哉！其所凭依，乃其所自为也！

易曰："云从龙。"既曰龙，云从之矣。

[注释]

①玄间：太空，宇宙。②汩：水流的样子，此处意为淹没。陵谷：指高山大川。

[译文]

龙吐出的气成为云，云本来不及龙灵异。然而龙乘着这种云气，在茫茫无际的宇宙间四处遨游而无处不到，接近了太阳和月亮，遮蔽了它们的光辉，雷电被它震动，变幻得神奇莫测，雨水降落在大地上，淹没了高山大川：云也真是很灵异神怪啊！

云，是龙的能力使它显示出神奇灵异的。至于龙的灵异，却不是云的能力使它成为灵异的。但是龙得不到云，也没有办法使它的灵异这般神秘莫测了。失去它所凭借的云，实在是不行啊。奇怪啊，龙所凭借依靠的，正是它自己生成的云。

《周易》上说："云跟随着龙。"既然是龙，就必定有云来随从啊！

其 二

[题解]

本文是《杂说》的第二篇，以善医者"察其脉之病否"给人诊断为喻，指出治理国家也需要遵循法度的道理。

　　善医者,不视人之瘠肥,察其脉之病否而已矣;善计天下者,不视天下之安危,察其纪纲之理乱而已矣①。天下者,人也;安危者,肥瘠也;纪纲者,脉也。脉不病,虽瘠不害;脉病而肥者,死矣。通于此说者,其知所以为天下乎!

　　夏、殷、周之衰也,诸侯作而战伐日行矣②。传数十王而天下不倾者,纪纲存焉耳。秦之王天下也,无分势于诸侯,聚兵而焚之,传二世而天下倾者,纪纲亡焉耳。是故四支虽无故③,不足恃也,脉而已矣;四海虽无事,不足矜也,纪纲而已矣。忧其所可恃,惧其所可矜,善医善计者,谓之天扶与之。

　　《易》曰:"视履考祥④。"善医善计者为之。

[注释]

①纪纲:指法度。理乱:治与乱,即安定与动乱。理,唐代避高宗李治之讳,改治为理。②战伐:征战,战争。③四支:四肢,犹如人的手足,比喻四方物务。④视履考祥:语出《易·履卦》:"上九:视履考祥,其旋元吉。"意思是观察某人的行为,可以推断出他将来的祸福吉凶。履,鞋子,引申为形迹。

[译文]

　　精通医术的医生,不是看病人的外表胖瘦,而是观察他的脉搏是否正常罢了;善于谋划天下的政治家,不在意天下安定还是动荡,而是看国家的法度是安定还是混乱罢了。天下是否安定的道理就跟人一样。天下安定或是动荡,犹如人有肥胖和瘦弱之别;国家法度犹如人的脉象,有好坏之分。脉象平稳,即使人很瘦弱身体也没有大碍;脉象如果紊乱,即使人身体很胖也一定会死亡。通晓这个道理的人,大概就明白怎么治理天下了。

　　夏、殷、周三个王朝衰亡的原因,在于诸侯势力兴起,并且战乱不断。能够把王位承传数十代而使其保持江山社稷不倾覆，只是因为它的国家法度还一直保存着而已。秦朝称王于天下，而没有分封诸侯，把兵力聚集起来，焚书坑儒，仅仅传到秦二世就导致国家灭亡，是因为秦朝丢弃了国家法度。所以，四肢即使没有毛病，也不足以依赖，关键在于脉搏正常才行；国家即使没有战事，并不可以矜夸，关键在于法度的正常运行。担忧自己最依赖的事情，惧怕自己最值得矜夸的事情，精通医术与善于谋划天下的人，可以说是上天在帮助他们啊。

《易经》上说："处于人生艰难跋涉之途的君子，应该经常审视自己所走过的道路，并警醒自己考虑前途可能出现的新情况。"精通医术与善于谋划天下的人都是这样做的。

其 三

[题解]

本文是《杂说》的第三篇，通过铺叙上古传说中圣人们奇特的外貌和高尚的品行，与那些貌美而内心恶毒的人形成鲜明的对照，流露出愤世嫉俗之意。

谈生之为《崔山君传》，称鹤言者①，岂不怪哉！然吾观于人，其能尽其性而不类于禽兽异物者希矣，将愤世嫉邪长往而不来者之所为乎？昔之圣者，其首有若牛者②，其形有若蛇者③，其喙有若鸟者④，其貌有若蒙供者⑤。彼皆貌似而心不同焉，可谓之非人邪？即有平肋曼肤⑥，颜如渥丹⑦，美而很者，貌则人，其心则禽兽，又恶可谓之人邪⑧？然则观貌之是非，不若论其心与其行事之可否为不失也。怪神之事，孔子之徒不言⑨，余将特取其愤世嫉邪而作之，故题之云尔。

[注释]

①鹤言：亦作"鹤语"，语出南朝宋刘敬叔《异苑》卷三："晋太康二年冬，大寒，南洲人见二白鹤语于桥下曰：'今兹寒，不减尧崩年也。'于是飞去。"后因以"鹤言"或"鹤语"谓鹤寿长而多知往事。②首有若牛者：指神农氏。晋皇甫谧《帝王世纪》记载："神农氏，姜姓也。母曰任姒，有蟜氏女，登为少典妃。游华阳，有神龙首感，生炎帝。人身牛首，长于姜水，有圣德，以火德王，故号炎帝。"③形有若蛇者：上古传说中的伏羲、女娲皆为蛇身人首。唐司马贞《补史记·三皇本纪》记载："太皞包牺氏……母曰华胥，履大人迹于雷泽，而生庖牺于成纪。蛇身人首，有圣德。"包牺氏，即伏羲。④喙有若鸟者：相传禹"长颈鸟喙"。喙，鸟嘴，常用来形容尖凸的人嘴。⑤貌有若蒙倛（qī）者：指孔子。《荀子·非相》："仲尼之状，面如蒙倛。"蒙倛，亦作"蒙箕"，古时腊月驱逐疫鬼或出丧时所用之神像，脸方而丑，发多而乱，形貌凶恶。⑥平胁曼肤：形容身材窈窕。《楚辞》："平胁曼肤，何以肥之。"⑦渥丹：润泽光艳的朱砂，多形容红润的面色。⑧恶：怎么。表示疑问。⑨怪神之事，孔子之徒不言：语出《论语·述而》："子不语怪、力、乱、神。"怪神，怪异鬼神。

[译文]

有个姓谈的读书人在他写的《崔山君传》里说，那些声称自己像仙鹤一样长寿且能知道往事的人，实在太荒谬了！但我观察了很多人的行为，能够尽到人的本性而不像禽兽或灵异之物那样的人太少了，而这些人大多愤世嫉俗、隐居避世，这是为什么呢？上古传说中的圣人，有的人身牛首，有的蛇身人首，有的嘴巴像鸟喙，还有的面容像蒙倛那样方大丑陋。但是他们仅仅是与野兽外貌相似，而本性却完全不同，我们能够说他们不是人吗？而有的人身材窈窕，皮肤细嫩而有光泽，面色红润有如朱砂，容貌美丽非凡，他们的外表是人，而本性却同禽兽一般，又怎么能还把他们称做人呢？因此以貌取人，远不如观察他的言行更加客观公正。儒家弟子从不轻信鬼神之说，所以我就特意拈出炼出愤世嫉俗这一点点，来发表一些个人感想，故而写了这篇文章。

其 四

[题解]

本文约作于贞元十一年至十六年间（795—800），是一篇脍炙人口的佳作。韩愈初登仕途，曾三次上书宰相请求擢用，"而志不得通"。文章借阐述善于相马的伯乐与千里马的关系，比喻选拔任用人才者与人才之间的关系，强调了知人善任的重要性。文章也表达了中国古代知识分子怀才不遇的愤慨。历代对此文赞誉有加，清代林纾在《古文辞类纂》中评价其"语愈冷而意愈深，声愈悲。通篇都无火色，而言下却含无尽悲凉，真绝调也"。

世有伯乐①，然后有千里马。千里马常有，而伯乐不常有；故虽有名马，祇辱于奴隶人之手②，骈死于槽枥之间③，不以千里称也。

马之千里者，一食或尽粟一石。食马者不知其能千里而食也。是马也，虽有千里之能，食不饱，力不足，才美不外见④，且欲与常马等不可得，安求其能千里也！

策之不以其道，食之不能尽其材，鸣之而不能通其意，执策而临之曰："天下无马！"呜呼！其真无马邪？其真不知马也。

[注释]

①伯乐：相传春秋时秦国人，姓孙名阳，穆公时以善相马著称。一说，伯乐原为掌管天马的星宿，因孙阳善相马，故以伯乐称之。现在引申为善于发现、推荐、培养和使用人才的人。②祇：正，恰，只。奴隶人：地位低贱的佣人，此处指驾驭和喂养马匹的马伕。③骈死：谓名马跟平常的马并处在一起而死去，即默默无闻地终其一生。槽枥：亦作"槽历"，泛指养马的地方。槽，指用来盛饲料喂牲畜的器具。枥，马槽。④见：同"现"，显露。

[译文]

世上有了伯乐，然后才会有千里马被发现。千里马虽然世代常有，可是伯乐却不是常有的。因此，即使有名种好马，却只能在一般马夫手里遭受屈辱，和平常的马排列在一起默默无闻地在马厩中耗尽它的生命，并不能以千里马而著称。

  能够日行千里的马，一顿也许要吃尽一石小米。饲养马的人不知道它能够日行千里，只是按照一般马的食量来饲养它。这样的好马虽然有日行千里的本领，可是吃不饱，力气不足，才能和美质无法显露出来，甚至想和普通马发挥一样的作用都不可能做到，怎么能要求它日行千里呢？

  驾驭千里马不按照它的脾性，饲养千里马不能供给它充足的食料，使它的才能得不到充分发挥，千里马虽然嘶叫了，人们又不懂得它的意思，还拿着马鞭子走到千里马跟前说："天下没有好马啊！"唉！难道真的没有好马吗？是人们不能识别好马啊！

碑 铭

柳州罗池庙碑[①]

[题解]

柳宗元因参加王叔文永贞改革集团,被贬为永州司马达十年之久。后奉召回京,旋出为柳州刺史。任职期间,他破除陋习,解放奴婢,蠲免民间债务,大力兴办文教,可谓德惠一方,受到当地百姓的爱戴和敬仰。柳宗元去世后,当地百姓于穆宗长庆元年(821),在柳州东罗池边为他建庙祭祀,柳侯祠至今犹存。本文作于长庆三年,着重叙写柳宗元在柳州的政绩,以及柳州百姓详述柳侯为神的传说,借以表达对好友"死于穷裔"、"材不为世用"的惋惜和愤慨,以寄托心中的哀思。

罗池庙者,故刺史柳侯庙也[②]。柳侯为州,不鄙夷其民,动以礼法。三年,民各自矜奋,曰:"兹土虽远京师,吾等亦天氓[③],今天幸惠仁侯,若不化服,则我非人。"于是老少相教语,莫违侯令。凡有所为于其乡闾及于其家[④],皆曰:"吾侯闻之,得无不可于意否?"莫不忖度而后从事。凡令之期,民劝趋之,无或后先，必以其时。于是民业有经，公无负租，流逋四归⑤，乐生兴事，宅有新屋，步有新船，池园洁修，猪牛鸭鸡，肥大蕃息。子严父诏，妇顺夫指，嫁娶葬送，各有条法，出相弟长⑥，入相慈孝。先时，民贫以男女相质，久不得赎，尽没为隶。我侯之至，按国之故，以佣除本，悉夺归之。大修孔子庙⑦，城郭巷道，皆治使端正，树以名木。柳民既皆悦喜。

[注释]

①柳州罗池庙：在岭南道柳州马平县（今广西柳州市），罗池庙在县北半里许，当地百姓为纪念柳宗元而建。②故刺史柳侯：元和十年三月，诏以柳宗元为柳州刺史。刺史的职位可比古代诸侯，故称柳侯。③天氓：天子治下之民。氓，同"民"。一说民乃"禀受天地中和之气"而生，故称天氓。④乡间：乡里。间，里门。古以二十五家为里，每里设一门，故称里作间。⑤流逋：逃亡在外的百姓。⑥弟长：友爱同辈，敬重长辈。弟，同"悌"。⑦大修孔子庙：指柳宗元任柳州刺史后，于元和十年八月动工修建孔子庙之事。

[译文]

罗池庙是已故柳州刺史柳子厚的祠庙。柳子厚任柳州刺史时，不轻视当地百姓，以礼法教导人民。过了三年，当地百姓都自尊自强，说："这个地方虽然远离京师，但我们也是天子治理下的百姓，如今万幸遇到上天赐予我们仁政爱民的柳刺史，如果不受感化而服从柳侯，那我们就不合乎人情了。"于是男女老少相互规劝，没有人违背柳侯的命令。凡是打算在乡里或者各家做点事情，都说："我们柳侯听说这件事，应该不会不同意吧？"没有不三思而后行的。凡是州官下令的期限，百姓互相劝告遵行，没有人提前或推延，必定都按照规定的日期执行。于是民众的事业有规可循，没有收不起来的租税，过去流亡逃跑的百姓如今从四面八方都回来了，安居乐业，从事有利于民生之事，院落内盖起了新房，泊船的渡口有很多新船只，池塘园林修缮得非常整洁，百姓饲养的猪牛鸡鸭等繁殖得越来越多。儿子尊重父亲的告诫，妻子顺从丈夫的意志，夫唱妇随，无论嫁娶还是葬送，都有自己的章法规定，与外人相处讲究友爱兄弟、尊敬长者，居家过日子则慈爱儿女、孝敬父母。以前柳子厚未来柳州做刺史时，百姓生活贫困，无力偿还租税，便用自己的子女作抵押，时间长了无力赎回，最后尽数沦为奴隶。柳侯来到柳州，遵照国家的法令制度，用劳动应得的工钱抵充欠款，赎出人质，并把他们全部送回家。子厚在元和十年曾大修孔子庙，所有内城外城、大街小巷，都修治完整，栽种上名贵的树木。柳州百姓都满心欢喜。

尝与其部将魏忠、谢宁、欧阳翼饮酒驿亭①，谓曰："吾弃于时，而寄于此，与若等好也。明年吾将死，死而为神。后三年，为庙祀我。"及期而死。三年孟秋辛卯②，侯降于州之后堂③，欧阳翼等见而拜之。其夕，梦翼而告曰："馆我于罗池。"其月景辰④，庙成，大祭。过客李仪醉酒，慢侮堂上，得疾，扶出庙门即死。明年春，魏忠、欧阳翼使谢宁来京师，请书其事于石。余谓柳侯生能泽其民，死能惊动福祸之，以食其土，可谓灵也已。作迎享送神诗遗柳民，俾歌以祀焉，而并刻之。

[注释]

①部将：指刺史属下的司马、司兵、参军等官吏。驿亭：即东亭，在柳州城南，西与驿站相连。详见柳宗元《柳州东亭记》。②三年孟秋辛卯：指柳宗元死后三年的初秋，时为穆宗长庆二年七月初三日。③侯降于州之后堂：柳宗元显神之事，出自谢宁口述。后堂，指柳州官署后堂。④景辰：即丙辰，唐人避高祖李渊之父、世祖李昞之讳，改丙为景。

[译文]

子厚曾经与他的部将魏忠、谢宁、欧阳翼等人在东亭饮酒，对他们说："我因为贬官而寄居在这个地方，与你们交好。明年我就要死去，死后能够成神。三年以后，你们要为我建盖祠庙并来祭祀我。"到了约定的日子，子厚真的去世了。三年之后的初秋，柳侯在柳州官署后堂显神，欧阳翼等人看见并且参拜于他。当天夜里，柳侯托梦给欧阳翼而且告诉他说："在罗池给我修庙。"当月丙辰这一天，祠庙建成，举行了隆重的祭祀仪式。有个叫李仪的人从那里经过，喝醉了酒，对罗池神有怠慢侮辱的举动，于是就得了重病，刚刚被人扶出庙门就死去了。第二年春天，魏忠、欧阳翼让谢宁来到京师，请求朝廷立碑记载柳宗元死后成神之事。我认为柳侯活着的时候治理柳州有政绩，对柳州人民有恩泽，死后有灵验，能赐福于人，亦能使人得祸，让当地百姓供奉他，真称得上灵验啊。就写下《迎享送神诗》赠予柳州百姓，使他们祭祀时加以颂唱，而且把它刻写下来。

柳侯，河东人①，讳宗元，字子厚。贤而有文章，尝位于朝，光显矣，已而摈不用。其辞曰：

荔子丹兮蕉黄，杂肴蔬兮进侯堂。侯之船兮两旗②，度中流兮风泊之，待侯不来兮不知我悲。侯乘驹兮入庙，慰我民兮不嚬以笑。鹅之山兮柳之水③，桂树团团兮白石齿齿。侯朝出游兮暮来归，春与猨吟兮秋鹤与飞。北方之人兮为侯是非，千秋万岁兮侯无我违。福我兮寿我，驱厉鬼兮山之左。下无苦湿兮高无乾，秔稌充羡兮蛇蛟结蟠④。我民报事兮无怠其始⑤，自今兮钦于世世。

[注释]

①河东：黄河以东，柳宗元家居今山西永济。②侯之船兮两旗：柳州风俗，百姓迎神时在船头上插两面旗，将木神像、木马放在船上，乐队前导，引而登岸，送入神庙。③鹅之山：即峨山，在柳州城西四十里，详见柳宗元《柳州近治山水可游者记》。柳之水：即柳江，在柳州城南门外三十步。④秔

稑（jīng tú）充美：稻谷丰盛。秔稑，粳稻与糯稻。结蟠：潜伏不出。⑤报事：举行祀典以答谢柳侯神佑庇护的功德。

[译文]

柳侯是河东人，名讳宗元，字子厚。他为人贤德而且文章写得非常好，曾经位列朝班，光荣显赫，可惜不久受人排斥而遭到贬谪。《迎享送神诗》内容如下：

荔枝红啊芭蕉黄，鱼肉蔬菜送进柳侯神祠堂。恭迎柳侯神的船只上悬两面旗，船行到中流逐波荡漾，长久等待柳侯神却不归来，是他不知道我心中的悲伤。柳侯神骑马进了庙，没有忧愁而是面带笑容安慰柳州百姓。峨山秀美啊柳江清柔，桂树生长茂盛啊怪石嶙峋。柳侯之神早晨出游日暮而归，春天与猨同吟，秋日与仙鹤齐飞。朝廷中的当权者诽谤柳侯，妄论是非，纵使再过千年万年，柳侯也不违背自己的立场。祈祷柳侯能赐予我幸福和长寿，驱除恶鬼护佑百姓免遭灾殃。低洼的田地不涝，高处的田地不旱，让稻谷丰盛，蛰伏的蛇蛟不要出来伤害百姓。柳州百姓用祭祀来报答柳侯的功德，无论何时都不会懈怠，使柳侯从今往后世世代代受到钦敬。

唐故监察御史卫府君墓志铭①

[题解]

本篇作于元和十年十二月。唐朝盛行祈求长生不老的风气，上起皇帝，下及士大夫阶层，因服食丹药而致死者屡见不鲜。韩愈的僚友卫府君便是其中之一。文章先肯定卫中立"佐帅政成"、"夷人称便"的政绩，接着记述卫中立一生数次炼丹求药，最终却为丹药致死的事实，明示后人以卫府君的行事为戒。通篇虽无贬词，而褒贬自见，含蓄地表明自己对这类人事的怜悯与惋惜。明代茅坤在《唐宋八大家文钞》中评价说："志中无他述，独指采药煮黄金一事，文旨自澹宕隽永。"清代储欣在《唐宋十大家集录·昌黎先生全集录》中亦云："其才可用，其惑不可解。文殆借以垂教，而属辞多辟。"以平常语，述平常事，讲平常理，读后却让人心境难以平复，唯韩公之文能有如此魅力。

君讳某，字某②，中书舍人、御史中丞讳某之子③，赠太子洗马讳某之孙④。家世习儒，学词章。昆弟三人，俱传父祖业，从进士举。君独不与俗为事，乐弛置自便。

[注释]

①府君：汉代对太守的尊称，后世则凡官员皆可称府君。②君讳某，字某：卫府君名讳中立，字退之。③中书舍人、御史中丞讳某：指卫中立之父卫宴。宴有三子，长之亢，字造微；次中立，字退之；幼中行，字大受，一说字大舜，贞元九年进士。④赠太子洗马讳某：指卫中立之祖父卫璿。

[译文]

卫君名讳中立，字退之，是中书舍人、御史中丞名讳卫宴的儿子，赠太子洗马名讳卫璿的孙子。卫家世代精通儒学，精研词章。他共有兄弟三人，都能秉承祖辈的基业，参加进士科举考试。唯独卫君不喜科举仕进，更乐意以散漫放浪自适。

父中丞薨①，既三年，与其弟中行别，曰："若既克自敬勤，及先人存，趾美进士②，续闻成宗，唯服任遂功，为孝子在不息。我恨已不及，假令今得，不足自贳③。我闻南方多水银丹砂，杂他奇药，燠为黄金④，可饵以不死，今于若丐我，我即去。"

[注释]

①薨（hōng）：周代天子死曰崩，诸侯死曰薨。唐制，凡表三品以上称薨，五品以上称卒，自六品至于平民称死。②趾美进士：追随先人的美德而考取进士。③贳（shì）：赦宥。④燠（āo）：烧炼。

[译文]

父亲御史中丞死后，中立为其守孝三年期满，向弟弟中行告别，说："你已经能够要求自己做到谨慎勤奋，赶得上父母在世时的状态，能够追随先人的美德而举进士，继承先人的名誉而完成宗族延续，唯愿你能为国尽职求成功，为家尽孝不懈怠。我为自己不如你而遗憾，即便我现在能够考中进士，获得一官半职，也不足以赎回自己的罪过。我听说南方盛产水银和硫磺，再掺杂其他奇方妙药，可以烧炼成黄金，吃了可以长生不死。现在请你允许我去求丹砂，我这就出发。"

遂踰岭陌①，南出。药贵，不可得，以干容帅②。帅且曰："若能从事于我，可一日具。"许之。得药，试如方，不效，曰："方良是，我治之未至耳。"留三年，药终不能为黄金，而佐帅政成，以功再迁监察御史。帅迁于桂③，从之。帅坐事免④，君摄其治，历三时⑤，夷人称便。新帅将奏功，君舍去。南海马大夫使谓君曰⑥："幸尚可成，两济其利。"君虽益厌，然不能无万一冀。至南海，未几，竟死，年五十三。子曰某。元和十年十二月某日，归葬河南某县某乡某村，祔先茔⑦。于时中行为尚书兵部郎，号名人，而与余善，请铭。铭曰：

嗟惟君，笃所信。要无有，弊精神。以弃余，贾于人。脱外累，自贵珍。讯来世，述墓文。

[注释]

①岭陌：指大庾岭等五岭要塞，其南泛称岭南。②干：干求，干谒。容帅：指当时的容管经略使房启。房启是前宰相房琯之孙，贞元二十一年五月任容管经略使。③帅迁于桂：元和八年四月，房启由容管经略使改任桂管观察使。④帅坐事免：元和八年七月，房启因"以赂请有司飞驿送诏，既而宪宗自遣宦人持诏赐启"，事情败露，始贬太仆少卿，再贬为虔州长史。⑤三时：

古以一季为一时,故三时指三季。⑥马大夫:指马揔。马揔,字会元,扶风人。少孤贫好学,性刚直,不妄交游。元和初,迁虔州刺史。四年,兼御史中丞,充岭南都护、本管经略使。八年,转桂州刺史、桂管经略观察使,入为刑部侍郎。后屡有升迁,官终户部尚书。卒赠右仆射。⑦先茔(yíng):先人坟茔。

[译文]

于是中立翻越五岭要塞,来到岭南地区。因为长生不死药太贵,很难得到,他就去拜谒当时的容管经略使房启。房启说:"你如果做我的幕府帮我做事,一天之内这些事我就能替你办到。"卫中立答应了。可是卫君得到长生药,按别人提供的配方试验,却没有成功,自我安慰说:"药方完全正确,一定是我炼制的火候水平达不到。"他留在房启幕府三年,长生药最终没有变成黄金,而他辅佐房启政绩显著,因为功劳大而再次升为监察御史。房经略使迁官至桂,卫君跟随他也去了桂州。后来房经略使因事而被罢免,由卫君代理他的职务,仅仅过了三个季节,就受到当地老百姓的交口称赞。新任容管经略使要将其功劳上报,卫君却弃官而去。时岭南节度使马大夫让人告诉卫君说:"如果您同意接受,请您一边做我的幕僚,一边炼制丹药,这样可谓一举两得。"卫君虽然越来越厌倦官场,但还是对炼丹抱有一线希望。到了南海地界,没有多久竟然去世了,时年53岁。他有一个儿子名叫某。元和十年十二月某日,家人将他的遗体运回老家并安葬在河南的某县某乡某村,葬在先人的坟墓旁边。当时卫中行任尚书兵部郎,算是很有名望的人,而且跟我关系不错,请求我替其兄作一篇铭文。铭文上说:

我深深为您叹息,因为您对仙丹深信不疑。您追求虚无的东西,使自己精神颓废。您放弃功名利禄,把功名让给别人。您摆脱世俗之累,格外爱重自己。我写作这篇墓文,把您的经历告诉后人。

试大理评事王君墓志铭^①

[题解]

这篇墓志铭写于元和九年。本文抓住奇男子王适的"怀奇负气",形象地刻画了他不同流俗的言行,从其别出蹊径以求取功业,到拒绝权贵的拉拢而义无反顾地弃官归山,特别是在文中插入墓主少年时骗婚的趣事,虽语涉恢谐,却更能凸显王君性格,在传统的碑铭文中别开生面。

君讳适,姓王氏。好读书,怀奇负气,不肯随人后举选。见功业有道路可指取,有名节可以戾契致^②,困于无资地,不能自出,乃以干诸公贵人,借助声势。诸公贵人既志得,皆乐熟软媚耳目者,不喜闻生语,一见辄戒门以绝。上初即位^③,以四科募天下士^④。君笑曰:"此非吾时邪!"即提所作书,缘道歌吟,趋直言试^⑤。既至,对语惊人;不中第,益困。

[注释]

①试:未正式任命。大理评事:即大理寺评事。唐制,大理寺是中央审判机构,设属官评事八人,官阶为从八品下。②戾契:曲折倾斜,此处指常规以外的途径。③上初即位:指宪宗李纯刚刚即皇帝位。④四科:指在进士、明经两科外开设的科举考试科目,每科均有所不同。据《唐会要》卷七六记载,宪宗元和二年(807),特开设贤良方正能直言极谏科、博通坟典达于教化科、达于吏治可使从政科、军谋宏达材任将帅科四科。⑤趋直言试:指元和二年四月,应贤良方正能直言极谏科。

[译文]

君名讳适,姓王。爱好读书,身怀奇才,愤世嫉俗,自负颇高,不愿步人后尘参加科举考试候选。他看到成就大的功业可以走其他途径，获取名声可以另辟蹊径，但苦于自己缺少资历和地位，没有办法凭借自己的力量出人头地，只得采取四处求谒王公贵戚的做法，想借助他们的声望权势来实现自己进阶的目的。然而达官贵戚既然已经得志，都喜欢接纳那些善于花言巧语、拍马奉承之辈，不爱听取生硬直率的话，因此见过王君一次，就告诫门人以后拒绝让他进来。当今皇帝刚刚即位时，通过另外开设四科来招募天下贤能之士。王君笑着说："这不是我的机遇来了吗？"他立刻带上自己写的诗文，沿途吟唱着诗歌，去参加朝廷举行的"贤良方正能直言极谏科"考试。到了考场，因为他应对的言论出奇犯忌，使考官震惊，不敢录用，故而落第，从此处境更加困窘。

久之，闻金吾李将军年少喜士^①，可撼。乃踦门告曰^②："天下奇男子王适，愿见将军白事。"一见语合意，往来门下。卢从史既节度昭义军^③，张甚，奴视法度士，欲闻无顾忌大语^④；有以君生平告者，即遣客钩致。君曰："狂子不足以共事。"立谢客。李将军由是待益厚，奏为其卫胄曹参军^⑤，充引驾仗判官^⑥，尽用其言。将军迁帅凤翔^⑦，君随往。改试大理评事，摄监察御史，观察判官^⑧。栉垢爬痒^⑨，民获苏醒。

[注释]

①李将军：即李惟简，元和初任检校户部尚书，左金吾卫大将军。②踦(jǐ)门：轻步登门。踦，小步行走，引申为小心谨慎。③卢从史：原为昭义军节度使李长荣督将，擢拜昭义节度副使后，专横跋扈，强夺部将妻妾，勾结叛军谋反，被朝廷设计擒获，赐死。昭义军：唐方镇名，辖区大致在今河北、山西、河南之间，范围时有变化。④无顾忌大语：指背叛朝廷的言论。⑤胄曹参军：金吾卫属官，执掌兵械、公廨兴缮、罚谪等事。⑥引驾仗判官：官名，掌管皇帝出行时仪仗等事。⑦将军迁帅凤翔：元和六年，李惟简调任凤翔（今属陕西）陇右军节度使、户部尚书兼凤翔尹。⑧观察判官：观察使属官，

帮助观察使掌管地方监察及考察州县官吏的政绩等。⑨栉（zhì）垢爬痒：除去污垢，搔去痛痒。比喻清除邪恶或弊政。

[译文]

过了很长一段时间，王君听说金吾卫将军李惟简年少气壮，喜欢结交豪杰之士，可以说动他，就轻步登门启告说："天下奇男子王适，愿意面见将军有事奉告。"二人一见面，谈话十分投缘，于是王君就常常往来于李将军门下。当时卢从史出任昭义军节度使，为人非常嚣张，对待遵循法度的人像对待奴仆一般，爱听无所顾忌的惊人言论；有人把王君好为惊人语的情况告诉卢从史，卢从史就派人去拉拢网罗他。王君说："这种狂妄小儿不值得跟他共事。"当即谢绝了卢从史派来的使者。李将军因此更加器重王君，奏请朝廷任命王君为金吾卫的胄曹参军，充任引驾仗判官，对他的建议言听计从。后来李将军调任凤翔陇右军节度使，王君随同其前往凤翔，改任代理大理评事，并代理监察御史、观察判官等职。他致力于革除弊政，治理地方，为老百姓做了不少好事，使当地百姓能够休养生息。

居岁余，如有所不乐，一旦载妻子入阌乡南山不顾①。中书舍人王涯、独孤郁②，吏部郎中张惟素③，比部郎中韩愈日发书问讯④，顾不可强起，不即荐。明年九月，疾病，舆医京师，某月某日卒，年四十四。十一月某日，即葬京城西南长安县界中。曾祖爽，洪州武宁令⑤；祖微，右卫骑曹参军⑥；父嵩，苏州昆山丞⑦。妻上谷侯氏处士高女⑧。

[注释]

①阌（wén）乡：地名，汉代湖县，属京兆尹，因津以名邑。北周明帝二年置阌乡郡，隋开皇十六年改为阌乡县。在今河南灵宝境内。②王涯：字广津，太原人，唐文宗时官至司空，后因为李训、郑注等谋诛宦官事败，遭到牵

连被杀。独孤郁：字古风，洛阳人，古文家独孤及之子，官至秘书少监。③张惟素：元和年间曾任吏部侍郎、工部侍郎，后以中散大夫守左散骑常侍、上柱国，赐紫金鱼袋。④比部郎中：古代官署名，原为尚书省属官，隋唐时期属刑部，掌管诸州及军府会计事项。韩愈于元和八年三月至四月自国子博士擢比部郎中、史馆修撰。⑤洪州：州名，隋开皇九年置，治所在豫章。唐改豫章为南昌，辖境相当于今江西修水、锦江流域和南昌、丰城等地，当时有东南都会之称，江南西道采访使、节度使先后治此。武宁：县名，唐武则天长安四年（704）始正式分建昌设武宁县，今为江西九江市下辖县。⑥右卫骑曹参军：官名，掌管诸州军府牧养簿账等事，官阶为正八品下。⑦昆山：唐代为苏州府辖县，今属江苏。⑧侯氏处士高：侯高，字玄览，上谷（今河北易县）人。曾隐居庐山，号华阳居士。处士，有才德而隐居不仕的人。

[译文]

过了一年多，王君好像遇到什么不愉快的事情。某一天，他用马车载着妻儿进入阌乡南山，头也不回地隐居不出了。中书舍人王涯、独孤郁，吏部郎中张惟素，比部郎中韩愈等人每日发书信去问讯，看到不能勉强他出来做官，就没有即刻加以推荐。第二年九月，王君患病了，曾被用车子送到京城长安来医治，最终在某月某日不治身亡，卒年44岁。十一月的某一天，安葬在京城西南的长安县境内。他的曾祖父王爽，曾任洪州武宁令；祖父王微，官至右卫骑曹参军；父王嵩，曾任苏州昆山丞；他的妻子是上谷侯高处士的女儿。

高固奇士，自方阿衡、太师①，世莫能用吾言，再试吏，再怒去，发狂投江水。初，处士将嫁其女，怃曰："吾以龃龉穷，一女，怜之，必嫁官人，不以与凡子②。"君曰："吾求妇氏久矣，惟此翁可人意，且闻其女贤，不可以失。"即谩谓媒妪："吾明经及第，且选，即官人。侯翁女幸嫁，若能令翁许我，请进百金为妪谢。"诺许，白翁。翁曰："诚官人耶？取文书来③。"

君计穷吐实。妪曰:"无苦,翁大人④,不疑人欺我,得一卷书粗若告身者,我袖以往,翁见未必取视,幸而听我。"行其谋。翁望见文书衔袖,果信不疑,曰:"足矣。"以女与王氏。生三子,一男二女。男三岁夭死,长女嫁亳州永城尉姚挺,其季始十岁。铭曰:

鼎也不可以柱车,马也不可使守闾。佩玉长裾,不利走趋。抵系其逢,不系巧愚。不谐其须,有衔不祛。钻石埋辞,以列幽墟。

[注释]

①阿衡:官名,商朝开国大臣伊尹曾任阿衡,相当于后世之宰相。太师:官名,三公之一,周武王时吕望曾任此官。②官人:有官职的人。凡子:普通人,指没有功名的人。③文书:指由吏部发给的授官文书,上盖印信之文为"尚书吏部告身之印",故而下文称"告身"。④大人:指正人君子或忠厚长者。

[译文]

侯高处士本是个奇人,自比于太甲伊尹和太师吕望,认为世上没有人能采纳他的言论,曾先后两次应试为官吏,两次都愤而离去,最后发狂而投江自杀。当初,侯高想要把女儿嫁出去,告诫家里人说:"我因为跟别人意见不合而穷困潦倒,只有这一个女儿,非常疼爱她,一定要把她嫁给做官的人,不让她嫁给没有功名的普通人。"王君说:"我选择妻子也已经很久了,只有这位老翁的话很对我的脾性,而且听说他的女儿很贤惠,不能错失这个机会。"就请媒婆撒谎说:"我应明经科考试及第,即将被选任官职,一旦选中就是做官的人了,正好符合侯翁嫁女的条件。你如果能使侯翁同意把女儿许配给我,我拿出百金作为谢礼。"媒婆答应为他去说媒。侯翁说:"真是做官的人吗?拿凭证来看看!"王君没办法,只得向媒婆说实话。媒婆说:"不要着急,侯高是个厚道君子,不会想到你在欺骗他。你拿一卷像吏部告身那样的文书的书，我放在宽袖里带过去，侯翁即使看见了，不一定会拿过去验看，听我的话不会错，好事或许能够成功。"王君依照媒婆的计策行事。侯翁望见媒婆宽袖里的文书，果然深信不疑，说："我很满意！"就把女儿嫁给了王君。女儿婚后生有三个孩子，一男二女，儿子三岁时夭折。大女儿嫁给亳州永城尉姚挺，小女儿今年只有十岁。铭曰：

鼎不可以用来支撑马车，马也不可以派去守门。佩戴玉饰，拖着长袖，不便于疾走快奔。人的命运只能取决于机遇，跟人的智巧或愚蠢无关。不合乎当权者的要求，怀有才能也无法施展。把这些言辞刻在石头上再埋至地下，陈列于幽暗的墓穴。

南阳樊绍述墓志铭

[题解]

本文是韩愈为他的文坛老友樊宗师所写的墓志铭。樊宗师，字绍述，南阳（今属河南）人。作文反对庸俗，力主创新，追求艰涩险怪之风。文章突破墓志铭先写墓主家世生平的窠臼，重在突出樊宗师的独创精神和为文风格，表达了作者与樊宗师共同的审美趣尚。清代林纾在《韩柳文研究法·韩文研究法》中称赞此文："退之之才，无所不包，遇贞曜，则力与贞曜角诗。今铭绍述，若不为绍述体，便自见拙。矧昌黎之奇，奇而能正，不似绍述转转自入拗晦。"

樊绍述既卒，且葬，愈将铭之，从其家求书，得书号《魁纪公》者三十卷①，曰《樊子》者又三十卷，《春秋集传》十五卷，表、笺、状、策、书、序、传、记、纪、志、说、论、今文、赞、铭凡二百九十一篇②，道路所遇及器物门里杂铭二百二十，赋十，诗七百一十九。曰："多矣哉！古未尝有也。然而必出于己，不袭蹈前人一言一句，又何其难也！必出入仁义③，其富若生蓄，万物必具，海含地负，放恣横从，无所统纪；然而不烦于绳削而自合也④。呜呼！绍述于斯术，其可谓至于斯极者矣！"

[注释]

①《魁纪公》：《新唐书·艺文志》著录有《魁纪公》和《樊子》二书，列入"杂家类"。魁是北斗第一星至第四星的总名，《史记·天官书》谓之"北斗运于中央"，"定诸纪"。樊宗师自称魁纪公，并以之为著作之名，有衡量万物、统纪文运之意。②凡二百九十一篇：《新唐书·艺文志》载有"樊宗师集二百九十一卷"。③仁义：指韩愈所崇奉的周公、孔子之道。④绳削：木匠用来纠正曲直、斫削木料的绳墨和斧子。此处指樊绍述的文章虽无拘无束，却合乎规矩，不劳删改。

[译文]

樊绍述去世，将要安葬，韩愈准备为他写墓志铭，向他的家人寻求他的著作，得到题名为《魁纪公》的著作 30 卷，又有题为《樊子》的书 30 卷，《春秋集传》15 卷，表、笺、状、策、书、序、传、记、纪、志、说、论、今文、赞、铭等各体文章共 291 篇，路上看到的以及题刻于器物上和街头里巷的各种铭文 220 篇，赋 10 篇，诗 719 首。韩愈说："（樊子的作品）真多啊！自古以来都不曾有过啊。这些著作并且全部是自己创作的，没有沿袭因循前人一字一句，又是多么不容易啊！他的文章全都以仁义之道为创作宗旨，他的学养好像自然生成的那样丰厚盛大，学识渊博得足以包含负载万物，文笔汪洋恣肆奔放纵横，看似没有系统，实则融文章法则于自然开合之中，而不必受各种框架的约束。啊！绍述对于文章作法，大概可以说是达到了作文的最高境界了！"

生而其家贵富，长而不有其藏一钱①。妻子告不足，顾且笑曰：

"我道盖是也。"皆应曰:"然。"无不意满。尝以金部郎中告哀南方②,还言某师不治,罢之,以此出为绵州刺史③。一年,征拜左司郎中④,又出刺绛州⑤。绵、绛之人至今皆曰:"于我有德。"以为谏议大夫,命且下,遂病以卒。年若干。

[注释]

①不有其藏一钱:樊宗师祖上世代为官,家财富足,可他不图富贵,不蓄积产业,将家财尽与其弟,自己不藏一钱。②金部郎中:户部属官,掌管天下租赋库藏出纳事项,官阶为从五品上。告哀:报丧。③绵州:州名,隋开皇五年(585)置,以绵水而得名,治所在巴西(今四川绵阳东)。④左司郎中:尚书省属官,协助尚书左丞处理吏、户、礼三部十二司的事务等,官阶为从五品上。⑤绛州:州名,北周武成二年(560)改东雍州置,治所在龙头城。其后屡有迁移,唐代移治正平(今山西新绛)。

[译文]

绍述出生时,家族地位高贵而且非常富裕,他长大以后却并不享受家藏的一文铜钱。妻子告诉他家里缺少财用,他看着妻子笑着说:"我这一辈子大概就是这个样子。"家里人都回应说:"就是这样。"没有不心满意足的。绍述曾经以金部郎中的身份受命向南方各地报告国丧,回到朝廷后报告说某节度使缺少治绩,应该罢免他,结果因直言上疏而遭贬,外放为绵州刺史。一年后,朝廷召他回朝任左司郎中,不久又外放为绛州刺史。绵州、绛州的百姓到现在都还说:"樊刺史对我们有恩德啊。"朝廷又任命他为谏议大夫,命令将要下达时,他已经生病去世了,享年若干岁。

绍述讳宗师。父讳泽①,尝帅襄阳、江陵,官至右仆射,赠某官。祖某官,讳泳②。自祖及绍述三世,皆以军谋堪将帅策上第以进③。绍述无所不学,于辞于声天得也,在众若无能者。尝与观乐,问曰:"何如?"曰:"后当然。"已而果然。铭曰:

惟古于词必己出，降而不能乃剽贼，后皆指前公相袭，从汉迄今用一律。寥寥久哉莫觉属，神徂圣伏道绝塞。既极乃通发绍述④，文从字顺各识职。有欲求之此其躅⑤。

[注释]

①父讳泽：樊宗师之父樊泽，兴元元年（784）任山南东道节度使，驻襄阳（今属湖北）；贞元二年（786）改任荆南节度使，驻江陵（今属湖北）；贞元八年改任山南东道节度使；贞元十二年加封检校右仆射（宰相）；贞元十四年卒，追赠为司空。②泳：樊宗师的祖父樊泳，一做"樊咏"，曾官试大理评事，卒后累赠兵部尚书。③上第：科举考试名次很高。开元十五年（727），樊泳中草泽科；建中元年（780），樊泽中贤良方正直言极谏科；元和三年（808），樊宗师中军谋宏远堪任将相科。这些考试科目都是常科之外特开的科考。文中说樊氏三世"皆以军谋堪将帅策上第"，疑属误记。④既极乃通：语意出自《易·系辞下》："穷则变，变则通。"意思是樊绍述继承了儒家的道统。⑤躅：足迹、轨迹，引申为方法。

[译文]

樊绍述名讳宗师。他的父亲名讳泽，曾经在襄阳、江陵两处任节度使，官职做到右仆射，死后追赠为某官。他的祖父曾任某官，名讳泳。自祖父到绍述三代，都因为在军谋宏远堪任将相科考试中名列前茅而晋身仕途。绍述学习的范围非常广泛，对于文辞和音乐更是具有天赋，而他在众人面前却好像什么都不会似的。我曾经跟他一起观赏音乐，问他说："怎么样啊？"他回答说："这支乐曲的后面应当如此如此。"到后来果真如此。墓铭说：

古人写文章都是出于自己的心得独创，以后不能自创的就剽窃别人的东西，再后来都仿照前人公然抄袭，从汉代到现在都是这样的。文坛寥落得太久了，因而没有人觉悟到写作的艺术。古圣先贤已经逝去，而今文道隔绝受到阻塞。古语云"物极必反"，到了穷极的境地就会豁然开朗，所以樊绍述就应运而出现了。他的文章无不精当而确切。如果有谁要探求作文之道，这就是学习的途径啊。

贞曜先生墓志铭①

[题解]

本文作于元和九年（814），韩愈时任比部郎中、史馆修撰。孟郊是韩愈的知己好友，又是具有独特个性和非凡艺术才能的诗人，时人并称为"孟诗韩笔"。明代茅坤在《唐宋八大家文钞》中认为，孟东野虽是"昌黎生平极厚交，而其志铭处，亦不妄许一字"；清林云铭则认为韩愈"极赞其为诗，与持身孝养处，便觉于古有光，后人无匹，已足以不朽矣，岂藉其揄扬哉"。其实，正如李涂《文章精义》所言："退之诸墓志，一人一样，绝妙。""退之志樊绍述，其文似樊绍述；志子厚，其文似子厚。"本文也毫不例外地极似孟郊作品的风格。

唐元和九年，岁在甲午②，八月己亥③，贞曜先生孟氏卒，无子，其配郑氏以告。愈走位哭④，且召张籍会哭。明日，使以钱如东都，供葬事。诸尝与往来者，咸来哭吊韩氏⑤，遂以书告兴元尹故相余庆⑥。闰月，樊宗师使来吊⑦，告葬期，征铭。愈哭曰："呜呼，吾尚忍铭吾友也夫！"兴元人以币如孟氏赙⑧，且来商家事。樊子使来速铭，曰："不则无以掩诸幽⑨。"乃序而铭之。

[注释]

①贞曜先生：孟郊的私谥，详见本文末段。②甲午：元和元年的干支纪年是甲午年。③八月己亥：八月二十四日。是年八月朔（初一日）的干支纪日为丙子，故而可以推算出己亥对应的是二十四日。④走位哭：韩愈闻听孟郊卒讯，在自己家为其设立灵位，在灵前吊唁。⑤咸来哭吊韩氏：因韩愈在家设立有孟郊灵位，故而京师的好友都到韩愈家来吊唁。⑥余庆：即郑余庆，字居业，郑州荥阳（今河南荥阳）人。德宗、宪宗朝两拜中书侍郎、同中书门下

平章事。后出为兴元尹，封荥阳郡公。郑余庆任东都留守时，署孟郊为水陆转运判官；镇兴元时，奏孟郊为参谋。⑦樊宗师：字绍述，南阳（今属河南）人。一说河中（今山西永济）人。曾任绵州刺史、左司郎中、绛州刺史等职，后进谏议大夫，未拜而卒。樊宗师时任太子舍人，持母丧在东都洛阳，派使者来韩家吊唁孟郊。⑧兴元人：指兴元尹郑余庆派遣的使者。赗（fù）：赠送财物帮助人治丧。⑨掩诸幽：入葬。幽，阴暗之处，代指坟墓。

[译文]

大唐元和九年甲午，八月己亥日，贞曜先生孟郊逝世。孟郊没有儿子，他的夫人郑氏亲自到我这里来报丧，我就在家里设立孟郊的灵位，到他的灵前哭祭，并请张籍过来一同吊唁。第二天，又派人去东都洛阳送丧仪，以帮助孟郊的家人办理丧葬事宜。孟郊在京师的好友听到孟郊去世的消息，都来到我为孟郊设立的灵堂吊唁，于是我又写信告诉前宰相兴元尹郑余庆。这一年闰八月间，樊宗师派人到长安韩家所设立的灵位前吊祭孟郊，告诉我孟郊的葬期，请求我为孟郊撰写墓志铭。我哭着说："唉，我怎么能忍着悲痛为我的朋友撰写墓志铭啊！"兴元尹郑余庆派人送来财物以助孟家办理丧事，并商量安排其家事。樊宗师派人来催求墓志铭，说如果没有墓志铭，就无法安葬死者。于是我就作了这篇铭文。

先生讳郊，字东野。父廷玢，娶裴氏女，而选为昆山尉①，生先生及二季酆、郢而卒②。先生生六七年，端序则见③，长而愈骞；涵而揉之，内外完好；色夷气清，可畏而亲。及其为诗，刿目鉥心④，刃迎缕解⑤；钩章棘句，掐擢胃肾；神施鬼设，间见层出。惟其大玩于词⑥，而与世抹摋⑦；人皆劫劫，我独有余。有以后时开先生者⑧，曰："吾既挤而与之矣，其犹足存耶！"

[注释]

①昆山：即今江苏昆山市。②二季：两个弟弟。③端序则见：显露头角。

端序,头绪,条理。④刿(guì)目鉥(shù)心:形容孟郊诗句怪奇突兀,骇目惊心。刿,用锋刃刺物。鉥,用长针刺。⑤刃迎缕解:语出《晋书·杜预传》:"今兵威已振,譬如破竹,数节之后,皆迎刃而解。"意思是劈竹子时,头上几节一破开,下面的顺着刀口自己就裂开了。比喻处理事情、解决问题很顺利。此处形容孟郊的诗作条理非常清晰。⑥大玩于词:指专注于文学创作。玩,习熟。⑦抹摋:同"抹煞",隔绝,不问世事。⑧后时:落后于时务。开:开导。

[译文]

先生名讳郊,字东野。他的父亲孟廷玢,娶裴姓女子为妻,曾任昆山县尉,在孟郊的两个弟弟孟酆、孟郢出生后不久就过世了。先生六七岁时就已显露头角,成年以后就更加超然出群;他读书能将广博和精深融为一体,自身修养和待人接物接近圆满;气色平和,气度清峻,令人可畏而又可亲;他写诗雕琢词汇,警策奇兀,触目惊心,条理清晰;构词造句,不避奇险;冥思苦想,呕心沥血;鬼斧神工,不露痕迹,令人拍案称绝的佳句层出不穷。先生专注于文学创作,把世俗名利视为粪土;世人皆以营求名利而忧心忡忡,我独怡然裕如。有些人劝先生可以在功名利禄上下点工夫,他却说:"我已把功名利禄推让给别人了,难道还有什么值得我留恋的吗?"

年几五十①,始以尊夫人之命②,来集京师,从进士试。既得,即去。间四年,又命来,选为溧阳尉③,迎侍溧上。去尉二年,而故相郑公尹河南,奏为水陆运从事④,试协律郎⑤,亲拜其母于门内。母卒五年,而郑公以节领兴元军,奏为其军参谋,试大理评事。挈其妻行之兴元⑥,次于阌乡,暴疾卒,年六十四。买棺以敛,以二人舆归。酆、郢皆在江南。十月庚申,樊子合凡赠赙而葬之洛阳东其先人墓左,以余财附其家而供祀。将葬，张籍曰："先生揭德振华⑦，于古有光，贤者故事有易名⑧，况士哉！如曰贞曜先生，则姓名字行有载，不待讲说而明。"皆曰："然。"遂用之。

[注释]

①年几五十：贞元十二年（796），孟郊46岁时上京应进士科考试，年龄接近50岁。②尊夫人：指孟郊的母亲。③溧阳：今属江苏省，以在溧水之北而得名。④从事：属官，此处指判官。⑤协律郎：负责调和乐律的官员，唐代属太乐署，正八品官。此处指授予官阶，不是实职。⑥兴元：即今陕西南郑，唐代为兴元府，属山南西道。⑦揭德振华：树立德业，振起文风。⑧易名：古时帝王、公卿、大夫死后，朝廷根据其生前业绩为之所立的带有褒贬意的称号。后亦有由崇仰者为死者议立谥，称"私谥"，亦称"易名"。

[译文]

先生年龄将近50岁时，才遵照老母亲的意思到京城参加进士考试，中进士之后，未任官就回家侍奉老母去了。过了四年，老母又让他进京待选，后来被任命为溧阳县尉，先生立即迎接母亲来到溧阳官署奉养。做了两年县尉以后，前宰相郑公担任河南尹，推荐并起用先生任水陆转运使判官，代理协律郎。到任后，郑余庆曾亲自拜谒孟郊的老母亲。母亲去世后五年，郑公统辖兴元军，奏请先生任随军参谋，代理大理评事。先生偕妻子赴任，到达阌乡时停留了几天，就在这时暴病身亡，终年64岁。家人随即在当地为他买棺材敛身，并租用一辆二人驾驭的马车把他运回洛阳。其时他的两个弟弟孟酆、孟郢都在江南。十月庚申日，樊子汇合各家所具丧仪将先生棺椁葬于洛阳东郊孟氏祖坟左边，葬仪所用剩余的钱财作为家中供祀之用。快要下葬时，张籍提议说："先生可谓树立德业，振起文风，给古圣先贤增添了光彩。按照旧例，历代的贤良之士都有谥号，何况先生这样的士呢？如果用贞曜先生这个谥号，就可以表明先生的生平事迹、德行和为人，不用解释人们就能明白先生的为人了。"大家都说好,于是就定下来用这个谥号。

初,先生所与俱学同姓简①,于世次为叔父,由给事中观察浙东,曰:"生吾不能举,死吾知恤其家②。"

铭曰:于戏贞曜,维执不猗③,维出不訾④,维卒不施,以昌其诗。

[注释]

①先生所与俱学同姓简:指孟简,字几道,平昌(今山东临邑东北)人。曾任常州刺史,迁户部侍郎、检校工部尚书,出为山南东道节度使。穆宗时贬为吉州司马,旋入为太子宾客,分司东都。②恤:周济,救济。③维执不猗:操行正直,即所谓的"贞"。维,句首语气词。④维出不訾(zī):发挥出不可估量的作用,即所谓的"曜"。不訾,亦作"不赀",不可比量,不可计数。

[译文]

起初,先生有个叫孟简的同窗,按辈分排列孟郊称其为叔父,后来由给事中出任浙东观察使,(在先生去世后)孟简说:"孟郊活着的时候我没有举荐他,现在他死了,我一定厚加抚恤他的家人,以表心意。"

铭曰:呜呼贞曜,操行正直,表现出众,一生贫困卑下,始终怀才不遇,只有他的诗得到发扬光大。

柳子厚墓志铭

[题解]

这篇墓志铭作于元和十五年(820),韩愈时年53岁,就任袁州刺史。文章重点选取柳宗元一生具有典型意义的事件,高度评价了柳宗元卓越的政治才能和杰出的文学成就，特别记述了他被贬为柳州刺史时解民于倒悬的人道精神、急朋友之难的仗义之举等，对其累遭贬谪的不幸遭遇深表同情，淋漓尽致地刻画了世态的炎凉和人情的冷暖，具有历久弥新的跨时代意义。全文夹叙夹议，含蓄委婉，一改六朝以来"为人志墓，铺排郡望，藻饰官阶，殆于以人为赋，更无质实之意"（章学诚《文史通义·外篇二·墓志辨例》）的陋习。

子厚讳宗元。七世祖庆①，为拓跋魏侍中②，封济阴公。曾伯祖奭③，为唐宰相，与褚遂良、韩瑷俱得罪武后④，死高宗朝。皇考讳镇⑤，以事母弃太常博士，求为县令江南；其后以不能媚权贵失御史，权贵⑥人死，乃复拜侍御史。号为刚直，所与游皆当世名人。

[注释]

①七世祖庆：柳宗元的七世祖柳庆，字更兴，曾为北魏侍中，仕北周为宜州刺史，被封为平齐县公。据柳宗元《先侍御史府君神道表》载，其六世祖柳旦是北周中书侍郎，封济阴公。文中称柳庆封济阴公，当属误记。②拓跋魏：南北朝时，鲜卑族拓跋氏在北方建立北魏政权，拓跋氏后来改姓元，故称北魏为拓跋魏或元魏。③曾伯祖奭（shì）：即柳奭，字子燕，柳旦之孙，柳宗元高祖柳子夏的兄长。贞观中迁中书舍人，后以外孙女王氏为高宗皇后，迁中书侍郎。永徽三年（652），代褚遂良为中书令。后王皇后被贬，武则天立为皇后，柳奭先被贬至爱州（今越南北境），后遭到诬陷而被杀。此处"曾伯祖"当为"高伯祖"之误。④褚遂良：字登善，杭州钱塘（今浙江杭州）人，官至尚书右仆射。韩瑷：字伯玉，雍州三原（今属陕西）人，官至侍中。永徽六年，高宗欲废王皇后而立武则天，柳奭与褚遂良、韩瑷极力劝谏未果，后遭武则天贬斥而死。⑤皇考：对已去世父亲的尊称。柳宗元之父柳镇，肃宗时期曾佐郭子仪守朔方，后调任长安主簿，守母丧期满后，被任命为太常博士。柳镇以"尊老孤弱在吴"辞，求为宣城（今属安徽）县令。文中称柳镇"以事母弃太常博士"，不确切。⑥权贵：指当时的宰相窦参。德宗贞元四年（788），柳镇时任殿中侍御史，因不愿与御史中丞卢佋、宰相窦参一起陷害侍

御史窦参,并为窦参平反冤狱,触怒窦参,被贬夔州(今四川奉节)。贞元九年(793),窦参得罪贬死,柳镇再拜为侍御史。

[译文]

子厚名讳宗元。他的七世祖柳庆,北魏时做过侍中,受封为济阴公。曾伯祖柳奭担任过唐朝宰相,与褚遂良、韩瑗同因得罪武后,高宗朝时遭诬陷而被杀。其父柳镇因为要侍奉母亲,放弃了太常博士的任命,请求到江南去做县令;后来又因为不愿讨好朝中权贵而丢掉殿中侍御史的官职,直到那个权贵死了,才重新被任命为侍御史。他为人以刚直著称,所交往的朋友都是当时很有名望的人。

子厚少精敏,无不通达。逮其父时,虽少年,已自成人,能取进士第①,崭然见头角,众谓柳氏有子矣。其后以博学宏词授集贤殿正字②。俊杰廉悍③,议论证据今古,出入经史百子,踔厉风发,率常屈其座人,名声大振。一时皆慕与之交,诸公要人,争欲令出我门下,交口荐誉之。

[注释]

①能取进士第:德宗贞元九年,柳宗元进士及第,时年21岁。其父柳镇卒于贞元九年五月,则宗元进士及第当在五月之前。②博学宏词:唐代科举考试的名目,是在进士、明经科之外不定期举行的特科,资格较进士科为高。柳宗元于贞元十四年26岁时,中博学宏词科。集贤殿:集贤殿书院的简称,是收藏整理图书的官署。正字:整理经籍、刊正文字的官吏。③廉悍:风骨棱利,引申为品行方正。

[译文]

子厚年少时就聪睿敏捷,没有什么不精通明了的。当父亲还在世时,他虽然年纪很轻,但已卓然独立成才,并考取了进士,显露出超凡的才能,众人都说柳家有了个好儿子。以后他又应博学宏词科考试合格，授集贤殿正字。他才能出众，端方坚毅，每有议论往往引据古今，融会贯通经籍、史书和诸子百家的著述，识见高远，辩论时意气风发，经常使在座的人都为之折服。子厚名声因此大振，一时间人人都向往和他交游。那些公卿显贵们都想把柳宗元罗致到自己门下，异口同声地推荐赞誉他。

贞元十九年，由蓝田尉拜监察御史①。顺宗即位②，拜礼部员外郎。遇用事者得罪③，例出为刺史；未至，又例贬州司马。居闲益自刻苦④，务记览，为词章，泛滥停蓄，为深博无涯涘⑤，而自肆于山水间。元和中，尝例召至京师，又偕出为刺史，而子厚得柳州⑥。既至，叹曰："是岂不足为政邪？"因其土俗，为设教禁，州人顺赖。其俗以男女质钱，约不时赎，子本相侔⑦，则没为奴婢。子厚与设方计，悉令赎归。其尤贫力不能者，令书其佣，足相当，则使归其质。观察使下其法于他州⑧，比一岁，免而归者且千人。衡、湘以南为进士者⑨，皆以子厚为师，其经承子厚口讲指画为文词者⑩，悉有法度可观。

[注释]

①蓝田：县名，今属陕西。尉：县里主要负责治安、缉捕盗贼的官吏。②顺宗即位：唐顺宗李诵于公元805年正月即位，改元永贞，任用王叔文等实施政治革新，柳宗元被擢为礼部员外郎。同年八月，顺宗因病禅位于其子宪宗，王叔文等人被贬谪或赐死，永贞革新失败，宗元也因此而被贬邵州刺史，半路上加贬为永州司马。③用事者：执政的人，此处指王叔文。王叔文，越州山阴（今浙江绍兴）人，曾任苏州司功，德宗时为太子李诵的侍读。顺宗李诵即位后，擢为翰林学士兼度支使、盐铁转运使。他提拔联合刘禹锡、柳宗元、王伾等人，锐意改革，减免税赋，废止宦官把持的宫市，遭到宦官和藩镇势力的强烈反对。唐宪宗即位后，王叔文被贬为渝州司户，元和元年（806）赐死。④居闲：州司马本为刺史手下的佐僚，唐代中叶以后，成为有职无权的

闲散官，居此位者常为被贬官吏，故云。⑤无涯涘：无边无际。涯涘，水边。⑥子厚得柳州：柳宗元依例召回京师后，旋即出任柳州刺史，故称"子厚得柳州"。柳州，今属广西。⑦子本：子钱（即利息）和本钱。侔：相等。⑧观察使：唐时分天下为十道，每道设按察采访处置使，后改称观察处置使，由中央委派官员到各地掌管监察，考察州县官吏政绩。柳州属桂管道。⑨衡、湘：衡山和湘水，均在今湖南境内。⑩口讲指画：讲授指点。

[译文]

贞元十九年，子厚从蓝田县尉升任监察御史。顺宗即皇帝位后，委任他为礼部员外郎。当时适逢当权的人获罪，子厚被视为同党而遭受牵连，外放为邵州刺史；还未到任上，又被贬为永州司马。身处闲散之地，他更加刻苦读书，勉力从事读书记诵，写作诗文汪洋恣肆，造诣博大精深，无有止境，可是只能恣意寄情于山水之间。元和年间，朝廷曾按照惯例将他召回京城，又跟其他人一同再次被外放为远州刺史，子厚被派往柳州。到任之后，他感慨地说："这里难道不足以做出政绩来吗？"于是按照当地的风俗，制定教化措施和禁令，深得柳州民众的遵从和信赖。柳州当地有把子女作为抵押去借钱的陋俗，如果不能按照约定的期限赎回，等到利息滚到与本钱相等时，抵押的子女就要沦为债主的奴婢。子厚替欠债的人们想方设法，让他们把抵押出去的子女全部赎回来；而那些特别贫困实在无力赎回被抵押的子女的，就命令债主记下人质当佣工所应得到的佣金，等到佣金足够抵销债务时，便要债主归还那些人质。观察使把这个办法推广到所属其他的州，刚实施一年，获得解免而回家的奴婢就有近千人。衡山、湘江以南准备参加进士科考试的人，都把子厚当做老师，那些经过子厚亲自讲授指点的人所撰写的文章，都合乎规范值得观览学习。

其召至京师而复为刺史也，中山刘梦得禹锡亦在遣中①，当诣播州②。子厚泣曰："播州非人所居，而梦得亲在堂，吾不忍梦得之穷，无辞以白其大人；且万无母子俱往理。"请于朝，将拜疏，愿以柳易播，虽重得罪，死不恨。遇有以梦得事白上者③，梦得于是改刺连州④。呜呼！士穷乃见节义。今夫平居里巷相慕悦，酒食游戏相征逐，诩诩强笑语以相取下，握手出肺肝相示，指天日涕泣，誓生死不相背负，真若可信；一旦临小利害，仅如毛发比，反眼若不相识；落陷阱，不一引手救，反挤之，又下石焉者，皆是也。此宜禽兽夷狄所不忍为，而其人自视以为得计，闻子厚之风，亦可少愧矣。

[注释]

①刘梦得：名禹锡，字梦得，祖籍中山（今河北定县）。柳宗元的好友，亦为王叔文革新集团中的重要成员，并因此被贬为朗州（今湖南常德）司马。②诣：往，到。播州：今贵州遵义一带。③遇有以梦得事白上者：据《旧唐书·刘禹锡传》载，当时御史中丞裴度上奏皇帝说："刘禹锡有母，年八十余。今播州西南极远，猿狖所居，人迹罕至。禹锡诚合有罪，然其母老必去不得，则与此子为死别，臣恐伤陛下孝理之风。伏请屈法，稍移近处。"刘禹锡因此改刺连州。④连州：治所在今广东连县。

[译文]

当年子厚被召回京都而后又被贬出任地方刺史时，中山人刘梦得也在被贬斥之列，应当贬到播州去。子厚流着眼泪说："播州不是中原人所能居住的地方，况且刘梦得还有高堂老母在家，我实在不忍心看到梦得的窘况，他没法把这件事告诉母亲大人，再说绝没有让母子一起去播州的道理。"于是他就向朝廷请求，并且准备向皇帝上疏，表示自己愿意拿柳州来换播州，即使罪上加罪，死也不会遗憾。正好碰上有人把梦得的情况告诉皇帝，梦得因此改任为连州刺史。唉！君子在困窘时才能显现出他们高尚的气节和道义。如今那些平时闲暇无事，同为街坊相互敬重仰慕的人，一起吃喝玩乐相互应酬，互相吹捧讨好并假惺惺地表示愿意处在对方之下，手拉手好像要把自己的肝肺掏出来给对方看，指着苍天白日流着眼泪发誓无论生死都决不背弃，简直像真的一样可信。然而一旦碰到小小的利害冲突，哪怕仅仅像汗毛、头发那样微不足道，有些人立刻反目好像从不认识似的；看见对方落入陷阱，不仅不伸手救援，反而推挤于他，甚至往井下扔石头，这种人社会上比比皆是。这些事情就连禽兽动物和野蛮人都不忍心去做，然而那些人还自以为得计，他们如果听到子厚的高风亮节，应该也会稍感羞愧吧！

　　子厚前时少年，勇于为人，不自贵重顾藉①，谓功业可立就，故坐废退；既退，又无相知有气力得位者推挽，故卒死于穷裔，材不为世用，道不行于时也。使子厚在台省时②，自持其身已能如司马、刺史时，亦自不斥，斥时有人力能举之，且必复用不穷。然子厚斥不久，穷不极，虽有出于人，其文学辞章，必不能自力，以致必传于后如今，无疑也。虽使子厚得所愿，为将相于一时，以彼易此，孰得孰失，必有能辨之者。

[注释]

　　①不自贵重顾藉：不珍重爱惜自己，这里指柳宗元不该贸然参加王叔文等人的政治革新活动。②台省：台和省都是唐代中央政府官署的名称。柳宗元曾任监察御史里行，属御史台；后任礼部员外郎，属尚书省。

[译文]

　　子厚当初年轻时，热心帮助别人，不珍重爱惜自己，认为功业可以很快建立，因此受到牵连而遭到朝廷废弃贬谪；贬退以后，又没有熟识而且有力量有权位的人推荐引进他，故而最终死在荒僻边远之地，才学不被当世所用，政治主张也不能在当时得到推行。如果子厚在中央政府的台省部门做官时，保持自己的节操谨慎行事，已经能像他做永州司马和柳州刺史时那样，也自然不会被贬斥，即使身遭贬斥而有人肯举荐他，那么必将被朝廷重新起用而不至于潦倒终身。但是子厚遭到贬斥的时间不长久，穷困也没有到达极限，即使又能出人头地，那他在文学著作方面就必然不会下苦工夫，以至达到现在这样必然能流传后世的成就，这是毋庸置疑的。即使子厚得到他所希望的，能够担任朝廷的将军或宰相于一时，用仕途的顺畅来换取他在文学方面的辉煌成就，什么是得，什么是失，必定有人能够加以辨别。

子厚以元和十四年十一月八日卒，年四十七。以十五年七月十日归葬万年先人墓侧①。子厚有子男二人：长曰周六，始四岁；季曰周七，子厚卒乃生。女子二人，皆幼。其得归葬也，费皆出观察使河东裴君行立②。行立有节概，重然诺，与子厚结交，子厚亦为之尽，竟赖其力。葬子厚于万年之墓者，舅弟卢遵③。遵，涿人，性谨慎，学问不厌。自子厚之斥，遵从而家焉，逮其死不去；既往葬子厚，又将经纪其家，庶几有始终者。铭曰：

是惟子厚之室，既固既安，以利其嗣人。

[注释]

①万年：县名，在今陕西长安。据柳宗元《先侍御史府君神道表》载，其父柳镇葬于万年县的栖凤原。②裴君行立：裴行立，河东（今山西永济县）人，柳宗元的上司和朋友，元和十二年任桂管观察使。③卢遵：柳宗元舅父的儿子，涿州（今属河北）人。

[译文]

子厚在元和十四年十一月八日去世，年仅47岁。元和十五年七月十日，他的灵柩被运回并安葬在万年县祖先坟墓旁边。子厚有两个儿子：大的叫周六，才四岁；小的叫周七，子厚死后才出生。两个女儿，都很幼小。他的灵柩能够回乡落葬，一切费用都是观察使河东人裴行立支付的。裴行立为人有节操气概，重信用，与子厚交情很深，子厚也曾为他尽心尽力，最后竟然依靠他的帮助才能料理完后事。把子厚落葬在万年墓地的，是他的表弟卢遵。卢遵是涿州人，性情谨慎而和顺，勤学好问从不厌倦。自从子厚被贬出京师，卢遵就跟随子厚到贬谪之地安家，一直到子厚去世也不愿离去；他已经安葬好子厚，还打算帮忙料理子厚的家事，这样才算是个有始有终的人啊。铭文说：

这里是子厚的墓室，既牢固又安稳，以有利于他的后人。

唐故殿中少监马君墓志①

[题解]

这篇墓志作于长庆二年（822），通过追忆韩愈与马氏祖孙三代的交谊，生动地刻画了马燧作为伟人的威仪、马畅作为贵公子的风采和马继祖孩提时的玉雪可爱，慨叹世事盛衰的难以预测、人生变幻的反复无常，具有强烈的抒情气氛。明代茅坤在《唐宋八大家文钞》中以为"（此文）以生平故旧志墓，最悲凉可涕"。

君讳继祖，司徒、赠太师、北平庄武王之孙②，少府监、赠太子少傅讳畅之子③。生四岁，以门功拜太子舍人④。积三十四年，五转而至殿中少监⑤，年三十七以卒。有男八人，女二人。

[注释]

①唐故殿中少监马君墓志：题目原作《殿中少监马君墓志》，"唐故"二字当为后加。殿中少监，官名，为殿中监之副，官阶从四品上，掌御用服饰及临朝仪仗等事宜，一般由功勋子弟充任。马君，即马继祖，事迹附见《新唐

书·马燧传》。②司徒、赠太师、北平庄武王：即马燧，字洵美，汝州郏城（今河南郏县）人。大历、建中间，因征讨藩镇有功，曾官司徒、北平郡王，卒赠太师，谥庄武。③少府监、赠太子少傅讳畅：指马燧的次子马畅。少府监，官名，官阶从三品，掌管百工技艺，供给皇帝使用事项。太子少傅，古代东宫设三太（太师、太傅、太保）三少（少师、少傅、少保），并称六傅，掌管教谕太子。太子少傅为东宫六傅之一，官阶正二品，隋唐后多用为加官赠官的荣誉官衔。④门功：先世门第的功绩。太子舍人：东宫属官，掌管东宫文书等事，官阶正六品上。⑤五转：五次升官。转，因年资而升调。

[译文]

马君名讳继祖，是司徒、赠太师、北平庄武王马燧的孙子，少府监、赠太子少傅马畅的儿子。他四岁的时候，就因为祖上的功绩而被封为太子舍人。中间累计有34年，五次升迁，官至殿中少监，去世时年方37岁。生有儿子八人，女儿二人。

始余初冠①，应进士贡在京师②，穷不自存，以故人稚弟拜北平王于马前③，王问而怜之，因得见于安邑里第④。王轸其寒饥，赐食与衣。召二子使为之主，其季遇我特厚，少府监、赠太子少傅者也。姆抱幼子立侧，眉眼如画，发漆黑，肌肉玉雪可怜，殿中君也。当是时，见王于北亭，犹高山深林巨谷，龙虎变化不测⑤，杰魁人也。退见少傅，翠竹碧梧，鸾鹄停峙⑥，能守其业者也。幼子娟好静秀，瑶环瑜珥⑦，兰茁其芽，称其家儿也。

[注释]

①初冠：古人20岁行冠礼，便为成人。贞元三年（787），韩愈20岁。②应进士贡在京师：州府将初试及格的士子送往京城，参加进士科考试。③故人稚弟：韩愈自称。韩愈从兄韩弇是马燧的朋友。贞元三年，吐蕃请和。德宗遂派侍中浑瑊前往，韩弇以判官兼殿中侍御史的身份同往，结果吐蕃毁盟，韩弇与副使兵部尚书崔汉衡均遭杀害。④安邑里第：即安邑里或安邑坊，在长安

城内。⑤龙虎变化不测：比喻非常人物的行为变化莫测。⑥鸾鹄停峙：像鸾凤、天鹅那样站立，形容马畅秀拔不群。⑦瑶、环、瑜：均指美玉。珥：耳饰。

[译文]

当初我刚年满20岁时，被贡举到京城长安参加进士科考试，生活困窘难以维持，就以老朋友小弟的身份去北平郡王马前拜见他，郡王马燧询问了我的情况并且很同情我，我因此才能够在安邑里王府进见。郡王怜念我饥寒交迫，赐给我食物和衣服。并把两个儿子叫来负责接待我，他的小儿子对我特别照顾，就是那位担任少府监、赠太子少傅的马畅。乳母抱着马畅的小儿子立在旁边，那孩子眉清目秀如同图画中的人物，头发乌黑发亮如同漆染，肌肤莹洁得像白雪一样剔透玲珑，特别可爱，这就是年少的殿中君马继祖。在那个时候，我在府中北亭拜谒郡王，感觉郡王犹如高山、深林、巨谷那样气概雄伟，犹如龙虎那般变幻莫测，可谓相貌出众，才智超群。退下来见到少傅，他宛如翠竹碧桐般秀美文雅，又如鸾凤天鹅般秀拔不群，是一位能够守持家业的人。那个年幼的孩子美好静秀，如同美玉般可爱，像兰花初生的嫩芽那样可爱，不愧为世家子弟。

后四五年，吾成进士①，去而东游，哭北平王于客舍②。后十五六年，吾为尚书都官郎③，分司东都，而分府少傅卒④，哭之。又十余年至今⑤，哭少监焉。呜呼！吾未耄老⑥，自始至今未四十年，而哭其祖子孙三世，于人世何如也？人欲久不死，而观居此世者，何也？

[注释]

①吾成进士：贞元八年，韩愈25岁时进士及第。②哭北平王于客舍：马燧卒于贞元十一年八月，时韩愈东归河阳，又自河阳来到洛阳，故云客舍。

③尚书都官郎：元和四年（809），韩愈改授都官员外郎，分司东都。都官员外郎属刑部，佐刑部尚书、侍郎推行法令。④分府少傅：即太子少傅分司洛阳者，指马畅。分府，当时分司官的称号。⑤又十余年至今：指长庆初年。⑥耄（mào）：古以八九十岁为耄，泛指老年。

[译文]

过了四五年，我进士及第，离开京城东归河阳，北平郡王去世后，我在洛阳客舍为其痛哭。此后过了十五六年，我担任尚书省的都官员外郎分管东都时，适逢分司洛阳的太子少傅马畅去世，我又为他而痛哭流涕。又过了十余年直到现在，我又在这里悼念殿中少监。唉！我年龄还没有老迈，从认识他们一家到现在还不到40年，却已经为马氏祖、子、孙三代人的去世而哭泣，对于人世间的事情该怎么说好呢？人们都想长生不死，可是亲历了马氏祖孙三代的相继而逝，又该怎么来对待呢？

瘗砚铭①

[题解]

这篇文章简要叙述李观埋砚的举动，通过慨叹砚台与瓦砾材质相同而功用迥异，委婉地讽刺了当时人们良莠不分的社会现实。明代茅坤在《唐宋八大家文钞》中谓此文"瘗砚一段光景，颇奇气"。

陇西李观元宾②，始从进士贡在京师，或贻之砚。既四年，悲欢穷泰③，未尝废其用。凡与之试艺春官④，实二年登上第。行于褒谷⑤，役者刘胤，误堕之地，毁焉。乃匣归埋于京师里中。

昌黎韩愈，其友人也。赞且识云：

土乎质，陶乎成器。复其质，非生死类。全斯用，毁不忍弃。埋而识，之仁之义。砚乎砚乎，与瓦砾异！

[注释]

①瘗（yì）：掩埋，埋葬。②李观：字元宾，先为陇西（今属甘肃）人，后家江东。24岁时被贡举到京师参加进士科考试，贞元八年与韩愈同科进士及第，官至太子校书郎。卒于德宗贞元十年，时年29岁。以古文知名于当时，后人辑有《李元宾文集》。③穷泰：困厄和显达。④春官：古官名，为《周礼》六官之一，掌礼法、祭祀。唐武则天光宅年间（684）曾改礼部为春官，后遂为礼部的别称。⑤褒谷：地名。古代著名的褒斜道就因取道褒水、斜水两河谷而得名。褒水、斜水同出秦岭太白山，褒水南注汉水，谷口在旧褒城县北10里；斜水北注渭水，谷口在眉县西南30里。

[译文]

陇西人李观，字元宾，起初被贡举在京师准备参加进士考试，有人赠送给他一方砚。已经四年了，无论心情悲哀还是欢乐，处境困厄还是显达，他勤奋学习，从未停止使用这方砚。李观每次到礼部参加学业考试都带着这方砚，过了两年终于进士及第。他走到褒谷这个地方时，手下的仆役刘胤不小心让砚台掉在地上摔毁了。他就用匣子把砚台的碎片装起来，回去后埋在京师的家里。

昌黎韩愈是他的朋友，很赞赏他的做法并且记录这件事说：

砚台的材质本是土，烧制而成陶器。恢复砚的本来质地，不因它的生死而有所区别。让砚的功用得到全部发挥，即使摔毁了也不忍心抛弃。将碎砚掩埋而且加以记录，可谓至仁至义。砚台啊砚台，你与那些瓦砾完全不同啊！

祭 文

欧阳生哀辞

[题解]

欧阳生名詹，字行周，泉州晋江（今福建晋江）人，曾任国子监四门助教。韩愈与欧阳詹是好朋友，文章对欧阳詹"生之不得位而死"（《题哀辞后》）深表惋惜与悲痛，寄托了作者的人生感慨。

欧阳詹世居闽越。自詹已上，皆为闽越官①，至州佐、县令者累累有焉。闽越地肥衍，有山泉禽鱼之乐，虽有长材秀民②，通文书吏事与上国齿者③，未尝肯出仕。今上初④，故宰相常衮为福建诸州观察使⑤，治其地。衮以文辞进，有名于时，又作大官，临莅其民。乡县小民有能诵书作文辞者，衮亲与之为客主之礼，观游宴飨⑥，必召与之。时未几，皆化翕然⑦。詹于时独秀出，衮加敬爱，诸生皆推服。闽越之人举进士，由詹始。

[注释]

①闽越官：唐制，闽中郡县官员不由吏部选派，而是派五品以上京官为

专使,就地选任郡县官员。②长材:有过人的才能。秀民:才能出众的百姓。③上国:通常指京师和中原文化较为发达的地方。齿:等列,相等。④今上:指唐德宗李适。⑤常衮:字夷甫,京兆万年(今陕西西安市)人,唐代宗时官至宰相,封河内郡公。唐德宗建中元年(780)出任福建观察使。⑥宴飨:泛指举行宴会招待宾客。飨,用隆重的礼节请宾客饮酒。⑦翕然:形容和洽的样子。

[译文]

欧阳詹世代居住在闽越。其家族自欧阳詹往上数,都是闽越之地的官员,做到州郡的属官和县令一类官职的,比比皆是。闽越之地肥沃,有山泉、飞禽、游鱼之类的乐趣。即使是有一些才能出众的人,有一些精通文书吏事可以和京师等文化发达地区的人相并列者,都不肯出来做官。德宗初年,已故宰相常衮为福建观察使,治理闽越之地。常衮因擅长文章而晋身仕途,当时就很有名,又做了大官,治理闽越百姓。乡里、县中的小小老百姓有能够读书作文章的人,常衮亲自以主人的身份和他们交往,有游玩宴会一类的事情,一定请他们参加。时间不久,闽越之地便其乐融融。这个时候,欧阳詹特别突出,常衮对他更加敬重和爱惜,在学读书的人都很推重和佩服他。闽越之人考进士,自欧阳詹这里开始。

建中、贞元间①,余就食江南②,未接人事③,往往闻詹名闾巷间④,詹之称于江南也久。贞元三年,余始至京师,举进士,闻詹名尤甚。八年春,遂与詹文辞同考试登第⑤,始相识。自后,詹归闽中,余或在京师他处,不见詹久者,惟詹归闽中时为然。其它时与詹离,率不历岁移时则必合,合必两忘其所趋,久然后去。故余与詹相知为深。

詹事父母尽孝道,仁于妻子,于朋友义以诚⑥。气醇以方⑦,容貌巍巍然⑧。其燕私善谑以和⑨,其文章切深,喜往复,善自道。读其书，知其于慈孝最隆也。十五年冬，余以徐州从事朝正于京师⑩，詹为国子监四门助教⑪，将率其徒伏阙下⑫，举余为博士。会监有狱⑬，不果上⑭。观其心有益于余，将忘其身之贱而为之也。

[注释]

①建中、贞元：皆是唐德宗年号。建中、贞元间，指唐德宗建中元年（780）至贞元元年（785）之间。②就食江南：韩愈13岁至18岁在韩氏别业宣城居住，故称"就食江南"。③未接人事：尚未进入社会。④间巷：即里巷，指小的街道。泛指乡里民间。⑤同考试登第：指韩愈与欧阳詹于贞元八年春同登进士第。同时登第的多是知名之士，其进士榜号称"龙虎榜"。⑥义以诚：义气而且诚实。⑦醇以方：醇厚、正直。⑧巍巍然：端庄聪明的样子。⑨燕私：闲暇休息之时，泛指平时。善谑以和：喜欢开玩笑但又很平和。⑩朝正：向皇帝朝贺元旦。正，正旦，即元旦。⑪国子监：隋朝以后设立的中央官学，为古代教育的最高学府。隋炀帝时，国子监下设国子、太学、四门、律、算、书等六学，各学设立博士、祭酒、助教等官职，唐沿袭其例。四门助教：四门学的助教，从八品。⑫阙下：宫阙的台阶之下。⑬会监有狱：遇上国子监有狱讼之事。⑭果：成为事实。

[译文]

唐德宗建中、贞元年间，我在江南宣城生活，还没有踏入社会，经常在乡里民间听到欧阳詹的名字，欧阳詹在江南享有名望已经很久了。贞元三年（782），我才到京师考进士，更多地听到了欧阳詹的名字。贞元八年春，我与欧阳詹同时参加考试，考中了进士，才开始相识。此后，欧阳詹回到闽中，我或是在京师，或是在其他地方，和欧阳詹很久没有见面了，只有欧阳詹回闽中省亲的时间里是这个样子。其他时间与欧阳詹分离，大抵不到一年就一定会碰面，会面之后就忘记了两边分离的事情，相聚很久，然后才分别。所以，我和欧阳詹相互之间最为了解。

欧阳詹侍奉父母极尽孝道，对妻子儿女仁爱，对朋友义气且诚实，气度醇厚正直，容貌端庄聪明。平时和人相处，善于戏谑而又平和。其文章峻切深刻，喜欢书信往来，善于自说自话。读到他的书信，知道他对父母最为孝顺。贞元十五年冬天，我以徐州从事的身份赴京朝贺，欧阳詹此时为国子监四门助教，准备率领他的学生到宫殿前上书，推举我为国子监博士。碰巧国子监有诉讼之事，请愿书才没有真的递交上去。看他的用意，想对我有帮助，忘记了自己身处卑贱之位而做这件事情。

唉！詹今其死矣。詹闽越人也，父母老矣，舍朝夕之养以来京师，其心将以有得于是，而归为父母荣也，虽其父母之心亦皆然。詹在侧，虽无离忧①，其志不乐也。詹在京师，虽有离忧，其志乐也。若詹者，所谓以志养志者欤②？詹虽未得位，其名声流于人人，其德行信于朋友，虽詹与其父母皆可无憾也！

詹之事业文章，李翱既为之传③，故作哀辞，以舒余哀④，以传于后，以遗其父母，而解其悲哀，以卒詹志云。

[注释]

①离忧：与父母分离思念的苦恼。②以志养志：按照父母的意愿来孝敬奉养父母。养志，语出《孟子·离娄》："曾子养曾晳，必有酒肉。将彻，必请所与；问有余，必曰'有'……若曾子，则可谓养志也。事亲若曾子者，可也。"③李翱：字习之，陇西成纪（今甘肃秦安）人。一说为赵郡人。贞元进士，官至山南东道节度使。曾从韩愈学习古文。④舒：缓解，减轻。

[译文]

呜呼！欧阳詹如今已经去世了。欧阳詹是闽越人，父母已经老了，他放弃了早晚奉养父母前来京师，是想在京师有所作为，回到家乡让父母感到荣耀，即使是他的父母当初也是这样想的。欧阳詹在父母身边，虽然没有分离思念的苦恼，心中却快乐不起来。欧阳詹人在京师，虽然有分离思念的苦恼，心中却很快乐。像欧阳詹这样就是所谓的按照父母的意愿来孝敬父母的人吧？欧阳詹虽然没有获得高位，但其声名为众人所知，其德行令朋友信服，即使是欧阳詹本人与其父母都没有什么可以遗憾的了。

欧阳詹的事业及其文章，李翱已经为他作了传，所以，我就写了这篇哀辞来舒缓我的悲哀之情，传之后世，送给欧阳詹的父母，减轻他们的悲痛，以此来了结欧阳詹未尽之志向。

求仕与友兮，远违其乡。父母之命兮，子奉以行。友则既获兮，禄实不丰①。以志为养兮，何有牛羊？事实既修兮，名誉又光。父母忻忻兮②，常若在旁。命虽云短兮，其存者长。终要必死兮，愿不永伤。友朋亲视兮，药物甚良。饮食孔时兮③，所欲无妨。寿命不齐兮，人道之常。在侧与远兮，非有不同。山川阻深兮，魂魄流行。祀祭则及兮，勿谓不通。哭泣无益兮，抑哀自强。推生知死兮，以慰孝诚④。呜呼哀哉兮，是亦难忘。

[注释]

①禄实不丰：欧阳詹任国子监四门助教，月俸禄仅16贯文钱，每年得俸米62斛（一斛为10斗）。②忻忻：高兴的样子。③饮食孔时：饮食都是很新鲜的时令物品。孔时，此处意指很新鲜。孔，很，甚。④孝诚：孝敬诚恳之心。

[译文]

（欧阳詹）为求做官和交友，远离了故乡。严父慈母的命令，儿子只有遵照执行。朋友已经如期得到，俸禄却不够丰厚。顺从父母的意志来奉养，有没有牛羊又有什么关系？道德文章已经得到修养，名声又是如此光耀四方。父母应该高高兴兴，好像儿子常常在身旁。（欧阳詹）的生命虽然短暂，他的事业、文章却是永存。人总是要死的，希望不要过于悲伤。亲戚朋友来探望，胜过最好的药物。饮食都是新鲜物品，想吃什么都无妨。寿命长短各有不同，这是人之常理。儿子在身旁与在远方,也没有什么不同。山河阻隔路途遥远,阻挡不住思乡魂魄的行进。家乡的祭祀可以到达,不要以为山川阻隔而不通。痛哭流涕于事无补,还望抑制悲痛爱惜身体。从出生可以推知死亡,以此来慰藉死者的孝诚。呜呼哀哉!这也是让人难以忘怀的。

祭田横墓文

[题解]

田横是西汉初年的义士,齐王田儋的从弟。田儋死后,自立为齐王。刘邦统一天下,田横义不称臣,率其徒500人逃到海岛上。刘邦派使者召其赴京,田横带两个随从进京,行至尸乡(在今洛阳东30里),乃自杀,遂葬于此。海岛上500人闻其死讯,全部自杀。文章借祭奠田横,抒发胸中的愤懑之情,有"借田横发自己一生悲感之意"(茅坤《唐宋八大家文钞》)。

贞元十一年九月,愈如东京①,道出田横墓下②,感横义高能得士,因取酒以祭,为文而吊之。其辞曰:

事有旷百世而相感者③,余不自知其何心。非今世之所稀,孰为使余歔欷而不可禁?余既博观乎天下,曷有庶几乎夫子之所为④?死者不复生,嗟余去此其从谁?当秦氏之败乱⑤,得一士而可王,何五百人之扰扰,而不能脱夫子于剑铓?抑所宝之非贤,亦天命之有常?昔阙里之多士⑥,孔圣亦云其遑遑⑦。苟余行之不迷,虽颠沛其何伤?自古死者非一,夫子至今有耿光⑧。跽陈辞而荐酒⑨,魂仿佛而来享。

[注释]

①如:往,去。东京:洛阳。唐代都长安(今陕西西安市),以洛阳为

东都。②道出：路过，路途经过。③旷：空旷，此指远隔。百世：3000 年。古代以 30 年为一世。此称"百世"，极言其事件发生时代之遥远。④曷：即何，意为"何人"。庶几：差不多，接近。⑤秦氏：指秦朝。⑥阙里：即孔子出生地鲁国陬邑昌平乡阙里（今山东曲阜）。此处代指孔门。⑦遑遑：惊慌不安的样子。⑧耿光：光明。⑨跽：长久跪地。

[译文]

贞元十一年九月，我往东京去，路途经过田横墓前，为田横高义能够获得士的爱戴所感动，于是取酒祭祀，并写下这篇文章来祭奠他。文章写道：

事情有经过百世之久而仍能让人感动的，我不知道这该是怎样的一种心情。假如不是当今之世义士太少，还有谁能够让我如此悲痛而难以自禁？我遍观天下之人，哪一个人和您的作为能够接近？人死了不能复生，让我离开这里之后该去跟从何人？当秦朝末年天下大乱之时，得到一个义士就可以称王，为何有徒众五百人之多，竟然不能让您免去自杀的结果？这究竟是您看重的人不是贤士，还是天命就该这个样子？当初孔子之徒有很多，孔子却不免惶惶不可终日。假如我不迷失前进的方向，即使遭遇颠沛流离又有何妨？自古以来死的人已经无数，而您至今炯炯有光。长跪地上宣读祭文并洒酒祭奠，仿佛看到您的魂灵前来受享。

祭鳄鱼文

[题解]

元和十四年，时任潮州刺史的韩愈针对恶溪中的鳄鱼经常危害当地百姓之事，以诙谐的笔调写了这篇《祭鳄鱼文》，对鳄鱼给百姓造成的危害给予了痛斥，表现出韩愈对百姓的一片真情。文章惊世骇俗，言外之意值得深思。

维年月日①，潮州刺史韩愈②，使军事衙推秦济，以羊一猪一，投恶溪之潭水③，以与鳄鱼食，而告之曰：昔先王既有天下，列山泽，网绳擉刃④，以除虫蛇恶物。为民害者，驱而出之四海之外。及后王德薄，不能远有，则江汉之间尚皆弃之，以与蛮夷楚越⑤，况潮岭海之间，去京师万里哉！鳄鱼之涵淹卵育于此⑥，亦固其所。今天子嗣唐位⑦，神圣慈武，四海之外，六合之内⑧，皆抚而有之。况禹迹所掩⑨，扬州之近地，刺史、县令之所治，出贡赋以供天地、宗庙、百神之祀之壤者哉！

[注释]

①维年月日：古人写文章表示时间的一种方式，有时有确指，有时无确指。此文写作时间，或作元和十四年四月二十四日。②潮州：在今广东省东部。唐宪宗元和十四年三月，时任刑部侍郎的韩愈因上表谏阻迎佛骨，被贬为潮州刺史。③恶溪：即盖龙湫，在潮州城西。④网绳：捕捉飞禽和游鱼的网。擉（chuō）刃：叉和刀。擉，刺，叉。刃，代指刀具。⑤蛮夷：中国古代，把中原之外的地区按东南西北的方位，分别称为夷、蛮、戎、狄。蛮夷，此处泛指楚越之南的地区。⑥涵淹：潜伏。⑦今天子：指唐宪宗。⑧六合：指东、西、南、北、上、下，即天下四方，泛指天下或宇宙之内。⑨禹迹所掩：大禹足迹所到之处。

[译文]

　　某年某月某日，潮州刺史韩愈，兼使军事衙推秦济，用一只羊、一头猪，投进恶溪的潭水中，给鳄鱼来食用，并告诉鳄鱼说：当初，先王占有天下之后，焚烧山泽，张开罗网，拿起叉和刀，来驱除虫蛇等有害之物。对百姓有危害的东西，都被驱除到四海之外。后来的帝王德行浅薄，不能享有远方之地，江汉之间尚且被抛弃，都交给了蛮夷楚越，更何况潮州至岭南海边之间，距离京师有万里之远的土地呢？鳄鱼潜伏这里并在这里孵卵滋生，也是本来就有的。如今，天子继承大位，神明仁圣慈爱勇武，四海之外，六合之内，都成为大唐的疆域。更何况潮州是大禹足迹所到之处，是与古扬州之地相接近，接受刺史、县令的治理，每年出贡品税赋来供国家祭祀天地、宗庙和百神的地方啊！

鳄鱼其不可与刺史杂处此土也。刺史受天子命，守此土，治此民，而鳄鱼睅然不安溪潭①，据处食民畜，熊豕鹿麞，以肥其身，以种其子孙②，与刺史亢拒③，争为长雄④。刺史虽驽弱⑤，亦安肯为鳄鱼低首下心⑥，伈伈睍睍为民吏羞⑦，以偷活于此耶⑧？且承天子命以来为吏，固其势不得不与鳄鱼辩。鳄鱼有知，其听刺史言。

[注释]

①睅然：眼睛突出的样子。②种：繁衍，滋生。③亢拒：即抗拒。"亢"与"抗"通。④长雄：为首、称雄的强者。⑤驽弱：才能低下，力量薄弱。⑥低首下心：屈服顺从。下心，屈服于人。⑦伈（xǐn）伈：形容恐惧。睍（xiàn）睍：眼睛细小，形容害怕的样子。⑧偷活：苟且偷生。

[译文]

鳄鱼你不可以与刺史杂处于这个地方！刺史受天子之命，守卫这里的土地，管理这里的百姓，而鳄鱼竟然眼睛突出，不安分地居住在潭水中，占据潭水，生吃百姓的牲畜及熊豕鹿獐，自己吃得肥肥胖胖，以繁衍子孙，和刺史相对抗，争为这里的强者。刺史虽然才能低下，力量薄弱，也不肯对鳄鱼屈服顺从，更不敢胆小害怕得让百姓和官吏蒙羞，怎么能在这里苟且偷生呢？况且，我秉承天子之命来这里为官，这种形势本来就不得不与鳄鱼进行争辩。鳄鱼你如果有知觉的话，就听刺史来对你说。

潮之州，大海在其南。鲸鹏之大①，虾蟹之细，无不容归，以生以食②。鳄鱼朝发而夕至也。今与鳄鱼约：尽三日，其率丑类③，南徙于海，以避天子之命吏。三日不能，至五日；五日不能，至七日；七日不能，是终不肯徙也，是不有刺史听从其言也④。不然，则是鳄鱼冥顽不灵⑤，刺史虽有言，不闻不知也。夫傲天子之命吏，不听其言，不徙以避之，与冥顽不灵，而为民物害者，皆可杀。刺史则选材技吏民，操强弓毒矢，以与鳄鱼从事⑥，必尽杀乃止，其无悔！

[注释]

①鲸鹏：鲸鱼和鲲鹏。鲸鱼为最大的鱼类，鲲鹏为最大的飞禽。②以生以食：依靠南海而生存。③丑类：同类。④不有：没有。⑤冥顽不灵：形容愚昧无知。冥顽，愚钝无知。不灵，不聪明。⑥从事：与鳄鱼进行搏斗的一种委婉说法。

[译文]

潮州这个地方，大海在它的南边。鲸鱼和鲲鹏那样的大鱼大鸟，虾米、螃蟹那样小小的鱼类，没有不为南海所包容的，它们都是依靠南海而生存。鳄鱼早上出发，晚上就可以到达南海。我如今与鳄鱼相约定：三日之内，率领你的同类，向南迁徙到大海中，来躲避天子任命的官员。三日不够，就给你五日；五日不够，就给你七日。七日还不能迁徙到南海，就是不愿迁徙，那就是眼里没有刺史，不听从刺史的命令了。不然的话，那就是你鳄鱼愚昧无知，刺史虽然有言在先，却是不闻不理。在天子任命的官员面前傲慢，不听他的话，不迁徙躲避，又愚昧无知，危害百姓，（有这些理由中的任何一个）都可以杀掉你。刺史就会选拔有能力有技术的官员和百姓，手拿强弓和毒箭，来与鳄鱼进行搏斗，一定要把你们斩尽杀绝为止，你不要后悔！

祭柳子厚文

[题解]

柳宗元在元和十四年（819）十月五日卒于柳州刺史任，临死前遗书儿子，请韩愈为他撰写墓志铭，刘禹锡为他编定文集。韩愈受柳宗元临终嘱托，撰写了《柳子厚墓志铭》和《祭柳子厚文》。文章作于元和十五年，时韩愈为袁州刺史，故此文作于袁州。文章对柳宗元英年早逝表示深深哀痛，对其道德文章给予了热情真诚的赞美。

维年月日，韩愈谨以清酌庶羞之奠①，祭于亡友柳子厚之灵。嗟嗟子厚，而至然耶②？自古莫不然，我又何嗟！人之生世，如梦一觉。其间利害，竟亦何校！当其梦时，有乐有悲。及其既觉，岂足追惟③？

[注释]

①清酌：祭祀所用的清酒。庶羞：多种美味。②至然：至于这样，达到这样。此处意指死亡。③追惟：追忆，回想。

[译文]

某年某月某日，韩愈谨用清酒和多种美味作为祭品，祭奠去世之友柳子厚的亡灵。可惜啊子厚，您怎么就去世了呢？自古以来，人没有不死的，我又何必感慨呢！人生一世，就像一场梦一样。其中的利害得失，何必还要计较！在梦中的时候，有欢乐也有悲痛。待醒来之后，哪里值得去回忆呢？

凡物之生，不愿为材。牺樽青黄①，乃木之灾。子之中弃②，天脱骎羁③。玉佩琼琚④，大放厥辞⑤。富贵无能，磨灭谁记？子之自著，表表愈伟⑥。不善为斫，血指汗颜⑦。巧匠旁观，缩手袖闲。子之文章，而不用世，乃令吾徒，掌帝之制。子之视人，自以无前。一斥不复⑧，群飞刺天⑨。

[注释]

①牺樽：古代酒器。樽为牛形，其背凿孔以盛酒。《庄子·天地篇》有云："百年之木，破为牺尊，青黄而文之，其断在沟中。"②中弃：中年去世。③骎（zhí）羁：马笼头和绊索。比喻牵制束缚。骎，古同"絷"。④玉佩琼琚：原指玉做的配饰。此乃对诗文的美称。⑤大放厥词：原意为铺张辞藻畅所欲言，后来指夸夸其谈，大发议论。⑥表表：卓异，特出。⑦血指汗颜：手指出血，脸上冒汗。形容不善于应对某事的窘态。⑧一斥：指柳宗元被贬为柳州刺史之事。⑨群飞：指朝廷中那些高升的人。

[译文]

世上一切有生命的物体，都不愿成为有用之材。做成祭祀用的酒器，纹上青黄的颜色，这就是树木的灾难。柳子中年去世，这是上天使您摆脱了束缚羁绊。您的诗文如玉佩琼琚，辞采华丽畅所欲言。富贵无能之人，死后有谁记得他们？柳子的著作卓异特出，越发显示出柳子的伟大。不善于砍伐的人，（抡起斧头来）手指冒血，头上冒汗。而能工巧匠，却是缩手袖中在一旁观看。柳子的文章不为世所用，才使得我们这些人负责掌管皇帝的制诰诏令。柳子看这些人，自然认为没有人能够超过他。他遭受贬斥之后就没有再回到朝廷，才使得朝廷中的许多人得以高升。

嗟嗟子厚，今也则亡。临绝之音①，一何琅琅②。遍告诸友，以寄厥子③。不鄙谓余④，亦托以死。凡今之交，观势厚薄⑤。余岂可保，能承子托？非我知子，子实命我。犹有鬼神，宁敢遗堕⑥！念子永归⑦，无复来期。设祭棺前，矢心以辞⑧。呜呼哀哉，尚飨。

[注释]

①临绝之音：指柳宗元临死前留给儿子的一封信。柳宗元在信中表示，请好朋友刘禹锡为他编定文集，请韩愈为他写墓志铭。韩愈受柳宗元临终之托，撰写了《柳子厚墓志铭》、《祭柳子厚文》。②琅琅：拟声词，形容金属击打声或读书声很响亮。③厥：他的。④鄙：粗俗浅陋。⑤观势厚薄：观察权势大小。⑥遗堕：弃置。⑦永归：死亡的一种委婉说法。⑧矢心：表示衷心。

[译文]

可惜啊柳子厚，如今已经去世了。他临终之时留下的话语，是如此响亮。叮嘱所有朋友的信件，寄给了他的儿子。柳子不认为我粗俗浅薄，把死后撰写墓志铭和祭文的事情托付给我。当今之世人们的交往，都是看权势大小。我怎么能够保证，承诺完成您的嘱托？不是我了解您，是您在命令我。如果还有鬼神的话，我怎么敢把您的嘱托弃置一边？想到您已经离我们而去，没有再来的时候了。我在您的棺木前摆上祭品，衷心地宣读祭文向您辞别。呜呼哀哉，尚飨。

祭河南张员外文

[题解]

贞元十九年（803）冬，韩愈与张署一道，自御史贬至南方为县令，二人从此建立了深厚的友谊。后来二人虽然长期没有见面，但仍心心相印。文章记述了韩愈与张署的交往及友谊，对张署的人品和政绩多有赞颂，对其遭受的不公正待遇给予了极大的同情。

维年月日，彰义军行军司马、守太子右庶子、兼御史中丞韩愈①，谨遣某乙②，以庶羞清酌之奠，祭于亡友故河南县令张十二员外之灵③。

贞元十九,君为御史。余以无能,同诏并跱④。君德浑刚⑤,标高揭己⑥。有不吾如,唾犹泥滓。余戆而狂,年未三纪⑦,乘气加人,无挟自恃。彼婉娈者⑧,实惮吾曹。侧肩帖耳⑨,有舌如刀。

[注释]

①彰义:即彰义节度使,亦称淮西节度使,治今河南汝南县。行军司马:职官名,三国魏元帝时设,职务相当于军咨祭酒。唐代,出征将帅及节度使下设行军司马,职务相当于参谋长。太子右庶子:东宫官员名。唐代东宫分设左右春坊,太子右庶子为右春坊主要官员,常以朝廷官高位尊者领之。御史中丞:古代职官名。唐代,御史台最高长官为御史大夫,但此职常空缺,御史中丞实际上成为御史台的长官。②某乙:某人。此以天干中的"乙"来指代某人。③员外:员外郎的省称。隋朝开皇年间,在尚书省二十四司各置员外郎一人,为各司次官。唐依其制。④跱:一作峙,立。⑤浑刚:浑厚刚直。⑥标高:原从建筑物的一点到选定基准水平面的垂直距离,此处指高标准。揭:标示。⑦三纪:36岁。一纪为12年。⑧婉娈:美好的样子。⑨侧肩:不敢正身而立,形容很温顺。帖耳:狗垂下耳朵,形容驯服的样子。

[译文]

某年某月某日,彰义军行军司马、守太子右庶子、兼御史中丞韩愈,恭敬地派遣某人,用多种美味和清酒这样的祭品,祭奠亡友、原河南县令张十二员外的魂灵。

贞元十九年(803),您出任御史。我因为没有能力,也和您一同出任御史之职。您的道德深厚刚直,高标准要求自己。有不如我的地方,就像唾弃污泥渣滓那样坚决摈弃。我愚鲁而且狂妄,年龄还不到36岁,盛气凌人,没有多大能耐却是自视甚高。他张员外是少年美貌之人,实际上却害怕我们这些人,表现得很温顺,但他快嘴利舌,口才特别好。

我落阳山①，以尹鼯猱②。君飘临武③，山林之牢。岁弊寒凶，雪虐风饕。颠于马下，我泗君咷。夜息南山，同卧一席。守隶防夫，抵顶交跖。洞庭漫汗④，粘天无壁。风涛相豗⑤，中作霹雳。追程盲进，驷船箭激⑥。南上湘水，屈氏所沈⑦。二妃行迷⑧，泪踪染林。山哀浦思，鸟兽叫音。余唱君和，百篇在唫。君止于县，我又南逾，把盏相饮，后期有无。期宿界上⑨，一又相语。

[注释]

①阳山：县名，今属广东省。公元803年，韩愈被贬为阳山令。②尹：治理。鼯猱：鼯鼠与猿猴。古代中原对南方少数民族的蔑称。③临武：县名，以临武水而得名，在今湖南最南部，与广东接壤。④漫汗：广大貌。⑤豗(huī)：撞击。⑥驷船箭激：形容船只行进如风似箭，速度很快。驷船，即帆船。⑦屈氏：即屈原。沈：沉。⑧二妃：即娥皇和女瑛，舜之二妃。行迷：走入迷途。⑨期：约定，会合。界上：县界。

[译文]

我落脚到阳山，治理那里的百姓。您飘落到临武，处于高山茂林的包围之中。时值年末，寒冷异常，风雪肆虐。从马上颠落下来，你我二人大声号咷。夜里住在南山，同宿一张床上，像戍守边疆的役夫那样，头脚相接，抱团取暖。洞庭湖浩瀚广阔，湖水连天接地，风涛撞击，如同霹雳。为了赶路盲目前进，帆船像射出的箭一样迅疾。南上进入湘水，那是屈原自沉的地方。舜的二妃在这里迷了路，泪洒山林。高山寄哀，湘水垂思，鸟鸣兽叫。你我二人苦中作乐，我来作诗，您来奉和，一路上留下了百篇诗歌。您到临武后就停了下来，我还要接着往南赶。把盏共饮，不知今后是否后会有期。约定在临武县界住宿一晚，又相互叮咛寄语。

自别几时，遽变寒暑。枕臂欹眠，加余以股。仆来告言①，虎入厩处，无敢惊逐，以我骡去②。君云是物，不骏于乘。虎取而往，来寅其征③。我预在此，与君俱赓。猛兽果信，恶祷而凭。余出岭中，君竢州下④，偕掾江陵⑤，非余望者。郴山奇变，其水清写，泊沙倚石，有遻无舍⑥。衡阳放酒，熊咆虎嗥，不存令章，罚筹猬毛。委舟湘流，往观南岳。云壁潭潭，穹林攸擢⑦。避风太湖，七日鹿角⑧。钩登大鲇，怒颊豕豞⑨。胾盘炙酒⑩，群奴余啄。走官阶下，首下居高。下马伏涂⑪，从事是遭。

[注释]

①仆：仆人。此指韩愈的随从人员。②骡：驴子。③来寅：明年正月。农历以正月为寅月。来，来年。④竢：同"俟"，等待，等候。⑤偕掾江陵：偕同到江陵做僚属。掾，泛指长官的僚属。⑥遻：遇见。⑦攸擢：挺立峻拔的样子。⑧鹿角：古镇名，在今湖南岳阳市。⑨豞（hòu）：猪叫声。豞，鸣叫。⑩胾：切成小块的肉。⑪涂：同"途"，路途，道路。

[译文]

自从分别之后，很快过了一年。当初我们相互依靠，枕臂而卧，腿压着腿的情形，宛然眼前。随从来告诉我说，老虎进入了饲养家畜的厩中，没有敢惊吓驱逐它，结果老虎把我骑的驴子叼走了。您说，驴子这个东西骑着跑步快，老虎来把它叼走，是明年正月会有好事情的征兆。我也期望有这样的事情，与您一起承担这种好兆头。猛兽真的有信誉，不祥的祈祷成为了依凭。我从岭南调出，您在州中等候，一起往赴江陵出任掾属，并不是我所期望的。沿途所见郴州的山峦，已经发生了巨大变化，山间水流清澈而下，水边沙漫石立，遇此美景便感恋恋不舍。到了衡阳，则是开怀畅饮，声如熊咆虎啸，没有什么好的酒令，罚的酒筹多如刺猬之刺。乘船进入湘水，前去游览南岳衡山，但见壁立云间，洞如深潭，高大的树木宛如穹庐，遮蔽天日。行至洞庭湖，为了躲避大风，在鹿角住了七天。临湖垂钓钓上来大鲶鱼，恼怒的时候给叫唤的猪套上笼头。每天吃饭少不了酒肉,吃剩下的给随从们吃。从官员行走的台阶走下来,人在高处却只能低头而下。随从见了,下马伏于道旁。

予征博士①,君以使已。相见京师,过愿之始。分教东生②,君掾雍首③。两都相望④,于别何有?解手背面⑤,遂十一年。君出我入,如相避然。生阔死休,吞不复宣。刑官属郎,引章讦夺⑥。权臣不爱,南昌是斡⑦。明条谨狱,氓獠户歌⑧。用迁沣浦⑨,为人受瘝⑩。还家东都,起令河南⑪。屈拜后生,愤所不堪。屡以正免,身伸事蹇。竟死不升,孰劝为善。

[注释]

①予征博士:元和元年(806),韩愈出任国子博士。②东生:东都洛阳的生员。元和二年,韩愈分教东都。③君掾雍首:张署元和二年为京兆府司录参军。雍,指雍州。④两都:唐之两都,指西京长安和东京洛阳。⑤解手:分手。⑥讦夺:因受到攻讦而被免官。⑦南昌是斡:指张署出任虔州刺史。南昌,当作南康。⑧氓獠:古时对南方少数民族的一种蔑称。⑨用迁沣浦:指张署由虔州刺史改任沣州刺史。⑩瘝:病,此指代人受过。⑪起令河南:起用为河南县令。

[译文]

我被征为国子博士,您外任也已结束。二人在京城相见,感情比当初相识时还要深厚。我赴东都洛阳任教,您出任京兆府司录参军。两都遥遥相望,与分别有什么区别?分手之后各处一地,不知不觉间就过了11年。其间您赴外任,我进京城,好像故意回避似的。生离死别,都一概不知道。您任刑部郎时,受到攻讦而被贬职。得不到权臣的宠爱,经过斡旋被贬到虔州南康。在虔州,您严明法律,谨慎审理案件,受到当地百姓的歌颂。因此改迁沣州,却又代人受过。被罢官贬回家乡洛阳,后来又再次起用为河南令。屈身礼拜年轻后生，愤愤不平而有所不堪。您多次因坚持正义而遭免官，因不愿屈服而事多坎坷。像您这样至死竟然得不到升迁，还有谁去劝人们做善事呢？

丞相南讨①，余辱司马②。议兵大梁③，走出洛下。哭不凭棺，奠不亲罍④。不抚其子，葬不送野。望君伤怀，有陨如泻。铭君之绩，纳石壤中。爰及祖考⑤，纪德事功。外著后世，鬼神与通。君其奚憾，不余鉴衷？呜呼哀哉，尚飨。

[注释]

①丞相南讨：元和十二年（817），丞相裴度兼任彰义军节度使、淮西宣谕处置使，出兵讨伐吴元济。②司马：指韩愈随裴度出征，任行军司马。③大梁：今河南开封市。④罍：一种酒器，圆口，三足。此处用作动词，指举起酒具祭奠。⑤祖考：祖父和父亲。考，父亲。

[译文]

丞相裴度奉旨南征，我因任行军司马而从征。到大梁商议军事，从洛阳经过。没有扶着您的棺木哭吊，祭奠时也没有亲自举起酒具。没有抚慰您的子女，没有在安葬时亲自送您到野外。看到您，我就十分伤心，失落之感如陨石下坠，似河水倾泻。把您的功绩铭刻在石上，把石头埋藏在土壤中。祭文记载德行事功，上及您的祖父和父亲。对外留诸后世，与鬼神相通。您有什么可遗憾的，难道不明白我的心情？呜呼哀哉，尚飨。

祭十二郎文

[题解]

韩愈与侄子十二郎自幼一起长大，感情笃深。然而，十二郎不幸早逝，韩愈悲痛欲绝，于贞元十九年十二郎去世后的第七天，撰写了这篇哀婉凄切的《祭十二郎文》。文章回忆了与十二郎相处的日子，对十二郎的去世寄予了无限哀思。文章以情胜，以真胜，是古代祭文的名篇。明人茅坤称之为"通篇情意刺骨，无限凄切，祭文中千年绝调"。

年月日①，季父愈闻汝丧之七日②，乃能衔哀致诚，使建中远具时羞之奠，告汝十二郎之灵③。呜呼！

吾少孤，及长，不省所怙④，惟兄嫂是依。中年，兄没南方，吾与汝俱幼，从嫂归葬河阳既⑤，又与汝就食江南⑥，零丁孤苦，未尝一日相离也。吾上有三兄⑦，皆不幸早世⑧。承先人后者，在孙惟汝，在子惟吾。两世一身，形单影只⑨。嫂常抚汝指吾而言曰："韩氏两世，惟此而已。"汝时尤小，当不复记忆。吾时虽能记忆，亦未知其言之悲也。

[注释]

①年月日：一作"贞元十九年五月二十六日"。②季父：父辈里排行最小的。③十二郎：名老成，韩愈的侄子。其父韩介，是韩愈的二兄。因长兄韩会无子，故而过继给韩会为子嗣。老成在同族兄弟中排行第十二，故称十二郎。④所怙：指父亲。怙，依赖，依靠。⑤河阳：古县名，汉代置，以其位于黄河之北而得名。唐为孟州，即今河南孟州市。⑥江南：此指宣州（今安徽宣城）。宣州在江南，韩氏在宣州有田宅，韩愈幼时曾居于此，故称"就食江南"。⑦三兄：韩愈有三个兄长，长兄韩会，仲兄韩介，三兄名不详。⑧早世：过早去世。⑨形单影只：形容孤苦无助。

[译文]

某年某月某日，季父韩愈得知你逝世消息的第七天，就强忍悲痛转达诚心，派遣建中从远方准备了时令果品美味等祭祀用品，来告祭你十二郎的亡灵。令人悲痛啊！

我自幼就成了孤儿，等长大一些，也不记得父亲的样子，所能依靠的只有兄长和嫂嫂。兄长正当盛年死在南方，我和你还都年幼，跟随嫂嫂把兄长的灵柩葬在老家河阳，之后又和你一道去江南谋生。我们二人孤苦伶仃，一天也没有分开过。我上面有三个兄长，都不幸过早去世，继承韩氏先人之后者，孙子辈的只有你，儿子辈的只有我。你一人承载了两代人的希望，形单影只，孤苦无助。嫂嫂经常抚摸着你对我说："韩家两代，只有你们二人而已。"你当时还小，应该不会记得这些。我当时虽然已经懂事，但也不明白这句话包含的悲苦。

吾年十九，始来京城。其后四年，而归视汝。又四年，吾往河阳省坟墓①，遇汝从嫂丧来葬。又二年，吾佐董丞相于汴州②，汝来省吾。止一岁，请归取其孥③。明年，丞相薨④。吾去汴州⑤，汝不果来⑥。是年，吾佐戎徐州⑦，使取汝者。始行，吾又罢去，汝又不果来。吾念汝从于东，东亦客也，不可以久图久远者，莫如西归⑧，将成家而致汝。呜呼！孰谓汝遽去吾而没乎！

[注释]

①省坟墓：祭扫先人的坟墓。②董丞相：即董晋。贞元十二年，董晋以丞相衔兼汴州节度使，韩愈任节度推官。汴州，今河南开封市。③孥：妻子和儿女。④薨：古时，诸侯或二品以上的官员去世称为薨。⑤去：离开。⑥不果来：没有来成。⑦佐戎：参赞军事。⑧西归：指回到故乡河阳。因河阳在徐州之西，故称西归。

[译文]

我19岁那年，才来到京城。四年之后，回去看望你。又过了四年，我前往河阳祭扫先人坟墓，遇见你奉母灵柩来安葬。又过了两年，我在汴州辅佐董丞相，你来看望我，在汴州停留了一年，请求回老家把妻子儿女接过来。第二年，董丞相去世，我离开汴州，你来汴州的愿望没有变成现实。这一年，我到徐州参赞军事，派人去请你过来，派出去的人刚刚出发，我又辞去了徐州的职务，你又没有真的成行。我想，你跟随我到东面去，东面也是客居之地，不是可以做长久谋划的地方，不如回到河阳老家，让你在那里成家立业。可悲啊！哪里想到你刚刚离开我，人就没有了呢？

  吾与汝俱少年，以为虽暂相别，终当久相与处，故舍汝而旅食京师①，以求斗斛之禄②。诚知其如此，虽万乘之公相吾③，不以一日辍汝而就也④。去年，孟东野往⑤，吾书与汝曰："吾年未四十，而视茫茫，而发苍苍，而齿牙动摇。"念诸父与诸兄，皆康强而早世。如吾之衰者，其能久存乎？吾不可去，汝不肯来，恐旦暮死，而汝抱无涯之戚也⑥。孰谓少者没而长者存，强者夭而病者全乎！呜呼！其信然耶，其梦耶，其传之非其真耶？

[注释]

①旅食京师：指在京师求官。旅食，客居谋生之意。②斗斛：斗，古代量具，一斗约合今30斤。十斗为一斛。③万乘：万辆兵车。古代一辆兵车有四匹马，称为一乘。万乘，通常指天子或帝王，此处形容极为尊贵。④辍：离开。就：就职。⑤孟东野：孟郊，韩愈的学生，时任溧阳县尉。⑥无涯之戚：无限悲痛。涯，边际。

[译文]

  我和你还都是少年的时候，以为彼此虽然暂时分别，但最终会长久在一起，所以，我就离开你到京城去谋生，以期求得一官半职。如果知道真的会是这个样子，即使是有万乘那样尊贵的职位给我做，我也不会离开你一天而去做官。去年，孟东野到你那里去，我写信给你说："我年龄不到40，却是视觉模糊，白发苍苍，牙齿松动。"想一想你的父辈和兄长辈，都是身体健健康康地过早去世。像我这样体弱的人，还能期望活得长久吗？我不可能辞职离开，你不愿意前来，我担心某天突然死去，而给你留下无限的悲痛。谁曾想到年轻人死了而年长的还在，身体强健的人夭亡而整天病歪歪的人却还活着！唉！这是真实的情况，还是在梦中，抑或是传过来的信息是假的呢？

信也，吾兄之盛德而夭其嗣乎？汝之纯明而不克蒙其泽乎①？少者强者而夭没，长者衰者而存全乎？未可以为信也。梦也，传之非其真也，东野之书，耿兰之报②，何为而在吾侧也？呜呼！其信然矣。吾兄之盛德而夭其嗣矣，汝之纯明宜业其家者③，不克蒙其泽矣。所谓天者诚难测，而神者诚难明矣。所谓理者不可推，而寿者不可知矣。

[注释]

①泽：恩惠。②耿兰：当是十二郎在宣州别业的家人。③业其家：继承其先人家业。

[译文]

如果可信的话，像我兄长这样的大德为何其子嗣早早夭亡呢？像你这样纯正聪明的人为什么不能蒙受先人的恩惠呢？为什么年轻的、身体强壮的却夭亡，年长的、身体羸弱的而得以保全呢？所以，这未必可信。如果是梦，传过来的消息是假的，孟东野的书信，耿兰的丧报，为什么会在我身边呢？啊！这大概是真的了。像我兄长这样的大德，其子嗣早早夭亡了，像你这样纯正聪明应该继承家业的人，却不能蒙受先人的恩泽了。这就是所说的天意实在难以推测，神明之意实在难以明白，就是所说的道理不可推求，寿命长短无法知晓吧。

虽然，吾自今年来，苍苍者或化而为白矣，动摇者或脱而落矣，毛血日益衰，志气日益微，几何不从汝而死也①？死而有知，其几何离其无知？悲不几时②，而不悲者无穷期矣。汝之子始十岁③，吾之子始五岁④，少而强者不可保，如此孩提者又可冀其成立耶⑤？呜呼哀哉，呜呼哀哉！

[注释]

①几何：为何，为什么。②几时：多少时间。③汝之子：指韩湘，十二郎的长子。④吾之子：指韩昶，小名符，韩愈的长子。⑤冀其成立：希望他成家立业。

[译文]

虽然如此，我自今年以来，花白的头发有的已经变成白发了，松动的牙齿有的已经脱落了，血气一天比一天衰老，精神越来越差了，为什么不跟着你去死呢？如果死后有知的话，为什么分离却无知？悲痛过不了多少时间，不悲痛的时间却是没有尽头。你的儿子刚刚十岁，我的儿子刚满五岁，年少而身体强健的人却不能生存，像这样大的孩子又怎么能够希望他们成家立业呢？悲哀啊，悲哀啊！

汝去年书云："比得软脚病①，往往而剧②。"吾曰："是疾也，江南之人常常有之，未始以为忧也。"呜呼！其竟以此而殒其生乎③？抑别有疾而至斯乎？汝之书，六月十七日也。东野云汝殁以六月二日。耿兰之报无月日。盖东野之使者，不知问家人以月日。如耿兰之报，不知当言月日。东野与吾书，乃问使者，使者妄称以应之耳。其然乎，其不然乎？

[注释]

①软脚：俗称脚气病，系由人体内缺少维生素 B_{12} 所致。②剧：加剧，加重。③殒其生：使其生命陨落，意谓致死。

[译文]

你去年来信说："最近患上了脚气病，病情常常会加重。"我给你回信说："这种疾病是江南人常常容易患的，不要为这种病担忧。"唉，难道你竟然因为这种病而致死？还是另有别的疾病而致丧生？你的来信是六月十七日。孟东野说你是六月二日死的。耿兰的丧报没有写明时间。大概是孟东野派去的使者不知道向家人问你的去世日期，而耿兰的丧报不知道应该说明日期。孟东野给我写信，就你去世的日期问派去的使者，使者随便说个日期来应付。孟东野信中说的日期是真实的还是不真实的呢？

今吾使建中祭汝，吊汝之孤与汝之乳母①。彼有食可守以待终丧②，则待终丧而取以来；如不能守以终丧，则遂取以来。其余奴婢，并令守汝丧。吾力能改葬，终葬汝于先人之兆③，然后惟其所愿。呜呼！汝病吾不知时，汝殁吾不知日，生不能相养以共居，殁不得抚汝以尽哀，敛不凭其棺④，窆不临其穴⑤，吾行负神明，而使汝夭，不孝不慈，而不得与汝相养以生，相守以死。一在天之涯，一在地之角。生而影不与吾形相依，死而魂不与吾梦相接。吾实为之，其又何尤⑥！彼苍者天，曷其有极⑦？

[注释]

①孤：遗孤。②终丧：服丧期结束。古制，父母去世后，子女需服丧三年。此处当指三年之期。③先人之兆：祖先的坟茔。④敛：入殓。死者入棺前，依礼为其服寿衣，准备随葬物品。⑤窆：把棺木埋入土中。穴：墓坑。⑥尤：责难，怨恨。⑦曷：何。极：尽头，终止。引申为无常。

[译文]

我如今派遣建中前去祭奠你，向你的遗孤和乳母表示慰问。那里（指宣州韩氏别业）有吃的东西，可以守到丧期结束，等丧期结束后，建中把他们接来。如果不能守到丧期结束，就把他们接来。其余的奴婢，则令他们在那里守丧。我有能力为你改葬，最终会把你安葬在河阳先人的坟茔里，之后，那些奴婢是留是走悉凭其愿。唉！我不知道你什么时间生病，不知道你去世的日期，生的时候不能相互奉养共同生活，死后又不能手抚尸体而痛哭，入殓时不能手抚棺材，埋葬时不能亲临墓穴前，我的行为辜负了神明，而让你早早去世，既不孝顺又不慈爱，因而不能和你相互奉养以度人生，相互守候以待终老。我们一个人远在天涯，一个人埋在地下。活着的时候，你我不能相依相随，死后你的魂灵也不托梦给我。这些都是我造成的，我有什么好怨恨的呢？苍天啊，你为什么如此无常呢？

自今以往，吾其无意于人世矣①。当求数顷之田于伊颍之上②，以待余年，教吾子与汝子，幸其成长。吾女与汝女，待其嫁。如此而已。呜呼！言有穷而情不可终，汝其知也耶，其不知也耶？呜呼哀哉，尚飨。

[注释]

①无意：没有想法。②伊颍：伊水和颍水。

[译文]

从今以后，我对人生没有别的什么想法了，只是想在伊水或颍水之间买几顷田地，度过我的余生，教导我的儿子和你的儿子，希望他们长大成人；抚养我的女儿和你的女儿，等待她们出嫁。如此而已。啊！说总有说完的时候，而感情却没有尽头，你知道我的心情，还是不知道我的心情呢？呜呼哀哉，尚飨。

杂 著

五箴并序

[题解]

本文作于韩愈48岁时。文章从对人生常见的五种陋习进行针砭和批判,明确了君子和小人在这五个方面的界限和差别,对现实社会仍有其警示意义。

人患不知其过,既知之不能改,是无勇也。余生四十有八年,发之短者日益白,齿之摇者日益脱,聪明不及于前时,道德日负于初心①。其不至于君子,而卒为小人也,昭昭矣②。作五箴,以讼其恶云③。

[注释]

①初心:童心。②昭昭:明白,清楚。③讼:谴责,控诉。

[译文]

人的毛病是不知道他的缺点,既然知道了却不能改正,这就是没有改正缺点的勇气。我活了48岁了,鬓角一天天变白,松动的牙齿一颗颗在脱落,视力也不比从前了,道德修养有负于童心。不能达到君子的境界，而最终成为小人，已经是再清楚不过的事了。所以，才作了《五箴》，以谴责其罪恶。

游 箴

余少之时，将求多能，蚤夜以孜孜①。余今之时，余既饱而嬉②，蚤夜以无为。呜呼！余乎其无知乎？君子之弃，而小人之归乎？

[注释]

①蚤夜：早晚。蚤，"早"的假借字。孜孜：用功的样子。②嬉：游戏，玩耍。

[译文]

我年少的时候，为求具备多种才能，早晚都用功学习。到了今天这个时候，我是吃饱之后就嬉戏玩耍，早晚都没有什么作为。啊！我大概是一个无知的人吧？这大概就是放弃做君子，而去做小人吧？

言 箴

不知言之人，乌可与言①！知言之人，默然而其意已传。幕中之辩人②，反以汝为叛；台中之评人③，反以汝为倾。汝不惩邪，而呶呶以害其生邪④？

[注释]

①乌：怎么。一作"焉"，意思相同。②幕中：幕府之中。辩人：能言善辩的人。此指出谋划策的人。③台：指御史台。评人：指负责纠劾朝廷官员过失的人。④呶（náo）呶：说话唠叨，喋喋不休的样子。

[译文]

听不懂话的人，怎么可以和他讲话呢？听得懂话的人，不声不响已经明白了你的意思。对于幕府中那些出谋划策的人，有人反而以为你是要背叛他；而对于御史台那些纠劾别人过失的人，反而有人以为你要陷害他。对那些人你不去惩罚，为什么反而喋喋不休去危害那些活着的人呢？

行 箴

行与义乖，言与法违，后虽无害，汝可以悔。行也无邪，言也无颇①，死而不死，汝悔而何？宜悔而休，汝恶曷瘳②？宜休而悔，汝善安在？悔不可追，悔不可为。思而斯得③，汝则弗思。

[注释]

①颇：褊狭，过分。②瘳（chōu）：病愈。③斯：这样。

[译文]

行为与道义相背离，言语与法律相抵触，以后即使对个人没有造成伤害，你还是应该忏悔。行为没有不端，言语没有偏颇，不论是活着还是死了，你有什么可后悔的呢？应该后悔的事却不后悔，你的罪恶怎么消除？应该停止不做的事情却要后悔，你的善良表现在哪里？人生没有后悔药可吃，后悔的事情不要做。好好想一想就会有所得，而你却不假思索。

好恶箴

无悖而好①，不观其道。无悖而恶，不详其故。前之所好，今见其尤。从也为比②，舍也为仇。前之所恶，今见其臧③。从也为愧，舍也为狂。维仇维比④，维狂维愧，于身不祥，于德不义。不义不祥，维恶之大。几如是为，而不颠沛⑤。齿之尚少，庸有不思⑥？今其老矣，不慎胡为！

[注释]

①悖：混乱，相冲突。②比：接近，亲近。③臧：好。④维：由于。

⑤颠沛：挫折，困顿。⑥庸：岂，怎么。

[译文]

因不相冲突而喜好，却不观察其是否合乎道义。因不想冲突而讨厌，却不明白其中的缘故。从前喜欢的人，如今见了却加以责难。相从就成为朋友，舍弃就成为仇人。从前讨厌的人，如今见了却加以赞美。相从就为之惭愧，舍弃就为之发狂。不论仇人还是朋友，发狂还是惭愧，于己而言则是不祥之事，于道德而言则是不义的表现。不义和不祥，是最大的罪恶。类似的事情差不多都做了，还没有受到挫折（的情况是很少见的）。年轻人啊，怎么能不好好想一想呢？如今已经年纪大了，为什么还不谨慎呢？

知名箴

内不足者①，急于人知。霈然有余②，厥闻四驰③。今日告汝，知名之法：勿病无闻，病其晔晔④。昔者子路⑤，惟恐有闻。赫然千载，德誉愈尊。矜汝文章，负汝言语，乘人不能，揜以自取⑥。汝非其父，汝非其师，不请而教，谁云不欺？欺以贾憎⑦，揜以媒怨⑧，汝曾不悟，以及于难。小人在辱，亦克知悔。及其既宁，终莫能戒。既出汝心，又铭汝前。汝如不顾，祸亦宜然。

[注释]

①内：内涵，自身修养。②霈然：即沛然，充盈盛大之貌。③厥闻：他的名声。厥，他的。④晔晔：光芒四射的样子。⑤子路：一字季路，名仲由，孔子的得意门生。《论语·公冶长》云："子路有闻，未之能行，唯恐有闻。"⑥揜：通"掩"，夺取，袭取。⑦贾憎：招致憎恨。⑧媒怨：惹来怨恨。

[译文]

内涵不足的人，却急于让人知道其名声。道德修养丰沛的人，其名声会传至四方。今天告诉你享有声望的办法：不要顾虑自己默默无闻，应该顾虑的是自己是否具有光彩夺目的道德修养。过去有个名叫子路的人，当时唯恐自己名声在外。千百年来，子路的道德名誉越来越受到人们的尊敬。你自恃文章写得好，依恃善于言辞，利用人们不擅长的，博取自我的名声。你不是他的父亲，也不是他的老师，不去请教却主动教导，谁能相信你不是在骗人呢？欺骗就要招致憎恨，博取就要惹来怨恨，你不能醒悟，以至于招致灾难。小人受到侮辱，也能知道后悔。可是，等后悔过后，最终却不能引以为戒。上述这些话既是你的心里话，又铭刻在你面前，如果你还不管不顾，灾祸临头也是应该的。

子产不毁乡校颂

[题解]

春秋时期，郑国相子产不毁乡校，成为政坛千古佳话。韩愈有感于此，撰文颂之。韩愈认为，言路不可堵塞，而应畅通。只有畅通言路，执政者方可体察民情，了解民意，才能很好地治理国家，所以把畅通言路视做子产的"执政之式"。

我思古人，伊郑之侨①，以礼相国，人未安其教。游于乡之校②，众口嚣嚣③。或谓子产："毁乡校，则止。"曰："何患焉？可以成美。夫岂多言？亦各其志。善也吾行，不善吾避。维善维否，我于此视。川不可防④，言不可弭⑤。下塞上聋⑥，邦其倾矣。"既乡校不毁，而郑国以理。在周之兴，养老乞言⑦。及其已衰，谤者使监⑧。成败之迹，昭哉可观。维是子产，执政之式⑨。维其不遇，化止一国。诚率是道，相天下君，交畅旁达，施及无垠。於乎！四海所以不理，有君无臣。谁其嗣之？我思古人。

[注释]

①侨：即子产，又作公孙侨。子产是春秋时期郑国相，郑穆公之孙。子产不毁乡校，事见《左传·襄公三十一年》。韩愈文章中所载子产之语，与《左传》稍异。②乡之校：即乡校，古时乡里的公共场所，既是学校，又是乡聚会议事的地方。③嚣嚣：喧嚣嘈杂的样子。④防：堵塞。⑤弭：平息，停止。⑥下塞上聋：下面言路不通，执政者就听不到老百姓的声音，如同聋子。⑦养老乞言：古代帝王奉养一些德高望重的老人，需要的时候向他们请教。⑧谤者使监：周厉王时，有人议论朝政，责备周厉王。周厉王就派人监视议论者，一旦接到报告，抓起来就杀。谤，责备。⑨式：范式，榜样。

[译文]

我怀念的古人，是郑国的子产。他按照礼仪治理国家，人民却没有得到教化。他到乡校视察，百姓见了他议论纷纷，乱哄哄的。有人向子产建议："毁掉乡校，这些议论就停止了。"子产说："这有什么可担心的呢？百姓的议论可以成就美好的事情。他们不是说得太多，而是表达他们的愿望。他们说的对的，我就按他们说的去做。说的不对，等于给我提个醒以便避免。他们说的对还是不对，我在这里可以仔细看一看。河流不可以堵塞，议论不可以止息。下面的言路堵塞了，上面就听不到老百姓的声音，就像是聋子一样，那样的话，国家就真的危险了。"乡校没有毁掉，郑国因此得到了治理。当初，周朝兴起的时候，奉养老人向他们求教治理国家的建议。等到周朝衰微的时候，非议朝政的人就要受到监视。成功与失败的迹象，从这里可以清楚地看出来了。只有郑国这个子产，才是执政者的榜样。只是子产怀才不遇，其教化仅仅局限于郑国。假如真的能够用这样的治国之道来辅佐帝王，其教化自然可以四通八达，施行到无限远的地方。啊！四海之外之所以得不到治理，是因为那里有君主而没有像子产这样的臣子。有谁能够继承子产呢？我怀念古人。

张中丞传后叙

[题解]

此文写于唐宪宗元和二年（807）。文章借张巡事，为同时坚守睢阳的许远辩诬，对许远的气量、见识与才干给予了高度评价，对许远忠君爱国的情怀给予了高度赞美，对世俗加于许远的不实之词进行了批驳，让读者看到了一个真实的许远，立体的许远。明代茅坤以为该文"通篇句字气皆太史公髓，非昌黎本色"。

元和二年四月十三日夜，愈与吴郡张籍阅家中旧书①，得李翰所为《张巡传》②。翰以文章自名③，为此传颇详密，然尚恨有阙者，不为许远立传④，又不载雷万春事首尾⑤。

[注释]

①张籍：字文昌，苏州吴郡（今江苏吴县）人，唐代诗人。唐德宗贞元十四年（798）在汴州与韩愈相识，得韩愈之荐，次年进士及第，故与韩愈有师生之谊。②李翰：赞皇（今属河北）人，盛唐著名文人李华之子。曾任史官，累迁翰林学士。撰《张巡传》，上唐肃宗，以明张巡之忠义。张巡：唐邓州南阳（今河南南阳）人。安史之乱时，以真源令起兵守雍丘（今河南杞县）。后移守睢阳，与许远共守孤城，坚守数月，城破被杀。③自名：自许。④许远：字令威，杭州盐官（今浙江海宁西南）人。安史之乱时，任睢阳太守，与张巡合兵，坚守睢阳城。城破被俘，在掳往洛阳的途中遇害。⑤雷万春：张巡部将，以勇猛著称，随张巡守睢阳，城破被杀。

[译文]

元和二年四月十三日夜里，韩愈与吴郡张籍翻阅家中收藏的旧书，得到一本李翰撰写的《张巡传》。李翰自以为文章写得很好，他写的这篇文章记载张巡的事迹颇为详细，然而遗憾的是还有缺失,文章不给许远立传,记载雷万春的事迹则是没首没尾(译者按:韩愈此文补充的是南霁云的故事,此处"雷万春"或是"南霁云"之误)。

远虽材若不及巡者,开门纳巡①,位本在巡上②,授之柄而处其下,无所疑忌,竟与巡俱守死,成功名。城陷而虏,与巡死先后异耳。两家子弟材智下③,不能通知二父志④,以为巡死而远就虏,疑畏死而辞服于贼。远诚畏死,何苦守尺寸之地,食其所爱之肉⑤,以与贼抗而不降乎?当其围守时,外无蚍蜉蚁子之援⑥,所欲忠者,国与主耳。而贼语以国亡主灭⑦,远见救援不至,而贼来益众,必以其言为信,外无待而犹死守,人相食且尽,虽愚人亦能数日而知死处矣。远之不畏死亦明矣!乌有城坏其徒俱死,独蒙愧耻求活⑧?虽至愚者不忍为。呜呼!而谓远之贤而为之邪?

[注释]

①开门纳巡:唐肃宗至德二载(757),叛军安庆绪部将尹子奇率大军围睢阳,许远向张巡告急,张巡率军入睢阳城,与许远合并一处。②位本在巡上:据守睢阳前,张巡是一个县令,许远为睢阳太守,位在张巡之上。③两家子弟:指许远和张巡的后人,此指张巡之子张去疾和许远之子许岘。材智:才能和智慧。④通知:完全明白。二父:指张巡和许远。⑤食其所爱:张巡与许远坚守睢阳城数月,城中粮尽,掘鼠捕雀而食。食尽,张巡杀其爱妾、许远杀其奴仆以充军粮。⑥蚍蜉蚁子:蚂蚁和蚂蚁的幼子,二者皆微小之物。此处代指没有一点点外援,意谓外援已绝。⑦贼:指围困睢阳的尹子奇叛军。国亡主灭:叛军为了打击守城唐军士气,动摇其军心,故意散布流言,说唐朝及其皇帝已经灭亡。⑧独蒙愧耻:独自蒙受羞愧和耻辱。

[译文]

许远的才能虽然比不上张巡,但他打开城门,接纳张巡同守睢阳。他的官位本来在张巡之上,却把指挥权交给张巡,而没有一点猜忌,最终与张巡一同死守睢阳,成就功名。城池失陷后而被俘,只是与张巡之死前后不同罢了。张、许两家子弟才智低下,不能完全明白父亲的志向,认为张巡死难而许远被俘,因此认为许远怕死而屈服于贼兵。假如许远真的怕死,何苦要坚守小小的睢阳,杀其奴仆以为军粮,以此与叛军抗争而不投降呢?当他们坚守睢阳城被包围的时候,城外没有一丁点儿救兵,他们要忠于的只有国家和君主罢了,而贼兵却说唐朝及其君主已经灭亡,许远见救兵不到,而贼兵却越来越多,一定是认为贼兵的话是真的。外无援兵可以等待却还能坚守,可吃的人都快要吃光了,即使是愚蠢的人也能够知道死亡来临的日子屈指可数了,许远不怕死也是十分明白的了。哪里有城池被攻破其他人都死去,独自蒙受耻辱而求活的呢?即使是最愚蠢的人,也不忍心做这样的事情。唉,像许远这样贤明的人能做这样的事情吗?

说者又谓远与巡分城而守,城之陷自远所分始,以此诟远①。此又与儿童之见无异。人之将死,其脏腑必有先受其病者。引绳而绝之②,其绝必有处。观者见其然,从而尤之,其亦不达于理矣。小人之好议论,不乐成人之美如是哉!如巡、远之所成就,如此卓卓③,犹不得免,其它则又何说?

当二公之初守也④,宁能知人之卒不救⑤,弃城而逆遁⑥?苟此不能守,虽避之他处何益?及其无救而且穷也,将其创残饿羸之余⑦,虽欲去,必不达。二公之贤,其讲之精矣⑧。守一城捍天下,以千百就尽之卒⑨,战百万日滋之师,蔽遮江淮,沮遏其势⑩。天下之不亡,其谁之功也?当是时,弃城而图存者,不可一二数;擅强兵坐而观者,相环也。不追议此,而责二公以死守,亦见其自比于逆乱,设淫辞而助之攻也。

[注释]

①诟:指责,批评。远:指许远。②引:拉,牵。绝:断,折。③卓卓:卓然,卓著。④二公:指张巡和许远。⑤卒:最终。⑥逆遁:预先逃跑。逆,预料。⑦创残饿羸:遭受重创之后的残部和忍受饥饿的羸弱之人。⑧讲:议论。此指研究敌情,讨论守城。⑨就尽:赴死。尽,此指死亡。⑩沮遏:阻止,遏制。

[译文]

　　议论的人又说,许远和张巡划分城区而坚守,睢阳城的陷落就是从许远划分城区守城开始的,因此指责许远。这种说法和小孩子的见解没有区别。人将要死的时候,其五脏六腑一定有先生病的地方。拉住绳子将其拉断,一定有断开的地方。观看的人看见这个样子,因而就加以责难,这也太不通情达理了。小人喜欢议论是非,不乐于成人之美,大抵就是这个样子!像张巡、许远这样取得如此卓绝的成就,尚且不能免于议论,其他的人还有什么可说的呢?

　　张巡、许远二公当初守睢阳的时候,怎么能够知道别人最终不来相救,而预先弃城而逃呢?假如睢阳城不能坚守,即使是逃到别的地方又有什么用处?等到没有救兵且城池也难以坚守的时候,带着遭受重创饥饿羸弱的残部,即便想离开,也是不能实现目的的。像二公这样的贤能之人,讨论敌情研究守城一定是很精细的。坚守睢阳一个城池,捍卫唐朝天下,用千百敢于赴死的士卒,对抗百万气焰嚣张的贼兵,遮蔽江淮之地,阻止遏制贼兵的势头。唐朝天下之所以没有灭亡,这是谁的功劳?当其之时,放弃城池逃跑只顾自己的人,不可尽数。拥有强大的军队而坐视不管天下安危的人,到处都是。不去追究这些人的责任,反而责难二公死守睢阳,这也可见他们是把自己比做叛逆作乱之人,用无稽之谈来帮助敌人攻击张、许二公。

愈尝从事于汴、徐二府①,屡道于两府间,亲祭于其所谓双庙者②。其老人往往说巡、远时事,云:南霁云之乞救于贺兰也③,贺兰嫉巡、远之声威功绩出己上,不肯出师救。爱霁云之勇且壮,不听其语,强留之,具食与乐,延霁云坐。霁云慷慨语曰:"云来时,睢阳之人不食月余日矣,云虽欲独食,义不忍,虽食且不下咽!"因拔所佩刀,断一指,血淋漓以示贺兰。一座大惊,皆感激,为云泣下。云知贺兰终无为云出师意,即驰去。将出城,抽矢射佛寺浮图④,矢着其上砖半箭,曰:"吾归破贼,必灭贺兰。此矢所以志也!"愈贞元中过泗州⑤,船上人犹指以相语。城陷,贼以刃胁降巡,巡不屈,即牵去,将斩之。又降霁云,云未应。巡呼云曰:"南八,男儿死耳,不可为不义屈。"云笑曰:"欲将以有为也,公有言,云敢不死!"即不屈。

[注释]

①汴、徐二府:汴州府和徐州府。唐德宗贞元间,韩愈曾先后在汴州和徐州任推官。②双庙:张巡、许远死后,后人在睢阳为二人建庙,长年祭祀。③南霁云:魏州顿丘(今河南清丰县)人,在家族中排行第八,故又称南八。安史之乱起,他赴张巡军中,成为张巡部下猛将,与张巡、许远等坚守睢阳,城破被杀。贺兰:即贺兰进明,安史之乱时,任御史大夫、河南节度使,驻军临淮一带。睢阳被围,张巡派南霁云向其求救,贺兰进明拥有重兵,却是按兵不动,致使睢阳城被攻陷。④浮图:寺院里的高塔。⑤泗州:唐代州名,州治在临淮(今江苏泗洪县东南),属河南道。

[译文]

我曾经在汴州和徐州二幕府做推官,多次往返于两府之间,到睢阳城的张巡、许远庙亲自祭奠。那里的老人常常讲说张巡、许远坚守睢阳的事情,他们说:当睢阳城被叛军围困的时候,南霁云向贺兰进明求救,贺兰进明妒忌张巡、许远的威望功绩超过了自己,不愿出兵救援。但他又喜爱南霁云的勇猛豪壮,不听南霁云请他出兵的请求，强迫他留下来，准备了宴席和音乐，请南霁云坐下来。南霁云慷慨激昂地说："我来搬救兵的时候，睢阳城的守军已经有一个多月没有吃的东西了。我虽然很想独自饱餐一顿，但在道义上却不忍心，即使吃了也咽不下去！"于是拔出佩刀，砍下自己的一个手指，鲜血淋淋地拿给贺兰进明看。在座的人都很惊讶，被南霁云感动得流下泪来。南霁云知道贺兰进明最终不会出兵相救，就策马而去。快要出城的时候，抽出一支箭射向城中佛寺高塔，半个箭头射进高塔的砖中，说："我回去击退贼军之后，一定要消灭贺兰进明。这支箭就表明了我的志向！"贞元年间，我路过泗州，船上的人还在指着城中的高塔相互讲说这件事。睢阳城陷落后，贼兵用刀威胁张巡，要他投降，张巡宁死不屈，就被拉到一边，准备斩首。贼兵又劝南霁云投降，南霁云没有回答。张巡对南霁云说："南八，大丈夫死就死了，不可为不义之人所屈服！"南霁云笑着说："我还想做点事情呢。您既然说了，我怎能不慷慨就死。"就没有为贼兵所屈服。

张籍曰："有于嵩者①，少依于巡。及巡起事，嵩常在围中②。"籍大历中于和州乌江县见嵩③，嵩时年六十余矣，以巡初尝得临涣县尉④，好学无所不读。籍时尚小，粗问巡、远事，不能细也。云巡长七尺余，须髯若神。尝见嵩读《汉书》，谓嵩曰："何为久读此？"嵩曰："未熟也。"巡曰："吾于书，读不过三遍，终身不忘也。"因诵嵩所读书，尽卷不错一字。嵩惊，以为巡偶熟此卷，因乱抽他帙以试⑤，无不尽然。嵩又取架上诸书，试以问巡，巡应口诵无疑。嵩从巡久，亦不见巡常读书也。为文章，操纸笔立书，未尝起草。初守睢阳时，士卒仅万人，城中居人户亦且数万。巡因一见，问姓名，其后无不识者。巡怒，须髯辄张。及城陷，贼缚巡等数十人坐，且将戮。巡起旋⑥，其众见巡起，或起或泣。巡曰："汝勿怖。死，命也。"众泣，不能仰视。巡就戮时，颜色不乱，阳阳如平常⑦。远宽厚长者，貌如其心。与巡同年生，月日后于巡，呼巡为兄，死时年四十九。

嵩贞元初死于亳、宋间⑧，或传嵩有田在亳宋间，武人夺而有之，嵩将诣州讼理，为所杀。嵩无子。张籍云。

[注释]

①于嵩：籍贯不详。原为张巡属下，后因朝廷封赏张巡部将，得授临涣县尉。②常：与"尝"通，曾经。③大历：唐代宗李豫年号，始于766年，止于779年。和州：唐代州名，治所在今安徽和县。乌江县：在今安徽和县东。④临涣：唐代县名，故城在今安徽宿县西南。⑤帙：古代书籍的外套，代指书籍。⑥旋：小便。⑦阳阳：脸色平静的样子。⑧亳：亳州，治今安徽亳州。宋：宋州，治今河南睢阳。

[译文]

张籍说："有一个名叫于嵩的人，少年时就跟随张巡。等张巡起兵抗击叛军的时候，他也曾经被围于城中。"张籍在唐代宗大历年间在和州乌江县见到过于嵩，当时于嵩已经60多岁了，因为朝廷封赏张巡的部下而获授临涣县尉，喜欢学习，没有不读的书。张籍当时年龄尚小，粗粗地询问张巡、许远的故事，不能得知详细。于嵩说，张巡有七尺高，胡须很重，像天神一样。张巡曾经见于嵩读《汉书》，对于嵩说："为什么长期读《汉书》呢？"于嵩回答说："没有读熟。"张巡说："我读《汉书》，读不过三遍，就全部能够记诵，终身不忘。"于是就背诵起于嵩所读的内容，一卷书背诵完了，不错一个字。于嵩很惊讶，以为张巡偶然熟诵此卷，于是就随便抽出其他的卷次来试验，结果都是这样。于嵩又取过书架上其他各种书，试着问张巡，张巡皆是随口背诵，毫不迟疑。于嵩跟随张巡很久，也不见张巡经常读书，写文章的时候，拿起纸笔立刻就写，从来不打草稿。当初坚守睢阳城时，士兵仅有一万人，城中居住的百姓也差不多有几万人。张巡只要一见，问了姓名，之后就没有不认识的了。张巡发怒的时候，胡须就要张开。睢阳城陷落之后，叛军把张巡等十几个人捆绑起来，让我们坐在一边，准备杀戮。张巡起身小便，其部下见张巡起身，有的人站起身来，有的人哭泣起来。张巡说："你们不要害怕，死是一个人的命决定了的。"众人一起哭泣，不敢仰视张巡。张巡就义的时候，面色不变，脸色平静得和平常一样。许远是个宽厚的长者，其面貌和他的心一样宽厚。他和张巡同年出生，只是出生的月份比张巡晚，故而称张巡为兄长，死的时候年仅49岁。

贞元初年，于嵩死于亳州和宋州之间。有人传说，于嵩有田地在亳州与宋州之间，被行伍中的人抢夺占有。于嵩准备到州中诉讼，被其杀害。于嵩没有子嗣。这些都是张籍说的。

读《荀子》

[题解]

韩愈为文提倡复古，是唐代古文运动的倡导者和旗手。其为文亦尊崇儒家，《读〈荀子〉》一文鲜明地提出"孔子之道尊，圣人之道易行"的主张，体现出韩愈尊孔的思想倾向。

始吾读孟轲书①，然后知孔子之道尊，圣人之道易行，王易王②，霸易霸也③。以为孔子之徒没，尊圣人者，孟氏而已。晚得扬雄书④，益尊信孟氏。因雄书而孟氏益尊，则雄者亦圣人之徒欤？

[注释]

①孟轲：战国时期鲁国邹（今山东邹城）人，儒家代表人物，与孔子并

称"孔孟"。他序《诗》、《书》,述孔子之意,著《孟子》一书,继承并发扬了孔子的思想学说。②王易王:以王道统一天下,很容易成为天下之王。③霸易霸:以霸道来威服诸侯,就容易成为诸侯之霸。霸,通"伯"。④扬雄:字子云,西汉辞赋家,著名学者,蜀郡成都(今四川成都)人。其《甘泉赋》、《长杨赋》较为著名。另著有《法言》、《太玄》等。

[译文]

我开始读孟轲的著作《孟子》,这之后才知道孔子倡导的儒家学说值得尊崇,圣人的学说容易施行,王道思想容易统一天下,霸道思想可以称霸诸侯。我认为,孔子的弟子去世后,尊崇孔子的人只有孟轲而已。晚年读到扬雄的著作,更加尊崇相信孟子。因为扬雄的著作,孟子更加受到尊崇,那么像扬雄这样的人也可以说是圣人之徒吧?

圣人之道,不传于世。周之衰①,好事者各以其说干时君②,纷纷籍籍相乱③,六经与百家之说错杂④,然老师大儒犹在⑤。火于秦⑥,黄、老于汉⑦,其存而醇者⑧,孟轲氏而止耳,扬雄氏而止耳。及得荀氏书⑨,于是又知有荀氏者也。考其辞,时若不粹。要其归,与孔子异者鲜矣,抑犹在轲、雄之间乎?

[注释]

①周之衰:此指孔子去世之后的战国时期。古人习惯上把春秋战国时期视为东周的延续。②好事者:喜欢找事的人。干:求。③纷纷籍籍:形容纷乱的样子。④六经:指《诗经》、《尚书》、《仪礼》、《易经》、《乐经》和《春秋》六部儒家经典。百家:指战国诸子百家。⑤老师大儒:此指孔子的弟子,如子贡、子夏等人,他们当时曾为诸侯师。⑥火于秦:指秦始皇焚书之事,儒家文献随其他古代文献一起被焚烧。⑦黄、老于汉:指西汉初年,文帝、景帝等尊奉黄老之学。黄老,黄帝和老子,二人被尊为道家学说之祖。⑧醇:浑厚,纯粹。⑨荀氏:指荀子。荀子名况,字卿,战国时期赵国猗氏(今山西安泽)人,著名思想家、文学家,儒家代表人物之一。有《荀子》一书。

[译文]

圣人的学说，没有传于后世。周代末年，好事的人各自以其学说向当时的君主求售，纷纷扰扰，十分混乱，六经和诸子百家的学说相互混杂，然而此时还有一些名师大儒在世（可以传授圣人的学说）。儒家经典在秦朝遭到大火焚毁，汉朝初年则又尊奉黄老之学，留存于世的纯粹儒家文献，只有孟轲的著作和扬雄的著作了。等看到荀子的书，于是才知道还有一个叫荀卿的人，考察其文辞似乎还不够纯粹，概括其主旨则不同于孔子的地方很少，大概应在孟子和扬雄之间吧？

孔子删《诗》《书》①，笔削《春秋》②，合于道者著之，离于道者黜去之。故《诗》《书》《春秋》无疵③。余欲削荀氏之不合者，附于圣人之籍，亦孔子之志欤？孟氏醇乎醇者也④，荀与扬，大醇而小疵。

[注释]

①孔子删《诗》《书》：《诗》，即《诗经》，相传原有3000多首，后经孔子删削，仅余305篇，故后人又称《诗》为"诗三百"。《书》，即《尚书》，原来的篇数也很多，相传后来经过孔子删定。一说，孔子仅是恢复其次序，纠正其讹误。②笔削：抄录和改定。《春秋》：原是鲁国的史书。相传孔子对它进行了加工修订。③疵：即瑕疵。此指失误或失当之处。④醇乎醇：最为纯粹。

[译文]

孔子删削《诗》和《书》，抄录改定《春秋》，合乎道义的保留下来，背离道义的就删掉它。所以，《诗》、《书》和《春秋》没有失当之处。我想删除荀子著作中那些不合乎道义的内容，附于圣人书籍之后，这大概也是孔子删《诗》《书》、削《春秋》的意思吧？孟子的著作醇之又醇，荀子和扬雄的著作，则是大旨纯粹而小处有瑕疵。

送穷文

[题解]

本文作于韩愈44岁时。文章借助"送穷"的习俗,以调侃的笔调,张扬了韩愈的性格精神、处世态度和为文风格,活脱脱地勾画出韩愈特立独行、卓尔不群的形象,表达了"君子固穷"的思想,对当时社会蝇营狗苟、兴讹造讪的世俗行为进行了辛辣的讽刺,发泄对社会现实的不平之气。

元和六年正月乙丑晦①,主人使奴星结柳作车②,缚草为船,载糗舆粻③,牛系轭下④,引帆上樯⑤,三揖穷鬼⑥,而告之曰:"闻子行有日矣。鄙人不敢问所涂⑦,窃具船与车,备载糗粻,日吉时良,利行四方。子饭一盂,子啜一觞,携朋挈俦,去故就新,驾尘彍风⑧,与电争先。子无底滞之尤⑨,我有资送之恩。子等有意于行乎?"

[注释]

①晦:农历每月的最后一天。②结柳作车:用柳枝扎结成车的形状。③载糗舆粻(zhāng):意谓用车拉着干粮。糗,炒米粉、炒面。粻,粮食。④轭:车前面用来套牲口的用具,卡在牛或马的颈上。⑤引帆上樯:把风帆升起到帆杆上。樯,张帆的桅杆。⑥穷鬼:相传高辛氏(或说高阳氏)有一子,不喜穿好的,不喜吃好的,宫中送他一个外号"穷子"。"穷子"死在正月晦日,所以,后人就在那天祭祀他,号为"送穷"。这种仪式后来演变为一种民间风俗。⑦涂:通"途"。⑧驾尘彍风:荡起尘土,掀起疾风。彍,张大。⑨底滞:停止,滞留。

[译文]

元和六年正月乙丑是本月的最后一天,主人派一个名叫星的奴仆用柳枝扎成车子,用草捆绑成船的样子,上面装载着干粮,套好牛车，把风帆升上桅杆，向穷鬼作了三个揖，祷告说："听说你行走有日子了，鄙人不敢问你走陆路还是走水路，私下先准备好了船和车，船上和车上装载了干粮，选择了吉日良辰，利于行走四方。请你吃一盂饭，饮一觞酒，携带上你的朋友伙伴，离开故地，到新的地方去，坐车荡起尘土，乘船掀起疾风，速度可与闪电争个高下。你没有任何停滞的担忧，我则有资助你上路的恩德。你是否有离开的想法呢？"

屏息潜听，如闻音声，若啸若啼，㗾欻嚘嚘①，毛发尽竖，竦肩束颈，疑有而无，久乃可明，若有言者曰："吾与子居四十年余，子在孩提②，吾不子愚，子学子耕，求官与名，惟子是从，不变于初。门神户灵③，我叱我呵。包羞诡随④，志不在他。子迁南荒⑤，热烁湿蒸，我非其乡，百鬼欺陵。太学四年，朝齑暮盐⑥，惟我保汝，人皆汝嫌。自初及终，未始背汝，心无异谋，口绝行语。于何听闻，云我当去？是必夫子信谗，有间于予也⑦。我鬼非人，安用车船？鼻齅臭香⑧，糗粻可捐。单独一身，谁为朋俦？子苟备知，可数已不？子能尽言，可谓圣智，情状既露，敢不回避。"

[注释]

①㗾欻（huā chuā）：象声词，形容微笑而飘忽不定的声音。嚘（yōu）嚘：低而杂的声音。②孩提：2至3岁的孩子。泛指幼儿时期。③门神户灵：泛指守护大门和窗户的神灵。④包羞诡随：忍受羞耻，任人所为。⑤南荒：南方荒远之地。此指韩愈被贬到南方做官之事。⑥朝齑暮盐：早上吃咸菜下饭，晚上蘸盐进餐。形容饮食简单，生活很苦。齑，腌菜。⑦有间：有了隔膜。间，隔离。⑧鼻齅臭香：用鼻子闻香味。齅，同"嗅"。臭，气味。

[译文]

我屏住呼吸，悄悄地听，好像听到了声音，既像是啸叫，又像是哭啼，飘忽不定，低而嘈杂。我吓得毛发都立了起来，耸着肩，缩着头，怀疑有什么东西而实际上什么都没有，过了许久才逐渐清晰，好像有一个声音在说："我和你居住了40多年，你在两三岁的时候，我不让你愚昧，你求学也好，耕田也罢，求官也好，求名也罢，我都让你如愿以偿，没有改变初衷。门户的神灵呵斥我，我忍受羞辱，任其所为，因为我只是想护佑你，而没有别的想法。你被贬到南方荒远之地，那里炽热烁人，湿气很大，不是我居住的地方，又受到各种鬼魅的欺凌。你在太学的四年里，生活十分清苦，人们都嫌弃你，只有我保佑你。自始至终，我都没有背叛你，从来没有生过别的念头，也没有说过什么。不知你从哪里听说，我要离开你？这一定是你听信谗言，而有意疏离我。我是鬼而不是人，哪里用得上车船？我只是用鼻子闻一闻香味，干粮就不用了。我独身一个，哪里有什么朋友？你假如都清楚，是否可以给我数一数？你若是能够说清楚，可以说是绝顶聪明。行踪既然已经显露，我怎敢不回避呢？"

主人应之曰："子以吾为真不知也耶？子之朋侪，非六非四①，在十去五，满七除二，各有主张，私立名字，掩手覆羹②，转喉触讳③。凡所以使吾面目可憎、语言无味者，皆子之志也。其名曰智穷：矫矫亢亢④，恶圆喜方，羞为奸欺，不忍害伤。其次名曰学穷：傲数与名⑤，摘抉杳微⑥，高挹群言⑦，执神之机。又其次曰文穷：不专一能，怪怪奇奇，不可时施，祇以自嬉。又其次曰命穷：影与形殊，面丑心妍，利居众后，责在人先。又其次曰交穷：磨肌戛骨⑧，吐出心肝，企足以待，寘我雠冤。凡此五鬼，为吾五患，饥我寒我，兴讹造讪⑨，能使我迷，人莫能间，朝悔其行，暮已复然，蝇营狗苟⑩，驱去复还。"

[注释]

①非六非四：五。以下"在十去五，满七除二"，也是"五"的意思。②捩手覆羹：一动手就把羹汤打翻了。意谓动手就惹祸。捩，扭，折。③转喉触讳：一说话就触及别人的忌讳。转喉，说话。④矫矫：刚强。兀兀：正直。⑤傲：傲视，蔑视。数与名：命运与名声。⑥摘抉杳微：发掘深奥精微的道理。⑦抠：取。⑧磨肌戛骨：抚摩肌肉，敲击骨头。意谓深入了解和检查。⑨兴讹造讪：制造谣言，毁谤别人。⑩蝇营狗苟：比喻为追逐名利而不择手段，像苍蝇一样到处乱飞，像狗一样苟且作为。

[译文]

主人回答说："你以为我真的不知道吗？你的朋友，不是六个，也不是四个，满十去掉五个，满七去掉两个，各有自己的职责，私下取有名字，动一动手就要惹来祸患，张一张口就会触及别人的忌讳。所有这些足以使我面目可憎、说话没有味道的事情，都是你们所要做的。第一个名叫智穷，刚强正直，讨厌圆滑，喜欢方正，羞于做奸邪欺诈之事，不忍心伤害他人。第二个名叫学穷，傲视命运与名声，发掘深奥精微的道理，采纳众人的高见，掌握鬼神的机要。第三个名叫文穷，没有一项专长，为文奇奇怪怪，不能施用于当时，只能用来自我娱乐。第四个名叫命穷，影子和形貌迥然有别，面貌丑陋而心地善良，有好处的时候处于众人之后，受责难的时候则在众人之前。第五个名叫交穷，抚摩肌肤，敲击骨头，深入了解，倾吐肺腑之言，翘足盼望真心交往，而他却把我视做仇人。就是这五鬼，成为我的五大祸患，让我挨饿，让我受冻，制造谣言，讲人坏话，使我懵懂迷茫，他人不能离间，早晨还在后悔的行为，晚上就又恢复了本来面目，投机钻营不择手段，驱赶走了又再回来。"

言未毕，五鬼相与张眼吐舌，跳踉偃仆①，抵掌顿脚，失笑相顾,徐谓主人曰:"子知我名,凡我所为,驱我令去,小黠大痴②。人生一世,其久几何?吾立子名,百世不磨。小人君子,其心不同,惟乖于时,乃与天通。携持琬琰③,易一羊皮,饫于肥甘④,慕彼糠糜⑤。天下知子,谁过于予?虽遭斥逐,不忍子疏。谓予不信,请质诗书。"

主人于是垂头丧气,上手称谢⑥,烧车与船,延之上座。

[注释]

①跳踉:跳跃。偃仆:仆倒。②小黠大痴:表面看有一点小聪明,实际上很愚昧。③琬琰:美玉。此指珍贵的东西。④饫:饱食。⑤糠糜:指极粗恶的食物。糠,稻、麦及谷物的子实脱落的壳或皮。糜,碎,烂。⑥上手:举起手。

[译文]

话还没有说完,五鬼就相互瞪眼咂舌,起伏跳跃,拍着巴掌跺着脚,相视哑然失笑,缓缓地对主人说:"你知道我们的名字,所有那些都是我们做的,你驱赶我们让我们离开,是要小聪明而实际是大愚蠢。人生一世,在这个世界上能够多久呢?我们让你在世上立名,百代以下不会磨灭。小人和君子,想法是不同的,只有不合时宜,才能与上天沟通。携带美玉之类的珍贵东西,换一张羊皮。饱食各种美味,却羡慕别人吃的糟糠。天下的人了解你,有谁比得过我们?即使遭到你的斥责和驱逐,我们还是不忍心疏远你。你如果不相信我们说的,请拿你写的文章、作的诗歌来质对。"

主人于是垂头丧气,举起手来表示感谢,把捆扎好的车与船烧掉,请五鬼上座。

对禹问

[题解]

本文以问答的形式，回答了尧舜传位于贤者、禹传位于儿子是否可信，以及传诸贤与传诸子的利弊之争。韩愈认为，禹之所以把天下传给儿子，是忧虑后人为争天下大位而发生大乱，是明智且值得效法的做法。

或问曰："尧舜传诸贤①，禹传诸子，信乎？"

曰："然。"

"然则禹之贤不及于尧与舜也欤？"

曰："不然。尧舜之传贤也，欲天下之得其所也。禹之传子也，忧后世争之之乱也。尧舜之利民也大，禹之虑民也深。"

曰："然则，尧舜何以不忧后世？"

曰："舜如尧，尧传之。禹如舜，舜传之。得其人而传之，尧舜也。无其人，虑其患而不传者，禹也。舜不能以传禹，尧为不知人。禹不能以传子，舜为不知人。尧以传舜，为忧后世。禹以传子，为忧后世。"

曰："禹之虑也则深矣。传之子而当不淑②，则奈何？"

曰："时益以难理传之人③，则争未前定也。传之子，则不争前定也。前定虽不当贤，犹可以守法。不前定而不过贤，则争且乱。天之生大圣也不数④，其生大恶也亦不数。传诸人得大圣，然后人莫敢争。传诸子得大恶，然后人受其乱。禹之后四百年，然后得桀⑤；亦四百年，然后得汤与伊尹⑥。汤与伊尹，不可待而传也。与其传不得圣人而争且乱，孰若传诸子虽不得贤犹可守法？"

曰："孟子之所谓天与贤则与贤⑦，天与子则与子者，何也？"

曰："孟子之心，以为圣人不苟私于其子以害天下。求其说而不得，从而为之辞。"

[注释]

①尧舜：二人皆是上古传说中的帝王。尧名放勋，号陶唐氏，都平阳（今属山西），在位70年。舜名重华，号有虞氏，耕于历山，都于蒲阪，在位39年。南巡时死于苍梧之野，葬于九嶷山（在今湖南境内）。②淑：善良，美好。③益：即伯益，禹之大臣。据《孟子·万章》记载，禹晚年荐益于天，七年，禹崩。三年之丧毕，益避禹之子于箕山之阴。朝觐讼狱者，不之益而之启，曰："吾君之子也。"讴歌者，不讴歌益而讴歌启，曰："吾君之子也。"于是，启遂继禹而为君。④不数：无数。⑤桀：夏朝最后一个君主，以荒淫残暴而为人所知。⑥汤：又称武汤、成汤，商朝的开国君主。伊尹：一说名挚，商初大臣，生于古有莘国（在今河南洛阳一带），应商汤之请而为出仕，辅佐成汤成就帝业。⑦天与贤则与贤：上天把君主之位交给贤者，就交给贤者。语出《孟子·万章》："天与贤则与贤，天与子则与子。"

[译文]

有人问道："尧和舜都是把天下传给贤者，禹把天下传给了儿子，这样的传说可信吗？"

回答说："可信。"

问道："这样说来，禹的贤德比不上尧和舜了？"

回答说："不是这样。尧和舜把天下传给贤者，是让天下人得到应该得到的领袖。禹把天下传给儿子，是担心后世发生争夺天下的大乱。尧和舜给了百姓最大的实惠，禹为百姓考虑得很深远。"

问道："如此说来，尧和舜为什么不忧虑后世（会发生大乱）呢？"

回答说："舜和尧一样贤明，所以尧把天下传给舜。禹和舜一样贤明，所以舜把天下传给禹。找到合适的人，把天下传给他，这是尧和舜。没有合适的人,担心后世发生大乱而不传给他人,这就是禹。舜如果不能把天下传给禹,那就是尧不知人;禹不能把天下传给儿子,那就是舜不知人。尧把天下传给舜,是忧虑后世。禹把天下传给儿子,也是为后世忧虑。"

问道:"禹考虑得够深远的了。假如传给儿子,而其儿子不贤明,该怎么办?"

回答说:"禹当时让伯益辅政,伯益因为天下难以治理而传给他人,那么天下发生争斗就不是禹生前能够决定的。传给儿子,天下就不会发生争斗,这是禹生前决定的事情。生前决定的人即使不够贤明,但还可以遵守既定之法。不是生前决定的人而又不贤明,那就会因争斗而引起大乱。上天生下无数的大圣贤,上天也生下无数的大恶人。把天下传给大圣人,这样的话后人就没有人敢于来争。把天下传给大恶人,后人就要经历争夺权位之乱。大禹之后四百年,然后出现了暴君桀。禹之后也是四百年,出现了汤和伊尹。禹是不可能等待四百年,把天下传给汤和伊尹的。所以,与其不能把天下传给贤者而引起争斗和大乱,不如把天下传给儿子,即使不够贤明,却可以遵守既定之法。"

问道:"孟子所说的上天把天下交给贤人,那么就交给贤人,上天把天下交给儿子,那么就交给儿子,是什么意思呢?"

回答说:"孟子的想法是,道德高尚的人不会私下随随便便地把天下交给他的儿子,以此来危害天下百姓。(孟子)寻找这样的说法而没有找到,就写下了这么一段文字。"

爱直赠李君房别

[题解]

本文作于贞元十五年（799），其时，张建封任徐、泗、濠节度使，韩愈与李君房皆在其幕府。文章对李君房的性格特点及与张建封的关系作了简要介绍，表明了对李君房的敬重之心。

左右前后皆正人也①，欲其身之不正，乌可得邪！吾观李生在南阳公之侧②，有所不知，知之未尝不为之。思有所不疑，疑之未尝不为之。言勇不动于气，义不陈于色，南阳公之举错施为不失其宜。天下之所窥观，称道洋洋者，抑亦左右前后有其人乎？凡在此趋公之庭，议公之事者，吾既从而游矣。言而公信之者，谋而公从之者，四方之人则既闻而知之矣。

[注释]

①正人：正直之人，意谓正人君子。②李生：即李君房，贞元六年进士，徐、泗、濠节度使张建封的外甥兼女婿，曾官太子舍人。南阳公：即张建封，字本立，邓州南阳（今河南南阳市）人。代宗诏李光弼进讨苏常盗贼，他请令前往晓谕强盗，一日之间，强盗降者数千人。德宗时，李希烈反，张建封拒战有功，拜徐、泗、濠节度使。

[译文]

一个人的前后左右如果都是正人君子，他即使是想不做正人君子，怎么可能呢？我看李生在南阳公的身边，有些事情不知道，但只要是知道的就不会不去做。思考的问题没有怀疑，只要有怀疑就没有不去证实的。（李生）勇敢而不动于气色，行义而不形于颜色，使得南阳公的举措行为都不失其应有的分寸。天下之人私下观察李生,都大加称赞,(这个时候南阳公)前后左右还有其他人吗?只要是在南阳公幕府中供事、议事的人,我和他们都已经有过交往(没有人像李生这样尽职尽责了)。(李生)进言而得到南阳公听信,谋划而得到南阳公听从,这是四面八方的人都已经听说过且都知道的事情了。

李生,南阳公之甥也。人之不知者,将曰李生之托婚于富贵之家①,将以充其所求而止耳②。故吾乐为天下道其为人焉。今之从事于彼也,吾为南阳公爱之,且未知人之举李生于彼者何辞③,彼之所以待李生者何道。举不失辞,待不失道,虽失之,此足爱惜而得之。彼为欢欣于李生,道犹若也④。举之不以吾所称,待之不以吾所期。李生之言,不可出诸其口矣。吾重为天下爱之⑤。

[注释]

①托婚:通过婚姻寻找依托。富贵之家:指张建封。②充:满足。③举:举荐。彼者:指张建封。④道犹若:(尊奉的)道义差不多是一样的。⑤重:郑重,隆重。

[译文]

李生是南阳公的外甥。人们不知道这种情况,说李生和张建封的女儿结婚是为了寻找富贵之家作为靠山,以此来满足其所求罢了。所以,我很乐意为天下之人来说一说李生的为人。(李生)如今在南阳公这里做事情,我为南阳公而爱惜他。况且我并不知道当初人们向南阳公举荐李生是怎么说的,南阳公如此对待李生有什么原因。举荐之语没有所失,对待李生不失道义,即使是有所失,上述所说的情况也足以(让南阳公)爱惜李生并得到他。南阳公为得到李生而欢欣,是因为他们尊奉的道义差不多。我不是因为称赞李生而推举他,不是因为对他有所期待而这样对待他。有关李生的讠，他自己是说不出口的。我郑重地为天下之人而爱惜李生。

宫 市

[题解]

本文选自韩愈任史馆编修时所撰《顺宗实录》卷二。唐德宗时，中宫在京城市场上购买货物，称为宫市，所谓"中宫市物都下，谓之宫市"。文章对宫市的沿革作了简要介绍，对宦官在"宫市"上强买强卖、欺压百姓、搜刮民脂民膏的罪行进行了深刻揭露，在直白的叙述中表达了对宦官及"宫市"的憎恨之情。题目系据文章所写内容而添加。

旧事，宫中有要市外物①，令官吏主之，与人为市，随给其直②。贞元末，以宦者为使，抑买人物③，稍不如本估④。末年不复行文书，置白望数百人于两市并要闹坊⑤，阅人所卖物，但称"宫市"，即敛手付与，真伪不复可辨，无敢问所从来，及论价之高下者。率用百钱物，买人直数千钱物，仍索进奉门户并脚价钱⑥。将物诣市，至有空手而归者。名为宫市，而实夺之。

[注释]

①要市外物：需要从宫廷之外的市场上购买的物品。外，指宫廷之外。②给其直：付给的货物价款。直，即值，价值。③抑买：压低价钱购买。抑，此处指压价。④本估：本来的价值。估，价值。⑤白望：在宫市上察看货物是否与所要购买的货物相符的人。《新唐书·张建封传》载："是时，宦者主宫市，置数十百人阅物廛左，谓之白望。"⑥门户：宫中各道门的守卫者。脚价钱：人力运送货物的运费。

[译文]

按照过去的惯例，宫中有需要到外面的市场购买的物品，就让官吏负责，官吏到了市场上，随时给付商品的价款。唐德宗贞元末，用宦官作为购买货物的使者，压低价钱买人们的货物，稍稍低于货物本来的价值。贞元末年，宫中不再行文书，在京城街市上和闹市区设置几百名白望，察看人们出售的货物，只要一说是"宫市"，（货主）就敛手让他们拿去，真假"宫市"无法辨别，也从来没有人敢问他们的来路以及争论货物价钱的高低。通常是用一百钱买人家价值数千钱的货物，而且还要勒索货主进奉进门钱和运送货物的钱。人们把货物拿到集市上，以至于有空手而归的现象出现。名义上为"宫市"，而实际上则是掠夺货物。

常有农夫以驴负柴至城卖，遇宦者，称宫市取之，才与绢数尺，又就索门户，仍邀以驴送至内。农夫涕泣以所得绢付之，不肯受，曰："须汝驴送柴至内。"农夫曰："我有父母妻子，待此然后食。今以柴与汝，不取直而归汝，尚不肯，我有死而已。"遂殴宦者。街吏擒以闻①，诏黜此宦者，而赐农夫绢十匹。然宫市亦不为之改易。谏官御史数奏疏谏②，不听。上初登位③，禁之。至大赦④，又明禁。

[注释]

①街吏：指金吾左右街使的属吏。唐代，左右金吾卫及其属吏负责京城昼夜巡逻及执法等事宜。②谏官：对君主的过失直言规劝并使其改正的官吏。唐时的谏官指左右拾遗和左右补阙。③上：此处指唐顺宗。④大赦：中国古代，皇帝因登基、更换年号、立皇后、立太子等重大国事而颁布的赦免犯人的命令。

[译文]

曾经有一个农夫用驴子驮着木柴到城里卖，遇到宦官，说是宫市要用他的木柴，仅是给了农夫几尺绢，接着就向农夫索要门户钱，还要农夫用驴子把木柴驮到宫中。农夫哭泣着把所得的几尺绢给了宦官（希望不要让他送木柴到宫中），宦官不肯接受，说："必须用你的驴子把木柴送到宫中！"农夫说："我家中有父母、妻子，都等着卖掉木柴换钱吃饭。今天把木柴给了你们，不要钱就把木柴归于了你们，你们还不愿意，我唯有一死而已！"于是就殴打宦官。巡街的官吏把农夫抓了起来，把情况上报给皇上，皇上下诏罢黜这个宦官，赐给农夫十匹绢。然而，宫市并没有因为这件事情而有所改变。谏官和御史多次上疏劝谏，都没有采纳。顺宗刚刚登上大位时，下令禁止。到大赦天下的时候，又明令禁止。